VI KEELAND

Heart Play

Die Romane von Vi Keeland bei LYX:

Heart Play

Zusammen mit Penelope Ward:
Perfect Player
Sweet Player
Park Avenue Player
British Player
Hate Notes
The Story of a Love Song
Sleepless in Manhattan
Can't Stop the Feeling

Men of Manhattan:
The Rules of Dating *(erscheint 25. August 2023)*
My Best Friend's Sister *(erscheint 28. März 2024)*

Die One-More-Reihe:
One More Chance
One More Promise
One More Kiss
One More Time

Das Rush-Duett:
Rebel Soul
Rebel Heart

Christmas Deal *(exklusiv als E-Book)*
Merry Kissmas *(exklusiv als E-Book)*

VI KEELAND

HEART PLAY

ROMAN

Ins Deutsche übertragen von Janine Malz

LYX

LYX in der Bastei Lübbe AG

Die Bastei Lübbe AG verfolgt eine nachhaltige Buchproduktion.
Wir verwenden Papiere aus nachhaltiger Forstwirtschaft und verzichten darauf,
Bücher einzeln in Folie zu verpacken. Wir stellen unsere Bücher in Deutschland
und Europa (EU) her und arbeiten mit den Druckereien kontinuierlich
an einer positiven Ökobilanz.

MIX
Papier | Fördert
gute Waldnutzung
FSC® C014496
FSC
www.fsc.org

Vollständige Paperbackausgabe
des bei LYX erschienenen Werks

This work was negotiated by Bookcase Literary Agency
on behalf of Rebecca Friedman Literary Agency.

Die Originalausgabe erschien 2016 unter dem Titel »The Baller –
A Down and Dirty Football Novel.«

Umschlaggestaltung: © Guter Punkt, München | www.guter-punkt.de
unter Verwendung von Motiven von © shutterstock (Dean Drobot) und
© iStock / Getty Images Plus (M A X I M/Svetlozar Hristov)
Satz: Greiner & Reichel, Köln
Gesetzt aus der New Caledonia
Druck und Verarbeitung: GGP Media GmbH, Pößneck

Printed in Germany
ISBN 978-3-7363-2015-4

1 3 5 7 6 4 2

Weitere Informationen unter:
lyx-verlag.de
luebbe.de | lesejury.de

Liebe Leser:innen,

dieses Buch enthält potenziell triggernde Inhalte.
Deshalb findet ihr auf Seite 349 eine Triggerwarnung.

Achtung: Diese enthält Spoiler für das gesamte Buch!

Wir wünschen uns für euch alle
das bestmögliche Leseerlebnis.

Euer LYX-Verlag

Das hier ist für Jake.
(Lies es einfach nicht, okay?)

Delilah
KAPITEL 1

Mein Chef war wirklich ein Riesenwichser.

Unsere obligatorischen Montagnachmittagsmeetings bestanden darin, dass Charles Ulysses Macy *der Dritte* den vorwiegend männlichen Kollegen in der Sportfernsehabteilung von seiner neuesten Eroberung berichtete. Während er herumtönte, starrte ich gelangweilt aus dem Fenster und fragte mich, ob seine Vorfahren ihre Kissenüberzüge mit einem Monogramm hatten besticken lassen. CUM. Das waren die Initialen, die die Männer der Familie Macy schon seit Generationen mit Stolz trugen. Machte sich bestimmt hübsch auf ein paar leuchtend roten Dekokissen im Gästezimmer.

Ich grinste breit und stand auf.

»Miss Maddox?«, rief Mr CUM von seinem Platz am Kopf des Konferenztisches. An dem Tisch fanden zwanzig Personen Platz, und die Stühle waren in Dreierreihen aufgestellt. Nun starrten sechzig Augenpaare in meine Richtung.

»Ja, Mr Macy?«

»Wollten Sie uns etwas mitteilen?«

»Nein. Ich hatte eigentlich gehofft, mich leise hinausschleichen zu können. Heute Abend ist ein Spiel, und ich muss runter zur Garderobe.«

»Na, dann mal raus mit Ihnen! Wir wollen Sie schließlich nicht mit etwas so Unwichtigem wie einem Teammeeting davon abhalten, Modenschau zu spielen.«

Wichser.

Hinter mir gab es einiges Gelächter, als ich zur Tür lief, aber das war mir egal. Die meisten waren sowieso nur neidisch. Heute Abend würde ich live vom Spiel der New York Steel gegen die Cowboys berichten, während sie vor dem Fernseher saßen, eine Hand um ihr Bier geklammert und die andere unter den Gummizug ihrer Jogginghose geschoben.

Über dreißig Journalisten hatten sich auf die Stelle als fest angestellte Football-Sportreporterin bei *World Media Broadcasting* beworben. Aber heute nach dem Spiel würde ich mit den Spielern reden – nicht sie. Das machte mich beim sprichwörtlichen Kaffeeküchenklatsch nicht gerade beliebt. Und das, obwohl ich die letzten Jahre achtzig Stunden die Woche geackert hatte, um so weit zu kommen, während die Männer, die gemütlich ihre dreißig Stunden absaßen, die Ersten waren, die mir vorwarfen, ich hätte mich hochgeschlafen. *Die können mich mal.*

Statt direkt die Garderobe anzusteuern, machte ich einen Umweg über mein Büro. Keine Sekunde später stand Indie hinter mir in der Tür, schleuderte in hohem Bogen die High Heels von den Füßen und hockte sich auf die Armlehne eines Besucherstuhls, die nackten Füße auf der Sitzfläche.

»Ich dachte, das könntest du vielleicht gebrauchen.« Sie deutete mit den Augen auf eine Seifenschachtel Irish Spring inmitten meines zugemüllten Schreibtisches.

»Rieche ich?«

»Das ist für die Kabine nach dem Spiel. Es ist ja schon ein Weilchen her bei dir. Da dachte ich mir, du könntest die *Ich-bück-mich-nach-der-Seife*-Nummer bringen.«

»Du bist schlimmer als Mr CUM.« Während wir plauderten, schob ich meine Rechercheunterlagen in meine Aktentasche. Ich kannte jede Statistik auswendig, aber ich wollte trotzdem noch mal alles in der U-Bahn durchgehen. »Keine Seife für mich, danke. Ich habe noch einen Monat Reinigungskur vor mir.«

»Ach was, Reinigungskuren sind was für den Darm, nicht für die Vagina.«

»Es sind zwar erst fünf Monate, aber für mein inneres Gleichgewicht hat es sich total gelohnt.«

Indie kicherte. »Und für Duracell.«

»Du solltest das auch mal ausprobieren. Sechs Monate Dating-Abstinenz sind eine hervorragende Entgiftungskur.«

»Danke, da bleibe ich lieber bei meiner Saftkur.« Indie öffnete ihre Handtasche, zog ein Fläschchen knallpinkfarbenen Nagellack heraus und begann, ihre ohnehin knallpinkfarbenen Fußnägel zu lackieren, mitten in meinem Büro.

»Was machst du da?«

Sie hielt inne und sah mich an, als hätte ich den Verstand verloren. »Meine Nägel lackieren? Ich hab heute Morgen schon eine Schicht aufgetragen, aber bei dieser Farbe braucht man unbedingt eine zweite Schicht. Von wegen *ein Pinselstrich genügt*, pah!«

»Muss das unbedingt hier sein?«

»Sonst riecht mein ganzes Büro danach.«

»Ach, aber in meinem ist es okay, oder was?«

»Du riechst doch sowieso überall dran. Bücher, Essen … glaub nicht, ich hätte nicht gesehen, wie du neulich, als wir zusammen Tennis spielen waren, an dem neuen Tennisball geschnuppert hast, den du aus der Dose genommen hast.«

»Das ist etwas anderes. Daran habe ich *freiwillig* gerochen.« Vermutlich war das nicht der richtige Moment, um zu erwähnen, dass ich erst vor zwei Tagen parfümierten Nagellack von L'Oreal bestellt hatte. Warum war nicht schon eher jemand auf die Idee gekommen, Nagellack mit Duft zu versehen?

»Du bist doch eh gleich weg.« Sie zuckte mit den Schultern.

»Wieso darfst du eigentlich verschwitzte halb nackte Männer interviewen und ich nicht? Hätte ich mich mal bloß für Journalismus entschieden anstatt für Marketing.«

»Aber du bist nun mal unschlagbar darin, Leuten allen möglichen Scheiß zu verkaufen.«

»Das stimmt allerdings.« Sie seufzte. »Übrigens … Easton ist heute wieder dabei.«

»Ich weiß. Zwei Wochen früher als ursprünglich gedacht.«

»Wusstest du, dass sein Spitzname Subway ist?«

Ich kniff die Augen zusammen. »In der Presse nennt ihn niemand so.«

»Oh Mann, es ist ja auch kein Spitzname, den ihm die Presse verpasst hat.«

Ich war zwar skeptisch, aber sie hatte mich trotzdem geködert. »Und wer nennt ihn dann Subway?«

»Frauen.« Indie wackelte vielsagend mit den Augenbrauen. Ihr leuchtend roter Lippenstift war eine Nuance heller als ihr feuerrotes Haar. Der Look stand ihr hervorragend, auch wenn diese roten Lippen in ihrem blassen Gesicht sehr auffällig waren.

»Weil er ursprünglich aus Brooklyn stammt und immer mit der U-Bahn zu den Frauen fuhr?«

»Nein. Obwohl das gar kein schlechter Tipp ist.«

»Spuck's schon aus.« Ich schlang mir die Aktentasche über die Schulter. »Ich muss runter in die Garderobe und mich auf den Weg machen.«

»Es macht viel mehr Spaß, dich raten zu lassen.«

Indie folgte mir aus meinem Büro zum Aufzug, wobei sie wegen der frisch lackierten Nägel auf den Fußballen lief. »Weil er nie schlappmacht?«

»Nein, auch wenn ich wette, dass das zutrifft. Hast du seinen Freudentanz neulich nach seinem Touchdown gesehen? Der Mann schwingt seine schmalen Hüften wie ein Profi-Stripper.«

Das *Pling* ertönte, und sie folgte mir in den Fahrstuhl, während ich auf die Zwei zur Garderobe drückte. »Weil es bei ihm zu den Stoßzeiten ziemlich eng werden kann?«

»Der war mies.«

»Also, falls du mir nicht beim Umziehen helfen und mich ins Stadion begleiten willst, musst du mir die Auflösung wohl bald verraten.«

Der Aufzug stoppte drei Stockwerke tiefer. Indie hielt die Türen auf und rief mir hinterher, während ich den langen Gang zur Garderobe entlanglief.

»Ganz kalt. Mit Subway war nicht die U-Bahn gemeint, sondern der Sandwich-Laden. Du weißt schon … da, wo man eine *leckere Dreißig-Zentimeter-Stange* bekommt.«

Kopfschüttelnd rief ich, ohne mich umzudrehen: »Bis dann, Indie!«

»Trag rot, das steht dir. Und einen breiten Taillengürtel. Da kommen deine schmale Taille und kurvigen Hüften am besten zur Geltung. Ich bin mir sicher, dass unser strahlender Held vom letzten Superbowl die Mühe zu schätzen weiß!«

* * *

Dies war bereits mein zweiter Bericht über die New York Steel, aber mein erstes Interview direkt aus der Kabine. Gemeinsam mit einem weiteren Dutzend Reportern stand ich draußen und versuchte ebenso gelassen auszusehen wie sie. Die große blaue Tür war ziemlich eingedellt, vermutlich weil die Spieler ihren Frust an ihr ausließen. Zahlreiche Meisterschaftstitel rahmten die riesige Tür, und in der Mitte prangte stolz die Siegerplakette des letztjährigen Superbowl unter dem Teamlogo.

Nach ein paar Minuten öffnete ein Wachmann die Tür und bedeutete uns, einzutreten. Einige Reporter hielten beim Hineingehen ihre Ausweise hoch. Andere schienen sich nicht ausweisen zu müssen und wurden von Henry, wie es auf dem abgetragenen Namensschild an seiner Uniform stand, persönlich begrüßt. Hin und wieder erkundigte sich jemand, wie es seiner Tochter ginge. Offenbar hatte sich Larissa kürzlich beim Basketballspielen den Arm gebrochen. Ganz offenkundig war das hier eine eingeschworene Truppe.

Ich war zwar begierig darauf, hineinzugelangen, hatte es aber nicht eilig. Die Menge dünnte sich schon bald aus, bis wir zu viert im Gang zurückblieben. Ich holte tief Luft, schritt auf die Tür zu und versuchte mir meine Angst nicht anmerken zu lassen. Lächelnd hielt ich meinen Ausweis hoch und deutete auf seinen. *Henry Inez.* »Hi.«

»Hi.« Er nickte.

»Ihre Initialen. Sie ergeben ›Hi‹.«

Toll gemacht. So viel dazu, meine Angst nicht zu zeigen. Wenn ich nervös bin, tendiere ich dazu, wild draufloszuplappern.

Mit gerunzelter Stirn blickte Hi auf mich herunter. Dann nahm er meinen Presseausweis, klopfte sich auf der Suche nach seiner Lesebrille an die Brust, seufzte und streckte meinen Ausweis ein Stück von sich, um die Schrift entziffern zu können. »Delilah Maddox?«

»Delilah *Anne* Maddox.«

Er grinste. »Sie nehmen's aber genau, was?«

Ich musste lächeln und stieß den Atem aus, den ich unwillkürlich angehalten hatte.

Hi hielt mir meinen Ausweis hin. »Sie sind Toms Tochter, richtig?«

Ich nickte.

»Dreißig Jahre hat er hier gearbeitet. Solche wie ihn findet man heutzutage nicht mehr. Einer der besten Spieler, die je diesen Raum betreten haben. Keine Spur arrogant. Ein echter Gentleman. Mein Beileid. Sein Tod ist ein Verlust für die ganze Sportwelt.«

»Danke.«

Er deutete in die Umkleidekabine. »Die Jungs da? Arrogant ohne Ende. Lassen Sie sich von denen nicht ins Bockshorn jagen, okay, Delilah *Anne* Maddox?«

Ich nahm meinen Presseausweis mit einem Nicken und einem hoffnungsvollen Lächeln entgegen. »Mach ich.«

Das Erste, was mich überraschte, als ich das Allerheiligste betrat, war die schiere Größe. Ich hatte genug Bilder gesehen, um zu wissen, dass die Umkleidekabinen groß waren, aber nun, da ich mittendrin stand, war ich von den Ausmaßen regelrecht überwältigt. Riesige Spinde säumten die Wände, die Fläche in der Mitte war bis auf ein paar Sitzgruppen aus vier riesigen Sesseln und einem Glastisch frei. Alles wirkte so edel und professionell. Kleine Lampen strahlten die Namen über jedem Spind an, und überall saßen Spieler und unterhielten sich mit den Reportern. Die Stimmung war gelöst und entspannt, was wohl am Punktestand bei Spielende lag. Die Steel hatten mit achtundzwanzig zu null gewonnen. Niemand schien von mir, einer Frau, die ganz allein im Raum herumstand, Notiz zu nehmen. Oder aber sie nahmen mich wahr, störten sich aber nicht weiter daran. Meine Schultern entspannten sich etwas.

Nachdem ich meinen Kameramann Nick gefunden hatte, der bereits vor mir eingetroffen war, sah ich, dass der Kicker der Mannschaft nichts zu tun hatte, also ging ich zu ihm rüber und stellte ihm ein paar Fragen. Er steckte noch in seiner Spielkleidung, legte aber die Schutzpolster ab, während wir miteinander sprachen. Somit hatte ich mein erstes Interview bequem hinter mich gebracht und fühlte mich schon sicherer.

»Danke, dass Sie sich die Zeit genommen haben, Aaron«, sagte ich, als die Kamera aus war.

»Jederzeit gerne. Sie ersetzen Frank Munnard, oder?«

»Genau.«

»Furchtbarer Typ. Gott sei Dank ist er in Rente gegangen. Er hat immer unsere Namen durcheinandergebracht, obwohl sie direkt über unseren Köpfen stehen.« Er deutete mit dem Kinn nach oben zu den großen Lettern über seinem Spind. »Und danke, dass Sie zum Schluss darauf zu sprechen kamen, dass ich demnächst das Footballteam meines Sohns trainiere. Er wird ganz aus dem Häuschen sein, wenn er seinen Namen im Fernsehen hört.«

Lächelnd erinnerte ich mich daran zurück, wie mein Vater einmal, als ich klein war, etwas über mich im Fernsehen gesagt hatte; einen Moment lang hatte ich mich wie ein Star gefühlt. Ich habe noch nie darüber nachgedacht, aber möglicherweise ist das ein Grund dafür, weshalb ich bei meinen Interviews zuletzt immer eine persönliche Frage stelle. Nachdem ich Woche um Woche meinem Vater zugesehen hatte, wurde das übliche Statistik-Fachgesimpel schnell langweilig. Aber die kleinen Einblicke in das Privatleben eines Spielers waren es, die mich in den Bann zogen. In solchen Momenten wurden die Superstars plötzlich zu realen Menschen.

Während ich weiterzog, sah ich mich genauer im Raum um. In einem Bereich des riesigen Rundbaus drängten sich so viele Reporter, dass ich den Spieler kaum sehen konnte. Aber ich wusste, wen sie da umstanden, ohne auch nur auf das Namensschild über dem Spind schauen zu müssen.

Brody Easton.

Immer wenn dieser Mann irgendwo auftauchte, war die

Presse nicht weit, was vor allem daran lag, dass er ein arroganter Angeber war, der jedes Mal eine Show ablieferte. Hinzu kam, dass er vor der Kamera eine gute Figur machte; genau wie die Frauen, mit denen er oft abgelichtet wurde.

Ich sprach noch ein paar weitere Spieler an, wobei ich jene ausließ, die sich gerade umzogen. Um mich herum blitzte jede Menge nackte Haut auf, meistens Oberkörper oder Hintern. Beinahe alle Männer hatten sich beim Umziehen dem Spind zugedreht. Möglicherweise ließ ich mich dazu hinreißen, ein oder zwei Sekunden lang Darryl Smiths Knackarsch zu bewundern – *meine Güte, was für ein muskulöser Hintern!* –, fing mich aber schnell wieder. Schließlich wollte ich professionell rüberkommen, vor allem, wenn ich dasselbe von den Spielern erwartete.

Als sich die Menge, die sich um Easton drängte, schließlich lichtete, ging ich zu ihm hinüber. Außer einem Handtuch um die Hüfte trug er nichts. *Heilige Scheiße.* Vielleicht war diese Reinigungskur doch keine so kluge Idee. Es war, als ob man in einen Supermarkt geht, nachdem man tagelang nichts gegessen hat. Und da ich eine Schwäche für Sportler habe, gab es in diesem Supermarkt ausschließlich mein Lieblingsessen. *Ich muss mich echt zusammenreißen.*

Der Kameramann vor mir drehte die Lampe zum Filmen nach oben und lenkte damit meine Aufmerksamkeit von Brodys titanenhaften Schultern auf jenes Gesicht, das an so vielen Montagen die Morgenblätter geziert hatte. Auf der sonnengebräunten Haut des kantigen Kinns lag ein leichter Bartschatten. Ich folgte mit dem Blick der gemeißelten Linie seiner Wangenknochen nach oben, vorbei an den sinnlich vollen Lippen und der scharf geschnittenen Nase eines römischen Imperators, ehe ich bei den schönsten Augen anlangte, die ich je in meinem Leben gesehen hatte. *Gott, in natura ist er sogar noch sexyer.*

Blassgrüne mandelförmige Augen funkelten unter dichten dunklen Wimpern. Augen, die mich so sehr in den Bann zogen, dass ich den Kopf schüttelte, um mich ihrer magnetischen Anziehungskraft zu entziehen. Glücklicherweise holte mich Nick wieder in die Realität zurück.

»Easton hat schon mehrfach verlauten lassen, dass Frauen seiner Meinung nach nichts in der Umkleidekabine zu suchen haben. Wunder dich also nicht, wenn er nicht so höflich zu dir ist wie zu den Kollegen.« Nick begleitete das Team bereits seit über zehn Jahren; seine Warnung beruhte deshalb auf Erfahrung, nicht auf bloßen Gerüchten.

Zudem hatte ich von der Fehde zwischen Brody Easton und Susan Metzinger, einer Reporterin eines konkurrierenden Senders, gehört. Sie hatte ihn öffentlich scharf dafür kritisiert, dass er in der Umkleidekabine Kraftausdrücke benutzte, und dieser Vorfall hatte zu einer monatelangen Schlammschlacht in der Boulevardpresse geführt. Er hatte argumentiert, dass sie ohnehin nichts in der Kabine verloren hatte und dass keiner der *männlichen* Reporter daran Anstoß zu nehmen schien. Daraufhin veröffentlichte sie einen ganzseitigen Artikel mit Zitaten von Easton, die ihrer Meinung nach frauenverachtend waren. Fast alle waren aus dem Kontext gerissen, zudem wurde der Text von einem halben Dutzend Videostills illustriert, die ihn zeigten, wie er Frauen auf den Hintern oder in den Ausschnitt glotzte. Von da an eskalierte die Sache vollends. Das alles hatte sich vor über einem Jahr ereignet, aber ich machte mich innerlich darauf gefasst, dass der berühmte Quarterback mich nicht gerade mit offenen Armen empfing.

»Bist du bereit?« Nick schlang sich seine Tasche über die Schulter und hob die Kamera. Der Reporter vor uns beendete gerade sein Interview und schüttelte Easton die Hand.

So bereit wie nie. »Klar.«

Ich machte einen Schritt nach vorn und streckte die Hand aus. »Ich bin Delilah Maddox von *WMBC Sports News*.«

Langsam erschien ein Grinsen auf Eastons Gesicht, und ich war überrascht, als er sich vorbeugte und mir ein Küsschen auf die Wange gab. »Freut mich, Sie kennenzulernen.«

Ich fragte mich, ob er die Absicht hatte, mich zu provozieren – weil er damit rechnete, dass ich ihm für das Küsschen eine runterhauen würde, nachdem er dem *männlichen* Reporter zuvor lediglich die Hand geschüttelt hatte – oder ob er mich mit seinem Sex-Appeal aus dem Konzept bringen wollte. So oder so würde ich bei diesem Spiel nicht mitmachen. Ich räusperte mich und straffte die Schultern, auch wenn meine Knie ein wenig weich geworden waren.

»Ich würde Ihnen gerne ein paar Fragen stellen.«

»Wieso sonst wären Sie hier?«

Ich ignorierte seinen Sarkasmus. Er lächelte mich immer noch an. Genauer gesagt grinste er, als wäre ich ein Spielzeug, mit dem er sich gleich vergnügen wollte. »Bist du bereit, Nick?« Mein Kameramann nahm letzte Lichteinstellungen vor, hob die Kamera und gab mir ein Handzeichen.

»Brody, Glückwunsch zum Sieg heute. Wie geht es Ihrem Knie jetzt nach Ihrem ersten Spiel nach der Verletzungspause?« Ich hielt mein Mikrofon hoch, da ich wusste, dass Nick eine Nahaufnahme von mir machte.

»Mir geht's …« Beiläufig griff er zu dem Handtuch, das um seine Hüfte geschlungen war, und zupfte an der Ecke. Das Handtuch fiel zu Boden. »Großartig. Mir geht's großartig. Und Ihnen? Das ist doch Ihr erster Ausflug in unsere Umkleidekabine, oder nicht? Gefällt Ihnen bislang, was Sie so zu sehen bekommen?« Seine Mundwinkel zogen sich zu einem breiten herausfordernden Grinsen nach oben.

Bevor ich mich wieder fangen konnte, fiel mein Blick auf seinen entblößten Unterleib. *Scheiße*. Sein bestes Stück baumelte in der Luft. Vor allem aber war ich fasziniert davon, *wie tief* er baumelte. *Subway*, dachte ich, *wie überaus passend*. Es verging bestimmt eine ganze Minute, ehe ich auf seine Frage antwortete. Eine ganze Sendeminute Schweigen. *Na super*. »Ja. Ähm … die Umkleidekabine ist … ähm … schön.«

Ich klang gerade wie ein Dummchen, und das *live auf Sendung*.

Dieser Arsch fuhr einfach damit fort, mich zu interviewen. »Und, ist es so groß, wie Sie erwartet hatten?«

»Ähm … größer, ehrlich gesagt.«

Sein Grinsen wurde noch breiter.

Oh Mann.

Ich musste mich irgendwie fangen oder mein erstes Interview aus der Kabine würde zu einer Lachnummer werden. Die Zuschauer hatten natürlich keine Ahnung, dass er von der Hüfte abwärts nackt war. »Würden Sie sagen, dass Sie heute hundert Prozent geben konnten?«

Seine Augenbrauen flogen hoch. »Falls Sie das Spiel heute meinen, absolut. Ich habe draußen auf dem Spielfeld hundert Prozent gegeben. Es gibt andere Bereiche, in denen noch viel *Wachstumspotenzial* besteht, aber mein Knie war heute zu hundert Prozent leistungsfähig.«

Seine blassgrünen Augen verdunkelten sich, und ich beobachtete, wie sich seine langen Wimpern senkten. Ich folgte seinem Blick und starrte plötzlich auf seinen nackten Pimmel. *Schon wieder. Verdammt*. Meine Augen schnellten hoch, aber ich spürte, wie ich rot anlief. Ich musste das sofort beenden, oder ich würde hochrot vor der Kamera stehen.

»Also dann, willkommen zurück. Und nochmals Gratulation zum heutigen Sieg.«

Ich wartete, bis Nick die Kamera senkte und das Licht ausschaltete. Dann blickte ich direkt in Brody Eastons selbstgefälliges Gesicht. »Sie sind ein Arschloch, wissen Sie das?«

Seine Augen funkelten. »Ja, weiß ich.«

Hinter mir hörte ich Gelächter und das Abklatschen von Händen, während ich wutentbrannt aus der Kabine stürmte.

KAPITEL 2

Brody

»Guten Morgen, Mr Easton.«

»Guten Morgen, Shannon. Wie geht es ihr diese Woche?«

»Sie war ein wenig niedergeschlagen und hat schlecht geschlafen. Aber Ihre Dienstagsbesuche scheinen sie immer aufzumuntern. Sie ist wach, vermutlich wartet sie schon im Tagesraum auf Sie.«

Als ich näher kam, hielt Grouper inne, der gerade den Flur wischte. »Mein Enkel wird enttäuscht sein.«

»Und das liegt nicht daran, dass ich diese Woche keinen Ehrenball für ihn bekommen habe. Der Junge ist nach einem verdammten Fisch benannt.«

Grouper* kicherte und streckte die Hand aus. »Du hast gestern wirklich nicht besonders gut ausgesehen.«

»Und du bist im Wischen eine totale Niete«, konterte ich lächelnd. »Ich sollte mal mit dem Heimleiter reden, damit sie dich in deinen alten Hintern treten und im hohen Bogen rauswerfen. Hier sieht es aus, als ob ein Blinder sauber machen würde. Und immerhin habe ich 228 Yards geworfen … von wegen nicht gut ausgesehen. Das war verfluchte Scheiße noch mal spektakulär.«

»Marlene wird dir deinen Mund mit Seife auswaschen, wenn sie diese Kraftausdrücke hört.«

Er scherzte nicht. Trotz ihrer achtzig Jahre flößte mir die

* Grouper bedeutet im Englischen »Zackenbarsch«.

zierliche alte Dame gehörigen Respekt ein. Als Willow und ich zusammenkamen, wusste ich, dass es Marlene sein würde, die mir die Eier ausriss, wenn ich ihrer Enkelin auch nur ein Haar krümmen würde, nicht ihr einige Köpfe größerer Ehemann.

Grouper und ich warfen uns noch ein paar Beleidigungen an den Kopf, ehe ich den Tagesraum betrat, um nach Marlene zu schauen. Ich musste nicht lange suchen. Es waren nur wenige Personen anwesend, und die verrückte alte Schachtel war die Einzige, die ein Abendkleid trug.

»Hast du ein heißes Date heute Abend, Marlene?« Sie saß in ihrem Rollstuhl. Ich beugte mich zu ihr hinunter und küsste sie auf die Stirn. Sie brauchte eine Minute, aber dann lächelten ihre Augen, und ich wusste, dass mein Besuch heute besser verlaufen würde als letzte Woche.

»Du siehst gut aus.«

»Ich sehe immer gut aus.« Ich schob sie in eine Zimmerecke, wo ich auf einem Stuhl gegenüber von ihr Platz nahm.

»Warum trägst du keinen Smoking?«

Ah, das erklärt das Abendkleid. Wie üblich spielte ich einfach mit. »Ich war heute Morgen beim Training, aber ich ziehe mich nachher um.«

Sie nickte. »Sag meiner Enkelin, dass sie ihr blaues Kleid anziehen soll. Das unterstreicht ihre Augenfarbe.«

Willows Augen changierten zwischen Himmelblau und Grasgrün. Blau brachte sie zum Leuchten wie einen Aquamarin, Grün wie einen Peridot. Mir persönlich war es am liebsten, wenn sie weder das eine noch das andere trug, denn ich hätte den ganzen Tag in diese Augen starren und mich fragen können, welche Farbe ich mehr liebte. Es sei denn, sie war nackt, dann interessierten mich andere Dinge als ihre Augen.

»Mach ich. Ich werde dafür sorgen, dass sie Blau trägt.«

Marlene schwieg ein paar Minuten, und ich konnte an ihrem Gesicht ablesen, dass sie mit ihren Gedanken bereits woandershin abdriftete. Es war nur nie klar, wohin.

»Ich glaube, jemand hat mein Gebiss gestohlen.«

Meine Augenbrauen flogen hoch. »Dein Gebiss ist in deinem Mund, Marlene.«

Langsam fuhr sie sich mit der zittrigen Hand an den Mund und ertastete ihre dritten Zähne. »Mist, dann habe ich die ganze Zeit umsonst gesucht.«

Die nächste Stunde meines Besuchs verlief in etwa genauso. Wir sprangen von einem Thema zum nächsten – manche dreißig Jahre alt, manche aktuell. Ich musste um zwei zur Nachbesprechung des gestrigen Spiels im Stadion sein. Da ich keine Lust hatte, die Zweitausend-Dollar-Strafe für Zuspätkommen zu zahlen, stand ich auf, um mich zu verabschieden.

»Soll ich dich irgendwohin bringen, bevor ich gehe?«

»Zu *Heidelman's* auf der 34th, Ecke Amsterdam Avenue. Ich hätte Lust auf ein Corned-Beef-Sandwich.«

»Ich bringe dir eins mit, wenn ich nächste Woche wiederkomme.« Ich beugte mich hinunter, um ihre Stirn zu küssen, und verkniff mir anzumerken, dass *Heidelman's* vor fünfzehn Jahren zugemacht hatte.

»Aber ich will nicht, dass der alte Heidelman mein Sandwich macht. Dieser Mann ist dümmer als das Brot, das er verkauft.«

Ich kicherte. »Geht klar. Nicht vom alten Heidelman.«

»Gib Willow einen Kuss von mir.«

»Mach ich. Und du versprichst mir, dass du Grouper ermahnst, dass er dein Zimmer besser sauber machen soll, ja?«

»Ist es denn so schlimm? Na gut.«

Da Marlene im Tagesraum bleiben wollte, schaute ich auf dem Rückweg kurz in ihrem leeren Zimmer vorbei. Wie immer sah alles tipptopp aus. Man hätte vom Boden essen können, so penibel hatte Grouper den Raum gewischt. Aber ich fand es trotzdem eine gute Idee, Marlene auf ihn anzusetzen, einfach um ihn ein wenig zu veräppeln.

Auf meinem Weg nach draußen, war der alte Mann gerade dabei, die Glasscheiben der Eingangstüren zu wischen. Ich spreizte die fünf Finger meiner Hand, um einen schönen fettigen Abdruck an der Tür zu hinterlassen. »Du hast da was übersehen.«

»Arschloch.«

»Und stolz darauf.«

»Nächste Woche bringst du mir zwei Bälle mit.«

»Tja ... ich weiß nicht. Vielleicht wenn hier endlich mal alles sauber ist.«

»Leck mich.«

»Bis dann, Grouper.«

Delilah
KAPITEL 3

»Hast du mir eben nicht zugehört?«, schrie ich Indie an. Wir saßen in ihrem Auto und waren auf dem Weg zum *Baxter Bowl*, einer Benefizveranstaltung zum Gedenken an Marcus Baxter, einen ehemaligen Field-Goal-Kicker der New York Steel, der vor sechs Jahren von einem betrunkenen Autofahrer überfahren worden war. Seitdem richteten das Team und die Liga gemeinsam diese Veranstaltung zu seinen Ehren aus. *WMBC* hatte dieses Jahr drei Tische gekauft. Für mich war es der erste Besuch bei diesem Event, während Indie als Leiterin der Marketingabteilung bereits seit Jahren dabei war.

»Doch, ich habe dich gehört. Der Typ ist ein Arsch. Er hat dir seinen Schwanz gezeigt und dich lächerlich gemacht.«

»Und da fragst du mich, ob ich letzte Nacht von ihm geträumt habe?«

»Und, hast du?«

»Nein!« *Schon möglich.*

Sie zuckte mit den Achseln. »Also ich schon.«

»Der Typ ist arrogant und ungehobelt.«

»Genau dein Typ Mann also.«

Da hatte sie gar nicht mal unrecht. Irgendwie geriet ich immer an die falschen Männer. »Nicht mehr. Wenn meine Reinigungskur vorbei ist, date ich nur noch Männer, die nett sind, gute Manieren haben und verlässlich sind.«

»Oh, dann stell ich dir Hughey vor, den besten Freund meines Vaters.«

»Sehr witzig.«

»Was denn? Er ist sehr nett. Wirklich. Das ist wahrscheinlich auch der Grund, weshalb sich seine Frau hat scheiden lassen und ihren fünfundvierzigjährigen Tanzlehrer geheiratet hat. Er war einfach zu langweilig … äh, nett, meine ich.«

»Klingt so, als sollte ich Hughey doch in Betracht ziehen.«

»Also, was wirst du nächste Woche tun, falls er das noch mal macht?«

»Es einfach ignorieren und das Interview fortführen. Ich hatte ja damit gerechnet, dass er ein Schwanzgesicht ist. Aber nicht damit, dass ich seinen Schwanz *zu Gesicht bekommen* würde. Das hat mich kalt erwischt, aber das nächste Mal bin ich bereit.«

»Also, für den bin ich jetzt schon bereit. Allein wenn ich an diesen Körper denke … würde ich einen Slip tragen, wäre er ein bisschen feucht. Meinst du, er ist heute Abend auch da?«

»Hoffentlich nicht.« Doch insgeheim wünschte sich ein winziger, finsterer, masochistischer Teil von mir, dass er da wäre. Auch wenn ich das natürlich niemals zugeben würde.

* * *

An meinem Tisch beim *Baxter Bowl* saß ein interessanter Mix aus Leuten von *WMBC* und dem Management der New York Steel, darunter der charmante Enkel des Sendereigentümers, Michael Langley, der gleichzeitig der Programmverantwortliche war, womit er genau genommen Mr CUMs Chef-Chef war. Wir unterhielten uns bereits seit über einer Stunde, und ich war überrascht, wie viel wir gemeinsam hatten. Wir hatten beide an der Stanford University studiert, er ein paar Semester über mir. Sein Vater war wie meiner auch in jungen Jahren professioneller Quarterback gewesen, und wir beide waren Frühaufsteher. Die Langley-Familie war in New Yorker Sportkreisen eine echte Legende. Michaels Großvater gehörte nicht nur der Sender *WMBC*, er war auch Mehrheitseigentümer der *New York Steel*.

Als die Kellner unsere leeren Teller abgeräumt hatten, beugte sich Michael zu mir. »Wollen wir tanzen?«

»Klar, gerne.«

Auf der Tanzfläche lief gerade ein langsames Stück. Seine Hand hielt mich mit sicherem Griff, und er wusste, wie man führt. Außerdem sah er auch noch gut aus. *Ein Matt Damon mit Brille*. Gepflegt, intelligent und attraktiv – ich hätte es schlechter treffen können.

»Ich mag Ihr Haar hochgesteckt.« *Charmant ist er also auch*.

Die Stylistin hatte fast zwei Stunden gebraucht, um meine wilde dunkle Mähne zu bändigen und alles hochzustecken. Ein paar Korkenzieherlocken hatten sich bereits wieder befreit.

»Danke. Rauchen Sie eigentlich? Die Stylistin hat so viel Haarspray gebraucht, dass ich wohl in Flammen aufgehen werde, wenn ich mich einer Zigarette nähere.«

Michael lächelte. »Keine Sorge. Ich bin Nichtraucher.«

Warum gehe ich eigentlich nie mit diesem *Typ Mann aus?* Wie schon sein Vater hatte Michael am College Football gespielt, bevor ein Kreuzbandriss seine Karriere beendete, noch ehe sie richtig begonnen hatte. Mit seinem Wissen über Football und seinem gut aussehenden American-Boy-Look war der Wechsel zum Sportkommentator naheliegend. Auch wenn er, nachdem er die Karriereleiter raufgeklettert war, in den letzten Jahren eher hinter den Kulissen arbeitete. »Haben Sie diese Saison irgendwelche Interviews geplant? Ich würde Ihnen gerne zuschauen und von Ihnen lernen. Ihre Interviews wirken immer so, als würden Sie ganz entspannt mit den Spielern im Wohnzimmer plaudern und nicht in einem Studio vor lauter Kameras sitzen.«

»Danke für das Kompliment. Momentan steht zwar nichts an, aber Sie haben mir gerade einen Grund gegeben, das zu ändern.«

Ein neues Lied hatte begonnen, und ich fühlte mich in Michaels Gesellschaft sehr wohl, als plötzlich hinter mir eine Stimme ertönte. »Darf ich übernehmen?«

Mein Kopf schnellte herum, obwohl kein Zweifel bestand, wem diese raue Stimme gehörte.

Michael war ausgesucht höflich. »Ich teile zwar nur ungern, aber ich schätze, damit muss man leben, wenn man die schönste Frau des Abends zum Tanz auffordert.« Er ließ meine Hand los und trat mit einem gentlemanhaften Nicken zurück. »Danke für den Tanz, Delilah.«

Und wieder hatte mich Brody Easton kalt erwischt. Noch ehe ich mich's versah, tanzte ich mit dem arroganten Arsch. Er legte die Arme um mich und zog meinen Körper eng an sich heran. Sehr viel enger, als Michael es getan hatte.

»Schön, Sie wiederzusehen, Lois Lane.«

Der Mann hatte wirklich Mumm, das musste man ihm lassen. Ich blickte ihm direkt in die Augen. »Schön, Sie in Klamotten wiederzusehen, Easton.«

»Würden Sie mich lieber ohne sehen?«

»Ich würde Sie lieber aus sicherer Distanz sehen.«

Er lachte herzlich. »Tja, das passiert manchmal, wenn man beschließt, einen Blick in die Herrenumkleidekabine zu werfen.«

Ich versuchte, mich ihm zu entwinden, aber er verstärkte seinen Griff und hielt mich fest. Ich reckte den Hals. »Lassen Sie mich los.«

»Nein.«

»Nein?«

»Richtig gehört. Nein.«

»Ich könnte laut schreien.«

»Ich würde Sie liebend gern schreien hören.« Während ich unter ihm lag, meinte er, daran ließ sein Tonfall keinen Zweifel.

»Sie sind ein Arschloch, wissen Sie das?«

»Ja. Das haben Sie mich außerdem gestern bereits gefragt. Als Journalistin sollten Sie wirklich bemüht sein, Ihre Fragen abwechslungsreicher zu gestalten.«

Das verschlug mir die Sprache.

Easton ließ die Hand hinunter zu meinem Kreuz rutschen, bevor er uns auf dem Parkett herumwirbelte. *Ist klar, der Arsch kann also auch noch tanzen.*

»Haben Sie einen Freund?«

»Das kann nicht Ihr Ernst sein, oder?«

Er ignorierte meine Bemerkung. »Würden Sie gerne heute Abend mit mir essen gehen?«

»Wir haben gerade gegessen.«

»Dann vielleicht auf ein Dessert bei mir?«

Ich musste unweigerlich lachen. »Haben Sie sich gestern beim Spiel den Kopf angestoßen?«

»Sie sind wohl auf Diät, was?«

»Ja. Genau. Das ist der Grund. Ich kann nicht auf einen Nachtisch mit zu Ihnen kommen, weil ich auf Diät bin.«

»Tja, zu schade.« Easton lächelte. Er war zwar ziemlich schlagfertig und witzig, aber immer noch ein Arschloch. Das Lied endete, und die Band bat alle Gäste, Platz zu nehmen, da gleich die Gewinner der stillen Auktion verkündet wurden.

»Ich würde ja sagen, dass es mich gefreut hat, Sie wiederzusehen. Aber ich bin keine Lügnerin.«

Easton grinste. Offenbar gefiel es ihm, sich von mir beleidigen zu lassen. Doch ehe ich ihn stehen lassen konnte, nahm er meine Hand. »Hey. Seien Sie vorsichtig mit Langley. Hab ihn ein paar Mal getroffen, als er noch Spielfeld-Reporter war. Vor dem muss man sich in Acht nehmen.«

»Ist das nicht ein wenig ironisch, ausgerechnet aus Ihrem Mund?«

»Ich bin keine Mogelpackung. Der Kerl da schon.«

Der restliche Abend verlief dann wieder angenehm. Indie stellte mich diversen Leuten vor, die ich noch nicht kannte, und mit Michael ging ich vom freundlichen Plausch zum Flirten über. Währenddessen traf ich ein paarmal, wenn ich hochsah, Brodys Blick, der mich beobachtete. Das Lächeln auf seinem Gesicht war verschwunden, und er sah beinahe wütend aus, woraufhin ich mich noch vertraulicher zu Michael hinüberbeugte.

Als ich dann am Parkservicestand auf Indies Wagen wartete, während sie sich von einigen Leuten aus dem Vertrieb verabschiedete, gesellte Michael sich gerade zu mir, als sein silberner Porsche Spyder vorfuhr.

»Schickes Auto.«

»Danke. Ich würde Sie gerne zu einer Spritztour einladen ... vielleicht gehen wir mal zusammen essen?«

»Gerne. Allerdings ist mein Terminkalender die nächsten Wochen ziemlich voll.« *Noch achtundzwanzig Tage bis zum Ende meiner Reinigungskur.*

»Dann vielleicht, wenn es etwas ruhiger wird?« Er gab mir sein Handy, und während ich meine Nummer eintippte, beugte er sich vor. »Sie riechen sehr gut. Das wollte ich Ihnen schon den ganzen Abend sagen.«

»Danke. Das ist Roses de Chloé. Ich habe es gerade erst gekauft und war nicht sicher, ob es nicht zu blumig ist.«

»Es ist perfekt.« Anstatt mir sein Handy abzunehmen, schloss er die Finger um meine und zog mich zu einer Abschiedsumarmung heran. Als ich hochsah, starrte Brody Easton uns an, sehr wütend, woraufhin ich Michael extra lange umarmte.

* * *

In der darauffolgenden Woche hatten die New York Steel ein Heimspiel, was hieß, dass ich nicht mitten in der Woche zu einem Auswärtsspiel fahren musste. Stattdessen war ich für einen Bericht über die neu aufgenommenen Mitglieder der Basketball Hall of Fame unterwegs. Noch am späten Samstagabend fuhr ich die vier Stunden nach Hause, um am nächsten Morgen pünktlich zum Anstoß im Stadion zu sein. Ich verfolgte das Spiel von der Seitenlinie aus, wo ich dem Spielkommentator assistierte. Nachdem die Steel gewonnen hatten, machte ich mich auf den Weg zur Kabine. Diesmal trödelte ich jedoch nicht herum, sondern beeilte mich, um da zu sein, wenn der Wachmann die große blaue Tür öffnete.

»Wie geht's, Delilah *Anne*?« Henry hielt die Hand hoch, um mit mir abzuklatschen.

»Hi. Ich habe Ihnen etwas mitgebracht.« Aus meiner Tasche zog ich eine signierte Autogrammkarte von Rochelle Teavers, der Spielerin der amerikanischen Basketball-Profiliga der Damen mit der höchsten Trefferquote in dieser Saison. »Ich habe gehört, wie einige Reporter erwähnten, dass Ihre Tochter sich beim Basketballspielen den Knöchel gebrochen hat. Na ja, und diese Woche habe ich von der Hall of Fame berichtet, und Rochelle war da.« Ich blickte auf das Hochglanzfoto. »Ich hoffe, Larissa ist richtig geschrieben.«

Henry klopfte sich auf die Brust und zog seine Lesebrille aus der Innentasche seiner Uniform. »Na schau mal einer an. Da wird sie aber Augen machen. Vielen Dank, Delilah Anne.«

»Kein Problem.«

Ich war eine der Ersten in der Umkleidekabine. Ein anderer Reporter hatte bereits sein Equipment aufgebaut, um Easton zu interviewen, aber ich wollte es so schnell wie möglich hinter mich bringen. Mit Nick im Schlepptau ging ich zu ihm rüber. Brody sprach gerade über sein Knie, aber in der Sekunde, da er mich erblickte, überzog ein Lächeln sein Gesicht. *Mist, er hat schon wieder ein Handtuch umgebunden.* Ich war bestens auf das Interview vorbereitet und wusste, wie ich mit dem durchtriebenen Quarterback umzugehen hatte, falls er wieder Spielchen spielen würde. Aber dieses verdammte Lächeln machte mich nervös.

Als ich dran war, trat ich mit einer Miene vor ihn, die signalisierte, dass ich keine Lust auf Späßchen hatte. »Also, wie werden wir das Ganze heute angehen, Easton?«

»Haben Sie an mich gedacht, als Sie diese Woche in Boston waren?«

Ich hob eine Augenbraue. »Spionieren Sie mir hinterher?«

»Geben Sie zu, dass Sie an mich gedacht haben, und ich mache es Ihnen heute leichter.«

»Ich kenne ja jetzt Ihre exhibitionistischen Neigungen und bin vorbereitet. Sie müssen es mir überhaupt nicht leicht machen. Machen Sie es ruhig so *hart* wie möglich.« Ich bedeutete Nick, die Kamera einzuschalten.

Easton strahlte und ließ prompt sein Handtuch fallen.

Wir gingen live auf Sendung. »Also. Glückwunsch zu einem weiteren famosen Sieg heute. Und zu Ihrem tollen Touchdown.«

»Danke.«

Ich hielt seinen Blick ein paar Sekunden fest und sah dann nach unten – direkt auf sein bestes Stück. »Das war ja ein ziemlich *kurzer* Lauf. Ungefähr zehn Zentimeter?«

»Oh, nein, es waren definitiv mehr als zehn Zentimeter. Ich würde sagen, das waren mindestens dreißig Zentimeter.«

»Soweit ich weiß, wurden offiziell zehn Zentimeter gemessen. Dass Männer aber auch immer übertreiben müssen«, stichelte ich.

Easton verging sein freches Grinsen. Und etwas wie Entrüstung schimmerte hindurch. Ich war hochzufrieden. Er offensichtlich nicht. »Was haben Sie in der zweiten Hälfte geändert? Vor der Halbzeit hatte man den Eindruck, dass Sie beim Passspiel etwas Probleme hatten. Wren Jacobs vereitelte gleich zwei Mal Ihren Versuch, den Ball an Daryl Breezy abzugeben. Was war da los? Hatten Sie Probleme, ihn *hochzukriegen*?«

Easton verengte die Augen zu Schlitzen. »Nein. Damit habe ich nie Probleme. Ich brauchte nur eine bessere Deckung. Der Trainer hat in der Halbzeit ein paar Änderungen vorgenommen, um die Lücken in unserer Angriffslinie zu schließen. Sobald ich bessere Deckung hatte, konnte ich *ihn direkt reinmachen*.« Jetzt war es Easton, der mir erst fest in die Augen und dann an sich hinuntersah, während ich seinem Blick folgte. Meine Selbstbeherrschung ging in der Sekunde flöten, als ich bemerkte, dass er offenbar immer *erregter* wurde. Als ich wieder hochsah, strahlte er übers ganze Gesicht. Und riss schon wieder die Regie über *mein Interview* an sich. »Bruce Harness hat heute hervorragende Arbeit geleistet. Sein geblockter Punt zu Beginn der zweiten Hälfte hat den entscheidenden Impuls gegeben.«

»Mit diesem Block hat er sich in die Liste der zehn besten Punt-Blocker eingereiht«, antwortete ich.

Eastons Grinsen verschwand. Er wirkte überrascht, dass ich die Statistiken für Punt-Blocks auswendig kannte.

»Das stimmt. Noch fünf, und er könnte an die Spitze der Tabelle der besten Punt-Blocker aller Zeiten klettern.«

»Noch sechs«, korrigierte ich ihn.

»Fünf.«

»Sechs.«

»Fünf.«

»Herman Weaver, 1970 bis 1980. Hat bei Detroit begonnen und bei den Seahawks aufgehört. Vierzehn geblockte Punts.

Harness hat acht, also braucht er noch sechs, um den Rekord zu überbieten.« Easton öffnete den Mund und schloss ihn wieder. Endlich hatte ich die Kontrolle über mein Interview zurückerobert. »Eine letzte Frage noch?« Ich drehte mich um und sah hinter mir eine Schlange voller ungeduldig wartender Journalisten. »Ist Ihr Knie bereit, es mit den erstplatzierten Chargers nächste Woche in Kalifornien aufzunehmen?«

»Werden Sie dort sein, um darüber zu berichten?«

»Das werde ich.«

»Dann können Sie darauf zählen, dass ich bereit sein werde.«

KAPITEL 4

Brody

»Lauuuf!«

Groupers Mopp fiel zu Boden, und er begann, schnell den langen Flur hinunterzuhumpeln. Shannon, die diensthabende Krankenschwester, lief kopfschüttelnd an uns vorüber. Es war nicht das erste Mal, dass sie uns bei solchem Quatsch erwischte, aber nach Groupers Hüft-OP vor ein paar Jahren hatte seine Kraft nachgelassen. Seither waren die Pässe, die ich dem alten Mann zuspielte, hoch und lang und weniger scharf.

»Er ist neunundsechzig Jahre alt«, rief Shannon über ihre Schulter hinweg. »Ihretwegen bekommt der alte Herr eines Tages noch einen Herzinfarkt.« Ich sah, wie sie lächelte, als sie weiterging.

Als Grouper es zum hinteren Ende des Gangs geschafft hatte, ließ ich den Ball achtzehn Meter durch die Luft segeln, bis er direkt in seinen Händen landete.

»Ich habe den Ball noch gekriegt«, verkündete er, als er zu mir zurückkam.

»Du hast ihn nicht gekriegt. Ich habe dir das Ding direkt in die Hände gespielt.«

»Schwachsinn. Du wirfst total scheiße. Jeder weiß, dass ein Pass nur so gut ist wie der Passempfänger.«

»Weiß der kleine Guppy eigentlich, wie respektlos sein Großvater mit seinem großen Idol spricht?«

»Pff. Idol. Wenn überhaupt, bin ich sein großes Idol.«

Der achtjährige Grouper war ein riesiger Football-Fan und

ein noch größerer Brody-Easton-Fan. Als ich letztes Jahr überraschend bei seiner Geburtstagsfeier vorbeigeschaut hatte, war er in Tränen ausgebrochen, als er mich sah. Das hatte gereicht, um seinen Großvater ein paar Wochen lang damit aufzuziehen.

Ich machte kurz bei der Schwester halt. »Wie ging es ihr diese Woche?«

»Eigentlich ganz gut«, sagte Shannon. »Sie will einkaufen gehen und behauptet, sie bräuchte Unterhosen, obwohl sie eine ganze Schublade voll hat.«

»Dann soll eben ihre Pflegerin mit ihr einkaufen gehen.«

»Sie wollen wirklich, dass die Pflegerin mit ihr einen Ausflug unternimmt, der Sie zusätzliche dreihundert Dollar kostet, plus die Kosten für die Unterhosen, wo sie doch bereits vierzig Stück besitzt?«

»Wenn es sie glücklich macht?«

»Ich schätze schon.«

»Na dann.«

Sie lächelte. »Ich werde mit der Pflegerin für diese Woche einen Termin vereinbaren.«

Marlene saß in ihrem Zimmer und schaute eine Wiederholung von *Der Preis ist heiß*. Gerade musste man die einzelnen Preise von Lebensmitteln addieren, um die Gesamtsumme zu ermitteln.

»Hi, Marlene.«

»Pssst.«

Vor ihr lagen Notizblock und Stift, und ihre zittrige Hand kritzelte unablässig Preise aufs Papier, während die Produkte präsentiert wurden. Als Moderator Bob Barker eine Flasche Milch hochhielt, spähte ich verstohlen auf ihren Zettel. *Fünfzehn Cent*. Okay, nun hatte ich eine ungefähre Vorstellung davon, in welchem Jahr wir uns heute bewegten.

Als die Auflösung präsentiert wurde, war sie nicht allzu glücklich, dass ihre Summe nicht annähernd stimmte, also versuchte ich sie zu trösten: »Die blähen die Preise absichtlich so auf, damit es niemand erraten kann.«

»Da hast du wohl recht.«

»Natürlich. Ich habe immer recht. Außerdem sehe ich auch noch verdammt gut aus.« Ich öffnete die Papiertüte, die ich dabeihatte, und wickelte das Corned-Beef-Sandwich aus, das sie sich letzte Woche gewünscht hatte.

»Du warst also bei *Heidelman's*.«

»Jep.« Oder vielmehr bei der *Ben's Kosher Deli*-Franchisekette, die den Laden vor über zehn Jahren übernommen hat. Aber das tat nichts zur Sache.

»Jetzt habe ich aber Appetit. Kannst du mir meine Gebissdose reichen?«

»Du hast dein Gebiss bereits drin, Marlene.«

Sie tippte sich mit den Fingern gegen die Schneidezähne, um sich davon zu überzeugen, dass ich die Wahrheit sagte. Auch wenn sie ständig mit den Gedanken woanders war, waren ihre Zähne jede Woche Thema.

»Willow hat mich neulich besucht.«

»Das freut mich.«

»Ja, und sie hat mir gebeichtet, was sie getan hat.«

Keine Ahnung, was sie meint. »Ach, ja? Was war das gleich noch mal? Ich komme bei Willow langsam nicht mehr mit.«

»Der Pool. Du weißt schon. Ihr beide solltet euch schämen. Nächstes Mal lässt die Polizei euch nicht so leicht davonkommen.«

Es erstaunte mich immer wieder, dass sie sich an etwas glasklar erinnerte, das mehr als zehn Jahre zurücklag, aber nicht mehr wusste, dass sie vor fünf Minuten ihr Gebiss eingesetzt hatte. Es war beinahe so, als ob ihre neuesten Erinnerungen zuerst verblassten. Ich konnte nur hoffen, dass *meine* Erinnerung an den Vorfall mit dem Pool nie verschwinden würde.

Das war das erste Mal gewesen, dass ich Willow nackt gesehen hatte. Und jener Abend, an dem mir klar wurde, dass dieses Ziehen in der Brust, das ich jedes Mal verspürte, wenn das Mädchen, das ich *Die wilde Willow* nannte, mich zu Tode erschreckte, kein Schmerz war. Sondern Liebe.

»Es war meine Schuld. Willow hat versucht, es mir auszureden. Sie ist nur über den Zaun gesprungen, um mich da rauszuholen, aber ich habe sie in den Pool geschubst.«

Marlene sah mich skeptisch an. Zu Recht. Niemand mit ein bisschen gesundem Menschenverstand würde glauben, man hätte Willow je zu irgendetwas Riskantem überreden müssen. Dieses Mädchen hatte schon immer lächelnd auf Messers Schneide getanzt, während ich ihr zusah und darauf wartete, dass sie sich schnitt und ich sie verarzten musste. Das war es, was ich am meisten an ihr liebte. Und am meisten hasste.

»Das ist meine letzte Warnung. Wenn ihr beide euch noch mehr Ärger einhandelt, muss ich euch trennen. Zusammen seid ihr schlimmer als ein Sack Flöhe.«

Ich klaute mir die Hälfte von ihrem Sandwich und versprach, brav zu sein. Die Ironie war, dass sie das Einzige war, was Willow und mich noch verband.

Delilah
KAPITEL 5

»Hey, was machst 'n du da?« Indie ließ sich am anderen Ende meines Schreibtischs auf die Tischplatte plumpsen, zog die Beine hoch und kreuzte sie zum Schneidersitz, obwohl sie einen Rock trug.

»Schicke Unterwäsche.«

»Du kannst meine Unterwäsche gar nicht sehen.«

»Und ob«, bluffte ich.

»Ich trage gar keine.«

»Ich hoffe, du hast genauso auch eben in dem Meeting mit dem Abteilungsleiter gesessen.«

»Logo.« Indie beugte sich vor und fegte einen Stapel Papier vom Tisch, ehe ich sie aufhalten konnte. Dann blätterte sie durch einige der Artikel, die ich ausgedruckt hatte. »Brody Easton, was?«

»Das sind Recherchen.«

»Für was? Ein Interview mit der *Cosmopolitan*? Da ist kein einziger sportbezogener Artikel dabei.« Sie breitete die Blätter mit einer Hand aus und fächerte sich damit zu.

»Für das Spiel diese Woche.«

»Ach, wirklich?« Indie hielt in der Bewegung inne und zog eine Seite aus ihrem improvisierten Fächer. »Und was bitte schön hast du aus diesem Artikel gelernt?«

Es war ein Bild von Brody in Unterwäsche. In engen schwarzen Boxershorts. »Ich habe mir sein Knie angeschaut, um einzuschätzen, ob das Bild vor oder nach seiner OP gemacht wurde.«

»Du hast dir seinen Schwanz angeschaut.«

»Gar nicht. Der Typ *ist* ein Schwanzgesicht.«

»Der es dir angetan hat.«

»Hat er nicht.«

»Hat er wohl.«

»Lassen wir das.« Ich verdrehte die Augen. »Aber weißt du … seine Laufbahn ist durchaus beeindruckend. Mit zwanzig in der ersten Runde gedraftet. Mitte der zweiten Saison ein Autounfall, bei dem er allerdings nur leicht verletzt wurde. Vor Beginn der dritten Saison aus dem Team gestrichen. Fast zwei Jahre später rehabilitiert und in den erweiterten Kader aufgenommen. Dann drei Jahre später, zack, Superbowl MVP, der wertvollste Spieler auf dem Feld.«

»Ich erinnere mich noch, wie er aus dem Team geworfen wurde. Damals war er öfter in der Presse als zu der Zeit, als er bei den Steel anfing. Ständig Alkohol- und Party-Eskapaden. Und Toyboy diverser Promidamen.«

»Wie schafft man es, als Erst-Runden-Auswahl aus dem Team zu fliegen?«

»Drogen und Alkohol.«

»Aber er machte erst als Partyhengst von sich reden, *nachdem* er rausgeflogen war. Ich habe ein bisschen recherchiert und versucht, die verschiedenen Puzzleteile zum Gesamtbild Brody Easton zusammenzufügen, und ich habe das Gefühl, dass irgendetwas fehlt. Es gibt keinerlei Hinweise darauf, dass er irgendwelche Probleme hatte, und als sie ihn aus dem Kader strichen, wurden auch keine genannt.«

»Wahrscheinlich wollte die Liga nicht seinen Ruf schädigen. Vielleicht war er nach dem Autounfall von den Schmerzmitteln abhängig oder so.«

»Er kam mit ein paar Kratzern und blauen Flecken davon und hat den Unfall relativ unbeschadet überstanden.«

»Wurde sonst jemand verletzt?«

»Nein, er war allein im Auto, war zu schnell unterwegs und hat die Kontrolle über den Wagen verloren.«

»Hmm ... Ich weiß auch nicht. Aber vielleicht kannst du ihn das ja beim Bettgeflüster fragen.« Indie stand auf. »Wann bist du wieder zurück?«

»Montagabend.«

»Kann ich das behalten?« Sie hielt das Foto von Brody in seinen Boxershorts hoch. Ich konnte es ihr kaum verdenken. So etwas gab man nicht freiwillig wieder her.

»Bitte, gern. Von diesem arroganten Arsch will ich kein Bild.«

»Schon klar.« Sie warf mir eine Kusshand zu und verschwand.

* * *

Delta Air Lines bot maßgeschneiderte Lösungen für Profi-Sportteams. In unserer Boeing 757, in der normalerweise über zweihundert Passagiere Platz fanden, waren zahlreiche Sitze entfernt worden, um den Spielern mehr Beinfreiheit zu gewähren, und im hinteren Teil des Flugzeugs gab es Sitzgruppen mit Tischen, damit die Trainer unterwegs Besprechungen abhalten konnten.

Alle dreiundfünfzig aktiven Spieler des Steel-Kaders reisten gemeinsam zwei Tage vor dem Auswärtsspiel an, begleitet von siebzehn Trainern und ein paar Büromitarbeitern. Und von ungefähr einem Dutzend Journalisten. Da *WMBC* zu den offiziellen Teamsponsoren zählte, war ich eine davon ... und ich hasste es zu fliegen.

Fünf Minuten vor dem Boarding hatte ich mir eine Xanax eingeworfen und die Tablette mit einem vollen Glas Wein runtergespült. Bevor ich in einen tiefen Schlaf fiel, bekam ich nur noch mit, dass der Pilot irgendetwas von einer kurzen Verzögerung wegen eines störrischen Vogelschwarms erzählte. *Vögel?*

Als ich aufwachte, warf ich einen Blick auf meine Uhr. Ich hatte vier Stunden des fast sechsstündigen Flugs nach Kalifornien verschlafen. Mein Mund war staubtrocken, und meine Augen noch trockener.

»Guten Morgen, Schlafmütze«, schreckte mich eine Stimme auf.

Gerädert und verwirrt drehte ich den Kopf zum Gang. »Wo … wo ist Alan?« Als ich eingeschlafen war, hatte Alan Coleman, ein Reporter der *Sports Chronicles* neben mir gesessen. Nun jedoch entdeckte ich dort keinen Geringeren als Brody Easton. Und er strahlte von einem Ohr zum anderen.

»Ich habe ihm ein Exklusivinterview zu den neuen Alkoholvorschriften der Liga versprochen, wenn er mit mir Plätze tauschen würde.«

»Wozu das denn?«

»Um neben Ihnen zu sitzen.«

»Haben Sie es genossen, mir beim Schlafen zuzusehen?«

»Sehr. Sie schnarchen übrigens.«

»Tue ich gar nicht.«

»Oh doch. Wollen Sie ein Beweisvideo sehen?«

Unfassbar. »Sie haben mich beim Schlafen gefilmt?«

»Nein. Aber Sie haben da etwas Speichel am Mund.« Er deutete auf meinen Mundwinkel. »Genau da.«

Ich wischte mir den Mundwinkel ab, auch wenn ich nicht sicher war, ob er mich nur auf den Arm nahm. »Sind Sie hierhergekommen, um mich zu nerven?«

»Ganz genauso ist es.« Er lächelte. Es war ein aufrichtiges Lächeln, das selbst seine grünen Augen erreichte. *Oh Mann.*

Genau in diesem Moment gab es leichte Turbulenzen, und

die Ruhe, die mir das Xanax geschenkt hatte, war mit einem Mal dahin. Ich umklammerte mit beiden Händen die Armlehnen.

»Flugangst?«

»Gelinde gesagt.«

»Sie sollten vor dem Flug etwas dagegen nehmen.«

»Habe ich. Aber die Wirkung scheint nachgelassen zu haben.«

»Wie wäre es mit einem Drink, um die Nerven zu beruhigen?«

»Ich sollte das Xanax nicht zu sehr mit Alkohol mischen.« Das Flugzeug wurde erneut durchgeschüttelt. »Okay, ich nehme einen Merlot.«

Brody schmunzelte und drückte über sich auf den Knopf, um die Flugbegleiterin zu rufen. Die langbeinige Brünette kam sofort herbeigeeilt. Ohne mich eines Blickes zu würdigen, richtete sie sich an Brody. »Was kann ich für Sie tun, Mr Easton?«

»Könnten Sie uns bitte einen Merlot und eine Flasche Wasser bringen?«

»Selbstverständlich.«

Sobald sie mit dem Wein eintraf, kippte ich fast das ganze Glas hinunter, als sei es Medizin. Als ich zu Brody hinüberschaute, fiel mir erstmals auf, dass er einen Anzug trug. Er stand ihm gut. »Schön, Sie mal in Hosen zu sehen.«

»Ich kann sie ausziehen, wenn Sie mögen.«

»Damit es so weit kommt, bräuchte ich deutlich mehr als einen Merlot im Mini-Flugzeugformat.«

Als er schnell erneut auf die Ruftaste für die Stewardess drückte, musste ich tatsächlich schmunzeln.

»Also … mal im Ernst … wieso sitzen Sie hier?«

»Haben Sie sich mal umgeschaut? Es gibt genau eine heiße Frau an Bord und hundert haarige Kerle. Die Frage sollte vielmehr lauten, wieso kloppen sich nicht alle darum, hier zu sitzen?«

»Das klang ja fast wie ein Kompliment, Mr Easton.«

»War es auch. Sie sind verdammt heiß. Und ich mag Sie.«

»Ach wirklich? Sie haben eine merkwürdige Art, Ihre Sympathie zum Ausdruck zu bringen. Jedes Mal, wenn ich Sie sehe, sabotieren Sie mein Interview.«

»Da muss ich Sie korrigieren: Jedes Mal, wenn ich Sie sehe, entblöße ich mich vor Ihnen.« Er zeigte mir sein berühmtes Lächeln. »So zeigen wir den Mädels da, wo ich herkomme, dass wir auf sie stehen.«

»Wo kommen Sie denn her? Aus dem Dschungel?«

»Aus Brooklyn.«

Der Offensive-Line-Trainer unterbrach unser Gespräch. »Brody, ich würde gerne ein paar Änderungen an Red Reverse Four vornehmen. Wir haben gerade die Videoaufnahmen von letzter Woche ausgewertet und sind zu dem Ergebnis gekommen, dass wir die Taktik ein wenig umstellen müssen.«

»Alles klar, Coach.«

Brody nahm meine Hand und drückte einen Kuss darauf. Dann verschwand er mit den Trainern. Ich würde ihn erst am Spieltag wiedersehen.

* * *

Wie üblich schien die Sonne in San Diego. Ich vermisste Kalifornien. Eigentlich hatte ich mir nach dem College fest vorgenommen, öfter zurückzukommen. Doch mittlerweile war meine Flugangst so groß, dass ich den Flieger nur noch nahm, wenn es beruflich erforderlich war. Meine Ängste hatten mich im Griff, und nicht andersherum, wie mir diese Reise noch einmal vor Augen geführt hatte.

Ich stand an der Seitenlinie und verfolgte das Spiel gemeinsam mit Brett Marlin, dem Live-Kommentator. Es gehörte zu meinem Job, Brett als zweites Paar Augen zur Seite zu stehen und mich mit ihm zwischen den Live-Filmaufnahmen zu besprechen, denn es war schlicht unmöglich für eine Person allein, alle zweiundzwanzig Mann auf dem Spielfeld auf einmal im Blick zu haben. Und vier Augen sehen bekanntlich mehr als zwei.

Wie erwartet lieferten sich San Diego und New York einen erbitterten Kampf. Das Ergebnis würde über den ersten und den zweiten Platz in ihrer Division entscheiden, und beide kämpften, als ginge es um den Superbowl. Das Gegröle im Stadion war so laut, dass Brett und ich einander über die Kopfhörer kaum hörten. Ich konnte die Vibrationen des Getrampels auf den Rängen bis in meine Brust spüren. *Gott, ich liebe solche Spiele*. Noch dreißig Sekunden bis zur Halbzeit. Ich stand neben der Goallinie und beobachtete, wie die Steel über das Feld rannten. Mit einem 3rd and Short ließ sich Brody ein Stück zurückfallen, um zu passen, nur um festzustellen, dass sich alle seine Receivers in enger Deckung befanden. Anstatt eine Interception zu riskieren, bei der der Gegner den Ball abfängt, wartete er und schaffte es irgendwie, dem hundertvierzig-Kilo-Verteidiger auszuweichen, der direkt auf ihn zusteuerte. Dann senkte er die Schultern und begann, wie ein Berserker zur Endzone zu rennen, bis er die Linie überschritt. *Geht es nur mir so, oder strahlt die Sonne plötzlich wirklich heißer?*

Die Menge tobte vor Begeisterung, und ich erwischte mich dabei, wie ich klatschte, wenngleich verstohlen. Als Reporter sollte man schließlich neutral sein. Als Brody in der Halbzeit vom Spielfeld joggte, überraschte er mich, als er mir plötzlich den Ball von seinem grandiosen Lauf zuwarf, den er immer noch in der Hand hielt. Ich hatte gar nicht bemerkt, dass er mich an der Seitenlinie entdeckt hatte.

Meine Mutter und ich hatten jahrelang die Spiele meines Dads besucht und ihm von unseren Logenplätzen an der 50-Yard-Linie zugesehen. Letztlich war genau das auch der Grund, weshalb ich mich entschieden hatte, Sportreporterin zu werden. Ich konnte mir gar kein Leben ohne Football vorstellen. Aber Brody auf dem Spielfeld zu beobachten war etwas anderes. Allein, wie sexy und selbstsicher er sich bewegte. Seine großen Schritte. Seine strammen, kräftigen Oberschenkel. Wie er scheinbar vollkommen furchtlos über gegnerische Spieler hinwegstürmte. Er war eine solch dominante Kraft, dass es unmöglich war, sich nicht zu ihm hingezogen zu fühlen. Und damit stand ich nicht allein. Beinahe jedes Mal, wenn er vom Spielfeld kam und seinen Helm absetzte, pfiffen ihm die Frauen von den Rängen hinterher. Als er in der zweiten Spielhälfte einen weiteren Touchdown erlaufen konnte und anschließend den Ball erneut in meine Richtung warf, bekam ich von einigen seiner Verehrerinnen Buhrufe zu hören.

Während ich nach Spielende draußen vor der Umkleidekabine wartete, nutzte ich die Zeit, um meine Nachrichten und E-Mails zu checken. Die erste Nachricht, die ich öffnete, kam von Indie.

Indie: Dein Rock ist zu lang. Schieb ihn ein bisschen hoch, bevor du in die Kabine gehst, um mit Easton zu flirten.

Ich musste schmunzeln, während ich meine Antwort tippte.

Delilah: Ich flirte nicht, ich führe ein Interview. Das ist mein JOB.

Indie: Oh Gott! Er hat dir zwei Bälle zugeworfen. Der will doch was von dir!

Na wunderbar. Die Kamera hat also eingefangen, wie mir Brody Easton seine beiden Touchdown-Bälle zugeworfen hat.

Bestimmt durfte ich mir bei unserem Montagsmeeting in der Redaktion dumme Kommentare von meinen männlichen Kollegen anhören.

Ich rief meinen E-Mail-Posteingang auf und begann, die Newsletter und den ganzen anderen Müll durchzuscrollen, als eine E-Mail von Michael Langley mich anhalten ließ.

Ich wollte Ihnen nur noch mal sagen, wie schön ich unseren Abend bei der Benefizveranstaltung letzte Woche fand und dass ich an Sie gedacht habe. Ich freue mich schon darauf, wenn bei Ihnen etwas Ruhe einkehrt, damit ich Sie zum Abendessen ausführen kann. Außerdem versuche ich gerade, ein paar Interviews in meinen Terminkalender einzuplanen. Liebe Grüße, M.

Was für ein süßer Typ … vielleicht sollte ich meine Reinigungskur doch etwas früher als geplant beenden.

Ich stand immer noch über mein Handy gebeugt und las Arbeits-E-Mails, als das Sicherheitspersonal die Umkleidekabine für die Reporter öffnete.

In den Räumen des Gastteams interviewte ich zunächst einen Wide Receiver und ging dann rüber zu Jennings Astor, einem Verteidiger, der im letzten Viertel den Quarterback der gegnerischen Mannschaft im entscheidenden Moment zu Fall gebracht hatte. Bei Easton standen die Journalisten wie üblich Schlange. Sein Spind befand sich direkt gegenüber von Jennings', sodass ich ihn direkt im Blick hatte. Er beendete gerade ein Interview. Als Nächste war Sandra Halston dran, eine Reporterin, die normalerweise über das Heimteam berichtete, und ich war neugierig, wie es zwischen den beiden klappen würde.

Während Sandra alles für das Interview vorbereitete, blickte dieser arrogante Arsch in meine Richtung.

Er grinste breit.

Ich ignorierte ihn. Besser gesagt: Ich *tat so*, als würde ich ihn ignorieren.

Quer durch den Raum studierte ich Eastons Körpersprache. Offenbar hatte er nicht vor, für die gut aussehende Blondine das Handtuch fallen zu lassen. Im Gegenteil, es schien, als würde er sie genauso behandeln wie die männlichen Reporter. Kein anzügliches Grinsen und Funkeln in den Augen, die sonst seine sexuellen Anspielungen begleiteten. Und er ließ auch nicht seine Subway hervorblitzen. Ich hätte nur zu gerne gewusst, ob er mit Sandra das gleiche demütigende Initiierungsritual abgezogen hatte wie mit mir. Aber wieso beschäftigte mich das überhaupt?

Nachdem ich mein Interview im Kasten hatte, ging ich hinüber zu Easton. Erstaunlicherweise war ich gar nicht mehr nervös, sondern stattdessen etwas … aufgeregt.

Während Nick die Kamera und das Licht aufbaute, sagte ich: »Danke für die Bälle vorhin.«

Easton grinste. »Kein Problem.«

»Das haben Sie nur gemacht, damit ich Ihnen danken muss, oder?«

»Nein. Aber das ist ein netter Nebeneffekt. Ich habe das gemacht, damit Sie sich die beiden zu Hause hinstellen und bei ihrem Anblick jedes Mal an mich denken.«

»Ich weiß auch schon den perfekten Ort dafür.«

»Im Schlafzimmer?«

»Im Keller. Ziemlich gruselig da unten. Wie passend.«

Wie gewöhnlich ignorierte er meinen zynischen Kommentar. »Haben Sie sie da in der Tasche?«

»Ja.«

Er drehte sich um, griff in seinen Spind und zog einen Edding heraus. »Geben Sie mal her, dann kann ich sie signieren.«

Während er den zweiten Ball mit seiner Unterschrift versah, gab mir Nick Bescheid, dass er so weit sei. Ich steckte die Bälle wieder in die Tasche mit meiner Ausrüstung und versuchte, meine wilde Lockenmähne zu bändigen. »Sind Sie bereit?«

»Für Sie doch immer.«

Kopfschüttelnd legte ich direkt mit der ersten Frage los, in der Erwartung, jeden Moment sein Handtuch fallen zu sehen. Doch erstaunlicherweise behielt er es das ganze Interview über an und beantwortete alle meine Fragen ohne eine einzige anzügliche Bemerkung. Vielleicht hatte ich meine Initiierung erfolgreich hinter mich gebracht.

Als die Kamera aus war, konnte ich mir einen Kommentar nicht verkneifen: »Danke, dass Sie sich heute weitestgehend bedeckt gehalten haben.«

»Das war verdammt *hart* für mich, ehrlich gesagt.«

Ich schmunzelte, während ich mein Mikrofon und meinen Notizblock wegpackte. »Haben wir das also erfolgreich hinter uns? Diese Art Aufnahmeritual, meine ich? Mir ist aufgefallen, dass Sie bei Sandra heute auch nicht die Hüllen haben fallen lassen. Macht es Ihnen Spaß, neue weibliche Reporter erst einmal mit Ihrem nackten Anblick zu erfreuen, um sie zu verunsichern?«

»Mich nackt zu sehen war also eine Freude. Wusste ich es doch!«

»Ihr Ego ist so groß, dass ich mich frage, wie Sie beide überhaupt in Ihre Schutzausrüstung passen.«

Er grinste. »Großes Ego. Große Ausrüstung.«

»Wie kommt es, dass noch niemand bei der Liga eine Beschwerde wegen sexueller Belästigung gegen Sie eingelegt hat?«

Er zuckte mit den Achseln. »Ich mache das sonst nicht.«

Meine Augen verengten sich zu Schlitzen. »Wollen Sie damit sagen, dass Sie Ihre Handtuchnummer bei Sandra noch nie abgezogen haben?«

»Nein.«

»Na toll, ich bin also die glückliche Auserwählte?«

»Ganz richtig. Würden Sie mit mir zu Abend essen?«

»Nein.«

»Nein?« Ehrlich gesagt, gefiel es mir, wie geschockt er über meine Abfuhr war.

»Sie haben richtig gehört. Nein.«

»Wieso?«

»Ich gehe nicht mit Spielern aus.«

»Letztes Jahr haben Sie aber diesen Kicker von den Saints gedatet.«

»Ich hätte vielleicht präzisieren sollen: Ich gehe nicht mit Spielern aus, die mir ungefragt ihr bestes Stück gezeigt haben.«

Darauf wusste Easton ausnahmsweise nichts zu entgegnen. Ich wendete mich ab, blieb stehen und drehte mich noch einmal zu ihm um. »Übrigens, im Internet meine ehemaligen Dates recherchieren? Gruselig. Die Bälle kommen definitiv in den Keller.«

* * *

Montagmorgen nahm ich den ersten Linienflug nach New York, anstatt mit dem Team am späten Nachmittag zurück nach Hause zu fliegen. Mr CUM kümmerte es nicht, dass ich das halbe Land durchqueren musste, er erwartete trotzdem meine Anwesenheit beim montäglichen Meeting.

Ein Firmenwagen holte mich vom Flughafen JFK ab und brachte mich direkt ins Büro. Wir waren kaum zwei Kilometer gefahren, als wir im Verkehr stecken blieben. Ich holte meine Reisetasche mit der Ausrüstung hervor, um meinen Notizblock herauszunehmen, als mir die schwarze Schrift ins Auge fiel.

Brody Eastons Name war auf den Ball gekritzelt, aber darüber stand noch etwas.

Ich würde wahnsinnig gern mit dir vögeln. 212–538–0321

Ich schüttelte den Kopf. Dann holte ich auch den anderen Ball heraus, drehte ihn in der Hand und las:

Schüttle nicht den Kopf. Du willst es doch auch.

Ich war zugegebenermaßen ein wenig erregt. Wie armselig.

Delilah
KAPITEL 6

»Die Steel haben gerade eine Pressekonferenz für Dienstag um zehn Uhr anberaumt. Laut Gerüchten ist Tyrell Odens Verletzung schwerer als gedacht, und sie werden mitten in der Saison einen Transfer bekannt geben.«

Glücklicherweise trat mir mein Nachbar unter dem Tisch gegen das Bein, um meine Aufmerksamkeit zu erregen.

»Sorry. Könnten Sie das noch mal wiederholen?«

Mr CUM schnaubte ärgerlich.

Jetzt musste schnell eine Ausrede her. »Ich bin gerade in Gedanken ein paar Interviewfragen durchgegangen.«

»Sie sollten in Gedanken bei diesem Meeting sein. Alle Augen auf mich, wenn ich bitten darf.«

Ich nickte, und er wiederholte die Ankündigung der Pressekonferenz, nur für mich.

»Schon registriert«, sagte ich.

»Gut.« Er seufzte. »Nun, da Miss Maddox gedanklich wieder bei uns ist, könnten wir uns vielleicht Brody Easton zuwenden.«

Ähm. Genau da war ich gerade in Gedanken gewesen. Irgendwie bekam ich diesen Depp nicht mehr aus dem Kopf. »Okay.«

»Phil Stapleton hätte gerne ein Exklusivinterview mit Easton für seine wöchentliche Show. Sie scheinen ja einen guten Draht zu ihm zu haben, zumindest habe ich gesehen, wie er Ihnen gestern nach dem Touchdown einen Ball zugeworfen hat.«

Zwei Bälle. Die in diesem Moment in meiner Reisetasche im Büro lagen. Mit der Aufschrift: *Ich würde wahnsinnig gern mit dir vögeln*. Und bei mir herrschte in Liebesdingen offenbar so sehr Notstand, dass ich allein bei der Vorstellung, dass er mich wollte, nervös auf dem Sitz herumrutschte.

»Ich habe ihn ein paarmal interviewt, das stimmt. Aber ich bin mir nicht sicher, ob man sagen kann, wir hätten einen ›guten Draht‹ zueinander.«

Mr CUM fegte meine Bedenken mit einer Handbewegung fort. »Laden Sie ihn für ein Exklusivinterview mit Phil nächste Woche ein. Wir brauchen ihn unbedingt für *Sixty with Stapleton*.«

Es war allgemein bekannt, dass Brody Easton nicht mehr als die vertraglich vereinbarten Interviews und Pressekonferenzen machte. Selbst Zeitungsartikel mussten ihm vor Druck zur Genehmigung vorgelegt werden. Seit er sich wieder einen festen Platz im Team erkämpft hatte, lehnte er ausführliche persönliche TV-Interviews ab. »Er gibt keine Exklusivinterviews.«

»Das wäre ein Riesencoup für uns. Wir hinken mit den Quoten dieses Jahr hinterher, wie Sie wissen.«

Ich biss die Zähne zusammen. Ich wusste, worauf er hinauswollte. Auch wenn es in Wirklichkeit unsere Inhalte waren, die niemanden hinter dem Ofen hervorlockten. Viele der alten Hasen führten immer mit denselben Spielern Interviews und holten stets dieselben ollen Kamellen hervor. Die Zuschauer hingegen wollten etwas Neues, etwas Frisches. »Ich schaue mal, was sich da machen lässt.«

Ich saß noch eine weitere Stunde in dem völlig unnützen Meeting herum und ging danach in mein Büro zurück. Indie saß auf meinem Drehstuhl und warf einen Football in die Luft. Es war der *Ich-würde-wahnsinnig-gern-mit-dir-vögeln*-Ball. Und sie grinste breit.

»Gibt es irgendetwas, worüber du reden möchtest?«

»Klappe.«

»Ich schätze, damit ist die Reinigungskur beendet. Oder ist sie das schon?«

»Glaube ich kaum.«

»Wieso? Der Typ ist unfassbar heiß, und er mag dich offensichtlich.«

»Dieser Typ *mag* mich nicht, er will *Sex* mit mir.«

»Das kommt auf dasselbe hinaus.«

»Nein. Da gibt es einen ganz gewaltigen Unterschied.«

»Hey, wir leben im einundzwanzigsten Jahrhundert. Du kannst Sex auch ohne Liebe und Beziehung haben.«

»Ja, ich weiß, das wäre nicht meine erste Affäre.«

»Du hast ein paar Monate eine Affäre mit einem Typen, merkst dann, dass irgendetwas an ihm nicht stimmt, und nimmst dir eine sechsmonatige Penis-Auszeit. Wäre es nicht einfacher, Sex zu haben, ohne den ganzen Beziehungsquatsch? Dann bräuchtest du auch nicht anschließend ein halbes Jahr Zölibat, um dich zu erholen, sondern könntest das ganze Jahr munter herumpimpern.«

»Du merkst schon auch selbst, dass diese Logik nicht ganz aufgeht, oder?« Ich zog einen Aktenordner aus dem Schrank und blätterte darin herum.

»Also was nun, wirst du mit Easton ins Bett gehen?«

»Hast du den Sarkasmus in meiner Stimme nicht gehört? Der Typ will mich doch nur flachlegen. Der lässt mich fallen wie eine heiße Kartoffel, sobald er mich rumgekriegt hat.«

»Hat er dich zum Date eingeladen?«

»Glaube schon. Er hat mich gefragt, ob ich mit ihm essen gehen würde, bevor er mir diese überaus eloquente Einladung auf dem Ball hinterlassen hat.«

»Siehst du, er steht auf dich!«

So ungern ich es zugab, aber insgeheim hoffte ich, dass es stimmte. Ich konnte nicht leugnen, dass ich mich körperlich zu ihm hingezogen fühlte. Welche Frau mit gesundem Menschenverstand würde das nicht? Aber ich war kein Typ für einen One-Night-Stand. Allein das Gefühl am nächsten Morgen – eben hat er dich noch begehrt und jetzt schon vergessen – stellte ich mir ungefähr so vor, als ob man einen Bungee-Jump macht und aus dem Seil rutscht. Eben noch vom Adrenalinrausch völlig high, merkt man kurz darauf im freien Fall, dass einen nichts mehr hält. Man ist allein, vollkommen auf sich gestellt. Und kann sich nicht mal mehr erinnern, warum man überhaupt gesprungen ist.

In dieser Nacht ging ich, müde vom langen Flug, früh ins Bett. Doch trotz der körperlichen Erschöpfung fand mein Kopf keine Ruhe. Ständig kreisten meine Gedanken um Brody Easton. Die Art, wie er mich ansah, weckte in mir ein Gefühl, das ich längst vergessen hatte – eine körperliche Reaktion, gegen die ich mich nicht wehren konnte. Ein Kribbeln, wie ich es seit Drew nicht mehr gespürt hatte.

Drew.

Ich nahm den kleinen ovalen Bilderrahmen mit dem Foto aus der Mittelstufe vom Nachttisch. Obwohl es immer dort stand, hatte ich es schon seit einer Ewigkeit nicht mehr betrachtet. Drew trug seine Footballausrüstung und die schwarze Bemalung unter seinen hübschen braunen Augen war verschmiert, weil er sich während des Spiels immer wieder den Schweiß weggewischt hatte. Ich musste lächeln. Ein Blick aus diesen Augen – und ich hatte Schmetterlinge im Bauch gehabt.

Während ich so in der Dunkelheit im Bett lag, versuchte ich mir über meine Faszination für Brody klar zu werden. Gut möglich, dass ich einfach eine Schwäche für Footballspieler hatte. Immerhin war mein Vater einer gewesen. Wahrscheinlich hätte Freud das eine oder andere dazu zu sagen gehabt.

* * *

Es war Dienstag, und ich saß in der Pressekonferenz in der letzten Reihe. Auf dem Podium hatten fünf Leute Platz genommen: ganz links der Teammanagement-Leiter, neben ihm der Cheftrainer Bill Ryan, dann der Wide Receiver der Chargers namens Colin Anderson, der Offensive-Line-Trainer der New York Steel und ganz außen rechts Brody Easton. Wie bereits zuvor gemunkelt worden war, bestätigte Trainer Ryan, dass Tyrell Oden, einer der wichtigsten Offensive-Line-Spieler, verletzungsbedingt ausfiel. Daher wäre noch in der Saison – was selten vorkam – ein Transfer nötig, um ihn zu ersetzen: Colin Anderson von den Chargers würde diese Woche zu den Steel stoßen.

Ein Freund von mir hatte mir diesbezüglich schon gestern einen Tipp gegeben, sodass ich ein bisschen hatte nachforschen können. Auch wenn es nie an die Öffentlichkeit gedrungen war, verband Colin und Brody offenbar eine bewegte Vergangenheit. Beide hatten dieselbe Universität besucht, und in Brodys letztem Jahr, bevor er gedraftet wurde, hatten sie sogar in derselben Angriffslinie gespielt. Offenbar verstanden die beiden sich nicht besonders gut, denn es war abseits des Platzes mehrfach zu Auseinandersetzungen gekommen. Davon wussten die anderen Reporter aber vermutlich nichts, auch ich hatte davon nur erfahren, weil Colin und ich einen gemeinsamen Freund hatten. Division-I-Universitäten, die prestigeträchtigsten Sportlerschmieden, hielten sich über interne Konflikte sehr bedeckt, schließlich wollte man potenzielle Nachwuchstalente nicht als Unruhestifter brandmarken.

Im Anschluss an die offizielle Bekanntmachung eröffnete Trainer Ryan die Fragerunde und übergab das Mikrofon an die Journalisten. Brody hatte mich entdeckt und winkte. Wie eine dämliche Kuh lächelte ich zurück. Seine Flirtversuche waren so übertrieben, dass es unmöglich war, sie nicht zumindest amüsant zu finden.

Alle Hände im Saal schossen hoch. Trainer Ryan blickte hinunter auf das Papier und sah sich dann suchend im Raum um. Er hatte mich noch nicht entdeckt, als er meinen Namen vorlas. Ich stand trotzdem auf, um meine Frage vorzubringen.

»Meine Frage geht an Mr Easton.« Brody sah für den Moment erfreut aus. »Haben Sie Sorge, dass die Chemie zwischen Ihnen und Ihrem neuen Receiver nicht passen könnte?«

Brody verschränkte die Arme vor der Brust und lehnte sich zurück. »Wie lauten seine Statistiken des letzten Jahres, Miss Maddox?«

»111 Passfänge, durchschnittlich 14,3 gefangene Yards, elf Touchdowns. Zweitbester der Liga.«

»Da haben Sie Ihre Antwort. Haben Sie noch eine weitere Frage, Miss Maddox?«

Ein paar Männer kicherten. Aber ich wollte eine echte Antwort. »Die Frage war nicht, ob er ein guter Spieler ist. Wir alle wissen, dass er talentiert ist. Meine Frage war, vielleicht sollte ich das wiederholen, ob Sie sich Sorgen machen, dass die *Chemie* zwischen Ihnen und Colin Anderson nicht passen könnte?«

Brodys Kiefer spannte sich an. »Ich will ihn ja nicht heiraten.«

Mehr Gelächter.

»Das dachte ich auch nicht. Aber da Sie beide zu Unizeiten nicht gut miteinander auskamen, habe ich mich gefragt, ob das vielleicht für Sie ein Problem ist?«

Seine Antwort klang barsch. »Nein. Solange er seinen Job macht, habe ich kein Problem mit ihm.«

»Danke.« Als ich mich setzte, war im Saal aufgeregtes Gemurmel zu hören. Die restliche Zeit der Pressekonferenz über starrte mich Brody mit einem Blitzen in den Augen an, und ich fragte mich, ob ich soeben in ein Wespennest gestochen hatte. Colin hingegen zeigte ein hämisches Grinsen und schien unseren Schlagabtausch sichtlich genossen zu haben.

Nachdem die Pressekonferenz zu Ende war, verzichtete ich darauf, noch herumzulaufen und diesen und jenen zu begrüßen. Immerhin hatte ich eine heiße Verabredung mit einem Riesenberg Wäsche, der sich seit einem Monat angehäuft hatte. Ich lief gerade den langen Flur hinunter und war dabei, Indie zu schreiben, als ich zusammenschrak, weil mich eine Hand am Ellenbogen berührte.

»Bravo, gut recherchiert. Woher haben Sie diese Info? Mussten Sie dafür alle meine frühere Zimmergenossen anrufen?«

»Wenn ich mit allen ihren früheren Mitbewohnern geredet hätte, würden mir jetzt die Ohren bluten.«

»Ihnen ist schon klar, dass die Presse von nun an jede Begegnung zwischen diesem Penner und mir beobachten wird, oder?«

»Tut mir leid.«

»Nein, tut es Ihnen nicht.«

Ich blieb stehen. Brody hielt mich immer noch am Arm fest. Ich drehte mich zu ihm und zuckte mit den Achseln. »Okay. Vielleicht auch nicht. Und wennschon?«

Er verengte die Augen.

»Oh. Übrigens. Mein Sender bat mich, Sie zu fragen, ob Sie Phil Stapleton für seine Show *Sixty with Stapletown* ein Exklusivinterview geben würden.«

»Sie bitten mich um einen Gefallen, nachdem Sie mich eben dadrinnen bloßgestellt haben?«

Ich legte den Kopf schräg und warf ihm ein zuckersüßes Lächeln zu. »Sie haben mein erstes Interview in der Kabine sabotiert und mich anschließend zum Abendessen eingeladen.«

Eastons Augenbrauen flogen hoch. »Sie zahlen es mir heim?«

Wir hatten die Eingangstüren des Stadions erreicht. Brody hielt mir die Tür auf. »Folgen Sie mir jetzt bis nach Hause?«

»Ist das eine Einladung?« Er lächelte frech.

Ich schüttelte den Kopf und lief weiter. Keiner von uns beiden sagte etwas, bis wir den Parkplatz überquert hatten und bei meinem Auto angekommen waren. Ich schloss die Tür auf und stieg ein. Easton stand draußen und hielt die Tür offen. »Ich sage Ihnen was. Ich mache das Interview für *Sixty with Stapleton*.«

»Wirklich?«

»Unter zwei Bedingungen.«

»Die da wären?«

»Sie führen das Interview, und nicht dieser alte Sack Stapleton. Er hat ständig Gastinterviewer. Wenn die mich wollen, machen Sie es.«

»Meinen Sie das ernst?«

»Klar.«

»Wow. Stapleton wird sicher nicht allzu begeistert sein. Aber Mr CU… – aber mein Chef dafür umso mehr.«

»Dann ist es also abgemacht.«

Ich beäugte ihn misstrauisch. »Wieso sind Sie nett zu mir, wo ich doch gerade erst etwas enthüllt habe, was sich wahrscheinlich bald zu einem medialen Shitstorm auswächst?«

»Ich mag Sie.«

Ich schüttelte den Kopf. »Ich werde mit meinem Chef reden und dann Ihren Agenten anrufen, um alles zu vereinbaren.«

»Klingt gut. Kann ich mir kurz Ihr Handy borgen? Mein Trainer wundert sich vermutlich schon, wo ich bleibe.«

Ich reichte ihm mein Telefon. Er wählte eine Nummer, legte auf und reichte mir wortlos mein Handy zurück.

Offenbar stand mir die Verwirrung ins Gesicht geschrieben. »Sie haben mich gar nicht gefragt, was Bedingung Nummer zwei ist.«

Ich hatte mich tatsächlich so sehr über seine Zusage für ein Interview gefreut, dass ich die zweite Bedingung ganz vergessen hatte. »Was ist die zweite Bedingung?«

»Sie gehen mit mir essen.«

»Essen?«

»Ganz genau.«

»Heißt ›essen‹ in Wirklichkeit mit Ihnen schlafen?«

»Hoffentlich danach. Aber wenn es Ihnen andersherum lieber ist und Sie zuerst mit mir in die Kiste hüpfen wollen, hätte ich auch nichts dagegen einzuwenden.«

»Nein danke.«

»Entspannen Sie sich. Mit ›essen‹ meine ich wirklich nur essen. Sie wissen schon, ich führe Sie in ein überteuertes Restaurant aus, wir essen etwas, und ich erzähle Ihnen, wie phänomenal ich bin.«

»Du liebe Güte. Wie könnte ich so eine Einladung ausschlagen?«

Er winkte ab. »Dachte ich mir doch. Ich bin praktisch unwiderstehlich.«

»Na, wenn Sie das sagen.«

Während ich noch vom Parkplatz fuhr und mich fragte, worauf ich mich da soeben eingelassen hatte, brummte mein Handy.

Brody: Mittwochabend. Ich hole Sie um 6 in Ihrem Büro ab. Ziehen Sie was Heißes an.

Delilah
KAPITEL 7

»Du liebe Güte, was trägst du denn da?«, begrüßte mich Indie, als ich am Mittwochabend von der Damentoilette zurück in mein Büro kam.

»Mein neues Outfit, für mein Date heute Abend.«

»Du siehst aus wie eine sechzigjährige Großmutter auf dem Weg zur Sonntagsmesse.«

Das traf den Nagel auf den Kopf. Einen Teil des Outfits hatte ich extra für diesen Anlass gekauft. Und zwar in der Kleiderkammer auf der 72nd Street – wo sonst bekam man einen ganzen Beutel voller Omi-Klamotten für weniger als zwanzig Dollar. Ich sah mein Spiegelbild in der Fensterscheibe. Den viel zu großen marineblauen Cordblazer. Die marineblaue Polyesterhose mit Gummizug (unfassbar bequem!). Die cremefarbene Baumwollbluse mit Spitzendeckchenoptik, natürlich bis obenhin zugeknüpft. Die unechte Perlenkette. Den streng nach hinten gebundenen Dutt. Abgetragene flache Slipper (ja, zugegeben, die stammten aus meinem Schrank).

Ich tätschelte meinen Dutt und trug einen blasslila Lippenstift auf, den ich absichtlich auch über meine vorderen Schneidezähne verteilte. »Sag bloß, dir gefällt mein Outfit nicht?«

»Ganz im Ernst? Du siehst ein wenig aus, als hättest du sie nicht mehr alle.«

Ich strich meinen Blazer glatt und schnappte mir die riesige altbackene braune Kirchgängerin-Handtasche. »Was? Findest du mich etwa nicht sexy?«

»Trägst du dadrunter etwa lange Unterhosen?«

Ich knipste das Licht in meinem Büro aus. »Und einen Still-BH.« In Wirklichkeit trug ich einen String-Tanga und einen normalen Halbschalen-BH, aber Indies angewiderter Gesichtsausdruck war einfach zum Schießen.

Sie folgte mir nach draußen. Zum Glück waren die meisten Kollegen schon weg, sonst hätte ich mir wohl den einen oder anderen komischen Blick eingefangen. Ich sah wirklich aus wie eine Verrückte.

»Hast du den Kram aus dem Fundus?«, fragte Indie.

»Nein, das habe ich extra für mein Date gekauft.«

»Du hast dafür Geld bezahlt?«

»Klaro.«

»Ich glaube, dir ist die viele Arbeit in letzter Zeit nicht gut bekommen.« Sie gab mir ein Küsschen auf die Wange und sprang in den Aufzug, um nach oben in ihr Büro zu fahren. »Morgen Frühstück um acht in deinem Büro. Ich bin schon total gespannt, was du zu berichten haben wirst.«

Zehn Minuten später verließ ich das Gebäude von *WMBC* durch die gläserne Drehtür und erblickte schon von Weitem einen schicken Sportwagen, der in der zweiten Reihe geparkt stand. Brody stieg aus und ging um den Wagen herum, um mir die Beifahrertür aufzuhalten. Er musterte mich von oben bis unten und zog die Brauen zusammen. Dann blinzelte er heftig. »Hi.«

Ich grinste dämlich über beide Ohren. »Hi. Und, wohin geht's?«

»Ähm … zu … dem … ähm … Restaurant im *Regency*.«

Ich musste mich sehr zusammenreißen, um nicht loszulachen. Offensichtlich war er sich nicht schlüssig, ob das Outfit mein Ernst war oder nur ein Witz. Immerhin musste ich ihm zugutehalten, dass er höflich genug war, keinen Kommentar abzugeben. Nachdem wir eingestiegen waren, konnte ich es mir trotzdem nicht verkneifen, noch ein wenig zu sticheln.

»Gut sehen Sie aus.« Er trug einen tannengrünen Kaschmirpulli, der ihm hervorragend stand. Er zeigte seine breiten Schultern, ohne zu eng zu sein. Dazu eine schlichte schwarze Hose.

Er sah erst zu mir und dann wieder geradeaus auf die Straße. »Danke.« Ich wusste nicht, ob ich es sympathisch oder unsympathisch fand, dass er mich nicht anlog und das Kompliment erwiderte.

»Sie sehen anders aus, so mit dem Dutt. Gefällt mir.«

»Wirklich?«

»Ja, wie eine sexy Bibliothekarin.«

»Sexy Bibliothekarin, schon klar …«

»Ich fand Bibliothekarinnen schon immer scharf. Sie wissen schon … erst ziehe ich ihr die Haarnadel heraus, sodass ihr die Haare locker auf die Schulter fallen, und dann bringe ich sie zwischen den Regalen zum Stöhnen.«

»Wie romantisch.« Die Bilder, die er in meiner Fantasie hervorrief, ließen mich auf dem Sitz hin und her rutschen.

»Ich glaube, Frauen wollen in Wirklichkeit gar nicht so viel Romantik, wie sie selbst glauben.«

Ich lachte hämisch. »Offenbar haben Sie keine Ahnung von Frauen.«

»Oh doch, ich würde sagen, schon. Ich glaube, die meisten Frauen, besonders die, die hart arbeiten und viel um die Ohren haben, möchten am liebsten einen Mann, der abends heimkommt, sie unter den Schenkeln packt und direkt an der Wand nimmt, anstatt ihnen blöde Blumen mitzubringen und sie mit albernem romantischem Kitsch zu überraschen.«

»Wir mögen blöde Blumen und romantischen Kitsch.« *Auch wenn ich nichts gegen einen ordentlichen Quickie an der Wand hätte.*

»Dann wurden Sie noch nie richtig gegen die Wand gevögelt.«

»Lassen Sie mich raten: Sie könnten es mir demonstrieren.«

»Wir könnten das Abendessen überspringen.«

»Wie großzügig von Ihnen. Aber unser Deal war, Abendessen gegen Interview.«

Er zuckte mit den Schultern. »Ganz, wie Sie wollen.«

Wir waren am *Regency* angekommen. Der Parkdienstmitarbeiter, der mir die Tür öffnete, schien Brody zu kennen. »Um die übliche Zeit morgen früh, Mr Easton?«

»Mmh. Wahrscheinlich brauche ich den Wagen heute Abend noch mal. Könnten Sie ihn in Reichweite parken?«

»Kein Problem, Mr Easton.«

Brody kam um den Wagen herum. Seine Hand wanderte hinunter zu meinem Kreuz.

»Wahrscheinlich?«

»Ein Mann wird ja wohl noch träumen dürfen.« Er zwinkerte mir zu.

Als wir die Lobby durchquerten, begrüßten ihn mehrere Mitarbeiter namentlich. Natürlich ist sein Name jedem ein Begriff, aber es klang, als sei er Stammgast. »Kommen Sie öfter her? So für ein Abendessen im Hotel? Wie praktisch, wenn man den Nachtisch mit aufs Zimmer nehmen will …«

»Ich wohne hier.«

»Sie wohnen im *Regency*?«

»Während der Saison, ja. Ich brauche keine Stunde von hier bis zum Stadion, selbst wenn viel Verkehr ist.«

»Und wo wohnen Sie sonst?«

»Ich habe eine Blockhütte in Upstate New York. Da bin ich dann meistens.«

»Eine Blockhütte? Im Wald?«

»Ja. Ich bin schon seit Jahren dabei, sie in meiner freien Zeit auszubauen. Vermutlich bin ich so in … na ja, weiß nicht … zwanzig oder dreißig Jahren fertig.« Er gluckste.

»Klingt, als ob Sie schnell arbeiten.«

Er führte mich den Gang hinunter zum Restaurant, beugte sich zu mir und raunte: »Ehrlich gesagt, lasse ich mir gerne Zeit.«

Das Vibrieren seiner Stimme spürte ich bis in die Zehenspitzen.

Plötzlich wünschte ich fast, ich wäre nicht wie eine Schulmeisterin angezogen.

Nachdem wir an unserem Tisch im überaus edlen und schicken Restaurant *Silver Ivy* Platz genommen hatten, kam eine Kellnerin, um unsere Bestellung aufzunehmen. Sie klimperte mit ihren langen Wimpern in Brodys Richtung, während sie mich nur kurz musterte, bestimmt voller Neid auf mein Outfit. »Was kann ich heute Abend für Sie tun, Mr Easton?«

Im Ernst jetzt? Kotz.

»Hey, Siselee.« Er sah zu mir. »Mögen Sie Rotwein?«

»Rotwein gehört für mich zu den fünf Grundnahrungsmitteln.«

Er bestellte einen Wein, von dem ich noch nie gehört hatte. Die Kellnerin öffnete die Flasche, schenkte mir ein Glas ein und stellte die Flasche auf den Tisch.

»Trinkst du nicht mit?« Die Frage war an Brody gerichtet, aber Siselee kam ihm zuvor.

»Er trinkt nur dienstagabends.« Stolz darauf, die Antwort zu kennen, reckte sie ihr Kinn nach oben.

»Das Training«, fügte Brody als Erklärung an.

Allmählich wurde unser Gespräch entspannter. Natürlich landeten wir zwangsläufig beim Thema »Sport« und begannen, heftig über die besten Spieler aller Zeiten zu diskutieren, probierten nebenher vom Essen des anderen und ließen keine Gelegenheit aus, uns gegenseitig zu necken. Schließlich kamen wir auf Brodys neuen Wide Receiver zu sprechen.

»Ich werfe, er fängt. Dazu müssen wir keine Kumpel sein.«

»Aber ihr müsst euch vertrauen. Mein Vater sagte immer, sein Receiver war für ihn wie seine Frau – er muss sich darauf verlassen können, dass sein Partner die richtigen Entscheidungen trifft.«

»Ich muss mich nur auf seine Fähigkeiten verlassen können. Nicht auf seinen Charakter.«

»Liegt da also das Problem? Sein Charakter?«

Brody lehnte sich zurück und verschränkte die Arme. »Was wird das? Ein Interview? Wird all der Scheiß morgen gesendet?«

»Nein. Sorry. Dumme Gewohnheit. Ich bin damit aufgewachsen, mich über Football zu streiten, und irgendwie mache ich das gern.«

»Geht mir vermutlich genauso. Was machen Sie sonst noch gern?«

»Ehrlich gesagt, hatte ich zuletzt kaum Freizeit. Zwischen all meinen Reisen und Recherchen und den Statistiken, über die ich mich auf dem Laufenden halten muss, bleibt kaum Zeit für mehr als Arbeiten und Schlafen. Ich hatte seit zwei Monaten keinen freien Tag mehr.«

»Was würden Sie tun, wenn Sie einen Tag freihätten?«

»Mmh. Ich gehe in Museen. Und mache Fahrradtouren. Aber wenn ich einen ganzen Tag freihätte, würde ich vermutlich den ganzen Tag im Bett bleiben und Filme schauen.«

»Was für Filme?«

»Schlechte Horrorfilme. Je blutiger, desto besser.«

»Echt jetzt?«

»Echt jetzt.« Ich stieß mit meinem Glas Wein mit ihm an, ehe ich einen Schluck nahm. »Was ist mit Ihnen? Was würden

Sie tun, wenn Sie einen Tag kein Training und kein Spiel hätten?« Da mein Dad selbst früher Quarterback gewesen war, wusste ich, dass ein freier Tag innerhalb der Footballsaison eine Seltenheit war. Selbst an »Erholungs«-Tagen nach einem Spiel mussten sich die Quarterbacks die Videobänder vom letzten Spiel ansehen, um sich auf das nächste vorzubereiten.

»Ich würde auch im Bett bleiben.«

»Und was würden Sie sich ansehen?«

»Dein Gesicht, während ich mich tief in dir versenke.«

Ich hatte gerade einen großen Schluck Wein genommen und verschluckte mich. Zumindest hatte ich durch das Spucken und Husten eine Ausrede, weshalb ich anlief wie eine Tomate.

»Alles okay mit dir?«

Ich brauchte eine Minute, und als ich sprach, war meine Stimme etwas heiser, aber immerhin hatte ich meine Fassung wiedergefunden. »Warum sagst du so was?«

Er zuckte mit den Schultern. »Weil es stimmt. Ich wäre am liebsten im Bett. Beim Sex. Mit dir.«

»Du hast ein ganz schön schmutziges Mundwerk.«

»Dieses schmutzige Mundwerk würde liebend gerne schmutzige Dinge mit dir anstellen.«

Ich fühlte mich, als säße ich in einem Wagen auf dem höchsten Punkt einer Achterbahn, der jeden Moment hinunter in den Abgrund raste … Nur dass ich diese Nervosität und den Nervenkitzel nicht in meinem Magen spürte, sondern in meinem Tanga. Der zusehends feuchter wurde.

Brody nahm die Weinflasche und schenkte mir nach. »Erzähl mir etwas Peinliches über dich.«

»Etwas Peinliches?«

»Ja. Etwas, das mir hilft, keine schmutzigen Fantasien mehr zu haben, wenn ich dich ansehe.«

»Mmh … lass mich mal nachdenken.«

Er beugte sich vor. »Denk lieber schneller nach. Du bist ziemlich heiß, wenn du nachdenkst.«

Kopfschüttelnd erzählte ich ihm die erstbeste peinliche Geschichte, die mir einfiel, auch wenn sie lange zurücklag. »Einmal, mit sechzehn, hatte ich meinen Eltern weisgemacht, ich würde bei einer Freundin übernachten, in Wirklichkeit war ich jedoch mit einer größeren Gruppe zelten. Wir kauften Bier und saßen die ganze Nacht ums Lagerfeuer herum und betranken uns. Irgendwann, als wir alle schon ziemlich besoffen waren, beschlossen wir, Marshmallows zu grillen. Ich hatte mit dem Zelten in etwa so viel Erfahrung wie mit dem Trinken; mit anderen Worten, ich war sturzbesoffen und gehörte nicht in die Nähe von Feuer. Jedenfalls sammelten wir Stöcke und spießten die Marshmallows auf. Mein Stock war kurz, vielleicht fünfzehn Zentimeter.«

»Meiner ist größer«, unterbrach er mich grinsend.

Ich verdrehte die Augen, fuhr aber fort. »Jedenfalls saß ich viel zu dicht am Feuer und versuchte mit meinem kurzen Stöckchen meinen Marshmallow zu rösten, und plötzlich fingen meine Haare Feuer. Ich hatte Glück, dass ich mich nicht ernstlich verbrannte, aber es hat mir die Haare auf dem halben Kopf weggekokelt. Ich musste das ganze erste Jahr an der Uni mit Glatze herumlaufen. Und ich bekam einen Monat Hausarrest von meinen Eltern.«

Wir lachten uns schlapp auf meine Kosten. »Weißt du, was daran am komischsten ist?«, fragte mich Brody.

»Was?«

»Ich möchte immer noch schmutzige Dinge mit dir anstellen.«

Die Kellnerin kam zu unserem Tisch und räumte die Teller ab. Brody bat um ein paar Minuten Bedenkzeit für den Nachtisch, die ich auch dringend brauchte, um mich wieder zu sammeln. Ich faltete die Hände vor mir auf dem Tisch. »Das war schon alles? So wirbst du um mich? Ein Abendessen, zu dem du mich nur gekriegt hast, indem du mir ein Interview versprochen hast, und jetzt soll ich mit dir in die Kiste springen?«

»Deinem Ton nach zu urteilen, sollte ich wohl nicht mit Ja antworten.«

Die Kellnerin kam zurück, ehe ich etwas erwidern konnte. »Haben Sie sich für ein Dessert entschieden?«

Brody deutete auf das Menü. »Bitte bringen Sie uns von jedem eins.«

Verdutzt starrte sie ihn an. »Sie wollen eins von jedem Dessert?«

Er sah mich an. »Das ist korrekt. Sie möchte mehr umworben werden. Also bringen Sie uns bitte von jedem eins.«

Ich konnte nicht anders als lachen.

»Siehst du«, sagte er, als Siselee weg war. »Unterhaltsam bin ich auch. Ich bringe dich zum Lachen. Und du findest mich heiß. Was will man mehr? Ich weiß gar nicht, was du hast.«

»Wie bitte? Ich habe nie gesagt, dass ich dich heiß finde.«

»Brauchst du auch nicht. Das spüre ich. Es liegt in der Luft. Du fühlst dich genauso von mir angezogen wie ich mich von dir.«

»Du spinnst ja.«

»Nun gib es schon zu.«

»Mal ehrlich, selbst wenn es wahr wäre …«

»Also stimmt es.«

»Wie auch immer. Ich stehe nicht auf Gelegenheitssex.«

»Wieso nicht?«

»Weil Sex mehr sein sollte als nur … Sex.«

»Wieso?« Seine Augenbrauen zogen sich zusammen. Offenbar verstand er wirklich nicht.

»Ich brauche eine emotionale Beziehung, um mit jemandem Sex zu haben.«

»Du meinst, so was wie eine Beziehung?«

»Genau. Eine Beziehung. Ich rede nicht gleich von Heiraten. Aber zusammen sein. Sich kennenlernen.«

Er stieß Luft aus. »Das kann ich nicht. Ich mag es unkompliziert.«

Ich rang mir ein Lächeln ab und ärgerte mich, weil ich ein wenig enttäuscht war. »Siehst du, wir sollten besser Freunde sein.«

»Ich habe keine Freundinnen. Also weibliche Freunde, mit denen ich nicht, du weißt schon.«

»Na ja, dann bin ich eben die Erste für dich.«

»Sieht wohl ganz danach aus.« Er streckte mir die Hand hin, um unsere neu geschlossene Freundschaft zu besiegeln, ließ aber nicht los. Stattdessen beugte er sich, meine Hand immer noch festhaltend, vor: »Ich bin enttäuscht. Ich hatte mich wirklich darauf gefreut, deine Klamotten auf meinem Schlafzimmerboden liegen zu sehen.«

»Selbst diese Klamotten?«, fragte ich mit hochgezogenen Augenbrauen.

Die Kellnerin schob den Dessertwagen heran. Ich gab es ja nur ungern zu, aber ich vermisste seine Berührung, als er meine Hand losließ. All die Süßigkeiten würden jetzt als Trostpflaster für etwas anderes herhalten müssen.

Danach bewegte sich unser Gespräch wieder in normalen Bahnen. Zumindest normal für unsere Verhältnisse. Wir stritten uns weiter, er machte noch ein paar unanständige Bemerkungen, und wir bissen von jedem der dreizehn Desserts einmal ab. Zum Glück hatte ich meine neue superschicke Gummizughose an.

»Boah, bin ich voll.« Ich lehnte mich träge zurück.

»Für ein zierliches Persönchen futterst du ganz schön.«

»So etwas solltest du niemals zu einer Frau sagen.«

»Aber wenn sie nur eine Freundin ist, dann schon, oder?«

Keiner von uns machte Anstalten, den Abend zu beenden, und ich merkte erst, wie spät es war, als alle Gäste gegangen und wir allein im Restaurant übrig waren. »Wow. Wir sind seit fast vier Stunden hier.«

»Hat sich gar nicht so lang angefühlt.«

»Ja, finde ich auch. Der Abend war auch ganz anders, als ich erwartet hätte.«

»Was hattest du denn erwartet?«

»Ich weiß auch nicht, ich glaube, ich hätte einfach nicht gedacht, dass ich dich richtig kennenlerne.«

»Du hast gedacht, ich sei nur ein oberflächlicher Schönling, was?«

Ich tat seine Bemerkung mit einem Lachen ab, aber tatsächlich hatte ich ziemlich genau das erwartet. Sexuelle Anspielungen und Football-Geplänkel, mehr nicht. Ja, auch das hatte es an diesem Abend gegeben, aber eben nicht nur. Ich konnte mich nicht erinnern, wann ein erstes Date zuletzt so gut gelaufen war. *Mist. Das ist kein Date, verdammt.*

Eine Stunde später fuhren wir vor meinem Haus vor. Er parkte, stellte den Motor ab und kam um den Wagen herum, um mir die Tür aufzuhalten. »Gibt es gar keinen Pförtner?«

»Der macht um elf Feierabend.«

»Dann bringe ich dich noch hinein.«

Die Eingangshalle war leer, und wie üblich war nur einer der beiden Aufzüge in meinem Hochhauskomplex in Betrieb. Ich drückte auf die Ruftaste und rang innerlich mit mir, ob ich ihn noch mit zu mir einladen sollte.

Nein, das würde er nur missverstehen.

Aber ich wollte nicht, dass er ging.

»Also … ich rufe dann deinen Agenten an, um den Interviewtermin für dieses Wochenende zu vereinbaren.«

»Ruf mich an. Nicht meinen Agenten.«

»Okay.«

Der Aufzugton erklang hell. Plötzlich war ich verlegen. »Willst du noch auf einen Kaffee mit raufkommen?«

Er schüttelte langsam den Kopf.

»Okay, na dann. Danke für das Abendessen.« Ich betrat die Kabine.

»Gern geschehen.«

Die ungeduldigen Türen begannen sich zu schließen. Brody hielt sie offen, während er sich vorbeugte und mir ein Küsschen auf die Wange gab. Sein Mund verharrte dicht neben mir, als er mir ins Ohr flüsterte: »Ich könnte für nichts garantieren, wenn ich allein mit dir wäre. Ich brauche ein wenig Abstand zwischen uns, sonst klappt das mit unserer Freundschaft nicht.«

Er lehnte sich zurück, und wir starrten einander einen Moment lang an. Mein Herz raste wie wild. Mein Puls schlug so schnell, als wäre ich gerade einen Marathon gerannt. Es lag eine solche Spannung in der Luft, dass sich sämtliche Härchen in meinem Nacken aufstellten.

Er zog den Arm aus der Tür. Als sie sich schloss, warf er mir einen letzten Blick zu: »Träum schön, neue Freundin.«

Das würde ich, da war ich mir ganz sicher. Und ich wusste auch schon, von wem.

Delilah
KAPITEL 8

»Also hast du ihn gestern rangelassen?« Indie drehte sich auf meinem ergonomischen Drehstuhl im Kreis. Ich stellte meine Taschen auf dem Boden ab und blickte auf den wunderschönen Blumenstrauß, der mitten auf meinem Schreibtisch stand.

»Wo kommen die denn her?«

Sie linste auf die kleine Floristen-Visitenkarte in ihrer Hand. »Blumenladen *Cityscape*. Die wurden geliefert, kurz bevor du kamst.«

»Ich muss schnell zur Toilette. Warum machst du es dir nicht schon mal gemütlich? Wobei, warte mal, das hast du ja schon.« Als ich meine Geldbörse in die Schublade und das Handy auf den Schreibtisch warf, fiel mein Blick auf die braune Papiertüte, von der ich annahm, dass sie unser Frühstück enthielt. »Ich hoffe, du hast etwas schön Fettiges mitgebracht … das kann ich heute Morgen gut gebrauchen.«

Als ich zurück in mein Büro kam, hielt Indie mein Handy in der Hand. »Ah, da kommt sie auch schon. Die Blumen sind übrigens bezaubernd.« Sie überreichte mir das Handy mit einem schelmischen Grinsen.

»Hallo.«

»Guten Morgen.« Brodys Stimme klang noch heiser vom Schlaf. »Was für Blumen haben sie geliefert?«

Ich blickte auf den Strauß. »Rosen. Sie sind wunderschön. Danke.«

»Wie einfallslos.«

»Wie bitte?«

»Welche Lusche schickt einer Frau wie dir stinknormale Rosen?«

»Du meinst … die sind gar nicht von dir?«

»Nein. Und der Typ, der sie geschickt hat, hat bestimmt seine Sekretärin damit beauftragt und sich keine Gedanken darüber gemacht. Wahrscheinlich ist er Stammkunde bei dem Blumenladen und gibt immer eine Standardbestellung auf. Der Typ ist ein Vollidiot.«

»Du weißt nicht einmal, von wem sie sind. Ich weiß nicht einmal, von wem sie sind. Und trotzdem weißt du bereits, dass der Typ ein Vollidiot ist?«

»Richtig.«

»Weil er mir Rosen schickt?«

»Genau. Vollidiot. Sag ich doch.«

Ich gluckste vor mich hin. »Sehr amüsant. Ich werde dein Urteil im Hinterkopf behalten, wenn ich die Karte lese und herausfinde, wem ich diese süße Aufmerksamkeit zu verdanken habe.«

»Süße Aufmerksamkeit.« Er schnaubte verächtlich. »Das ist doch gar nicht das, was du willst, und das weißt du auch genau.«

Nachdem ich mich acht Stunden lang im Bett schlaflos hin und her gewälzt hatte, fing ich langsam an, ihm zu glauben. So ungern ich es auch zugab, aber Brody war mir letzte Nacht nicht aus dem Kopf gegangen. Und je öfter ich über unser Gespräch nachdachte, weshalb ich Sex ohne Liebe ablehnte, desto mehr beschlichen mich Zweifel. Vielleicht war doch nichts Schlechtes daran, mit einem Mann zu schlafen, zu dem ich mich hingezogen fühlte. Wieso musste man unbedingt eine Beziehung haben, um seine sexuellen Bedürfnisse zu befriedigen? Ich war sechsundzwanzig Jahre alt – es war also absolut nichts Verwerfliches daran, wenn ich einfach unverbindlich Sex hatte, wenn ich darauf Lust hatte.

»Rufst du aus einem bestimmten Grund an, Brody? Oder nur, um mir zu sagen, was ich wirklich will?«

Er stöhnte.

»Was?«

»Ich mag, wie sich mein Name aus deinem Mund anhört.« Er stöhnte erneut.

»Was?«

»Jetzt muss ich an deinen Mund denken.«

Ich lachte. »Dieses Freundschaftsding liegt dir nicht besonders, was?«

»Ich habe dir ja gesagt, dass du die Erste bist. Es ist schwieriger als gedacht.«

»Kann ich mir vorstellen.«

»Erwiderst du etwa meine Flirtversuche?«

»Du bringst mich ganz durcheinander. Ich habe keine Ahnung, was ich mache. Ich weiß nicht einmal, weshalb du eigentlich anrufst.«

»Mist. Ach so. Ja. Klar. Ich wollte nur Bescheid geben, dass ich das Interview in meiner Hotelsuite gebe.«

»In deiner Hotelsuite?«

»Kling nicht so schockiert. Du hast deine Crew dabei. Ich werde ja wohl kaum vor deren Augen über dich herfallen.«

»Das stimmt.«

»Ich werde warten müssen, bis sie weg sind.«

Ich stand immer noch neben meinem Schreibtisch und bedeutete Indie jetzt mit dem Daumen, von meinem Stuhl aufzustehen. »Welcher Tag?«

»Samstag. Am späten Nachmittag. Wir haben am Sonntag ein Heimspiel, das heißt, wir trainieren bis zwei.«

»Sollen wir dann fünf sagen?«

»Passt wunderbar.«

»Danke schön. Ich kann dir gar nicht sagen, wie dankbar ich dir bin. Mein Boss wird ganz aus dem Häuschen sein. Und er ist sonst immer eher mies drauf, das soll also was heißen.«

»Freut mich, wenn ich behilflich sein kann.«

»Ich schicke dir die Fragen bis morgen Abend schon mal vorab zu.«

»Mmh, warum bringst du sie nicht einfach selbst vorbei, und wir machen einen Testlauf?«

»In deinem Hotel?«

»Hast du Angst, dass du dich nicht beherrschen kannst?«

»Natürlich nicht.« *Vielleicht.*

»Dann also fünf Uhr. Ich bestelle uns Abendessen aufs Zimmer.«

»Okay.«

»Ach, und Delilah?«

»Ja?«

»Du kannst dein Oma-Outfit zu Hause lassen. Ich finde dich trotzdem sexy.«

Die Leitung wurde unterbrochen, und ich blieb mit offenem Mund zurück. Als ich mich wieder gefangen hatte, streckte ich Indie die Hand hin. Sie legte das Kärtchen hinein.

Delilah. Die riechen nicht einmal halb so gut wie Sie. Michael Langley.

»Von wem sind die?«

»Eigentlich dürfte ich dir das gar nicht sagen, nachdem was du da gerade am Telefon gemacht hast.«

»Was denn? Ich dachte, die Blumen seien von Brody. Du bist mit ihm gestern Abend ausgegangen, und er hat gleich heute früh angerufen.«

»Tja, da hast du dich getäuscht.«

»Ich wette, Brody war eifersüchtig.«

»Glaube ich nicht.«

Indie nahm mir die Karte aus der Hand, las sie und rümpfte die Nase. »Michael Langley.«

»Was? Er ist ein netter Kerl. Wir haben uns bei dem Benefizball unterhalten. Wir haben vieles gemeinsam.«

»Weißt du, was dem Typ fehlt?«

»Was?«

»Er ist nicht *Brody Easton*.«

»Ich glaube fast, *du* solltest mit Brody Easton ausgehen.«

»Würde ich. Aber ich befolge den Freundinnen-Kodex.«

»Freundinnen-Kodex?«

»Man schläft nicht mit einem Mann, wenn die eigene Freundin scharf auf ihn ist.«

»Ich bin nicht scharf auf ihn.«

»Und ob du das bist!«

Es hatte keinen Zweck, mit ihr zu diskutieren. »Hast du mir wenigstens was Leckeres zum Frühstück mitgebracht?«

»Zwei Eier, beidseitig angebraten, mit Speck und Käse.«

»Gott sei Dank.«

»Wenn du mit Easton geschlafen hättest, müsstest du dich jetzt nicht so vollstopfen, sondern würdest Joghurt essen wollen oder irgendwelchen anderen gesunden Kram.«

»Mit anderen Worten, mit Easton zu schlafen wäre meiner Gesundheit förderlich? Wolltest du mir das damit sagen?«

»Ganz genau.«

* * *

Später am Nachmittag suchte ich im Firmenverzeichnis nach Michael Langleys Telefonnummer. Seine Sekretärin nahm schon beim zweiten Klingeln ab.

»Michael Langleys Büro.«

»Hallo. Hier ist Delilah Maddox. Ist Michael zu sprechen?«

»Oh, hallo Delilah. Leider nicht, er hat heute Nachmittag ein Meeting außer Haus. Soll ich ihm eine Nachricht hinterlassen?«

»Klar. Könnten Sie …« Brodys Worte fielen mir wieder ein. »Das heißt, eigentlich rufe ich an, um ihm für die Blumen zu danken. Aber wahrscheinlich sollte ich vielmehr Ihnen danken. Bestimmt haben Sie veranlasst, dass der wunderschöne Strauß heute früh in mein Büro geliefert wurde, oder?«

»Na ja, das war nicht allein mein Verdienst. Er hat mir den Text für die Karte diktiert.« Sie kicherte. Eigentlich sollte es mir nichts ausmachen. Doch aus irgendeinem Grund tat es das.

»Trotzdem danke. Und bitte richten Sie ihm aus, dass ich ihm ebenfalls danke.«

»Mache ich.«

Ich saß in meinem Büro und starrte, nachdem ich aufgelegt hatte, einige Zeit vor mich hin. Ein Klopfen an der Tür ließ mich hochschrecken.

»Delilah Maddox?«

»Ja?« Der Bote hielt eine längliche weiße Schachtel mit einer riesigen blau-gelben Schleife darum in der Hand. *Was, schickt er jetzt langstielige Rosen?*

»Die sind für Sie.«

Er stellte die Schachtel auf meinem Schreibtisch ab und ging. Neugierig zog ich die Schleife herunter – in den Teamfarben der Steel, wie mir dabei auffiel. Als ich den Deckel abnahm und das weiße Papier beiseiteschlug, erwartete ich, langstielige Rosen darin zu finden. Doch stattdessen lagen in der Schachtel Stöcke – genauer gesagt, Zweige vom Baum –, ungefähr ein Dutzend, zusammengebunden mit einer Schleife wie der um die Schachtel. Die Karte, die der Lieferung beilag, war in Brodys Handschrift verfasst. Ich kannte sie von den Nachrichten, die er mir auf den beiden Bällen mit Edding hinterlassen hatte.

Für den nächsten Lagerfeuer-Snack.

Ich denke an dich. Brody

(P. S.: Ja, es sind schmutzige Gedanken.)

Delilah

KAPITEL 9

Ich benahm mich, als würde ich mich für ein erstes Date fertig machen. Inzwischen hatte ich mich bereits mehrfach umgezogen und fast genauso oft auf die Uhr geschaut. Die Sache war nur die … es war kein Date. Es war ein Geschäftstreffen. Mit einem Mann, dessen Einladung zum Sex ich bereits strikt abgelehnt hatte. Und dennoch spukte mir ständig die Frage im Kopf herum, wie der Sex mit ihm wohl wäre. Was zieht man zu einem solchen Termin bloß an?

Nachdem ich es schließlich aufgab, meine wilden langen Locken bändigen zu wollen, ließ ich sie offen bis zur Rückenmitte fallen. Dann durchwühlte ich meinen Kleiderschrank auf der Suche nach etwas, das geschäftsmäßig und trotzdem attraktiv aussah, ohne übermäßig sexy zu wirken. Schließlich entschied ich mich für einen schwarzen Bleistiftrock und eine rote eng anliegende Bluse mit Knopfleiste, die ich mit breiten Armreifen und knöchelhohen Riemchensandalen kombinierte. Ich warf einen letzten prüfenden Blick in den großen Spiegel in meinem Schlafzimmer. Das Wetter war immer noch warm genug, um keine Strumpfhose tragen zu müssen, und die offenen Schuhe mit den hohen Absätzen ließen meine langen Beine noch länger wirken. Mir gefiel, was ich im Spiegel sah. Wer hätte gedacht, dass ich es hinbekomme, gleichzeitig smart *und* sexy zu wirken? Jetzt musste ich es nur noch schaffen, so zu tun, als fühlte ich mich zu diesem arroganten Arsch überhaupt nicht hingezogen.

Punkt fünf hob ich die Hand, um an die Penthouse-Suite zu klopfen, als sich die Tür wie von Zauberhand öffnete und meine Fingerknöchel auf Luft pochten. Eine junge dunkelhaarige Schönheit begrüßte mich in einem ziemlich zerknittert aussehenden bauchfreien Oberteil und hautengen Leggings. »Hey«, rief sie munter wie ein Cheerleader über ihre Schulter, auf den Zehenspitzen wippend, »deine Verabredung ist da, Brody. Bis morgen.« Immer noch lächelnd trat sie beiseite, um mich hereinzulassen, und verabschiedete sich mit den Worten: »Ich habe ihn ganz schön ausgepowert, ich hoffe, das steht euren Plänen nicht im Wege, was auch immer du mit ihm vorhast.«

Irritiert blieb ich stehen, während sich die Tür hinter mir schloss. Brody erschien, frisch geduscht und nur mit einer tief sitzenden Jogginghose bekleidet. Sein Haar war feucht und zurückgekämmt. *Verdammt.*

»Hey.« Seine Augen scannten mich langsam von oben nach unten, und er stoppte abrupt. »Wow, du siehst …«

Ich spürte, wie mein Körper unter der Hitze seines Blickes wärmer wurde. Völlig unverfroren ließ er sich Zeit, ehe er seine Augen auf meine richtete. »Also, wie läuft das jetzt? Darf man als Freund dem anderen sagen, wie er aussieht?«

»Natürlich. Freunde dürfen sich Komplimente machen.«

Seine Augen leuchteten auf. »Gut. Also, du siehst zum Anknabbern aus.«

Gott, es ist wirklich schon viel zu lange her. Ich spürte, wie mein Körper sich anspannte, und musste schlucken, um nicht aufzustöhnen. Das Bild, das er heraufbeschworen hatte, ließ mich erröten. Ich stellte mir vor, wie ich auf seine breiten Schultern hinabblickte, während er an meinen Brüsten knabberte und immer tiefer wanderte. Aus irgendeinem Grund hatte ich so eine Ahnung, dass es bei ihm kein langsames Lecken und Saugen wäre. Nein, dieser Mann würde mich mit Haut und Haaren *verschlingen.*

»Ich hab dich gar nicht reinkommen gehört. Ich musste nach Brittany noch schnell duschen. Die Frau ist zwar klein und zierlich, aber sie hat eine Wahnsinnsausdauer. Sie hat mich heute ganz schön hart rangenommen.«

Das legte bei mir den Schalter um. *Es gibt nichts, was meine Libido wirksamer abkühlt, als von Sex-Eskapaden mit anderen Frauen zu hören.*

»Wunderbar. Freut mich, dass du in so guten Händen bist. Vielleicht können wir heute Abend die üblichen Spielchen überspringen und direkt zum geschäftlichen Teil kommen?« Mein Ton war schärfer als beabsichtigt.

Brody legte die Stirn in Falten und trat nah an mich heran – zu nah. Ich stand immer noch ungefähr einen halben Meter von der Tür entfernt. Der Drang, einen Schritt zurück zu machen, war groß, doch ich blieb standhaft.

»Keine Spielchen. Ich würde nichts lieber tun, als dich hier und jetzt an der Tür zu nehmen. Und die Tatsache, dass du gerade auf Brittany, meine *Physiotherapeutin*, eifersüchtig warst, beweist, dass ich gar nicht so falschlag. Du willst mich genauso wie ich dich. Du gestehst es dir nur nicht ein …« Er senkte den Kopf, sodass sich unsere Nasenspitzen berührten. »*Noch* nicht.«

Ich schluckte und war ausnahmsweise um Worte verlegen. Schließlich räusperte er sich und trat einen Schritt zurück. »Wir müssen das irgendwo anders machen. Hier, so allein in meiner Hotelsuite mit dir, traue ich mir selbst nicht.«

Ich dachte, er mache Witze, aber ein paar Minuten später kam er wieder, bekleidet mit Baseball-Cap und Sweatshirt.

»Wohin gehen wir?«

»Irgendwohin, wo ich nicht in Versuchung komme, über dich herzufallen.«

Statt sich vom Parkservice den Wagen bringen zu lassen, rief er ein Taxi. »Zur Ecke Amsterdam Avenue und 112th Street, bitte.«

»Wir fahren nach Morningside Heights? Dort kommst du nicht in Versuchung, über mich herzufallen?«

»Jep.«

* * *

Bewundernd betrachtete ich die riesigen bunten Kirchenfenster von St. John the Divine. »Wow, das ist überwältigend. Ich bin schon hundert Mal hier vorbeigelaufen, aber nie reingegangen.«

Während Brody mich einen langen Gang zur Linken entlangführte, winkte er zwei Priestern zu, die in einer Bankreihe saßen und sich unterhielten. Am Ende angekommen öffnete er eine Tür und schob mich sanft hindurch.

»Wohin gehen wir?«

»Hinauf aufs Dach.«

»Aufs Dach?«

»Ja, ich komme manchmal her. Ein Freund von mir hat früher hier gearbeitet. Er hatte einen Taubenschlag auf dem Dach. Als ich klein war, habe ich ihn oft besucht. Es ist herrlich ruhig da oben. Die meisten Leute gehen lieber auf das Empire State Building oder zum Top of the Rock im Rockefeller Center, dabei ist der Ausblick von hier oben über die Stadt mindestens genauso gut.«

»Ist das denn erlaubt?«

»Nö. Es kann sein, dass man verhaftet wird. Ich könnte ja wenigstens weglaufen, wenn die Polizei anrückt, aber du in deinen sexy Schuhen …«

»Was?«

»Ich mache nur Spaß. Der Turm ist für die Öffentlichkeit nur während der Führungen zugänglich, aber da ich die meisten hier kenne, lassen sie mich auch so hoch. Carl hat fünfzig Jahre hier gearbeitet, bevor er in Rente ging. Er und seine Frau Marlene waren unsere Nachbarn, ich bin neben ihnen aufgewachsen.«

Brody hatte nicht übertrieben. Die Aussicht vom Dach war wirklich spektakulär. Eingerahmt von zwei der Turmspitzen befand sich eine kuschlige kleine Sitznische, von der aus man die ganze Stadt überblickte.

»Was ist mit dem Taubenschlag passiert, als Carl in Rente ging?« Nirgends auf dem Dach war ein Käfig, geschweige denn eine Taube zu sehen.

»Er hat ihn noch eine Weile weitergeführt, und nachdem er starb, hat Marlene alles dem *West-Side-Taubenclub* vermacht. Es gibt eine Menge Taubenliebhaber in dieser Stadt.«

Wir standen an der steinernen Brüstung, und Brody deutete auf ein paar Gebäude. Seine Kenntnis der Gegend und der Architektur war ziemlich beeindruckend.

»Was war noch mal dein Hauptfach an der Uni?«, fragte ich.

»Weißt du das denn gar nicht auswendig?«

»Ich habe es mehr mit Zahlen als mit Wörtern.«

»Maschinenbau.«

»Stimmt. Ziemlich schwieriges Fach für jemanden, der nebenher noch auf hohem Niveau Football spielt.«

»Siehst du. Ich bin mehr als nur ein hübsches Gesicht. Ich habe auch Hirn.«

Ich verdrehte die Augen. »Hierhin schleppst du also all deine Dates? Definitiv nicht das, was ich erwartet hätte.«

»Wenn dies ein richtiges Date wäre, wären wir jetzt sicher nicht an dem einzigen Ort, an dem ich dir weder an die Wäsche gehen noch dir sagen kann, was ich gerne mit dir anstellen würde.«

»Also bin ich hier vor dir sicher?«

Brody bedeutete mir, auf der Steinbank Platz zu nehmen, und setzte sich neben mich. »Vielleicht sogar nur hier.«

»Na dann.« Ich räusperte mich und griff in meine Tasche, um mein Notizbuch herauszuholen. »Sollen wir anfangen? Ich werde ganz schonend beginnen.«

Er grinste. »Wenn das meine Show wäre, würde ich dich nicht schonen.«

Ich schüttelte den Kopf. »Wie denken Sie über die für nächstes Jahr geplanten Änderungen im Trainerstab und Management?« Coach Ryan war seit Beginn von Brodys Karriere durchgängig Trainer der Steel gewesen. Er hatte Brody aus dem Team entlassen, ihm aber auch eine zweite Chance gegeben und ihn wieder zurückgeholt. Aufgrund von gesundheitlichen Problemen seiner Frau ging Ryan Ende dieser Saison in den Ruhestand.

Brody stieß laut den Atem aus. »Das ist natürlich nichts, worauf ich mich freue. Der Trainer ist streng, aber fair und hat das Team zu dem gemacht, was es heute ist. Ich respektiere ihn und wünschte, er würde bleiben. Aber ich respektiere ihn noch mehr dafür, dass seine Familie für ihn Priorität hat.«

»Haben Sie irgendeine Idee, wer für ihn als Ersatz im Gespräch sein könnte?«

»Nein. Aber ich hoffe, dass die Entscheidung fällt, bevor er in den Ruhestand geht. Je eher, desto besser. Es erleichtert den Übergang, wenn beide Trainer eine Weile zusammenarbeiten. Bob Langley hatte bisher immer ein sicheres Händchen, was die Trainerauswahl betrifft. Hoffentlich bleibt das so.«

»Was mich direkt zu meiner nächsten Frage bringt. Es gibt Gerüchte, wonach Bob Langley plant …«

»Waren die Rosen von Langley?«

»Wieso sollte mir der Eigentümer eures Teams Rosen senden? Ich habe den Mann noch nie in meinem Leben getroffen.« Ich wusste genau, wen er meinte. Bobs Sohn, Michael Langley.

»Nicht Bob, sondern dieser Volldepp von Sohn, mit dem du zusammenarbeitest.«

»Ich glaube nicht, dass dich das was angeht.«

»Mag sein, aber ich habe dich danach gefragt.«

Ich hielt seinem Blick stand. »Ja.«

»Dieser Typ ist ein solcher …«

»Wir sind in einer Kirche«, erinnerte ich ihn.

»Gehst du mit ihm aus?«

»Er hat mich zum Abendessen eingeladen, wenn du es genau wissen willst.«

»Du lässt dich von ihm zum Abendessen ausführen und von mir nicht?«

»Er lädt mich zum Abendessen ein, um mich besser kennenzulernen, und nicht nur, um mich besser rumzukriegen.«

»Da täuschst du dich. Ich gehe damit nur offener um als er.«

»Wie kommt es eigentlich, dass bei meinem Vorab-Interview plötzlich *du* die Fragen stellst?«

Brody lehnte sich zurück und verschränkte die Arme vor der Brust. »Tja, Frage gegen Frage.«

»Wie bitte?«

»Für jede Frage, die du an mich richtest, darf ich dir eine stellen.«

»Das ist lächerlich.«

»Nicht wenn du das Exklusivinterview mit mir willst.«

»Lass mich raten. All deine Fragen sind privater Natur?«

»Nur wenn es deine auch sind.«

»Na schön«, schnaubte ich. Dann würde ich persönliche Fragen einfach umschiffen. Ich ging meine Liste durch und übersprang die erste Frage, die eindeutig eher persönlich denn professionell war. »Die Offensive Line scheint immer öfter erst in der zweiten Spielhälfte aktiv zu werden. Achtundsechzig Prozent der Punkte wurden in der zweiten Hälfte erzielt, und die Steel haben bei vier von fünf gewonnenen Spielen den Rückstand erst in der zweiten Hälfte aufgeholt. Was passiert während der Halbzeit in der Kabine, damit das Team nach hinten raus deutlich stärker auftritt?«

Brodys Miene ließ erkennen, dass er zufrieden mit meiner Frage war. Er redete fast ganze fünf Minuten über die Änderungen, die der Coach bei vorangegangenen Spielen in der Halbzeit vorgenommen hatte. Anders als viele andere Quarterbacks beanspruchte er den Erfolg nicht für sich, sondern lobte die hervorragende Trainerleistung.

»Jetzt bin ich dran«, sagte Brody, als ich mit dem Notieren seiner Antworten fertig war.

»Mir ist fast schon ein wenig bange vor der nächsten Frage. Aber schieß mal los.«

»Wenn du einen der Männer von *Gilligans Insel* heiraten müsstest, wen würdest du wählen?«

Ich lachte. »Das ist deine Frage?«

»Jep.« Er grinste jungenhaft.

»Das ist leicht. Den Professor.«

»Gute Antwort.«

»Gab es wirklich irgendeine andere logische Antwort?«

»Du hättest Mr Howell wählen können. Der war reich und alt.«

Meine nächste Frage drehte sich um die erweiterte Definition zur Bestrafung von Angriffen auf wehrlose Spieler. Dann war Brody wieder dran. »Wie hieß dein erstes Haustier?«

»Ich hatte nie ein Haustier.«

»Ach, komm. Jeder hatte mal irgendein Haustier. Hund, Katze, Kaninchen, Schlange, Eidechse, Hamster, Schildkröte … irgendwas?«

Ich schüttelte den Kopf. »Nichts dergleichen. Wir waren am Wochenende oft zu den Spielen meines Dads unterwegs, deshalb hatten wir nie Haustiere, da sich niemand darum kümmern konnte.«

»Weißt du was? Da verspüre ich sofort das Bedürfnis, dir einen Hund zu kaufen. So einen richtig großen, einen Neufundländer oder eine Deutsche Dogge vielleicht.«

»Untersteh dich.«

Wir saßen danach noch fast zwei Stunden auf dem Kirchendach und stellten im Zuge von Brodys Kreuz-und-quer-Fragerei einige erstaunliche Gemeinsamkeiten fest. Unsere Mütter hießen mit zweitem Vornamen Ashley, er hatte genau wie ich eine Abneigung gegen Schokolade, und wir waren beide in einer Wohnung mit der Hausnummer 333 aufgewachsen. Eine Frage auf meiner Liste war noch übrig. Ich hatte sie bisher nicht gestellt, weil ich wusste, dass mich im Gegenzug eine persönliche Frage erwartete. »Letzte Frage.«

»Schieß los.«

»Vergeben oder noch zu haben?« Ich erklärte den Hintergrund der Frage und versuchte so zu tun, als ob mich die Antwort überhaupt nicht persönlich tangierte. »Jede Frau vor dem Fernseher wird das wissen wollen.«

Er sah mir in die Augen, als er antwortete: »Weder noch.«

Mit dieser Antwort hatte ich nicht gerechnet, sodass ich nicht weiter nachhakte. Ich nickte und begann, meinen Notizblock einzupacken. Dann straffte ich die Schultern, auf alles gefasst. »Na los. Stell deine persönliche Frage.«

Brody stand auf und bot mir seine Hand an, um mir aufzuhelfen. »Ich hebe mir meine für später auf.«

* * *

Wir liefen zwei Häuserblocks die Straße hinauf zu einem Diner. Da Brody angekündigt hatte, Essen auf die Suite zu bestellen, hatte ich den ganzen Tag nichts gegessen. Nun knurrte mein Magen, als wir uns setzten.

»Nanu, was war das denn?«, witzelte Brody.

»Sei bloß ruhig. Du hast mir gesagt, es gäbe etwas zu essen. Stattdessen hast du mich in die Kirche geschleppt. Da darf sich mein Magen ja wohl beschweren.«

Als die Kellnerin zu uns an den Tisch kam, musste sie zweimal hinschauen. »Sind Sie … Sind Sie nicht … Brody Easton?«

»Der bin ich.«

»Oh mein Gott!«, kreischte sie. »Ich bin ein Riesenfan von Ihnen. Vor allem aber mein Sohn. Er ist elf und Quarterback seiner Mittelstufe. Für ihn sind Sie der Größte.«

»Danke. Wie läuft es für sein Team diese Saison?«

»Sie haben jedes Spiel verloren. Aber mein Joey lässt sich von einer Niederlage nicht unterkriegen. Er kommt nach mir, was die Größe betrifft, aber er ist mit mehr Herzblut dabei als die Jungs, die doppelt so groß sind wie er.«

»Das ist gut. Er hat immer noch Zeit, zu wachsen. Aber entweder man ist mit Herzblut beim Sport dabei oder nicht. Ich würde sagen, er ist auf dem besten Weg.«

»Das glaubt er nie, wenn ich erzähle, dass ich Sie getroffen habe.«

»Wie wäre es, wenn wir ein Foto machen und es ihm schicken?«

Die Augen der Kellnerin weiteten sich vor Begeisterung, doch dann machte sie ein langes Gesicht. »Ich habe kein Telefon mehr. Zwei Handyrechnungen sind auf Dauer zu viel, und mein Sohn wollte so gern eins. Außerdem bin ich den ganzen Tag hier drin, und so kann ich ihn immer erreichen.«

»Wir könnten mein Handy benutzen und es ihm schicken.«

»Oh mein Gott. Das würden Sie tun? Er würde ausflippen vor Freude.«

Ich schaltete mich ein. »Ich kann das Foto von euch beiden machen.« Die Kellnerin strahlte, als Brody aufstand und den Arm um sie legte. Nachdem ich ein paar Fotos geschossen und mich davon überzeugt hatte, dass sie gelungen waren, gab ich ihr mein Handy, woraufhin sie ihrem Sohn die Bilder zusammen mit ein paar lieben Zeilen schickte. Als sie mir das Handy zurückgeben wollte, hielt Brody sie zurück.

»Wo wir schon mal dabei sind, könnten Sie vielleicht ein Foto von uns beiden machen?«

»Sicher doch.«

Fragend sah ich Brody an, der mich schelmisch angrinste, zu meiner Seite des Tisches kam und etwas in die Knie ging, um mit mir auf Augenhöhe zu sein.

»Sind Sie bereit?«, fragte die Kellnerin.

Brody flüsterte mir ins Ohr: »Auf der Karte gibt es nichts, was ich lieber vernaschen würde als dich.« Er zog den Kopf zurück, um meine Reaktion zu sehen. »Bereit!«, rief er der Kellnerin zu, die genau den Moment einfing, als Brodys funkelnde Augen in meine völlig verdatterten blickten.

Wir bestellten, und ich versuchte, mir nicht anmerken zu lassen, wie sehr ich durch den Wind war. »Erzähl mir etwas über dich«, forderte Brody mich auf und legte seinen Arm beiläufig auf die Lehne hinter mich.

»Inwiefern?«

»Ich weiß auch nicht. Irgendwas. Was gibt es an dir, was andere Leute nervt?«

»Du fragst vielleicht merkwürdige Sachen.«

»Dann ist es ja nur gut, dass ich nicht deinen Job mache.«

Ich lachte auf. »Stimmt.« Während ich an meiner Limonade

nippte, dachte ich über seine Frage nach. »Ich rede beim Filmegucken.«

»Na und? Jeder sagt doch mal irgendwann was.«

»Nein. Ich *rede*, richtig viel. Vor allem, wenn ich einen Film mag. Dann bin ich so aufgeregt, dass ich demjenigen, der neben mir sitzt, noch mal erzähle, was eben auf der Leinwand passiert ist.«

Brody schaute amüsiert drein. »Also geht man mit dir besser in einen Film, den du nicht magst?«

»Na ja … wenn ich den Film nicht mag, langweile ich mich schnell und verliere mich in Tagträumen, sodass ich nicht mehr mitbekomme, was passiert. Dann stelle ich tausend Fragen, anstatt den Inhalt wiederzugeben.«

»Aber wenn du weißt, dass es die Leute nervt, wieso machst du es dann?«

»Ich kann einfach nicht anders. Und du? Was machst du, das andere Leute nervt?«

»Ich sage, was ich denke.«

»Das stimmt allerdings.«

»Stört dich das?«

»Zuerst hat es das. Aber mittlerweile habe ich mich daran gewöhnt.«

»Ich bin wie Bier. Erst schmeckt es bitter, aber mit der Zeit findet man Gefallen daran.«

»Wie überaus charmant.«

Während wir uns unterhielten, flogen die Stunden nur so dahin. Insbesondere, wenn wir über Football stritten. Es war fast Mitternacht, als wir den Diner verließen. Die Kellnerin brachte die Rechnung, und Brody weigerte sich, mich zahlen zu lassen, obwohl ich argumentierte, dass es ja gewissermaßen ein Geschäftsessen gewesen sei und der Sender die Kosten übernahm. Ich bemerkte, dass er der Kellnerin, ohne es mir zu sagen, ein Trinkgeld von mehreren Hundert Dollar hinterließ. Die Tatsache, dass er seine großzügige Geste vor mir verheimlichen wollte, machte sie umso sympathischer.

Er winkte ein Taxi herbei, und da so spät abends kaum Verkehr herrschte, waren wir in weniger als fünfzehn Minuten bei meinem Haus angelangt. Brody bat den Taxifahrer, kurz zu warten, und begleitete mich ins Gebäude.

»Danke, dass du dir die Zeit für diesen Testlauf genommen hast. So werde ich am Samstag sehr viel entspannter sein.«

»Sehr gerne.«

Ich drückte auf die Taste, um den Aufzug zu rufen. »Und nochmals danke schön für das Abendessen.«

Brody nickte. »Weißt du … Ich habe immer noch eine persönliche Frage frei.«

Das hatte ich inzwischen ganz vergessen. »Du hebst dir das Beste bis zum Schluss auf, was?«

»Könnte man so sagen. Ja.«

Das nervöse Flattern in meinem Bauch wusste, was gleich kommen würde. Liebevoll strich er mir das Haar aus dem Gesicht und hinters Ohr. Seine Hand streichelte über meine Wange und drückte mein Kinn nur ganz leicht nach oben, sodass ich ihm direkt in die Augen blickte. »Was muss ich tun, um dich herumzukriegen, Delilah?«

Ich schluckte. Diesmal wollte er mich nicht bloß aus der Reserve locken. Nein, er meinte es todernst. Aufmerksam musterte er mich, während er auf eine Antwort wartete.

»Ich mag dich. Du bist eingebildet und direkt, trotzdem verbringe ich gerne Zeit mit dir. Aber ich bin nicht auf der Suche nach einer rein körperlichen Geschichte. Ich wünsche mir mehr als das.«

»Nämlich?«

»Ich weiß auch nicht. Daten. Miteinander ausgehen. Exklusivität. Ich will jemanden, mit dem ich auch mal das Bett verlassen kann. Um ihn zum Beispiel im Kino vollzulabern.« Ich quälte mir ein Lächeln ab. »So ticke ich nun mal.«

Der normalerweise schneckenhaft langsame Aufzug war plötzlich ganz schnell da. Hinter mir öffneten sich die Türen, und ich wartete darauf, dass Brody irgendetwas erwiderte. Doch er nickte nur.

»Dann bis Samstag?«, fragte ich.

»Bis Samstag.«

Die Türen schlossen sich, und der Aufzug trug mich nach oben in den vierzehnten Stock. Doch es fühlte sich so an, als hätte ich ein kleines Stück meines Herzens im Erdgeschoss zurückgelassen.

Delilah
KAPITEL 10

Es waren gerade einmal zwei Tage seit meinem Treffen mit Brody vergangen, und dennoch spukte er mir dauernd im Kopf herum. Und offenbar nicht nur mir.

»Knuffig.« Indie winkte dem Typen am anderen Ende der Bar, der uns mit dem Glas zuprostete, wenig begeistert zu. Sie seufzte, als sie ihr Martiniglas zum Mund führte. »Aber er ist nicht Brody Easton.«

»Bitte fang nicht schon wieder damit an! Dein Interesse an ihm ist ja schon fast Stalking.«

»Na ja, im Zweifelsfall bliebe uns immer noch der da.« Sie deutete mit dem Glas in Richtung eines älteren Typen, der tatsächlich aussah wie Dr. Hannibal Lecter aus *Das Schweigen der Lämmer*. Er stand allein in einer Ecke, grinste anzüglich zu uns herüber, und als er unsere Blicke bemerkte, wurde sein Grinsen noch breiter und entblößte wacklige Zähne. Ehrlich gesagt, hätte ich mich sicherer gefühlt, wenn unser Hannibal da drüben seine Ledermaske vor dem Gesicht gehabt hätte. »Ich bin mir sicher, dass er dich nach deiner langen Abstinenz mit Freuden erneut entjungfern würde … bevor er dein halbes Gesicht auffrisst.«

»Ich glaube, ich passe. Immerhin habe ich noch andere Angebote, falls du es nicht weißt. Michael Langley hat mir heute geschrieben.«

»Der Wahnsinn. Und, hast du dich schon mit ihm verabredet?«

»Ich hatte so viel um die Ohren, dass ich ihm noch nicht geantwortet habe.«

»Du hältst ihn hin, weil du in Wirklichkeit Brody willst, das weißt du genau.«

»Gar nicht.«

»Oh doch.« Sie winkte dem Barkeeper und deutete auf ihr leeres Glas. »Jetzt hättest du doch Zeit. Los. Schreib ihm, dass du mit ihm ausgehen willst. Wenn du nicht insgeheim auf Brody Easton hoffst, dürfte dich doch nichts davon abhalten. Außerdem ist deine Reinigungskur sowieso so gut wie vorbei.«

»Das mache ich auch.«

»Ich warte.« Indie trommelte mit den Fingern auf die Bar. Weil ich es ihr unbedingt beweisen wollte, zog ich mein Handy heraus und tippte eine kurze Antwort an Michael ein.

»Zufrieden?« Ich drehte das Display in ihre Richtung, um ihr zu zeigen, dass ich sie auch wirklich abgeschickt hatte. Sie riss es mir augenblicklich aus der Hand und las meine Antwort.

Danke. Diese Woche ist schon wieder die Hölle los. Ich melde mich nächste Woche, sobald ich kann.

»Damit sagst du nicht, dass du mit ihm ausgehen willst. Sondern, dass du ihn noch eine Woche zappeln lässt.«

»Aber es stimmt nun mal. Ich *bin* beschäftigt. Wie hätte ich denn deiner Meinung nach antworten sollen?«

Sie tippte auf der Tastatur herum und drehte das Handy in meine Richtung. Glücklicherweise hatte sie nicht auf »Senden« gedrückt. Ihre Nachricht lautete: *Wobei. Eigentlich möchte ich nicht noch eine Woche warten. Wie wär's mit einem Abendessen am Samstagabend?*

»So offensiv bin ich nicht.« Ich griff nach meinem Handy, doch sie zog es zurück.

Sie lächelte breit. »Jetzt schon«, sagte sie und drückte auf »Senden«.

Ich riss die Augen auf. »Ich kann nicht fassen, dass du das gerade wirklich getan hast!«

Doch sie ignorierte mich einfach und bestellte uns zwei Shots, als der Barkeeper mit ihrem dritten Martini zurückkam. Ich bin nicht besonders trinkfest. Zwei Gläser Wein waren normalerweise mein Limit bei unserer regelmäßigen Freitagabend-Happy-Hour. Wenn ich ehrlich war, kam ich eigentlich vor allem der Gesellschaft und des kostenlosen Fingerfoods wegen – wie ungefähr die Hälfte aller Singles in New Yorker Bars. Keiner von uns hatte Lust, sich in seine winzige Küche zu stellen und etwas zu kochen.

Ich schmollte immer noch, als mein Handy auf der Theke vibrierte. Michaels Name erschien auf dem Display. Zu Indie gewandt, kippte ich erst meinen Shot, dann ihren. Nachdem ich mich geschüttelt hatte, nahm ich meinen Mut zusammen und las Michaels Antwort.

Ich dachte schon, Sie wollen mich abwimmeln. Ihre SMS hat meinen ansonsten miesen Tag gerettet. Samstag um acht?

Vielleicht hatte Indie recht. Ein gewisser Quarterback war schuld, dass ich ihn hinhielt. Von dem ich mich, wie ich tief im Innersten wusste, lieber fernhalten sollte. Eigentlich gab es wirklich keinen Grund für mich, mich nicht wieder mit jemandem zu verabreden.

Ich seufzte. »Okay. Vielleicht hattest du recht.«

»Wie bitte?«

Ich sprach lauter. »Ich sagte, vielleicht hattest du recht.«

»Aha. Ich habe dich übrigens schon beim ersten Mal verstanden, aber ich wollte es gerne noch mal hören.«

Indie und ich saßen noch fast bis elf an der Bar, und als wir gingen, war ich so beschwipst, dass wir nicht wie üblich die

U-Bahn, sondern ein Taxi nahmen. Nachdem der Taxifahrer sie zu Hause abgesetzt hatte, starrte ich vom Alkohol benebelt aus dem Fenster. Neben mir zog ein Bus vorbei, der meine Aufmerksamkeit erregte. Eine alte Werbeanzeige blätterte von der Seite. Darauf war das Steel-Logo sowie Brodys hübsches Gesicht zusammen mit der Aufschrift *Easton ist zurück* zu sehen. Die Werbung musste ein paar Jahre alt sein.

Der Alkohol ließ mich übereilt handeln. Ohne nachzudenken, tippte ich eine SMS.

Delilah: Hab gerade dein Foto auf einem Bus gesehen. Freut es dich, wenn dein Gesicht auf öffentlichen Verkehrsmitteln klebt?

Seine Antwort kam dreißig Sekunden später.

Brody: Mir ist egal, wo mein Gesicht klebt, solange du dabei an mich denkst. Auch wenn es mir am liebsten wäre, es würde zwischen deinen Schenkeln kleben.

Wer bitte schön würde so etwas sagen? Und wieso zum Henker gefiel es mir? Mein Unterleib begann doch tatsächlich zu kribbeln.

Delilah: Du hast ein ganz schön flinkes Mundwerk, mein lieber Freund.

Brody: Ich habe auch eine ganz schön flinke Zunge. Wann gibst du endlich auf, damit ich es dir beweisen kann?

Delilah: Sehr verführerisch. Aber ich glaube, ich halte mich lieber an Männer, die sich nicht nur für meine Körperöffnungen interessieren.

Brody: Ich werde schon hart, nur weil du das Wort Körperöffnungen benutzt hast.

Ich musste laut auflachen. Der Taxifahrer warf mir im Rückspiegel einen Blick zu, woraufhin ich entschuldigend das Handy hochhielt. Was ihn herzlich wenig interessierte.

Delilah: Gute Nacht, Brody.

Der Mann hatte Humor und war heiß. Es war diese Kombination, die meinem Körper zu gefallen schien.

Brody: Wir sehen uns später in deinen Träumen.

Das würden wir ganz bestimmt.

* * *

Samstagnachmittag war ich ein nervliches Wrack. Erst stand das rare Exklusivinterview mit Brody um fünf an, und danach hatte ich um acht ein Date mit Michael. Während ich auf dem Weg ins *Regency* war, hätte ich Indie erwürgen können, dass sie mir das Essen für heute Abend eingebrockt hatte.

»Nervös?« Nick sah zu mir und richtete den Blick wieder auf die Straße. Wir hatten mehr Equipment dabei als sonst, deshalb hatte er mich mit dem Transporter des Senders abgeholt.

»Merkt man das?«

»Seit wir eingestiegen sind, drehst du unablässig diesen Stift in der Hand.«

Ich schloss meine Faust um den Stift, um mich zu bremsen. Wenn ich nervös war, fummelte ich an allem Möglichen herum, ohne es selbst zu merken. »Tut mir leid.«

»Stört mich gar nicht. Es wundert mich nur. An deiner Stelle wäre ich vor einem Interview in der Kabine nervöser, aber du bist immer die Ruhe selbst, wenn du nach dem Spiel reingehst.«

»Offenbar kann ich es da einfach besser verbergen. Hinzu kommt, dass ich heute Abend nach dem Interview ein Date habe. Seit langer Zeit mal wieder. Ich hatte mir selbst eine sechsmonatige Dating-Abstinenz auferlegt.«

»Das erklärt einiges. Um wie viel Uhr?«

»Um acht.«

»Das schaffen wir locker. Spätestens um sieben sind wir draußen.«

Wir trafen ein paar Minuten zu früh vor Brodys Hotel ein. Als er öffnete, kam er gerade aus der Dusche. Sein Haar klebte ihm nass am Kopf, und Wassertropfen fielen auf seine unfassbar wohlgeformte Brust. Wie gerne hätte ich sie weggeleckt.

Brody erwischte mich, wie ich ihn angaffte. Ein wissendes Grinsen überzog sein attraktives Gesicht. Ich wollte es ihm am liebsten aus dem Gesicht fegen. *Oder wegküssen*.

»Kommt nur rein. Ich hatte gehofft, Delilah könnte mir helfen, etwas zum Anziehen herauszusuchen, während ihr aufbaut.« Er schüttelte Nick die Hand und beugte sich vor, um mich auf die Wange zu küssen. »Du siehst bezaubernd aus.«

Nick und Brody besprachen das Setting für die Aufnahmen und plauderten ein Weilchen über Sport. Der Mann war wirklich ein Charmeur – sowohl bei Frauen als auch bei Männern. Es lag einfach in seiner Natur und war einer der Gründe, weshalb er vor der Kamera so eine gute Figur machte. Er strahlte Selbstbewusstsein und Charisma aus. Schließlich wandte er sich an mich. »Bist du bereit, mich anzuziehen?«

Ich verdrehte die Augen. Während Brody mich in sein Schlafzimmer führte, rief Nick uns nach: »Aber nicht, dass du so lange dafür brauchst wie für deine eigenen Klamotten. Sonst verpasst du am Ende noch dein Date.«

Ich rannte direkt in Brody hinein, als dieser abrupt stehen blieb. »Date?«

Ich schluckte und hatte komischerweise auf einmal ein schlechtes Gewissen. »Ja, ich habe heute Abend nach dem Interview noch ein Date.«

»Wie viel Uhr?«

»Acht.«

Er überraschte mich, indem er nichts weiter dazu sagte. Ich folgte ihm in seinen riesigen begehbaren Kleiderschrank. »Was meinst du? Anzug oder lieber etwas Legeres?«

»Ich würde sagen, eher leger. Vielleicht einen Pullover und eine Hose.«

»Na dann los.« Er deutete mit ausgestrecktem Arm zu den Regalen, in denen säuberlich gefaltete Pullover lagen.

Während ich sie durchstöberte, bemerkte ich, dass jedes Kleidungsstück auf dieselbe Art und Weise gefaltet war. »Ich gehe mal davon aus, dass du jemanden hast, der die Wäsche für dich einräumt.«

Er kam von hinten dicht heran. Sehr dicht. Ich konnte seine Körperwärme spüren. Seines nackten wunderschönen Körpers.

»Das stimmt. Wenn nicht, müsstest du dich jetzt durch einen Haufen auf dem Fußboden wühlen.«

Während ich so tat, als ob mir seine Nähe überhaupt nichts ausmachte, konzentrierte ich mich auf meine Aufgabe, sein Outfit herauszusuchen. Ich griff nach oben und zog einen marineblauen Kaschmirpullover heraus. »Was ist mit dem hier?« Ich drehte mich um, um ihm meine Auswahl zu zeigen, und prallte direkt gegen seine harte Brust. Er hatte sich nicht einen Millimeter gerührt. Der Raum war groß, und dennoch lagen zwischen mir und dem Regal hinter und dem Mann vor mir nur wenige Zentimeter.

Er zuckte mit den Achseln. »Wenn er dir gefällt, ziehe ich ihn an.«

»Na, du bist ja leicht zu überzeugen.«

»Ich wünschte, dasselbe könnte ich über dich sagen.«

»Irgendetwas sagt mir, dass du dann längst das Interesse verloren hättest.«

»Ist es das, was du denkst? Dass es mir nur darum geht, dich zu erobern?«

Ich sah ihm geradewegs in die Augen. »Ja. Das denke ich. Ich glaube, dir gefällt es, auf die Jagd zu gehen. Ich schätze, das bist du nicht mehr gewöhnt. Normalerweise sind die Frauen hinter dir her.«

Er trat noch einen Schritt näher. Automatisch machte ich einen Schritt zurück und stieß an das Regal hinter mir. Er stützte sich mit den Armen zu beiden Seiten von mir an der Wand ab. Ich saß in der Falle. Eigentlich hätte ich den Drang verspüren sollen, mich zu befreien, doch stattdessen überkam mich das plötzliche Bedürfnis, meinen Körper an seinen zu drängen. Glücklicherweise besaß ich noch einen letzten Funken Selbstbeherrschung.

Er neigte sein Gesicht zu mir herab. »Mit wem bist du heute Abend verabredet?«

»Das geht dich nichts an.«

Er beugte sich etwas näher, sodass unsere Lippen nur Zentimeter voneinander entfernt waren. »Fühlst du das, was du gerade fühlst, auch in seiner Nähe?«

Nein. »Vielleicht.«

»Schwachsinn. Sag mir, dass ich dich küssen darf.« Er senkte den Kopf und strich mir mit der Nase sanft über den Hals. Das Herz schlug mir bis zum Hals.

»Nein.« Das Wort war kaum mehr als ein Flüstern. Meine Stimme war belegt, ein klarer Beweis für meine Nervosität.

Immer weiter fuhr er mit der Nase über meine Haut und hinterließ mit seiner sinnlichen Berührung eine Spur von Gänsehaut. Als er mein Ohr erreichte, klang seine Stimme gepresst vor Verlangen. »Sag mir, dass ich dich küssen darf.«

Meine Knie zitterten, und ich öffnete den Mund, um endlich nachzugeben. *Ich will nichts mehr, als von ihm geküsst zu werden.*

Glücklicherweise platzte Nick in diesem Moment herein. »Brody, darf ich ein Kabel legen – ohhh … sorry. Ich wollte nicht stören.«

Brody antwortete, ohne sich vom Fleck zu rühren. »Klar, mach ruhig, bedien dich einfach, Nick.«

»Okay. Gut, alles klar.« Nicks Schritte entfernten sich rasch.

Die wenigen Sekunden, die die Ablenkung gedauert hatte, reichten, um mich wieder zu besinnen. »Das ist total unprofessionell von mir.« Ich duckte mich unter seinem Arm hindurch und rannte praktisch aus dem Raum.

Ich schloss mich ein paar Minuten im Bad ein, um mich zu sammeln, bevor ich zu Nick ins Wohnzimmer ging. Er war fast fertig mit Aufbauen. »Sorry wegen eben. Mir war nicht klar, dass dein Date heute Abend mit Brody ist.«

Mein Mund öffnete sich, doch die Antwort kam von dem Mann, der hinter mir ins Zimmer trat. »Ist es nicht. Sollte es aber verdammt noch mal sein.«

Ich drehte mich um und erblickte Brody, in einer gut sitzenden Hose und dem marineblauen Pulli, den ich herausgesucht hatte. Das Dunkelblau ließ seine Augen noch intensiver leuchten. Augen, die sich in meine bohrten.

»Der Coach will mit mir reden. Ich muss mal eben telefonieren. Warum macht ihr es euch in der Zwischenzeit nicht gemütlich? Ich bestelle ein paar Snacks vom Zimmerservice, bevor ich ihn zurückrufe.«

»Kein Problem. Danke, Brody«, sagte Nick.

Dann war er verschwunden.

Fast *zwei ganze Stunden* lang.

Schließlich wagte ich mich nach hinten, um nach ihm zu schauen. Es war still. Nichts deutete darauf hin, dass er noch am Telefon war. Leise klopfte ich an die Schlafzimmertür. Und, als keine Antwort kam, erneut. Wieder nur Stille. Ich öffnete die knarzende Tür. Und da lag Brody, mitten auf seinem Kingsize-Bett und schlief tief und fest.

»Brody?«

Blinzelnd öffnete er die Augen. »Die Frau meiner Träume.«

Ich stemmte die Hände in die Hüften. »Was genau machst du da bitte schön?«

»Ich muss wohl eingeschlafen sein.«

»Vor oder nach dem angeblichen Telefongespräch mit deinem Coach?«

Er schwang die Beine über die Bettkante, setzte sich auf und fuhr sich durchs Haar: »Bist du bereit? Sollen wir loslegen?«

»Ich bin seit über zwei Stunden bereit.«

»Sorry. Scheint wohl so, als müsstest du deine Verabredung heute Abend absagen.«

Brody grinste, und ich lächelte zurück. Allerdings war es kein freundliches Lächeln. Es sagte: *Ich trete dir gleich in den Allerwertesten, du Arsch.* »Kein Problem. Dann überspringen wir einfach das Abendessen und kommen gleich zu dem Teil, den er für später geplant hatte.« Brodys Lächeln schwand, während meines immer breiter wurde.

Zehn Minuten später saßen wir endlich, bereit, mit dem Interview zu beginnen.

Die ersten Fragen verliefen noch etwas steif. Man merkte mir an, dass ich genervt war, und er gab nur knappe Antworten. Mit der vierten Frage wurde es dann besser, als wir in eine hitzige Debatte über Statistiken gerieten. Am Ende hatten wir mehr als anderthalb Stunden Filmmaterial auf Band, obwohl wir nur zweiundzwanzig Minuten Sendezeit füllen mussten, wenn man die Werbepausen abzog.

Wir waren bei der letzten Frage angelangt: »Vergeben oder noch zu haben?« Während des Test-Interviews war seine Antwort »weder noch« gewesen, was, wie ich fand, sein Liebesleben ziemlich gut zusammenfasste. Er war weder vergeben noch zu haben.

Diesmal jedoch traf mich seine Antwort völlig unvorbereitet.

»Vergeben.«

Offenbar stand mir die Verwirrung ins Gesicht geschrieben, aber ich schaltete schnell wieder in den Reporter-Modus. »Ach so? Gibt es da neue Entwicklungen?«

»Ja, gibt es.«

»Wie neu?«

»So neu, dass sie noch nichts davon weiß.«

»Wie bitte?«

»Ich habe vor, es ihr erst nach dem Interview zu sagen.«

»Es ihr zu sagen? Das heißt, sie wird gar nicht gefragt?«

»Richtig. Wir spielen schon seit Wochen dieses Katz-und-Maus-Spiel, aber ich wollte keine feste Beziehung. Darin bin ich nicht besonders gut.«

»Und das hat sich jetzt geändert?«

»Ja, hat es. Sie treibt mich in den Wahnsinn. Aber gleichzeitig kann ich nicht aufhören, an sie zu denken. Deshalb ist es an der Zeit, es offiziell zu machen, dass ich ab sofort in festen Händen bin, und zu schauen, wie sich die Dinge entwickeln.«

Ich wusste nicht, was ich darauf antworten sollte, also kam ich zum Ende meines Interviews und richtete meine abschließenden Worte in die Kamera: »Sie haben es gehört, liebe Zuschauerinnen. Brody Easton ist ab sofort in festen Händen. Ich bin mir sicher, dass diese Neuigkeit für viele Frauen an den Bildschirmen ein harter Schlag sein dürfte. Aber *WMBC* wünscht dem wertvollsten Spieler des letzten Superbowl viel Glück beim Spiel morgen und für seine neue Beziehung. Wenn ich als Reporterin etwas dazu äußern darf: das eine dürfte ihm leichterfallen als das andere.«

Nick schaltete die Kamera aus. Während er die Beleuchtung einpackte, gratulierte er mir: »Super Interview. Da wird es für die Cutter schwierig werden, etwas herauszuschneiden, um es auf zweiundzwanzig Minuten zu kürzen.«

Brody und ich halfen ihm mit dem Rest des Equipments. Als wir fertig waren, war es bereits nach neun. Nick blickte auf sein Handy. »Soll ich dich zu deinem Date fahren? Du bist eh schon zu spät.«

»Danke, aber ist nicht nötig. Ich habe ihm vorhin geschrieben und die Verabredung verschoben.«

Nick nickte. »Soll ich dich heimfahren?«

»Ich kann sie heimbringen«, sagte Brody. »Aber erst helfe ich dir, den ganzen Kram in den Transporter einzuladen.«

Ich hob eine Tasche hoch, doch Brody nahm sie mir aus der Hand. »Bleib hier. Ich mach das schon. Bin gleich zurück.«

Während er weg war, stellte ich die Möbel im Wohnzimmer wieder in ihre ursprüngliche Position. Gerade als ich die letzten Dekokissen auf der Couch platzierte, kam Brody zurück.

»Du solltest dir dein Monogramm auf die Kissen sticken lassen. Dann wirkt es weniger wie ein Hotel und mehr wie ein richtiges Zuhause.«

»Wann hast du das Date verschoben?«

Ich hielt ein Kissen an die Brust gedrückt. »Als ich aus deinem Kleiderzimmer gekommen war.«

»Nicht, nachdem ich dafür gesorgt habe, dass du zu spät bist?«

Ich schüttelte den Kopf. Immerhin wäre ich vorhin beinahe schwach geworden, da wäre es falsch gewesen, Michael zu treffen. Ich hegte Gefühle für einen anderen Mann, egal, ob ich sie auslebte oder nicht. Es wäre unehrlich, mit jemandem etwas anzufangen, wenn ich in Gedanken bei einem anderen war.

»Du verschiebst es auf unbestimmte Zeit.«

»Ist dem so?«

Er nickte. Dann kam er um die Couch herum zu mir, nahm meine Hand und sah mir in die Augen. »Ich glaube, das mit der

Exklusivität kriege ich hin. Ehrlich, allein der Gedanke an dich in den Armen eines anderen macht mich wahnsinnig. Ich bestehe sogar auf Exklusivität. Ich bin zu allem bereit. Was den Beziehungskram angeht, musst du wohl etwas Geduld mit mir haben. Meine letzte Beziehung ist schon eine Weile her. Ich werde bestimmt Scheiße bauen und dich oft zur Weißglut treiben, aber ich würde es gerne probieren.«

Wow. Dabei war ich mittlerweile sogar bereit gewesen, mich auf Sex ohne Verpflichtung einzulassen, doch das würde ich jetzt besser nicht erwähnen. Offenbar hatte ich gewonnen. Dank meiner Verweigerungshaltung. *Wenn auch nur um Haaresbreite*. »Okay.«

»Okay?«

»Ja. Ich würde es auch gerne versuchen. Du bist zwar ein arroganter Arsch, aber irgendetwas an dir gefällt mir.«

Er nahm meine andere Hand, führte sie an seine Lippen und drückte einen zarten Kuss darauf. »Wunderbar. Erst Abendessen und dann vögeln? Oder erst vögeln und dann Abendessen?«

»Puh. Wie soll man sich bei einem solch verlockenden Angebot entscheiden?«

»Wirf einfach eine Münze. Kopf – du machst es mir. Zahl – ich mach es dir. Eine echte Win-win-Situation für dich.« Er zwinkerte mir zu. »Oder soll das heißen, du willst beides? Du bist ein kleines Luder.«

Ich lachte. »Wie wär's, wenn wir mit einem richtigen Date anfangen?«

»Okay, lass uns gehen.«

»Nicht so schnell, mein Freund.«

Brody machte ein Gesicht, als hätte ich seinen Hund getreten. »Was ist?«

»Wenn wir das machen, sollten wir es richtig machen. Du

hast morgen ein Spiel. Ich will ein richtiges Date. Wie wär's mit nächstem Wochenende?«

»Auf gar keinen Fall.«

»So ungeduldig?«

»Geduld ist bitter, aber ihre Früchte sind süß.«

»Hast du gerade Aristoteles zitiert?«

»Vielleicht.« Mit einem Ruck zog er mich an der Hand zu sich heran. »Abendessen. Mittwochabend. Ich hol dich um sieben ab.«

»Okay.«

»Und jetzt küss mich endlich, verdammt noch mal.«

Ich hatte keine Zeit, zu antworten. Im Bruchteil einer Sekunde waren seine Lippen auf meinen. Seine Arme hatten sich besitzergreifend um mich gelegt und zogen mich eng an ihn. Mein Herz klopfte wie wild, und ich hätte schwören können, dass ein ganzer Schwarm Schmetterlinge in meinem Magen herumschwirrte. Mit einem Stöhnen, das durch unsere Münder hallte und meinen gesamten Körper von oben nach unten erbeben ließ, leckte er mir über die Lippen und öffnete meinen Mund. Ungestüm jagte seine Zunge meiner hinterher. Eine solche Verzweiflung und Intensität bei einem Kuss hatte ich noch nie erlebt. Meine Hände vergruben sich in seinem Haar. Wimmernd spürte ich, wie sein Verlangen auf mich überging und auch mich erfasste. Und als sich seine Erektion gegen meinen Bauch drückte, seufzte ich vor Lust auf.

Heilige Scheiße.

Wir hielten uns noch lange eng umschlungen. Grapschend und fummelnd. Tastend und suchend. Als er schließlich meinen Mund freigab, saugte er noch einmal an meiner Unterlippe und stieß ein hungriges Stöhnen aus. »Bring was zum Übernachten mit. Mittwoch. Denn ich lasse dich ganz sicher nicht heimgehen.«

KAPITEL 11 *Brody*

»Also, als ich Kind war, gab es noch richtige Footballspieler. Damals trug man noch Lederhelme, und es gab noch keine Pause mitten in der Saison. Was sind das für Weicheier, die dann Urlaub brauchen?«

»Als du Kind warst, wurde der Punktestand noch auf eine Steintafel eingeritzt.« Ich warf Grouper ein Trikot zu. Nächste Woche stand die Retro-Woche an, in der das Team Trikots aus vergangenen Jahren trug. Ich hatte bei der Gelegenheit extra eines für Grouper III mitbestellt. »Sag Guppy, dass ich es diesmal mit einem wasserfesten Edding unterschrieben habe. Ich will schließlich nicht, dass seine Mutter noch mal einen Anruf von der Schule bekommt, weil ihr Sohn müffelt.«

Grouper hielt das Trikot hoch und seufzte wehmütig. »Ach ja, ich erinnere mich. Das ist noch ein Trikot aus der guten alten Zeit, als die Spieler noch keine Weicheier waren.«

»Leck mich, alter Mann.«

Marlene saß auf der Kante ihres Betts, eine Badekappe mit Blumenmuster auf dem Kopf. Sie kritzelte in ihren Block, während hinter ihr der Abspann von *Der Preis ist heiß* über den Fernsehbildschirm lief. *Offenbar bin ich spät dran heute.*

»Gehst du schwimmen, Marlene?« Ich beugte mich hinunter und küsste sie auf die Wange.

Sie starrte mich ausdruckslos an. »Sind Sie der Busfahrer?«

»Nein. Ich bin Brody. Erinnerst du dich?«

Sie sah immer noch verwirrt aus.

»Wir waren früher Nachbarn.«

Erkenntnis erschien auf ihrem Gesicht. »Willows Brody.« Sie blickte an mir vorbei. »Ist sie mitgekommen?«

»Heute nicht, Marlene.«

»Wollte sie gar nicht kommen?«

Ich hasste es, wenn sie mir diese Fragen stellte. Manchmal war es einfacher, wenn sie sich nicht an mich erinnerte. »Sie arbeitet in meiner Hütte an einem Kunstprojekt. Du weißt doch, wie sie ist, da will sie nicht gestört werden.«

Diese Antwort schien sie zufriedenzustellen, also kam ich schnell auf eins ihrer Lieblingsthemen zu sprechen. »Wie hast du heute bei der Show abgeschnitten?«

Sie sah hinab auf ihren Notizblock. »Ich hätte den ganzen Kram gewonnen. Aber diese Frau im Finale, Kathryn hieß sie, war schwer von Begriff.«

»Tja, es kann ja nicht jeder so auf Zack sein wie du, sonst wäre der Sinn des Spiels ja dahin, oder?«

»Das Mikrofon von diesem Barker ist viel zu dünn. Ich frage mich, wem er damit etwas beweisen will.«

Ich kicherte. »Ja, das verstehe ich auch nicht.«

Marlene nahm die Fernbedienung von ihrem Nachtschränkchen und schaltete den Fernseher aus.

»Um wie viel Uhr fängt das Schwimmen an? Ich wusste gar nicht, dass sie die Zeiten geändert haben.«

»Um elf.«

Ich sah hinunter auf meine Armbanduhr. Es war fünf nach zwölf.

Ich plauderte noch ein Weilchen mit Marlene, bis schließlich Shannon hereinkam, die einen kleinen transparenten Plastik-Schnapsbecher mit ein paar Pillen in der Hand hielt, den sie Marlene mit einem Glas Wasser reichte.

»Ist das Schwimmen heute später?«

»Nein. Schwimmen ist erst Mittwoch um zwei.«

Ich warf einen vielsagenden Blick auf Marlenes Badekappe und sah dann wieder Shannon an.

Sie zuckte mit den Achseln. »Sie wurde sauer, als ich sie ihr heute Morgen absetzen wollte. Ich habe ihr gesagt, dass Schwimmen erst morgen dran ist, aber da meinte sie, dass ich nur Scheiße im Kopf habe. Stimmt's, Marlene?«

Marlene nickte und reichte ihr den leeren Plastikbecher zurück. Sie sprach, als würde sie die Uhrzeit bestätigen. »Stimmt genau. Nur Scheiße im Kopf hat die.«

Shannon streckte den Daumen nach oben und winkte mir zu, als sie den Raum verließ.

»Ich muss dann mal los. Wir haben heute Nachmittag noch spät Training.«

Sie nickte. »Gib meiner Enkelin einen Kuss, und sag ihr, sie soll nicht zu viel arbeiten.«

»Mach ich.«

Delilah
KAPITEL 12

Als ich nach zwei Stunden aus dem Schneideraum ging, kam die Pförtnerin mit einer großen Glasvase in mein Büro, in der sich keine Blumen befanden, sondern *Wasser*. Sie sah so verdutzt aus wie ich. Bis ich entdeckte, dass die Vase gar nicht leer war. Ein blauer siamesischer Kampffisch schwamm in ihr herum, und ihr Grund war mit einer Schicht aus blauem und gelbem Kies bedeckt. Sie überreichte mir die kleine Grußkarte, warf einen Blick auf die andere Vase auf meinem Schreibtisch – die mit den Stöcken darin – und verließ kopfschüttelnd den Raum.

Ich öffnete das Kuvert. *Ich habe ihn Brody getauft. Gern geschehen.*

Ich lächelte, als mir wieder einfiel, wie wir darüber gesprochen hatten, dass ich nie ein Haustier hatte. Dafür, dass er behauptet hatte, Frauen legten keinen Wert auf Blumen und romantische Gesten, sondern bevorzugten schnellen harten Sex, legte er sich mächtig ins Zeug. Alles sprach dafür, dass ich von ihm beides bekommen würde.

Später am Nachmittag sah ich mir die Aufzeichnung meines Interviews mit Brody auf dem Laptop an. Sein entschlossener Tonfall und das Selbstbewusstsein, das er ausstrahlte, waren ein wenig wie ein Vorspiel für unser Date heute Abend. Ich war nervös, erregt und ängstlich zugleich. Während er sprach, lehnte ich mich mit geschlossenen Augen auf meinem Stuhl zurück und stellte mir vor, wie er vor mir stand und mich in diesem Befehlston aufforderte, mich auszuziehen.

Knöpf deine Bluse auf.

Zieh deinen BH aus.

Gott, allein wenn ich daran dachte, gerieten bestimmte Regionen meines Körpers in Wallung.

Schieb den Rock hoch.

Höher, Delilah.

Du weißt, was ich mit dir vorhabe ...

Ein Klopfen an meiner Bürotür ließ mich hochschrecken. *Mist.*

»Hey. Sorry, ich wollte dich nicht erschrecken. Ich dachte, du hättest mich gesehen.«

»Michael. Hi. Entschuldige, ich war wohl in Gedanken.« Er hatte überaus verständnisvoll reagiert, als ich unsere Verabredung neulich Abend in letzter Minute abgesagt hatte. Und mein Interview hatte ja tatsächlich ein paar Stunden länger gedauert als geplant, das war nicht mal gelogen gewesen. Gestern Abend hatte er mir geschrieben und nachgefragt, wie es denn nun mit dem verschobenen Date aussähe, und da ich nicht wusste, was ich antworten sollte, hatte ich einfach gar nicht reagiert.

»Ich wollte nur kurz mal Hallo sagen. Und schauen, wie es Ihnen geht.«

Sein Blick fiel auf die Rosen, die er mir geschickt hatte und die nun auf dem Aktenschrank hinter mir standen, und richtete sich dann auf die Vase mit den Stöcken in der Schreibtischecke. Er machte ein perplexes Gesicht. Verständlicherweise. Sie verliehen meinem ansonsten tristen Büro einen Hauch von Wahnsinn. Doch er sagte nichts.

»Hätten Sie heute Abend Zeit? Wir könnten zusammen irgendwo einen Happen essen gehen.«

»Ehrlich gesagt, habe ich schon andere Pläne. Tut mir leid.«

»Schon wieder die Arbeit?«

Michael beobachtete mich, während er auf eine Antwort wartete. Es fühlte sich irgendwie merkwürdig an, ihm zu sagen, dass ich ein Date hatte. Wahrscheinlich hatte ich ein schlechtes Gewissen, weil ich mit dem Mann ausging, wegen dem ich ihm neulich abends abgesagt hatte. Also log ich. »Ja, ich muss einen Teil eines Interviews nachdrehen.«

Ein Anflug von Erleichterung streifte Michaels Gesicht. »Oh Mann, als Chef macht man sich hier auch keine Freunde, was?«

»Vermutlich nicht.« Ich lachte leichthin.

»Vielleicht irgendwann nächste Woche abends mal?«

Ich nickte und beließ es bei dieser unverbindlichen Aussage. Glücklicherweise klingelte in dem Moment das Telefon auf meinem Schreibtisch. Eine gute Gelegenheit, das Gespräch zu beenden.

»Entschuldigen Sie mich eine Sekunde.« Ich nahm ab. »Delilah Maddox.«

Brodys sexy Stimme drang durch den Hörer. »Hast du eine Reisetasche mit deiner Zahnbürste mit zur Arbeit genommen?«

Ich sah hoch zu Michael. Er stand noch immer im Türrahmen. »Habe ich.«

»Im Grunde musst du gar nichts mitbringen, außer dich selbst. Ich hole dich in einer Stunde ab. Du kriegst dein Date, wie du es dir gewünscht hast. Und dann zeige ich dir, was ich unter Romantik verstehe, da du Romantik so magst.«

Ich räusperte mich. »Okay. Klingt gut.«

»Ist jemand bei dir im Büro?«

»Ja, genau.«

»Trägst du einen Rock?«

»Ja.«

»Zieh deinen Slip aus, bevor ich dich abhole.«

»Ähm …«

»In einer Stunde, Delilah. Keinen Slip. Mir läuft jetzt schon das Wasser im Mund zusammen, wenn ich daran denke, dass ich dich später kosten werde.«

Die Verbindung wurde unterbrochen, und ich saß da wie eine Idiotin, mit elektrisiertem Körper und offen stehendem Mund.

»Alles okay mit Ihnen?« Michael sah besorgt aus.

»Ja.« Ich blinzelte, um wieder zu mir zu kommen. »Sorry wegen der Unterbrechung.«

»Ich lasse Sie dann mal weiterarbeiten. Ich rufe Sie nächste Woche an, ja?«

»Prima, klingt gut.«

Vielleicht hatte ich ja bis dahin mehr Rückgrat.

* * *

In den zehn Minuten, die ich in der Toilettenkabine verbrachte, zog ich meinen Slip dreimal aus und wieder an. Zwei Frauen, deren Stimmen ich nicht kannte, betraten plaudernd die Damentoiletten. Das war so was von lächerlich.

Ich beschloss, mich der Herausforderung zu stellen, zerknüllte den schwarzen Spitzen-Tanga, den ich getragen hatte, in meiner Handfläche und stopfte ihn in ein Seitenfach meiner Handtasche. Irgendwie fühlte ich mich sogar befreit, als ich nach draußen trat und mir die Hände wusch.

Durch die gläsernen Türen am Haupteingang konnte ich Brody sehen, der gegen seinen Wagen lehnte. Lässig schwang er den Schlüssel am Finger und beobachtete die Leute, die durch die Türen ein und aus gingen. Als ich nach draußen auf den Gehweg trat, war ich mindestens ebenso gespannt wie nervös. Als er mich entdeckte, hoben sich seine Mundwinkel zu einem anziehenden Lächeln. Er verschränkte die Arme vor der

Brust und beobachtete mich aufmerksam, während ich auf ihn zulief. Auf der Straße wimmelte es nur so vor Leuten, doch er schien davon keinerlei Notiz zu nehmen. Es war total verrückt – allein, wie er mich ansah, wie er jede meiner Bewegungen mit einem Ausdruck von Verlangen in den Augen verfolgte, törnte mich an. Mein gesamter Körper war erregt, ohne auch nur die geringste Berührung. Ich merkte, wie ausgehungert ich war – und zwar nicht nach Essen.

Als ich mich ihm näherte, streckte er seine Hand nach meiner aus, zog mich ruckartig zu sich heran und überraschte mich, indem er mich küsste – mitten auf der Straße. *Und was für ein Kuss das war!*

Mein Gehirn war völlig umnebelt, als er den Kuss schließlich beendete. »Mannomann.« Seine Hände glitten nach unten, packten meine Taille und drückten mich fest an ihn. »Wir sollten das Date einfach überspringen.«

Auch wenn mein Körper nichts lieber wollte als das, hörte ich mich selbst sagen: »So leicht kann ich es dir ja nun auch nicht machen, oder?«

»Seit ich dich kenne, hast du mich immer nur hart gemacht.« Er zog mich noch dichter an sich, und ich konnte seine Aufrichtigkeit im wahrsten Sinne des Wortes spüren. An meinem Bauch.

»Also, wohin gehen wir?«

»Erst ins Restaurant und dann ins Museum.«

»Ins Museum?«

»Du hast neulich gesagt, du liebst Museen.«

»Für einen Typen, der nichts von blöden Blumen und romantischen Gesten hält, bist du verdammt gut darin.«

Obwohl Brody ein kleines Restaurant abseits der Promi-Meilen ausgesucht hatte, wurden wir in der kurzen Zeit von der Übergabe des Wagens an den Parkdienst bis zu dem Moment, als wir an einem ruhigen Tisch in der Ecke Platz nahmen, zweimal angesprochen.

»Tut mir leid wegen eben.«

»Kein Problem. Das bin ich gewöhnt. Nur dass ich mich nicht daran erinnern könnte, dass die Ehefrauen der Männer, die meinen Vater auf der Straße ansprachen, ihn je so angegafft hätten wie die Frau von dem Typen eben dich.«

»Ich habe deinen Dad einmal getroffen.«

»Echt?«

»Ja. Beim Trainingslager in meinem ersten Jahr im Team. Er hat mich zur Seite genommen und sich eine halbe Stunde mit mir unterhalten. Er kam immer am ersten Tag der Saison vorbei.«

»Worüber habt ihr geredet?«

»Er hat mir gesagt, falls ich mich jemals seiner Tochter nähern würde, würde er mir die Eier abschneiden.«

Meine Augen weiteten sich. »Wirklich?«

»Nee. Ich mach nur Spaß.«

Ich musste lachen. Das tat ich oft in Brodys Gegenwart. Irgendwie besaß er die erstaunliche Fähigkeit, mich in Sekundenschnelle in eine andere Stimmung zu versetzen. Erst lachte ich, und schon kurz darauf vibrierte ich förmlich vor sexueller Anspannung.

Kaum hatten wir Wein und Vorspeisen bestellt, wurde unser Gespräch von einem weiteren begeisterten Fan unterbrochen, der um ein Autogramm bat. Immerhin war es mitten in der Saison, und ich saß neben dem Quarterback des zweitplatzierten Teams der Liga.

»Stört dich das? Das Berühmtsein?«

»Normalerweise nicht. In der Regel tue ich nichts in der Öffentlichkeit, bei dem ich nicht gestört werden will. Ob du es glaubst oder nicht, aber ich gehe nicht sehr oft aus.«

»Ich habe aber schon viele Fotos von dir in weiblicher Begleitung gesehen.«

»Das war meist bei irgendwelchen Events. Pflichtveranstaltungen von den Sponsoren oder vom Team. Ehrlich gesagt, kann ich mich nicht erinnern, wann ich das letzte Mal ein richtiges Date hatte.«

»Wie kommt's? Ich kann mir nicht vorstellen, dass es dir an Angeboten mangelt.«

»Ich konzentriere mich gerne auf den Sport.«

»Heißt das, du hattest nie eine feste Beziehung?«

Brody lehnte sich zurück und sah sich im Restaurant um. »Doch, ich hatte eine feste Beziehung.«

»Nur eine?«

»Nur eine.« An seiner Wange zuckte ein Muskel. Offenbar fühlte er sich bei diesem Thema unwohl. Aber ich wollte gerne mehr über ihn erfahren.

»Was ist passiert?«

»Sie ging in die Brüche.«

»So viel ist mir auch klar, nachdem wir heute Abend hier sitzen und du seit Wochen versuchst, mich rumzukriegen.«

Brodys Augenbrauen flogen hoch. »Wieso habe ich bei dir immer den Eindruck, als würdest du mich ausfragen?«

»Wahrscheinlich, weil du von allein nicht so leicht mit Informationen herausrückst.«

Die Kellnerin machte an unserem Tisch halt. »Kann ich die Teller schon mitnehmen?«

Brody nickte. »Das wäre nett.«

Als sie wieder fort war, versuchte er, das Thema zu wechseln. »Also, wie bist du zum Journalismus gekommen?«

Doch so leicht ließ ich ihn nicht davonkommen. Ich nippte an meinem Wein und ignorierte sein offensichtliches Ablenkungsmanöver. »Also hattest du vorher eine Beziehung?«

»Ja.«

»Wie lange ist das her?«

»Keine Ahnung. Du fragst Sachen, Delilah. Ich führe doch nicht Buch darüber. Vor vier Jahren vielleicht.«

»Und seither nur Affären?«

»Ja.«

»Interessant.«

»Nicht wirklich. Kann ich jetzt mal eine Frage stellen?«

»Tu dir keinen Zwang an.« Ich winkte, wie um ihm zu bedeuten, dass er freie Bahn habe.

Er kratzte sich kurz am Kinn. »Welche drei Dinge würdest du für einen Monat auf eine einsame Insel mitnehmen?«

Ich lachte. »Du hättest auch einfach über Football oder Politik reden können, um das Thema zu wechseln.«

»Hätte ich schon, aber ich wollte zu gern wissen, ob du einen Vibrator einpackst.«

»Du denkst, wenn ich nur drei Dinge auf eine einsame Insel mitnehmen könnte, würde ich einen Vibrator auswählen?«

»Irgendwie hatte ich das gehofft.«

»Ich glaube kaum, dass das auf meiner Liste stünde.«

»Was dann?«

»Weiß auch nicht. Ganz spontan? Streichhölzer, Wasser und ein Fischernetz.«

»Kluge Entscheidung. Ich bin enttäuscht. Aber immerhin würdest du nicht verhungern.«

»Deine Fragen sind ziemlich absurd, das ist dir schon klar, oder?«

»Mag sein. Aber deine Antworten verraten viel über dich. Wie eben. Jetzt weiß ich, dass du praktisch denkst. Du weißt, dass du dich auch mit den Händen befriedigen kannst, also lässt du so ein unnützes Spielzeug wie einen Vibrator daheim.« Er tippte sich mit dem Finger gegen die Schläfe. »Sehr clever gedacht.«

»Eine bescheidene Frage. Falls wir irgendwann Sex haben …«

Brody unterbrach mich. »Falls?«

»Wenn. *Wenn*, du weißt schon …«

»Ich dich ficke …«

»Genau, das meinte ich. Wirst du danach aufhören, so viel über Sex zu reden?«

Er beugte sich vor. »Auf gar keinen Fall. Dann wird es nur noch schlimmer.«

»Okay, na dann.« *Gott, ist das plötzlich warm hier drin.* Ich musste unbedingt das Thema wechseln, oder das Date würde früher enden, als mir lieb war. Brodys Faden aufnehmend, fragte ich: »Wenn du dir eine der Disney-Prinzessinnen aussuchen könntest, welche würdest du wählen?«

Brody lächelte. »Nicht schlecht. Lass mich mal überlegen.«

Er schwieg einen Moment. Ich war überrascht. Offenbar nahm er meine Frage wirklich ernst. »Definitiv nicht Dornröschen. Die schläft den ganzen Tag nur und wartet auf irgendeinen Trottel in Strumpfhosen, der sie wach küsst.«

»So hätte ich sie zwar nicht beschrieben. Aber okay … Und weiter?«

Er rieb sich das Kinn. »Schneewittchens Stimme würde mich nerven. Außerdem bin ich eins neunzig groß, und sie steht eher auf kleine Typen.« Er setzte eine Pause. »Ich weiß gar nicht, ob ich noch andere Prinzessinnen kenne. Aber warte mal. Genau. Die Tussi aus *Aladin* ist heiß. Oder *Arielle, die Meerjungfrau*. Aber kann die überhaupt die Beine spreizen? Und ist sie überhaupt eine Prinzessin?«

Der restliche Abend verlief nach ganz ähnlichem Muster. Wir stellten einander eine alberne Frage nach der anderen. Tatsächlich verriet uns jede aber sehr viel über den anderen, und ich begann darüber nachzudenken, ob ich solche »Scherzfragen« nicht künftig bei meinen Interviews einbauen sollte. Nachdem Brody für uns beide bezahlt hatte, warteten wir vor dem Restaurant darauf, dass der Parkdienst den Wagen vorfuhr. Ganz in der Nähe stand eine Gruppe Leute, die sich angeregt unterhielt, und ich bemerkte, wie Brody uns von ihnen wegführte und ihnen den Rücken zuwandte, um keine Aufmerksamkeit auf sich zu ziehen.

»Lieblingsposition?«, fragte er.

Das war leicht. »Quarterback, natürlich. Da bin ich ganz Papakind.«

Er beugte sich zu mir und flüsterte mir ins Ohr. »Ich meinte Lieblingsposition in nacktem Zustand.«

»Oh.« *Oh!*

Er wartete doch tatsächlich auf eine Antwort. »Ich weiß nicht recht. Darüber habe ich noch nie nachgedacht.« Ich schluckte. »Was ist mit dir?«

Er nahm meine beiden Hände in seine, führte sie hinter meinen Rücken und hielt beide Handgelenke mit einer Hand fest, während er mir mit der anderen eine Locke aus dem Gesicht strich. »Oben. Eigentlich egal, wie. Aber seit ich dich das erste Mal gesehen habe, habe ich dieses Bedürfnis, dich unter mir zu spüren. So gern ich dir auch dabei zusehen würde, wie du mich reitest, ich glaube, bei dir gefällt es mir am besten, wenn ich oben bin. Und wahrscheinlich klassische Missionarsstellung. Denn aus irgendeinem Grund will ich nichts lieber, als dein Gesicht beobachten, wenn ich mich in dir versenke.«

Das war nicht unbedingt das Romantischste, was je jemand zu mir gesagt hat, trotzdem ging es mir durch und durch. »Du liebe Güte, Brody.«

Er strich mit den Lippen über meine. »Das wird ein kurzer Museumsbesuch.«

Die zärtliche Berührung zusammen mit seinen rohen Worten erfüllte mich mit einem Verlangen, das ich so noch nie erlebt hatte. Ich beugte mich vor, bis sich unsere Lippen leicht berührten und vibrierten, als ich sagte: »Lass uns den Museumsbesuch überspringen.«

* * *

Als wir vor dem Hotel vorfuhren, das während der Footballsaison sein Zuhause war, winkte er dem Portier zu und rannte um den Wagen herum zur Beifahrerseite. Er streckte mir die Hand hin, um mir herauszuhelfen.

»Bleiben Sie heute Abend im Hotel, Mr Easton?«

Er verschränkte unsere Finger ineinander und zog mich zur Tür, während er über die Schulter antwortete, ohne sich umzudrehen. »Möglicherweise komme ich nie wieder raus.«

Mein Atem ging schneller, als sich der Aufzug dem Erdgeschoss näherte. Wir waren nicht allein in der Kabine, doch ich roch und hörte nur Brody. In der Spiegelung der glänzenden silbernen Türen beobachtete ich, wie sich seine Brust hob und senkte, und mein Atem begann sich seinem anzugleichen. Er stand direkt hinter mir, sodass ich jeden seiner Atemzüge spürte und mein Körper ganz natürlich in seinen Rhythmus einfiel. Es würde nicht der einzige Rhythmus bleiben, der sich ganz von selbst zwischen uns einstellte, das stand fest. Seit dem Tag, als wir uns zum ersten Mal begegnet waren, lag diese sexuelle Anziehung wie elektrische Spannung zwischen uns in der Luft.

Der Klang der Tür, die hinter mir ins Schloss fiel, hallte durch die Hotelsuite. Ich ging ein paar Meter in den Raum hinein, drehte mich aber nicht um. Brody folgte mir. Er berührte mich nicht, doch ich spürte seine Nähe. Mit einem lauten Rasseln warf er die Schlüssel auf den Tisch. Mein Körper war so angespannt, so voller Vorfreude, dass mich allein dieses Geräusch kurz nach Luft schnappen ließ.

In der Dunkelheit der Suite hörte, roch und fühlte ich alles noch intensiver. Brodys Hand packte mich von hinten an der Hüfte, dann trat er näher an mich heran. Mit der anderen Hand strich er meine Haare auf eine Seite. Als er seinen Kopf senkte und mit der Nase meinen Hals entlangstrich, stieß ich einen leisen Seufzer aus, hob die Arme über meinen Kopf und legte sie ihm um den Hals. Bei dem Gedanken daran, was gleich passieren würde, wurden meine Knie weich.

»Es gibt so vieles, was ich mit dir anstellen möchte.« In Brodys tiefer dunkler Stimme lag all die Begierde und Lust, die ich selbst empfand.

»Nämlich?«

Er hielt den Mund dicht an mein Ohr, während seine Hände langsam meine Seiten hinunterfuhren – dann von der Hüfte über die Kurve meiner Taille, nach vorn zu meinen Brüsten. Er drückte fest zu. »Ich will an deinen Brüsten lutschen. Fest. An deinen Nippeln knabbern, bis du es nicht mehr aushältst.«

»Was noch?« Meine Zurückhaltung war verschwunden. Bei diesem Mann spürte ich nur noch verzweifeltes Verlangen.

»Danach würde ich dich wahrscheinlich lecken. Ich möchte, dass du dabei auf meinem Gesicht sitzt. Damit du kontrollieren kannst, wo ich dich lecken soll, und wie hart du meine Zunge reiten willst.«

»Oh Gott.«

»Und dann, wenn du erregt und feucht bist … wenn du für mich ganz glitschig bist und ich riechen kann, dass du mich willst, werde ich deine Hände über deinem Kopf festhalten und dich vögeln. Ich werde mich beim ersten Mal nicht zurückhalten können. Das müssen wir uns für morgen früh aufheben, wenn die ersten Sonnenstrahlen auf deine nackte Haut fallen und ich sehen kann, wie sich dein Gesicht mit jedem Stoß verändert, und hören kann, wie dein Atem geht, während ich tief in dich eindringe.«

Brodys Hände glitten nun von meinen Brüsten hinunter über meinen Oberkörper. Er saugte an meinem Ohrläppchen und umgriff meine Seiten, um mich näher heranzuziehen. Durch seine Hose hindurch konnte ich seine Erektion spüren, die sich bis an meinen unteren Rücken presste.

»Deinen Hintern. Den würde ich gerne auch mal nehmen. Vielleicht nicht heute Nacht. Aber irgendwann demnächst. Ich möchte überall in dir sein. Alles mit dir ausprobieren. Jeden Teil deines Körpers besitzen.«

Ich rieb meinen Hintern an ihm.

Er stöhnte.

»Erinnerst du dich noch an den Tag, als ich dich das erste Mal in der Kabine gesehen habe? Ich hatte den ganzen Nachmittag, nachdem du weg warst, einen Steifen. Nicht mal eine kalte Dusche inmitten von haarigen Typen konnte mich beruhigen. Ich kam heim und musste mir sofort einen runterholen, während ich die ganze Zeit dein Gesicht vor mir sah.«

Er wirbelte mich herum, wobei er gut daran tat, mich festzuhalten, denn mir war ganz schummrig im Kopf, nachdem mein Blut in andere Körperregionen geströmt war. Dann fiel er über meinen Mund her und küsste mich, wie ich noch nie zuvor geküsst worden war. Dominant, und dennoch nicht gewaltsam. Beherrscht, und dennoch sehnsüchtig. Er hatte die Kontrolle über meinen Körper übernommen. Die Zungen ineinander verschlungen, die Lippen aufeinandergepresst, lösten wir uns nur so lange, wie er brauchte, um mir meine Bluse auszuziehen.

Mit dem Daumen schob er meinen BH hinunter und drückte seinen gierigen Mund auf meine Brustwarze. Mit geschlossenen Augen genoss ich, wie er an mir züngelte und saugte. Wie er abwechselnd an meinen Brüsten leckte und knabberte, bis ich keuchte.

Als seine Hand unter meinen Rock glitt, stöhnte er auf, als er entdeckte, dass ich keinen Slip trug. »Fuck. Du hast ihn wirklich ausgezogen.« Er schob einen Finger in mich hinein. Ich war bereits feucht und bereit. Er stöhnte erneut und fügte einen zweiten Finger hinzu. »Ich wollte mir beim ersten Mal mit dir eigentlich Zeit nehmen. Aber ich muss sofort in dir sein. Ich werde das später wiedergutmachen, versprochen.«

Es war ihm offenbar ernst damit. Einen Augenblick später hörte ich, wie eine Kondompackung aufgerissen wurde. »Ich würde dich gerne im Stehen vögeln, wenn das okay ist. So richtig hart.«

»Das ist mehr als okay.«

»Gott sei Dank.« Er schob meinen Rock nach oben und hob mich hoch. »Leg die Beine um mich.«

Ich tat es, woraufhin er mich zur Wand trug und mich mit dem Rücken dagegen drückte. Er brachte sich in Position und hob mich dann ein kleines Stück hoch, um mich nach unten auf seinen Penis zu senken. Ich klammerte mich an seine Schultern. Mir entfuhr ein Stöhnen, als er in mich eindrang. Er hielt inne. »Alles okay?«

»Mehr als okay.«

Während er erneut meinen Mund erstürmte, begann er sich in mir vor und zurück zu bewegen. Mein ganzer Körper zog sich um ihn zusammen wie eine Faust, und mit jedem sanften Stoß, der in mir rieb, wurden immer mehr Nerven zum Leben erweckt. Ich konnte mich nicht erinnern, dass sich jemals irgendetwas so gut angefühlt hätte, schon gar nicht beim ersten Mal.

Nachdem er meinen angespannten Körper ausgiebig aufgewärmt hatte, begann er sich schneller zu bewegen. Härter.

Mit immer längeren, tieferen, stärkeren Stößen in mich zu dringen, eine Hand fest um meinen Hintern gekrallt. Sein Rhythmus steigerte sich zu einem Pumpen, und wir beide stöhnten, als er sich tief in mir versenkte und mit der Hüfte zu kreisen begann, sodass seine Peniswurzel an meiner Klitoris rieb.

Meine Muskeln begannen sich um ihn herum zusammenzuziehen. »Brody.«

Er steigerte sein Tempo noch mehr. »Fuuuuuck.« Unablässig stieß er in mich, bis mein Körper schließlich nachgab und in einem heftigen Orgasmus wild zuckte. Als ich erschlaffte, steigerte er sein Tempo für ein paar weitere Stöße und blieb dann tief in mir, während er sich seinem eigenen Orgasmus hingab.

Viele Stunden und Orgasmen später lag mein Kopf auf Brodys Brust, während ich seinem Herzschlag lauschte. Als ich schließlich in den Schlaf sank, war ich voller Hoffnung und fühlte mich seltsam gelassen. Vielleicht war es die Euphorie, weil ich gerade den besten Sex meines Lebens gehabt hatte. Vielleicht lag es aber auch daran, dass ich mich sicher und geborgen fühlte, wenn mich Brody so eng umschlungen hielt. Was auch immer es war, das Gefühl würde nicht von langer Dauer sein.

KAPITEL 13 Brody

Es war schon spät, als ich endlich bei Marlene ankam. Ich hatte fast zwei Stunden gebraucht, um meinen Hintern aus dem Bett zu schwingen, nachdem Delilah zur Arbeit aufgebrochen war. Meinetwegen wäre sie fast noch zu spät gekommen – aber als ich sie in ihrem kurzen schwarzen Rock sah, hatte ich einfach nicht widerstehen können. Sie sah so adrett aus, mit ihren hochhackigen Pumps und dem hochgesteckten Haar. Mein Schwanz schrie geradezu danach, die sexy Bibliothekarin über die Bettkante zu legen. Als sie ging, war ihre Kleidung leicht derangiert, das Haar hing offen herunter, und ein zufriedenes Lächeln überzog ihr gerötetes Gesicht. Das stand ihr gut. *Sehr* gut sogar.

Für dieses überaus intensive Cardiotraining würde ich später mit Sicherheit büßen müssen. Das Training zur Wochenmitte war immer sehr fordernd, und nachdem ich mich letzte Nacht derart verausgabt und darüber hinaus kaum geschlafen hatte, versprach es besonders anstrengend zu werden. Aber das war mir scheißegal. Ich hatte mich seit einer Ewigkeit nicht mehr so gut gefühlt wie jetzt. Seit vier Jahren, um genau zu sein.

Grouper wischte gerade den Boden im Speisesaal, als ich vorbeikam. Ohne einen Ball, den ich ihm zuwerfen konnte, musste ich improvisieren. Das Mittagessen war bereits vorbei, aber das Personal räumte noch die letzten Reste weg, also schnappte ich mir aus einer Kiste, die einer vom Reinigungstrupp gerade anhob, drei kleine Milchkartons und schrie: »Lauuuf! Oder du musst gleich eine Riesenpfütze Kuhpisse aufwischen.«

Grouper murmelte etwas, fing aber an, zum anderen Ende des Speisesaals zu rennen. Die ersten beiden Päckchen segelten direkt in seine Hände. Gerade, als er das dritte fangen wollte, rief mich Shannon und lenkte Grouper damit kurz ab. Die dritte Milch flog ihm durch die offenen Hände hindurch und traf ihn an der Schulter, ehe sie auf dem Boden aufplatzte und eine Milchfontäne emporspritzte.

»Du wirfst aber auch so was von scheiße.«

»Dazu kann ich nur sagen: wertvollster Spieler des Superbowl, alter Mann, wertvollster Spieler des Superbowl.«

An Shannons Gesicht konnte ich ablesen, dass der Nachmittag nicht so angenehm werden würde wie der Vormittag.

»Was ist los, Shannon?«

»Sie hat einen schlechten Tag, Brody.« Ihre Stimme brach, als sie mir die Hand auf den Unterarm legte. Die Schwestern in Marlenes Altersheim waren wirklich bewundernswert. In ihrer Arbeit mit den alten Menschen erlebten sie viele herzzerreißende Momente, es musste schon einiges passieren, damit sie vor Rührung sprachlos waren.

»Körperlich oder geistig?«

»Geistig. Bei ihr sind Erinnerungen an Willow hochgekommen. Dinge, an die sie sich seit Langem nicht mehr erinnert hat.«

Als ich ihr Zimmer betrat, fand ich Marlene in Tränen aufgelöst vor. Ich setzte mich neben sie aufs Bett und nahm ihre Hand. »Was ist los, Marlene?« Ich wusste nicht, welche Erinnerungen sie plagten, und ich wollte es nicht noch schlimmer machen.

»Es geht um Willow.«

In den vergangenen vier Jahren hatte ich gelernt, über Willow zu sprechen. Anfangs war es mir schwergefallen, aber mit der Zeit hatte der Schmerz nachgelassen, den ich jedes Mal empfand, wenn ihr Name fiel.

»Was ist mit Willow?«

»Sie hat mich gestern Abend angerufen und gesagt, sie würde mich nächste Woche zu meinem Geburtstag besuchen. Und dann kam heute Morgen die Polizei.«

Ich sah zu Shannon hinüber, die den Kopf schüttelte. »Aber gestern Abend hat jemand angerufen, das stimmt.« Sie griff nach Marlenes Patientenakte und blätterte sie durch.

»Die Nachtschwester hat es notiert. Wir nehmen an, dass es irgendein Werbeanruf war. Vielleicht hieß die Person zufällig Willow?«

Marlene begann zu schluchzen.

»Das geht jetzt schon seit Stunden so«, flüsterte Shannon. »Sie murmelt immer etwas von Polizei und dass da jemand im Fluss treibt.«

Willow aus meinem täglichen Leben zu verbannen war die eine Sache, aber die Erinnerungen waren immer da. Die Erinnerungen an uns. Die guten überwogen, auch wenn sie von den schlechten überschattet wurden.

»Schon gut, Marlene. Alles wird gut.«

Mit denselben Worten hatte ich sie schon vor vier Jahren im Warteraum des Krankenhauses getröstet. Und dabei denselben inneren Kampf gespürt. Nur dass Marlenes Demenz sich nun nicht mehr im Anfangsstadium befand. Mittlerweile waren die Tage, an denen sie sich an Details aus dem Leben ihrer Enkelin erinnerte, selten, und dazwischen lagen große Abstände. Deshalb gab es heute noch weniger einen Grund, ihr die ganze Wahrheit zu erzählen, als damals.

»Blau. Sie war ganz blau, Brody.«

Es hatte ein Jahr gebraucht, bis ich nicht mehr jenes Bild vor

Augen hatte, sobald ich sie schloss. Die Erinnerung überrollte mich jetzt wie eine Lawine. Willow, die blau am ganzen Körper in die Notaufnahme geschoben wird. Als sich der Unfall am Fluss ereignete, war sie bereits nur noch ein Schatten ihrer selbst gewesen. Meine Willow gab es längst nicht mehr; sie war ersetzt worden durch eine Heroinsüchtige, die drei Tütchen am Tag brauchte und manchmal wochenlang einfach spurlos verschwand. Wenn sie uns überhaupt besuchte, dann nur, um uns zu beklauen.

Marlenes Tränen gingen in Schluchzen über. Ich schlang die Arme um sie. Eigentlich war ich alles andere als versessen darauf, jene Nacht, als Willow aus dem East River gezogen worden war, noch einmal zu durchleben. Es wäre so schön, wenn Menschen nur die schlechten Erinnerungen vergessen und die guten behalten würden.

»Sie glauben nicht, dass sie es schaffen wird, Brody.«

»Ich weiß. Schon okay, Marlene. Alles wird gut.«

Innerhalb der nächsten Stunde wurden immer neue Bruchstücke aus jener Nacht an die Oberfläche gespült. »Siebenundzwanzig Grad. Sie sagen, ihre Körpertemperatur beträgt siebenundzwanzig Grad.«

»Sie versuchen, sie aufzuwärmen. Die Ärzte tun alles, was in ihrer Macht steht, Marlene.«

Ich ließ sie gewähren, wie schon beim letzten Mal, und tröstete sie nur, bis der Schub vorüber war. Ich sah keinen Grund, ihr noch einmal das Herz zu brechen, ihr noch einmal die schrecklichen Ereignisse von damals ins Gedächtnis zu rufen … zumal sie morgen vermutlich wieder alles vergessen haben würde.

Das Beruhigungsmittel, das die Schwester Marlene gegeben hatte, schlug schließlich an, sodass sie ruhiger wurde und irgendwann einschlief.

»Haben Sie für mich auch so eine Spritze?«, witzelte ich, als Shannon nach uns schaute.

»Haben Sie heute Training?«

»Ja.«

Sie lächelte bedauernd. »Dann leider nicht. Falls Sie mit Dr. Pallen sprechen möchten – sie macht gerade ihre Runde. Aber ich kann sie über den Pager rufen.«

»Danke, Shannon. Mir geht's gut so weit. Wie lange, denken Sie, wird sie ausgeknockt sein?«

»Wahrscheinlich den Großteil des Tages.« Sie legte mir eine Hand auf die Schulter, während ich die schlafende Marlene betrachtete. »Keine Sorge, Brody. Wir haben ein Auge auf sie und rufen Sie, falls irgendetwas ist oder sie beim Aufwachen wieder so durcheinander sein sollte.«

»Ich schaue heute Abend nach dem Training noch mal nach ihr.«

»Ich gebe der Nachtschwester Bescheid, dass es mit mir abgesprochen ist, wenn Sie nach der regulären Besuchszeit vorbeikommen.«

»Danke.«

* * *

Wie zu erwarten war, sah ich beim Training alles andere als gut aus. Nach den körperlichen Strapazen einer langen schlaflosen Nacht und der schlimmen Geschichte mit Marlene war es kein Wunder, dass ich mich immer wieder über den Haufen rennen ließ. Irgendwann hatten die anderen Mitleid mit mir und gingen mich nicht mehr so hart an, was den Trainer noch mehr ärgerte als meine schwache Leistung.

Nach dem Training war mein Knie angeschwollen wie ein Ballon, so oft hatte ich es beim Fallen verdreht. Der Physiotherapeut verordnete mir eine Viertelstunde in der Eistonne.

Genau das, was mir nach meiner kleinen Zeitreise in die Vergangenheit mit Marlene noch gefehlt hatte, denn während ich in dem eiskalten Wasser lag, stieg mir erneut das Bild vor Augen, wie Willows blau gefrorener Körper aus dem Hudson River gefischt wurde.

Delilah
KAPITEL 14

Seit unserer gemeinsamen Nacht schrieb mir Brody jeden Tag SMS. Und wir hatten zweimal miteinander telefoniert. Als ich klein war, bekam ich meinen Vater während der Footballsaison nur selten zu sehen, sodass es mich nicht überraschte, dass er keine Zeit hatte. Aber das änderte nichts an der Tatsache, dass ich enttäuscht war. Ja, der Sex war, man kann es nicht anders sagen, phänomenal gewesen. Doch es war die Tatsache, dass wir dann stundenlang im Bett gelegen und uns einfach nur unterhalten hatten, die in mir etwas geweckt hatte, das ich seit Jahren nicht mehr empfunden hatte. *Hoffnung*. Das war es, was mir unsere gemeinsame Nacht gegeben hatte. Ich hatte schon beinahe vergessen, wie sich das anfühlte. Seit Drew, um genau zu sein. Doch als ich in das Flugzeug nach Texas zum Auswärtsspiel der Steel stieg, fiel mir wieder ein, warum. Weil es *echt beschissen* war, wenn alle Hoffnung brutal zerstört wird.

Ich näherte mich gerade meinem Sitz in Reihe sechsundzwanzig, als der Pilot über Lautsprecher alle Passagiere bat, schnellstmöglich ihre Plätze einzunehmen. Wir hatten die Genehmigung für einen frühzeitigen Abflug erhalten, und angesichts der sich rasch nähernden Sturmfront wollte er unseren Start-Slot nicht riskieren. *Na toll, auch das noch. Ein Scheißsturm. Das hatte mir gerade noch gefehlt*. Auf dem Weg zum Flughafen war so viel Verkehr gewesen, dass ich es erst vor fünf Minuten geschafft hatte, mir etwas zu trinken zu besorgen und meine Xanax einzuwerfen. Mit anderen Worten, ich würde beim Start Todesängste ausstehen.

Als ich an meinem Platz ankam, hob Brody, der ein paar Reihen hinter mir saß, den Kopf und begegnete meinem Blick. Etwas verlegen lächelte ich und beeilte mich, meine Tasche zu verstauen. Ich prüfte gerade zum dritten Mal, ob mein Sitzgurt auch wirklich fest eingerastet war, als ich Brodys Stimme hörte.

»Connors«, wandte er sich an den Reporter, der neben mir saß. »Reihe einunddreißig.« Er reckte den Daumen zum hinteren Teil des Flugzeugs.

Der Reporter sah erst Brody an, dann mich. »Wir heben gleich ab.«

»Richtig. Deshalb sollten Sie sich etwas beeilen.«

»Aber all meine Sachen sind oben im Gepäckfach.«

»Ich bringe sie Ihnen, sobald wir in der Luft sind. Dahinten warten eine Flasche Merlot und ein freier Sitzplatz auf Sie.«

Connors machte ein saures Gesicht, räumte aber seinen Platz, woraufhin sich Brody neben mich setzte.

»Du hast wohl nicht gesehen, dass neben mir noch ein Sitz frei war.«

Hatte ich tatsächlich nicht. »Ich war damit beschäftigt, schnell Platz zu nehmen. Und nicht darüber nachzudenken, dass wir gleich abheben und meine Xanax erst in zwanzig Minuten anschlägt.«

Genau in diesem Moment begann das Flugzeug vom Gate wegzurollen. Obwohl nur ein leichtes Rumpeln zu spüren war und wir uns im Schneckentempo voranbewegten, klammerte ich mich so fest an die Armlehnen, dass meine Knöchel weiß hervortraten.

Brody löste meine Finger von der Lehne und verschränkte sie mit seinen. »Ich pass auf dich auf.«

»Wenn wir aus wer weiß wie vielen Kilometern Höhe Richtung Erde stürzen, passt du dann immer noch auf mich auf?«

Seine Augenbrauen flogen hoch. Mein gesamtes Inneres begann verrücktzuspielen, und ich konnte nichts dagegen tun. Ich spürte, wie mein Herz raste. Brody drehte sich um und sprach mit dem Reporter hinter uns. »Fünf Reihen hinter uns. Einunddreißig A. Könntet ihr die Flasche Merlot durchreichen?«

Ich trank ein ganzes Glas auf ex. Allerdings half es nicht wirklich. Besonders nicht, da der Pilot sich nun erneut meldete, um uns mitzuteilen, dass wir in der Warteschlange an dritter Stelle standen und es in fünf Minuten losgehen dürfte.

»Du weißt schon, dass ich mit der Hand gutes Geld verdiene?« Brody schielte hinunter auf unsere verschränkten Hände. Meine hatte alle Farbe aus seiner gepresst, außer an den Stellen, an denen sich meine Nägel in sein Fleisch bohrten.

»Tut mir leid.«

»Ich mache nur Spaß. Quetsch ruhig weiter.« Er beugte sich zu mir. »Ich mag es, wenn sich deine Nägel in meine Haut bohren. Das erinnert mich daran, wie du über meinen Rücken kratzt, wenn du kurz davor bist und ich langsamer werde.«

»Ist das dein Ernst? Du willst jetzt ernsthaft darüber reden, wenn ich kurz vor einer Panikattacke stehe?«

Er gluckste. »Du brauchst schließlich eine Ablenkung.«

»Wie wär's, wenn wir über das Wetter reden? Oder über Sport? Wusstest du, dass der Punter der *Eagles* seit 1971 den Rekord für die meisten Spiele in Folge hält? Oder dass es momentan acht Spieler mit dem Nachnamen Smith in der Liga gibt, ein Rekord in …« Ich plapperte nervös drauflos. Mitten im Satz fand Brody offenbar, es wäre Zeit, mich zum Schweigen zu bringen. Plötzlich war sein Mund auf meinem, und er küsste mich so stürmisch, dass meine Knie weich wurden. So aggressiv, so besitzergreifend, als könne er gar nicht genug bekommen.

Versunken in unseren Kuss, merkte ich erst, dass das Flugzeug abgehoben hatte, als wir nach Luft schnappten. »Siehst du. Der Start ist super, wenn man sich einfach zurücklehnt und es genießt.«

»Das sollte ich öfter ausprobieren. Ich frage mich, wer wohl auf dem Rückflug neben mir sitzt.«

»Vorsicht, junge Dame.« Die Art, wie er mich ansah, zerstreute mit einem Mal die wachsende Sorge, die mich in den letzten Tagen beschlichen hatte. Es war mitten in der Saison. Ich sollte am besten wissen, dass er sich ganz auf den Football konzentrieren musste.

Wir plauderten noch eine Weile, bis meine Xanax anschlug und ich schließlich den Kopf an seine Schulter anlehnte und eindöste. Als ich aufwachte, waren wir bereits im Landeanflug.

»Eine Weile war ich nicht sicher, ob du noch atmest.«

Ich streckte mich gähnend auf meinem Sitz. »Ich war total weg.«

»Ich weiß. Ich habe versucht, dich aufzuwecken, damit wir in den *Mile High Club* eintreten können, aber du hast dich nicht gerührt. Immerhin bin ich so weit gekommen, dir den Slip auszuziehen, aber danach warst du so kooperativ wie ein Stück Holz.«

»Das hast du nicht wirklich getan, oder?«

Er zuckte grinsend die Achseln und vertiefte sich dann wieder in das Handbuch mit den Spielzügen.

Ich strich meinen zerknitterten Rock glatt, und nutzte die Gelegenheit, unauffällig nachzuprüfen, ob ich noch meinen Slip anhatte.

Ohne von seinem Buch hochzusehen, bemerkte Brody: »Wusste ich's doch, dass du nachschauen würdest.«

Zwei Busse brachten uns vom Flughafen zum Hotel. Statt wie alle anderen in der Lobby einzuchecken, wurden wir in einen Konferenzraum geführt, wo eine Handvoll Hotelmitarbeiter mit Checklisten herumlief und uns unsere Schlüsselkarten aushändigte.

Selbstverständlich brauchte Brody seinen Namen nicht zu nennen. »Guten Tag, Mr Easton. Herzlich willkommen im *Sonetta*-Hotel. Mein Name ist Gail. Falls Sie irgendetwas benötigen, finden Sie meine Handynummer und die des Hoteldirektors auf der Rückseite dieser Visitenkarte, und hier sind zwei Schlüsselkarten für Ihre Suite.« Sie notierte etwas auf ihrem Klemmbrett, drehte es in Brodys Richtung und gab ihm einen Stift, um darauf zu unterschreiben.

»Danke schön.«

Gail wandte sich mir zu. »Gehören Sie zum Team oder zur Presse?«

»Sie gehört zu mir«, antwortete Brody.

Sie nickte und wollte weiter zu den anderen Spielern, deshalb schaltete ich mich schnell ein. »Ich bin auch Gast hier und möchte einchecken.«

Brody beäugte mich kritisch und sagte dann zu Gail: »Sie braucht kein Zimmer.«

»Doch, tue ich.«

»Heißt das, du willst heute Nacht nicht bei mir schlafen?«

Gail schien unsere Unterhaltung ebenso unangenehm zu sein wie mir. »Das habe ich nicht gesagt. Aber wenn du mich noch weiter vor dieser netten Dame beschämst, dann werde ich die Nacht in meinem eigenen Bett verbringen.«

Ich wandte mich an Gail. »Maddox, mit zwei ›d‹.«

Brody sagte kein Wort mehr, bis Gail mit meinem Check-in fertig war. Dann streckte er die Hand aus und hielt ihr seine Schlüsselkarten hin. »Ich würde gerne auschecken.«

»Wie bitte?«

»Ich würde gerne auschecken. Ich brauche das Zimmer nicht. Ich übernachte bei ihr.« Er nickte in meine Richtung.

»Ähm.« Die arme Gail machte ein verwirrtes Gesicht. »Ihr Zimmer ist eine Suite, Mr Easton. Miss Maddox hat nur ein Standardzimmer.«

»Hat ihr Zimmer ein Bett?«

»Ja.«

»Dann würde ich gerne auschecken.«

Mein Zimmer befand sich auf der sechsten Etage. Genau wie Gail gesagt hatte, war es ein Standardzimmer. Ein Bett, eine Kommode, ein Mini-Kühlschrank, ein Fernseher und ein Bad. Brody verstaute unsere Koffer im Wandschrank, während ich mich im Bad frisch machte. Ich fühlte mich, als hätte ich eine ganze Nacht durchgeschlafen, und nicht nur ein kurzes Nickerchen dank einer Pille hinter mir. Als ich wieder ins Zimmer kam, lag Brody in der Mitte des Bettes, die Hände lässig hinter dem Kopf verschränkt.

»Wolltest du dir wirklich kein Zimmer mit mir teilen?« Es war das erste Mal, dass ich hörte, wie seine Selbstsicherheit ins Wanken geriet. Irgendwie hatte das etwas Rührendes. Ich hob meinen Rock an, stieg aufs Bett und setzte mich rittlings auf ihn.

»Ich muss jede Woche meine Reisekostenbelege einreichen, und ich wollte nicht, dass irgendjemand nachfragt, wo meine Hotelrechnung geblieben ist.«

»Warum sollte es sie kümmern, wenn du keine Hotelrechnung einreichst? Damit sparst du dem Sender doch nur Geld.«

»Mein Chef hat mich ohnehin schon auf dem Kieker. Er war gegen meine Beförderung. Es war sein Chef, der mich für den Job wollte.«

»Warum war er dagegen?«

»Weil er ein sexistischer Arsch ist, der denkt, dass Frauen nichts in der Kabine verloren haben. Na, kommt dir das irgendwie bekannt vor?«

»Ich habe dich nur verarscht, weil ich dich megaheiß fand.«

»Und ich habe nur versucht, meinen Job zu machen.«

»Ich weiß. Ich bin ein egoistischer Mistkerl. Ich habe nicht wirklich nachgedacht. Ich wollte einfach nur mit dir schäkern und bin etwas über das Ziel hinausgeschossen.«

»Und was ist mit Susan Metzinger? Du hast öffentlich verlautbaren lassen, dass sie nichts in der Kabine zu suchen hat.«

»Susan Metzinger hat da auch nichts zu suchen.«

»Und wieso nicht?« Sofort hielt ich stolz die Flagge der Frauensolidarität hoch.

»Weil sie mir in den Schritt gegriffen hat. Aber ich war nicht interessiert.«

»Echt?«

»Ja. Gleason von *WMBC* hat das Ganze auf Band festgehalten. Er war gerade dabei, Smith neben mir zu interviewen.« Er machte eine Pause. »Einen der acht Smiths.«

»Wieso hast du das nicht öffentlich gemacht? Immerhin hat sie dich in den Medien wochenlang durch den Dreck gezogen.«

»Ich hatte wohl ein schlechtes Gewissen, weil ich sie habe abblitzen lassen.«

»Also hast du nicht wirklich etwas gegen Frauen in der Umkleidekabine?«

»Ich habe etwas dagegen, wenn du in der Umkleidekabine bist.« Er zog mich an sich, sodass ich auf ihm lag.

»Und wieso?«

»Weil ich möchte, dass du auf absehbare Zeit nur einen Schwanz zu sehen bekommst, und zwar meinen.«

»Das war auf absurde Weise echt süß.«

»Ich bin ja auch ein absurd süßer Typ. Und jetzt halt die Klappe, und küss mich gefälligst.«

Mein Hintern ruhte noch immer auf seinen Hüften, aber ich lag vornübergebeugt, sodass sich meine Brust an seine schmiegte und meine Lippen seine leicht berührten. »Übrigens bin ich gerade oben. Du hast mir doch gesagt, dass das nicht deine Lieblingsstellung mit mir ist.«

»Dann sorge mal besser dafür, dass ich damit recht behalte.«

* * *

Während Brody beim Teammeeting war, erledigte ich ein paar Dinge für die Arbeit. Als er wiederkam, bestellten wir beim Zimmerservice viel zu viel zu essen und verbrachten den Rest des Abends im Bett. Da ich im Flugzeug schon ein wenig geschlafen hatte, war ich nicht müde. Und da Brody nur vier bis sechs Stunden Schlaf brauchte, und das obwohl er zehnmal so viel Sport pro Tag trieb wie die meisten durchaus fitten Menschen, war er ebenfalls nicht müde.

Nachdem wir ein paarmal ausgiebig gegenseitig unsere Körper erkundet hatten, kamen wir wieder auf unser besonderes Kennenlernspiel zurück. Mit anderen Worten, ich stellte normale Fragen, und Brody konterte mit völlig absurden. Meistens war die Stimmung dabei locker und ungezwungen. Bis er durch Zufall einen Teil meines Lebens anschnitt, über den ich normalerweise nicht sprach.

Ich zeichnete gerade mit dem Zeigefinger Achten auf seine nackte Brust, als er mit einer neuen verrückten Frage aufwartete. »Wenn du dir aussuchen könnest, wen du interviewst, egal wen, tot oder lebendig, wer wäre das?«

»Drew Martin.« Mein Finger hielt inne. Ich hatte nicht über meine Antwort nachgedacht, doch vielleicht hätte ich das lieber tun sollen. Sofort hätte ich meine Worte am liebsten zurückgenommen.

»Wieso kommt mir dieser Name so bekannt vor?«

»Er war in der Auswahl im Jahr nach dir. Zweite Runde. Kicker.«

Brody rutschte herum, sodass wir beide auf der Seite lagen. Ich hätte lieber weiter meinen Kopf auf seiner Brust liegen gehabt, damit er mir nicht ins Gesicht sehen konnte.

»Sollte ich eifersüchtig sein?«, fragte er halb im Scherz.

»Glaube ich nicht.« Ich schluckte. Die Worte kamen mir noch immer schwer über die Lippen. »Er ist tot.«

»War er mit dir verwandt?«

Ich schüttelte den Kopf.

»Aber ihr wart befreundet?«

Ich nickte.

»Willst du darüber reden?«

»Lieber nicht.«

Er überraschte mich, indem er mich zu sich heranzog und mir einen Kuss auf den Haaransatz drückte. »Okay. Dann reden wir darüber, wenn du so weit bist.«

Delilah
KAPITEL 15

Die Steel hatten am Sonntag ein Spiel und sollten Donnerstagabend erneut spielen. Da die Erholungsphase dazwischen nur kurz war, fuhr das Team direkt nach dem Match nach Hause statt wie sonst am Montagmorgen. Das hieß, dass es am Sonntag nach dem Spiel keine Interviews in der Umkleidekabine geben würde. Fieldreporter konnten versuchen, einen oder zwei Topspieler abzufangen, wenn sie das Feld verließen, aber offiziell stand das gesamte Team nur nach dem Training für Fragen bereit.

Reporter wurden heute ab fünf Uhr nachmittags eingelassen. Um die Zeit bis dahin so effektiv wie möglich zu nutzen, arbeitete ich den Vormittag über an meinem Laptop im Hotel, schleppte mich dann nach etwas Überwindung ins Fitnessstudio, um eine Dreiviertelstunde laufen zu gehen, und traf gegen drei im Stadion ein. Ich kletterte auf die Ränge hinauf und nahm Platz.

Es war schon sehr lange her, seit ich das letzte Mal an einem kühlen Herbsttag auf dem kalten Metall gesessen und beim Training zugeschaut hatte. Obwohl ich den Großteil meines Lebens auf der Tribüne eines Footballstadions verbracht hatte, war es beinahe, als wäre mein Leben in zwei Akte unterteilt – und als sei nach dem ersten Akt der Vorhang gefallen. Und trotzdem war ich nun wieder hier. Schon seltsam.

Ich fühlte mich irgendwie traurig. Vielleicht lag es daran, dass ich gestern Abend über Drew gesprochen hatte und heute dem Team zusah, in dem mein Vater viele Jahre lang der

Mannschaftskapitän gewesen war. Als Drew und ich zusammenkamen, spielte er noch mit Leib und Seele Fußball und interessierte sich nicht mal für Football. Ich erinnerte mich, wie ich Drew das erste Mal meinem Vater vorstellte. Wir waren damals in der zehnten Klasse, und er war ziemlich nervös, den berühmten Tom Maddox persönlich kennenzulernen.

Dad ließ ihn sich setzen und verbrachte beinahe zwei Stunden damit, ihn davon zu überzeugen, wie viel besser es doch sei, Football-Kicker zu werden statt Fußballspieler. Noch im Herbst hatte er sich um die Aufnahme ins Hochschulteam beworben und wurde als Stammkicker engagiert.

Ein durchdringender Pfiff lenkte meine Aufmerksamkeit wieder auf das Geschehen auf dem Spielfeld. Brody hatte an der Seitenlinie mit dem Trainer gesprochen, während die Special Teams ihre letzten Übungen absolvierten. Dann trabten die Offensive-Line-Spieler aufs Feld, während die anderen es verließen. Von hier oben konnte ich zwar nichts hören, aber genau beobachten, wie Brody seinen Platz hinter dem Center einnahm, mit dem Finger auf verschiedene Punkte deutete und Anweisungen erteilte, woraufhin die Spieler Anpassungen vornahmen und ihre Positionen wechselten.

Dieser Mann war auf dem Spielfeld derselbe wie außerhalb: forsch, selbstbewusst, alles, was um ihn herum vorging, registrierend. Ein Anführer. Ich fühlte mich ein wenig wie eine Highschool-Cheerleaderin, aber gleichzeitig machte es mich auch ein wenig an, ihn aus nächster Nähe in Aktion zu erleben. Mir hatte dieser Teil meines Lebens gefehlt. Ich liebte Football, aber jemandem beim Spielen zuzusehen, der mir etwas bedeutete, ging mir ganz besonders nahe. All die Ballfänge, all die Sprünge, die schiere sportliche Leistung von zweiundzwanzig Männern, die eine Einheit bildeten, um sich mit anderen zu messen – das hatte einfach etwas Magisches.

Auch wenn ich immer irgendwie mit Football zu tun gehabt hatte: An diesem Nachmittag, als ich von der Tribüne aus beim Training zusah, wurde etwas in mir wieder zum Leben erweckt. Ich wusste nicht, ob es die Liebe zu diesem Sport war oder die Hoffnung, eines Tages die Liebe zum Sport erneut mit der Liebe zu einem Mann auf dem Spielfeld verbinden zu können.

Die Atmosphäre in der Kabine nach dem Training war eine vollkommen andere als nach einem Spiel. Die Stimmung war deutlich entspannter und relaxter, und selbst die Trainer scherzten und lachten. Als ich Nick, der heute Morgen eingeflogen war, gefunden hatte, führten wir ein erstes Interview mit einem Wide Receiver, der als sogenannter Rookie dieses Wochenende das erste Mal antrat, und machten uns dann auf die Suche nach einem größeren Fisch. Vor Brodys Spind hatte sich wie immer eine lange Schlange gebildet, also suchte ich in der Zwischenzeit nach einem anderen Spieler. Aus Neugier zog es mich zu der zweitlängsten Schlange im Raum. Colin Anderson würde bald das erste Mal für die Steel antreten, und niemand hatte bislang den Grund für seine Fehde mit Brody zu Unizeiten herausgefunden.

Colin war nur vier Spinde von Brodys entfernt, doch der Spieler, der den freien Platz zwischen ihnen genutzt hatte, war bereits unter die Dusche verschwunden. Während wir volle zwanzig Minuten warteten, bis wir an der Reihe waren, Colin zu interviewen, ertappte ich Brody aus den Augenwinkeln dabei, wie er nach mir suchte. Er sah zu mir, dann böse zu Colin und dann wieder zu mir, bis sich unsere Blicke begegneten.

Als wir dran waren, stellte ich mich wie üblich vor. »Hi, Colin. Ich bin Delilah Maddox und im Auftrag von …«

»Brody Easton.« Er bedachte mich mit einem gerissenen Grinsen und blickte dann zu Brody hinüber, der gerade selbst ein Interview gab. Trotzdem starrten die beiden sich einen kurzen Moment lang in die Augen.

»Eigentlich bin ich im Auftrag von *WMBC Sports News* hier.« Ich versuchte schnell das Thema zu wechseln. »Dürfte ich Ihnen ein paar Fragen für unsere Vorberichterstattung des Sonntagsspiels stellen?«

»Alles, was Sie möchten.«

Das hatte mir gerade noch gefehlt. »Bereit, Nick?« Ich hatte ein ungutes Gefühl und wollte es so schnell wie möglich hinter mich bringen.

Glücklicherweise war Nick immer ziemlich auf Zack und keine dreißig Sekunden später waren wir auf Sendung. »Herzlichen Glückwunsch zu Ihrem Transfer, Colin. Freuen Sie sich darauf, am Sonntag das erste Mal mit dem Team auf dem Platz zu stehen?«

»Ja, sehr. Ich bin erst seit ein paar Wochen hier, aber ich habe das Gefühl, dass ich bei den Steel eine neue Heimat gefunden habe.«

Auch wenn ich ihn liebend gern danach gefragt hätte, was zwischen Brody und ihm an der Uni vorgefallen war, tat ich es nicht. Irgendetwas sagte mir, dass Colin nur nach einem Grund suchte, Brody eins reinzuwürgen, und ich wollte kein Öl ins Feuer gießen und den alten Streit von Neuem entfachen.

Das restliche Interview verlief reibungslos. Colin war sogar ziemlich charmant und sehr professionell. Als Nick schließlich die Kamera herunternahm, warf ich das Mikrofon in meine Tasche. »Danke für Ihre Zeit, Colin. Und viel Glück für Sonntag.«

Es erwischte mich eiskalt, als er sich plötzlich vorbeugte und mir einen Kuss auf die Wange gab. »Die Freude war ganz meinerseits.« Als ich mich zum Gehen anschickte, hielt er mich am Arm fest. »Ich bin übrigens in Suite 801. Mir macht es nichts aus, mit Brody zu teilen, solange es dir nichts ausmacht. Ganz wie in den guten alten Zeiten.«

Was zum Kuckuck?

»Komm schon, Delilah«, sagte Nick. »Die Kabine ist nur noch zehn Minuten für die Presse geöffnet. Wir sollten Brody noch vor die Linse kriegen.«

Mir schwirrte der Kopf, während wir darauf warteten, Brody interviewen zu können. War das der Grund für ihre Streitigkeiten? Die beiden hatten sich zu Unizeiten die Mädels geteilt? Ich war schließlich nicht naiv, mir war durchaus bewusst, dass es Frauen gab, die alles tun würden, um mit einem Spieler in die Kiste zu hüpfen. Dabei mussten es nicht einmal Profis sein. Football-Groupies waren vor allem ein Phänomen an Universitäten, wo drei Dinge zusammenkamen: junge attraktive Menschen, Hormone außer Rand und Band und der Starfaktor, der mit den Fernsehübertragungen der Big-Ten-Footballspiele Einzug gehalten hatte. Brodys selbstbewusstes Auftreten gegenüber Frauen kam sicher nicht daher, dass er die ganze Zeit über brav auf seinem Zimmer gebüffelt hatte. Mir war klar, dass die Spieler sich vor Angeboten kaum retten können. Und mir war auch klar, dass Brody ein Aufreißer war. Ich brauchte nur niemanden, der mir noch mal unter die Nase rieb, dass jener Mann, mit dem ich schlief – und für den ich allmählich Gefühle entwickelte –, ein Schürzenjäger war.

Ich war froh, dass vor uns noch ein paar Leute standen; das gab mir Zeit, mich etwas zu beruhigen und mir in Erinnerung zu rufen, dass in dieser Kabine nicht mein Privatleben im Vordergrund stand, sondern meine Karriere. Das hier war mein Job, und genauso musste ich auch auftreten.

Als wir schließlich vor Brody standen, setzte ich mein bestes Pokerface auf. »Lange Schlange heute, hm? Ich verspreche, mich kurzzuhalten.«

»Was hat er zu dir gesagt?«

»Wer?« Dabei wusste ich verdammt genau, wer.

»Anderson.«

»Er hat meine Fragen beantwortet.«

»Und danach hat er dich geküsst. Und überhaupt, was hat er dir ins Ohr geflüstert?«

Ich hatte gehofft, er hätte es nicht bemerkt. »Nichts weiter.«

»Delilah«, knurrte er.

»Können wir später darüber reden? Ich würde das gerne lieber unter vier Augen besprechen.«

Brody wandte sich an Nick und starrte ihn an. Nick schraubte gerade an seiner Kamera herum, aber er war schnell von Begriff.

»Möchtet ihr, dass ich euch kurz allein lasse?«

Im selben Moment, da Brody Ja sagte, sagte ich Nein. Der arme Nick schaute uns abwechselnd an.

»Lässt du uns bitte einen Moment allein?«, fragte Brody erneut, doch die Strenge seiner Stimme machte deutlich, dass es sich nicht wirklich um eine Frage handelte.

Nick entfernte sich. »Was hat er gesagt, Delilah?«

»Das ist doch unwichtig.«

»Mir nicht. Hat er dich angebaggert? Damit kann ich umgehen, wenn du dir deshalb Sorgen machst. Ich werde ihn ein anderes Mal beiseitenehmen, aber ich würde deshalb keine Szene machen, wenn das alles war.«

Ich sah ihm in die Augen. Es war ihm ernst. »Ja, er hat nur mit mir geflirtet. Er meinte, es mache ihm nichts aus, zu teilen. Dass es genau wie *in guten alten Zeiten* sein würde.«

Ich hatte damit gerechnet, dass Brody wütend sein würde. Aber auch, dass er Wort hielt und keine Szene machte. Dem war nicht so. Ganz und gar nicht.

Innerhalb von Sekunden war die Hölle los. Brody stieß Colin

mit Wucht gegen den Spind. Reporter schrien, Spieler sprangen über die Bänke, um die beiden zu trennen, und die Trainer drängelten sich durch die Menge, um sich den Weg zu ihren beiden Starspielern zu bahnen.

Brody holte aus, als irgendjemand Colin packte und ihn nach rechts herüberzog, sodass Brodys Faust mit solcher Wucht gegen den Spind knallte, dass sie eine Delle im Metall hinterließ. Beide Männer versuchten sich aufeinanderzustürzen, doch es waren so viele Leute dazwischengegangen, dass es zu keinem Schlagabtausch kam.

Als die zwei voneinander getrennt worden waren, blies der Trainer laut in seine Trillerpfeife und forderte uns brüllend auf, die Kabine zu verlassen. Daraufhin wurden die Reporter wie Vieh Richtung Ausgang geschleust.

»Was ist denn in die beiden gefahren?«, fragte mich Nick aufgeregt, als wir draußen auf dem Gang standen.

Ich hatte nicht den blassesten Schimmer, war aber fest entschlossen, es herauszufinden.

Delilah

KAPITEL 16

Es war bereits nach Mitternacht, als sich die Hotelzimmertür knarzend öffnete. Als Brody nach ein paar Stunden noch immer nicht zurück gewesen war, hatte ich angenommen, dass er heute Nacht nicht bei mir schlafen würde. Mir war das nur recht. Nach seiner Reaktion vorhin hatte ich gar keine Lust, ihn zu sehen.

Offensichtlich gab es da einiges Ungeklärtes zwischen den beiden Männern. Aber Brody war nicht der Einzige, der nach diesem Vorfall die Konsequenzen zu spüren bekommen würde, denn für Männer wie Mr CUM war sein Ausraster nur ein weiterer Beleg dafür, dass Frauen nichts in der Kabine zu suchen hatten. Ganz zu schweigen davon, dass ich eigentlich nicht scharf darauf gewesen war, dass mein Privatleben noch mehr in den Fokus geriet. Mein Job war es, eine Story zu erzählen, nicht zur Story zu *werden*. Trotzdem wälzte ich mich schlaflos hin und her und fragte mich, wie es ihm ging.

Im Zimmer war es stockdunkel. Ich überlegte, ob ich so tun sollte, als ob ich tief und fest schlafe. Der Morgen ist bekanntlich klüger als der Abend. Erfahrungsgemäß brachte es rein gar nichts, sich zu später Stunde noch zu streiten.

Ohne das Licht einzuschalten, ging Brody zur anderen Seite des Zimmers, und ich hörte, wie er einen Reißverschluss öffnete und seine Hose über einen Stuhl in der Ecke warf. Auch im Bad ging das Licht erst an, als er die Tür hinter sich geschlossen hatte. Ein paar Minuten später spürte ich, wie sich die Matratze senkte und er neben mir ins Bett schlüpfte. Ich hatte die Augen geschlossen, spürte aber, dass er mich ansah.

»Ihr Name war Willow.« Seine Stimme war kaum mehr als ein Flüstern und so erfüllt von Traurigkeit, dass ich innerhalb einer Sekunde vergessen hatte, weshalb ich sauer auf ihn gewesen war.

In seinen Augen, die ich trotz der Dunkelheit ausmachen konnte, stand eine solche Angst geschrieben, dass es mir in meiner pochenden Brust physischen Schmerz bereitete. Ich legte ihm die Hand auf die Wange, und er schloss einen Moment lang die Augen. Als er sie wieder öffnete, fuhr er fort. »Ich war dreizehn, als sie neben uns einzog. Bei ihrer Oma, zusammen mit ihrer Mutter. Sie war wunderschön. Und wild. Ich war ganz bestimmt auch kein Heiliger, aber Willow … war nicht zu bändigen.«

Er machte eine lange Pause. Ich wollte etwas sagen, fand aber nicht die richtigen Worte. Egal, wie die Geschichte ausging, es war offensichtlich, dass sie kein gutes Ende nehmen würde. Also wartete ich, dass er weitererzählte.

»Ihre Mutter war drogenabhängig. Manchmal war sie monatelang verschwunden, und wenn sie dann urplötzlich wieder auftauchte, dann nur, um ihre alte Mutter bis aufs Hemd auszunehmen und Willows Leben durcheinanderzuwirbeln.«

»Oje, das klingt gar nicht gut.«

»Wir haben wie alle Teenager natürlich auch unsere Grenzen ausgetestet, sind nachts über den Zaun ins städtische Schwimmbad geklettert, von den meterhohen Felsen zwischen Harlem River und Spuyten Duyvil Creek ins Wasser gesprungen oder haben aus der Minibar ihrer Oma eine Flasche geklaut und sie dann in einer braunen Tüte versteckt in der S-Bahn zwischen uns beiden hin- und hergereicht. Teenagerkram eben. Aber Willow wollte immer eins draufsetzen. Und jedes Mal, wenn ihre Mutter wiederkam, schien es schlimmer zu werden. Zwischen den Mehrfamilienhäusern, in denen wir in Brooklyn lebten, war eine Lücke von etwa einem Meter. Wenn ihre Mutter wieder einmal unverhofft auftauchte, kam Willow zu mir, indem sie von Dach zu Dach sprang. Sie nahm einfach Anlauf und sprang rüber, ohne sich Gedanken zu machen, dass zehn Meter unter ihr der nackte Betonboden lag. Willow war schon immer wild gewesen, aber mit der Zeit machte sie immer gefährlichere Sachen.«

Während ich seinen Erzählungen über Willow lauschte, hatte ich ein flaues Gefühl im Magen. Aus vielerlei Gründen. Ich hatte Drew ungefähr in demselben Alter kennengelernt, als Brody Willow begegnet war. Ich wusste, wie meine Geschichte endete, und nun war ich mir sicher, dass auch seine nicht gut ausging.

»Ich könnte Stunden damit fortfahren, dir zu erzählen, wie viel Scheiße wir in all den Jahren durchgemacht haben. Aber ich kürze das Ganze lieber ab und fasse das Wichtigste zusammen, damit du verstehst, weshalb ich vorhin so ausgetickt bin.«

»Okay.«

»In der Oberstufe war Willow inzwischen vollends in die Fußstapfen ihrer Mutter getreten. Sie nahm Drogen, zuerst nur, um herumzuexperimentieren, später täglich.« Brody stieß ein trauriges Lachen aus. »Du kannst dir gar nicht vorstellen, welche Blicke man erntet, wenn man nachts um zwei mit einer Achtzehnjährigen, die man gerade aus einer Crack-Bude gezerrt hat, und einer Siebzigjährigen im Morgenmantel und mit Lockenwicklern in der U-Bahn sitzt. Es gab Nächte, da musste ich mir Willow über die Schulter werfen, weil sie nicht mehr stehen konnte, während die arme Marlene neben mir herlief.«

Brody machte erneut eine Pause. Seine nächsten Worte trafen mich mit voller Wucht. »Ich habe sie so sehr gehasst und gleichzeitig konnte ich nicht aufhören, sie zu lieben.«

Ich verschränkte meine Finger mit seinen und drückte sie.

»Ich wurde an einigen der renommiertesten Universitäten des Landes angenommen, aber ich wollte in der Nähe bleiben. In meinem letzten Jahr an der Highschool engte ich die Auswahl schließlich auf die Syracuse und die University of Georgia ein. Mein Vater wollte, dass ich nach Georgia gehe, und wir alle wussten, weshalb, auch wenn wir nie darüber sprachen. Als Willow sechs Wochen lang verschwunden war, kurz bevor ich mich für eine der Unis entscheiden musste, war ich so sauer auf sie, dass ich Georgia zusagte. Nachdem ich weggezogen war, blieb ich mit Marlene in Kontakt, die mich über Willow auf dem Laufenden hielt, aber ich begann, mich um mein eigenes Leben zu kümmern.«

»Das ist nur verständlich. Außerdem klingt es so, als ob du schon jede Menge für sie getan hättest.«

»In dem Sommer zwischen meinem ersten und zweiten Jahr an der Uni kam ich nach Hause zu Besuch. Marlene hatte einen leichten Herzinfarkt erlitten, was Willow offenbar aufgerüttelt hatte. Sie war clean und arbeitete sogar Teilzeit in einem Plattenladen, was ihr großen Spaß machte. Wir verbrachten viel Zeit zusammen, und als der August näher rückte, fiel es mir schwer, wieder zurückzugehen. Es fühlte sich so an, als sei das Mädchen, in das ich mich verliebt hatte, wieder da, und ich hatte Angst, sie erneut zu verlieren. Marlene spürte wohl, dass ich erwog, zu bleiben, und versprach, gemeinsam mit Willow zum Homecoming-Wochenende nach Georgia zu fliegen, um mir beim Spielen zuzusehen. So würden wir uns bereits drei Wochen später wiedersehen.«

Brody machte eine Pause. »Ich komme gleich zum Punkt, versprochen.«

»Lass dir ruhig Zeit. Wir haben keine Eile.«

Er nickte. »Jedenfalls, zwei Tage, nachdem ich wieder zurück an der Uni und im Training war, ging Willow nicht mehr ans Telefon. Das war immer ein schlechtes Zeichen. Ich rief Marlene an, die mir sagte, dass Willow das ganze Wochenende über nicht nach Hause gekommen sei. Zu diesem Zeitpunkt trainierten wir sechs Stunden am Tag und die NFL-Talentscouts kamen erstmals zu unseren Trainings, aber alles, was ich wollte, war nach Hause fliegen. Doch das ging nicht. Schließlich tauchte Willow wieder auf, wahrscheinlich war ihr das Geld ausgegangen, und die nächsten drei Wochen nutzte sie ihre Großmutter nach Strich und Faden aus. Ich hatte gar nicht mehr damit gerechnet, dass sie zum Ehemaligentreffen kommen würde, aber irgendwie gelang es Marlene, sie ins Flugzeug zu schleifen. Sie hat es gut gemeint. Sie dachte, es würde ihr helfen, wenn sie mal von ihren Dealern wegkäme und mich wiedersah. Aber sich auf einem Unicampus Stoff zu beschaffen ist leichter, als manche Leute meinen. Nach der Feier war Willow verschwunden, und Marlene und ich suchten eine Woche lang nach ihr, doch die Drogenabhängigen, denen ich gedroht hatte, damit sie uns halfen, sie zu finden, hatten mehr Angst davor, ihre Quellen zu verlieren, als von mir eine aufs Maul zu kriegen.«

Ich wagte kaum, nachzufragen, wie die Sache ausging, aber da wir noch nicht bei Colins Rolle in dem Ganzen angelangt waren, ahnte ich, dass das Schlimmste noch kam. »Ich weiß ehrlich gesagt gerade gar nicht, was ich dazu sagen soll.«

»Musst du auch nicht. Ich schulde dir eine Erklärung. Und ich muss mich bei dir entschuldigen, mehr als einmal. Lange und ausgiebig. Vorausgesetzt, du willst mich danach noch.« Selbst wenn er über etwas so Ernstes sprach, war Brody … eben Brody. Ich musste lächeln, das erste Mal seit heute Nachmittag, als ich auf der Tribüne gesessen hatte.

»Na, dann mach mal schneller mit der Erklärung, damit wir zur Entschuldigung kommen können«, witzelte ich, um die Situation für uns beide etwas aufzulockern.

»Colin war in seinem ersten Studienjahr in Georgia. Als wir zu Trainingsbeginn im August aufeinandertrafen, konnte ich ihn auf Anhieb nicht ausstehen. Er hatte einen Riesenkomplex und redete über Frauen, als seien sie reine Lustobjekte. Außerdem war er ein Choleriker, der bei dem kleinsten Anlass in die Luft ging. Der Typ ist noch heute ein Arschloch.«

Hatte Brody eben noch gequält geklungen, änderte sich sein Tonfall nun, da er über Colin sprach. »Jedenfalls, eines Abends schleppten mich einige Typen aus meiner Studentenverbindung zu einer Party außerhalb vom Campus. Ich war überhaupt nicht in der Stimmung, und als wir dort ankamen, musste ich feststellen, dass es nicht das übliche Saufgelage mit Fassbier und Plastikbechern war. Stattdessen waren wir in einem totalen Dreckloch gelandet, und um uns herum hingen ziemlich zwielichtig aussehende Typen ab und rauchten irgendwelchen Scheiß aus einer Glasbong, der nach verbranntem Plastik stank. Colin war bereits mit ein paar anderen Erstsemestern aus dem Team da und brüstete sich mit einem Mädel, das er gleich flachlegen würde. Offenbar bekiffte sie sich gerade mit seinem Kumpel, und Colin meinte, sie wäre reif und dass sich die Party zu einem *richtig netten Abend entwickelte*. Die Art, wie er über die Frau sprach, widerte mich an. Also sagte ich laut, dass, wenn die Frau zu high sei, um mitzubekommen, was sie tat, es für mich eher danach klang, dass es sich zu einer *regelrechten Vergewaltigung entwickelte*.«

»Ich wusste, dass irgendetwas Schlimmes vorgefallen sein musste, damit du so ausrastest.«

»Es kommt noch schlimmer.«

Und das stimmte. Meine ursprüngliche Annahme, die beiden hätten sich wegen ein paar Cheerleaderinnen gestritten, erschien im Vergleich geradezu harmlos.

»Die anderen wollten noch nicht wieder gehen, und da ich der Fahrer war, musste ich länger bleiben, als mir lieb war. Aber dann kamen immer mehr Leute, die nach Ärger aussahen, und ich wollte mich schleunigst aus dem Staub machen, bevor die Polizei auftauchte. Irgendwann sagte ich den anderen, ich würde jetzt noch mal kurz auf die Toilette verschwinden und dann gehen. Und dass sie entweder mitkommen konnten oder zusehen mussten, wie sie zurück zur Uni kamen. Mittlerweile war es ziemlich voll, deswegen fand ich es zunächst nicht merkwürdig, dass vor einer verschlossenen Tür neben der Toilette zwei Typen warteten. Während ich in der Schlange stand, fragte ich sie, warum sie die Tür bewachten, und der eine meinte, ein Kumpel von ihm sei da drin mit irgendeiner heißen Cracktussi.«

»Nein …«

»Ich weiß auch nicht, warum, aber bei mir fiel der Groschen auch da noch nicht. Ich ging aufs Klo und als ich wieder rauskam, standen die beiden immer noch da. Als ich schon auf halbem Weg nach unten war, hörte ich einen der beiden sagen: ›Wie hieß die Tussi noch mal, mit der Colin da drin ist?‹ Und das andere Arschloch antwortete: ›Weiß nicht. Yarrow, Harlow, Meadow oder so? Irgendwas, was auf *o* endet.‹

Ich legte mir die Hand auf die Brust. »Oh Gott.«

»Ich erspare dir die Details, aber Willow war nicht mehr in der Lage, zu entscheiden, ob sie mit irgendwem Sex haben wollte. Sie konnte kaum sprechen. Ich musste sie raustragen.«

»Das ist Vergewaltigung.«

»Auf jeden Fall ziemlich nah dran, wenn du mich fragst. Glücklicherweise kam es nie so weit. Colin behauptete, sie hätten doch nur ein bisschen rumgemacht, und als er bemerkte, wie fertig sie wirklich war, versuchte er, ihr aufzuhelfen. *Während, verfluchte Scheiße noch mal, seine Hose offen stand.*«

»Wurde er irgendwie dafür belangt?«

»Abgesehen davon, dass ich ihm die Nase brach, nicht, nein. Ich ging zur Polizei, aber es stand Aussage gegen Aussage. Willow konnte sich an nichts mehr erinnern und war sofort wieder verschwunden, nachdem sie ihre Aussage zu Protokoll gegeben hatte. Das Ganze wurde zu den Akten gelegt, und ich musste ihm noch zwei Jahre lang jeden Tag beim Training gegenübertreten. Ich dachte, ich sei das Arschloch endgültig los, bis die Steel mitten in der Saison seinen Transfer verkündeten.«

»Und dann hat er auch noch mich benutzt, um dir eins auszuwischen, indem er das mit dem Teilen erwähnte.«

»Tut mir leid, dass er dich blöd angemacht hat.«

»Das ist doch nicht deine Schuld.«

»Mag sein. Aber es tut mir leid, wie ich reagiert habe. Und dass ich nicht direkt zu dir gekommen bin, nachdem mich der Coach zur Schnecke gemacht hat.«

»Wurdest du suspendiert?«

»Das erfahre ich erst morgen. Auf jeden Fall muss ich ein Bußgeld zahlen, aber ich hoffe, dass ich damit davonkomme. Der Coach hatte sich ziemlich beruhigt, als ich ging.«

»Wo warst du dann, nachdem du mit ihm gesprochen hattest?«

»Ich brauchte einfach ein bisschen Zeit für mich allein, um den Kopf frei zu kriegen. Um mich wieder zu sammeln, bevor ich zu dir komme. Ich will mit der Vergangenheit abschließen.«

»Das weiß ich zu schätzen. Wirklich.«

»Vergibst du mir?«

Es gab noch so vieles, was ich gerne wissen wollte. Vor allem, was aus Willow geworden war. War sie noch immer Teil seines Lebens? Aber als ich Brody in die Augen sah, konnte ich erkennen, was es ihn an Kraft gekostet hatte, mir diese Geschichte zu erzählen. Er brauchte eine Pause. »Ich glaube, ich kann dir noch nicht verzeihen.«

»Nein?«

»Vielleicht nach den vielen Entschuldigungen, die du mir versprochen hattest.«

Brody kniff mir in den Hintern. »Es gibt nichts, was ich lieber täte, als reuig wie ein Sünder mit dir zu vögeln.«

So viel stand fest, meine Fragen bezüglich Willow würden bis morgen warten müssen.

Delilah
KAPITEL 17

Wir schliefen aus, nachdem er sich bis zum Sonnenaufgang bei mir entschuldigt hatte. Warmes Wasser strömte über meine schmerzenden Muskeln, als ich mich mit beiden Händen gegen die Duschwand stemmte. Mit geschlossenen Augen dachte ich daran zurück, wie sich Brody mir gestern Abend anvertraut hatte. Ich war nicht sicher, ob es an unserem hoch emotionalen Gespräch lag, aber irgendwie hatte sich der Sex noch besonderer und intimer angefühlt. Weniger nach Sex als nach Liebe. Der letzte Mensch, bei dem ich so empfunden hatte, war Drew gewesen. Ich wusste, dass es lächerlich war, aber ich fühlte mich schuldig wegen der Gefühle, die ich für Brody entwickelte. Gestern Abend hatte er gesagt, dass er die Vergangenheit hinter sich lassen wolle – genau wie ich. Aber damit das gelang, musste ich ihm sagen, dass mein Herz ein Stück weit immer einem anderen Mann gehören würde.

Ich war bereits auf halbem Weg zu dem um elf Uhr verabredeten Interview mit einem der Trainerassistenten der *Texas Lions*, als man mich telefonisch darüber informierte, dass der Termin auf zwei Uhr verschoben werden musste. Brody war bereits zum Training gegangen, und da ich keine Lust hatte, in mein leeres Hotelzimmer zurückzukehren, beschloss ich, mir noch einen zweiten Kaffee zu gönnen, den ich nach der kurzen Nacht wirklich gut gebrauchen konnte. Im Inneren des Starbucks roch es nach Kürbis und Herbst, was in Anbetracht der sommerlichen 27° C draußen etwas seltsam anmutete.

»Ich hätte gern einen Pumpkin Spice Latte. Eigentlich wollte ich nur einen normalen Kaffee, aber es duftet so gut.«

Die Antwort der kleinen Barista kam wie aus der Pistole geschossen. »Frag mich mal. Ich hatte schon drei heute.« *Gute Güte, was du nicht sagst.*

»Wie heißt du?« Sie deutete mit dem Edding auf den Tall-Becher.

»Delilah.«

»Hübscher Name.«

Meine Augen huschten zu ihrem Namensschild. Puma.

Sie bemerkte meinen Blick. »Ja. Ich heiße wirklich so. Meine Eltern waren Hippies.«

Ich versuchte, aufrichtig zu klingen. »Schöner Name. Ungewöhnlich.«

»Zumindest mein zweiter Vorname ist cool: Ophelia. Immerhin ist mein Nachname seit der Hochzeit schön einfach: Oar.«

Ich lächelte und ging zum hinteren Ende des Tresens, um darauf zu warten, dass mir POO mein Getränk zubereitete.

Nachdem ich es mir auf einem riesigen Ledersessel in der Ecke gemütlich gemacht hatte, schlürfte ich meinen Pumpkin Spice Latte und klappte mein McBook auf, um die neuesten Nachrichten des Tages zu lesen. Meine Zunge prickelte, als ich mir an dem brühend heißen Pseudo-Kaffee die Zungenspitze verbrannte. *Mist, verdammter.*

Als ich mich in den Web-Feed von *WMBC* einloggte, musste ich zweimal hinsehen. Auf der Titelseite eines Artikels der *Associated Press* war ein Bild von Brody und mir zu sehen, wie wir zusammen aus dem Fahrstuhl kamen. Das Foto war aus einem schrägen Winkel aufgenommen, aber man konnte eindeutig seine Hand auf meinem Hintern erkennen. Dann las ich die Überschrift. *Dreiecksbeziehung um* WMBC-*Reporterin.* Darunter waren ein paar Bilder von der Beinahe-Schlägerei in der Umkleidekabine eingefügt. Auf einem sah man Brody, der mit dem Unterarm Colin am Hals gegen den Spind drückte. Colins Gesicht überzog jenes schmierige Grinsen, das er auch mir gezeigt hatte, um Brody zu provozieren.

Schöne Scheiße. Wer würde mich jetzt noch ernst nehmen?

Mein Handy begann zu brummen. *Mein Büro*. Ich holte tief Luft und ging ran. »Delilah Maddox.«

»Hattest du Unterwäsche an? Ich habe das Bild rangezoomt, sehe aber nirgends einen Abdruck von deinem Slip.«

Indie. Gott sei Dank. Ich atmete tief aus.

»Bin ich im Büro die Lachnummer des Tages?«

»Keine Ahnung. Ich hab sofort die Tür von meinem Büro zugemacht, als der Artikel im Newsfeed aufgetaucht ist. Möglicherweise habe ich ein paar Minuten auf Brodys durchtrainierte Brust gestarrt, bevor ich mich deinem Hintern zugewendet habe.«

»Du solltest doch mein zweites Paar Augen und Ohren im Büro sein.«

»Nach dem, was ich auf dem Foto gesehen habe, wäre ich lieber deine Titten und dein Arsch.«

Ich brachte Indie auf den neuesten Stand, behielt aber die Details über die wahren Hintergründe der Feindschaft zwischen Brody und Colin für mich. Ich wollte Brodys Vertrauen nicht missbrauchen, der in mir seine Freundin, nicht die Reporterin, die auf eine gute Story geierte, sah. Also beließ ich es einfach bei »Die beiden haben eine Vorgeschichte«.

»Fliegt er zurück, oder wartet er, bis du am Sonntag fertig bist?«

»Eigentlich ist geplant, dass wir beide nach dem Spiel zusammen mit dem Team zurückfliegen.«

»Ich glaube nicht, dass man ihm erlauben wird, mit dem Team zurückzufliegen.«

»Wieso nicht?«

»Ähm, keine Ahnung. In dem anderen Artikel stand, dass gesperrte Spieler keinen Kontakt mehr zu ihren Teamkollegen haben oder deren Spiele besuchen dürfen. Von daher dachte ich, er müsste auf eigene Faust den Rückflug organisieren.«

»Brody glaubt nicht, dass man eine Sperre gegen ihn verhängt. Wahrscheinlich kommt er mit einer Geldstrafe davon.«

»Ähh ... offenbar bist du nicht weiter gekommen als zu dem Foto von deinem Knackarsch. Brody wurde bereits suspendiert. Die Nachricht kam vor einer Stunde herein.«

Schnell legte ich auf und scrollte die restlichen Nachrichten durch, bis ich auf den Artikel stieß, den Indie meinte. *Easton vorzeitig nach Hause geschickt*. Angeblich war Brody mit einer Geldstrafe belegt und für ein Spiel suspendiert worden, weil er gegen die neuen Verhaltensrichtlinien des Teams verstoßen hatte. Colin Anderson hingegen hatte nur eine Geldstrafe erhalten.

Mist.

Doppelt Mist.

Brody, suspendiert. Er war mit Sicherheit am Boden zerstört. Und ich hatte meinem Arbeitgeber nicht mal die Exklusivmeldung geliefert, obwohl *ich* selbst in die Story verstrickt war.

* * *

Den ganzen Nachmittag verbrachte ich damit, Brody anzurufen und zu texten, doch es kam keine Antwort. Sobald ich mein Interview hinter mich gebracht hatte, kehrte ich schnurstracks ins Hotel zurück.

»Hey. Was machst du da?« Brody saß inmitten des stillen

Raums in einem Sessel, ein volles Glas mit einer durchsichtigen Flüssigkeit in der Hand.

»Ich beweise nur allen, wie recht sie haben.« Er kippte den Drink in einem Zug hinunter.

Ich setzte mich ihm gegenüber auf die Bettkante. »Es tut mir leid. Ich hab's schon gehört. Ich habe versucht, dich zu erreichen, aber offenbar war dein Handy aus.«

»Es ist aus. Für immer.« Er warf einen Blick auf das Handy neben ihm auf dem Tisch. Der Bildschirm war zertrümmert. Ich musste gar nicht fragen, wie das passiert war.

»Ist die Entscheidung anfechtbar?«

»Ich werde sie nicht anfechten.«

»Warum nicht? Vor allem, wenn man bedenkt, wie leicht Colin davongekommen ist.«

»Weil ich mir nur wieder Ärger einhandle. Den Scheiß tu ich mir nicht noch mal an.«

»Verstehe ich nicht.«

»Nachdem ich für die NFL gedraftet wurde, begann ich, nach vorn zu schauen, mein Leben selbst in die Hand zu nehmen. Bis Willow wieder auftauchte und ich erneut aus dem Tritt kam. Eines Nachts fuhr ich mit Vollkaracho mein Auto zu Schrott, auf der Suche nach ihr, als sie wieder mal auf Drogentour war. Ich verpasste immer öfter das Training und konnte mich nicht richtig aufs Spiel konzentrieren. Mit meiner Leistung ging es stetig bergab, sodass mich der Coach auf die Ersatzbank verbannte, um mir eine Lektion zu erteilen. Letztlich flog ich ganz aus dem Team, weil ich mich zu sehr in Willows Leben hineinziehen ließ.«

»Das kann ich gut nachvollziehen.«

»Wirklich?«

»Ja. Nach Drews Tod konnte ich nicht loslassen. Meine Noten wurden immer schlechter. Ich besuchte keine Kurse mehr.

Letztlich musste ich ein Semester aussetzen. Mit der Zeit wurde es allmählich besser, aber nur die kleinste Erinnerung an ihn konnte mich völlig aus der Bahn werfen.«

»Ich dachte mir schon, dass er dir nahestand.«

»Er war mein Verlobter. Wir haben uns direkt nach der Highschool verlobt, wollten aber mit der Hochzeit bis nach dem Draft warten. Dann, an einem Samstag, war er mit einem Quad unterwegs und fuhr auf irgendetwas drauf. Das ganze Ding kippte um, und er brach sich das Genick. Er war auf der Stelle tot.«

Brody atmete lang und tief aus und streckte die Arme nach mir aus. »Komm her.« Ich kletterte auf seinen Schoß. »Weißt du eigentlich, wie toll ich dich finde?«

»Ist das der Alkohol, der da spricht, oder du?«

Er brummte leise. »Eigentlich müsste ich heute Abend noch zurück nach New York fliegen. Aber da du hier schon mal so praktisch sitzt … es wäre doch schade, das nicht auszunutzen.«

»Wow, das nenne ich mal einen Stimmungswechsel. Erstaunlich, wie schnell du auf schmutzige Gedanken kommen kannst.«

»Sag ich doch. Ich will nach vorn blicken.« Er begann, meine Bluse aufzuknöpfen.

»Um wie viel Uhr geht dein Flug?«

»Ungefähr eine Stunde, nachdem ich zweimal in dir gekommen bin. Wann auch immer das sein wird.«

Brody
KAPITEL 18

Selbst außerhalb der Saison hielt ich meinen Rhythmus ein und stattete Marlene immer dienstags einen Besuch ab. Das Sonntagspersonal im *Broadhollow Manor* hatte mich deshalb noch nie gesehen. Ich trug mich in die Besucherliste ein und stellte mich vor.

»Wir haben ein paarmal diese Woche telefoniert. Ich heiße Karen. Ich bin mittwochabends und sonntags hier. Freut mich, Sie kennenzulernen, Mr Easton.«

»Bitte nennen Sie mich doch Brody.«

Sie nickte. »Brody.«

»Wie geht es ihr heute?«

»Wie üblich. Offenbar hat sie inzwischen vergessen, was auch immer sie letzte Woche so in Aufregung versetzt hat. Sie ist wieder ganz die Alte.«

»Sie meinen, sie hat mal wieder einer Krankenschwester geraten, sie soll weniger Lippenstift auftragen, damit man mehr auf ihre Figur und weniger auf ihr Gesicht achtet?«

Karen kaschierte ihr Lächeln mit der Hand. »Davon habe ich gehört. Sie ist so witzig.«

»Sagt die Frau, die problemlos knallroten Lippenstift tragen kann.«

Die Pflegerin lief rot an.

»Ist sie in ihrem Zimmer?«

»Ich glaube, sie ist immer noch im Freizeitraum. Ein Kollege hat mit ihr Dame gespielt, als ich vorhin vorbeikam.«

Ich hatte nicht erwartet, dass es sich bei jenem Kollegen um Grouper handelte. Er trug auch nicht seine übliche Arbeitskleidung, sondern ein langärmliges Karohemd mit einem Pullunder darüber.

»Na, wen haben wir denn da? Was machst du denn hier?« Ich ging zu Marlene und gab ihr ein Küsschen auf die Wange. »Du machst dich doch nicht etwa an mein Mädchen ran?«

Grouper winkte ab und grummelte etwas.

»Es ist Sonntag«, erklärte Marlene. »Wir spielen Dame und schauen fern. Aber heute kommt kein Football.«

»Ich war gerade in der Nähe, da dachte ich, ich schaue mal vorbei.« Grouper tat, als wäre sein Besuch nichts Besonderes.

»Er lässt immer den Fernseher laufen, während wir spielen. Ich mag Football zwar nicht, aber solange wir Dame spielen, will ich mich nicht beklagen.«

»Ach, so ist das? Der alte Sack kommt sogar an seinem freien Tag vorbei, mmh?«

»Sack. Also weißt du. Das ist nicht nett. Er ist nur alt und etwas langsam. Und hört etwas schwer.«

Ich grinste Grouper an. Das Einzige, worauf ich mich im Alter freute, war, dass ich dann alles sagen konnte, was ich dachte, ohne dass es mir jemand übel nahm.

Grouper warf mir einen bösen Blick zu. »Ganz schön ruhig diesen Sonntag, wenn kein Spiel läuft.«

Ich hätte wissen müssen, dass er mir die Sperrung unter die Nase reiben würde. »Mir tut es auch leid, dass heute *gar kein Spiel* ist.«

»*Sollte* es auch. Wenn du mich fragst, eine Riesenverschwendung von Talent, wenn heute nicht gespielt wird.«

Eine Stunde später saß ich Marlene gegenüber, und Grouper schaute uns zu, wie wir Dame spielten. Schon nach fünf Minuten hatte sie die Hälfte ihrer schwarzen Spielsteine in Damen verwandelt und mir die Hälfte meiner weißen Figuren geklaut. Plötzlich überrumpelte sie mich mit einem doppelten Sprung. »Was war das denn? Bist du berufsmäßige Dame-Zockerin oder so was in die Richtung?«

Grouper kicherte. »Du hast beim Zuschauen vorhin wohl geglaubt, ich würde sie gewinnen lassen?«

»Ich dachte, du hättest einfach keine Chance gegen sie. Deshalb habe ich übernommen. Damit Marlene mal einen echten Gegner hat.« Aber eigentlich hatte ich tatsächlich geglaubt, Grouper würde sie gewinnen lassen.

»Die Einzige, die es mit mir aufnehmen konnte, war meine Willow.« Marlene rückte mit einem weiteren Spielstein in meine Grundlinie. »Eine Dame für mich.« Grouper und ich wechselten einen Blick und warteten dann schweigend, was als Nächstes kommen würde. Das letzte Mal, als sie an Willow gedacht hatte, hatte das kein gutes Ende genommen.

»Etwas Erbarmen, wenn ich bitten darf, gnädige Frau. Sonst überlege ich es mir noch mal, wenn du das nächste Mal ein Pastrami-Sandwich von *Heidelman's* willst.«

Sie wischte meine Bemerkung mit einer Handbewegung beiseite. »Sag Willow, sie soll das Holz-Dame-Set aus dem untersten Fach des Geschirrschranks im Esszimmer mitbringen.« Erstaunlich, dass sie sich daran erinnerte, wo sie früher einmal ein Brettspiel aufbewahrt hatte, aber nicht wusste, dass ihre einzige Enkelin bereits seit drei Jahren nicht mehr zu Besuch gekommen war.

»Alles klar.«

»Sie hat gesagt, sie hat zwar viel zu tun, aber sie will auf jeden Fall zu meinem Geburtstag vorbeikommen.«

»Ah, in Ordnung.«

»Und sag ihr, sie soll mir etwas von *Zen Garden* mitbringen. Die haben die beste Wan-Tan-Suppe weit und breit.«

Grouper schaltete sich ein. »Da ist viel zu viel Salz drin, das ist nicht gut für dich.«

Ähm, ja. *Da würde ich mir mal keine Sorgen machen.* Ich war mir ziemlich sicher, dass Willow nicht kommen würde.

Delilah
KAPITEL 19

Als ich Montagnachmittag meinen Rückflug nach New York antrat, lagen meine ohnehin vor jedem Flug strapazierten Nerven blank. Das Team und die meisten Reporter waren bereits gestern Abend nach dem Spiel zurückgeflogen, aber ich musste noch für ein Interview mit einem Runningback vom hiesigen College bleiben, der als Top-Kandidat für den Draft nächste Saison galt. Brody hatte sich aufgeräumt gegeben, als wir vorhin miteinander gesprochen hatten, aber ich konnte mir vorstellen, dass ihn die gestrige Niederlage seines Teams schwer belastete. Der Ersatz-Quarterback hatte vier Interceptions geworfen, die das Team letztlich die entscheidenden Punkte kosteten.

Über uns ertönte die Stimme des Piloten, der verkündete, dass sich der Abflug aufgrund schlechter Wetterbedingungen im Osten verzögerte und wir zurück zum Gate fahren würden, ohne jedoch aus dem Flugzeug auszusteigen. Wir sollten uns einfach zurücklehnen und uns ein kostenloses Getränk zur Überbrückung schmecken lassen. *Klar. Du hast leicht reden.* Diese fliegenden Blechkisten schienen ihm offensichtlich weit weniger auszumachen als mir. Wieso kam es eigentlich ausgerechnet kurz vor meinem Abflug jedes Mal zu möglichen Turbulenzen oder anderen potenziellen Katastrophenszenarien?

Sobald wir am Gate standen und das Lämpchen für den Sicherheitsgurt ausging, lief ich schnell zur Damentoilette und kramte, zurück am Platz, in meiner Tasche nach meinem Handy, um Brody Bescheid zu geben, dass wir Verspätung hatten.

Der Bildschirm leuchtete auf, doch sofort erschien ein Blitz mit einem erschöpften Akkustandfeld, das nur Sekunden später völlig leer war.

»Oh nein, auch das noch.«

»Brauchen Sie Hilfe?« Mein Sitznachbar war vermutlich Ende sechzig. Ich überlegte kurz, ob ich ihn um sein Handy bitten sollte, aber ich wusste nicht einmal Brodys Nummer. Ich hatte sie nie aktiv eingegeben zum Wählen.

Ich hielt mein Handy hoch. »Mein Akku ist leer, und ich weiß die Nummer nicht auswendig. Wir wollten uns in meiner Wohnung treffen, und jetzt fürchte ich, dass ich zu spät komme, nachdem gerade der Motor abgestellt wurde.«

»Ah. Kein Handy mehr. Manche sagen, die Entzugserscheinungen seien wie bei Heroinsüchtigen.«

»Sie haben nicht zufällig eins?«

»Nein.«

»Holt Sie jemand am Flughafen ab, wenn wir landen?«

»Ja. Meine Frau.«

»Hat sie ein Handy?«

Leicht amüsiert schüttelte er den Kopf.

»Und woher weiß sie dann, dass wir zu spät kommen?«

»Ich nehme mal an, sie wird bei der Fluggesellschaft anrufen, wie sie es die letzten vierzig Jahre auch getan hat. So wie ich Sie verstehe, wird derjenige, den Sie treffen, das nicht tun, richtig?«

»Ganz bestimmt nicht.« Ich lächelte und verstaute die Handtasche wieder unter meinem Sitz. »Und wie schlagen Sie dann die Zeit tot, so ganz ohne Candy Crush?«

»Candy was?«

Während der nächsten halben Stunde erklärte ich ihm all die Tücken des Spiels, das weniger spannend klang, als es tatsächlich war. Im Gegenzug führte mich mein neuer Freund in die hohe Kunst des Cognacs ein. Als die Stewardess kam, um uns einen Drink anzubieten, fragte er nur nach zwei Bechern. Dann zog er eine Flasche aus seiner Tasche, woraufhin wir zu einer kleinen Verkostung des Branntweins übergingen. Er schmeckte scheußlich, aber nur ein kleines Glas in Kombination mit meinen Flugangstmedikamenten, und schon war ich eingeschlafen.

Als wir schließlich mit über drei Stunden Verspätung landeten, war es genau um die Zeit, da Brody mich von meiner Wohnung abholen sollte. Da ich wusste, dass auf den Straßen die Hölle los sein würde, lief ich zur erstbesten Damentoilette nahe des Gates und schloss mein Handy an die Steckdose an, während ich die Toilette benutzte und mich am Waschbecken frisch machte. Nach ein paar Minuten leuchtete das Handy wieder auf, sodass ich Brody schnell eine Nachricht schreiben konnte.

Delilah: Bin gerade erst gelandet. Mein Akku war leer. Bist du schon bei mir?

Brody: Bin gerade in die Tiefgarage reingefahren.

Delilah: Sorry. Brauche bestimmt eine Stunde bis nach Hause. Warte zwei Minuten und klingle dann bei 3 E. Patrick hat einen Schlüssel zu meiner Wohnung. Ich schreibe ihm.

Brody: Wieso hat Patrick einen Schlüssel zu deiner Wohnung?

Logistische Fragen konnten wir auch später noch klären. Jetzt wollte ich nur schnell raus aus den Toilettenräumen.

Delilah: Um die Tür aufzuschließen. Wozu braucht man sonst einen Schlüssel?

Ich grinste. Mir war bewusst, dass ihm diese Antwort missfallen würde. Ich tippte eine kurze Nachricht an Patrick, bevor ich das Handy aussteckte und mich auf den Heimweg machte.

* * *

Erstaunlicherweise waren die Straßen relativ frei, und ich brauchte nicht einmal halb so lang nach Hause wie gewöhnlich. Es war merkwürdig, dass ich von einem Footballspiel nach Hause kam und Brody bereits auf mich wartete. Unsere Rollen waren quasi vertauscht.

»Hallo?« Die Küche war erleuchtet, der Rest der Wohnung auf den ersten Blick dunkel. Doch als ich in den Flur Richtung Schlafzimmer spähte, sah ich, dass im Bad ebenfalls Licht brannte.

»Ich bin hier!«

Die Tür stand offen. Als ich durch den Türrahmen trat, blieb ich wie angewurzelt stehen. Der Anblick, der sich mir bot, war einfach zu komisch.

»Was machst du denn da?«

»Wonach sieht es denn aus?«

»Du nimmst … ein Schaumbad?« Brody lag bis zum Hals im Wasser in meiner Badewanne, den Kopf entspannt nach hinten an die Kachelwand gelehnt. Aufgrund seiner Größe passte er nicht ganz hinein, sodass seine Beine über den Rand hinausragten. Schaum quoll über die Wanne hinunter auf den Boden. Der ganze Raum duftete nach Badezusätzen.

»Bei mir zu Hause habe ich keine Wanne. Ich geh gern baden. Das ist gut für die Muskeln.«

»Und du badest normalerweise in einem Schaumbad?« Ich konnte mein Lachen kaum zurückhalten.

»Ich hab so 'nen Kram ja nicht zu Hause. Aber auf dem rosa Zeug steht …« Er deutete auf eine große Plastikflasche, die bei meiner Abreise voll gewesen und nun halb leer war. » … dass das sehr gut ist bei Muskelverspannungen.«

»Eigentlich muss man nur eine Kappe voll verwenden.«

»Ich war sehr verspannt.«

»Du siehst irgendwie … lächerlich aus da drin.«

»Was? Findest du Schaumbäder etwa nicht sexy? Wenn ich dich in einer Badewanne vorfinden würde, fände ich das superheiß.«

»Es ist halt etwas … mädchenhaft.«

Er griff hinunter ins Badewasser und nahm seinen halb erigierten Penis in die Hand, dessen Spitze aus dem Wasser ragte. »Sieht das für dich mädchenhaft aus?« Er rieb locker an seinem besten Stück.

Plötzlich war der Schaum wie ausgeblendet. Alles, was ich sah, war seine starke Hand, die sich um sein dickes Glied gelegt hatte und langsam hoch und runter rieb. Der Anblick war sehr erotisch. Ich hatte noch nie einen Mann aus nächster Nähe beim Masturbieren beobachtet und konnte meine Augen gar nicht mehr abwenden.

»Befriedigst du dich hier drin manchmal, Delilah?«

Ich schluckte und nickte.

»Ich möchte dir dabei zusehen. Wie deine Finger in deine feuchte Spalte gleiten und du so lange reibst, bis du kommst – mein Schwanz wird ganz hart, wenn ich nur daran denke.« Er begann schneller zu rubbeln. Ich riss meinen Blick los und sah ihm ins Gesicht. Sein Kiefer war geschlossen und angespannt. Er schluckte, und der Adamsapfel an seinem stoppeligen Hals hüpfte auf und ab, während sich seine blassgrünen Augen vor Lust verdunkelten. Er musste mich gar nicht berühren, dieser Blick genügte, und schon summte mein ganzer Körper vor Begierde. Sein Ton war leise, aber rau und fordernd. »Zieh dein Oberteil aus.«

Ich befolgte all seine Anweisungen, bis meine Kleider nach und nach, Stück für Stück, abgestreift waren und ich nur noch in Unterwäsche und Schuhen vor ihm stand.

Er starrte auf meinen schwarzen Spitzentanga. »Zieh ihn aus. Ich will jeden Zentimeter von dir sehen.« Seine Hand schloss sich um seinen Schwanz, als er immer schneller daran rieb. »Bist du schon feucht für mich, Delilah?«

Die Finger in jede Seite des Tangas gehakt, zog ich ihn an den Beinen hinunter. Meine Antwort war nur noch ein Flüstern in der Stille. »Ja.« Ich stieg aus meinem nun am Boden liegenden schwarzen Slip und griff nach unten, um auch das letzte Kleidungsstück auszuziehen – schwarze High Heels mit einem Knöchelriemen.

»Lass sie an.« Ich hörte auf, sie loszubinden, und sah zu ihm hoch. »Du wirst die paar Zentimeter mehr brauchen.«

Er stand in der Badewanne auf. Der Anblick war einfach umwerfend, diese wohlgeformte Muskelmasse und dieser leicht gebräunte Teint. Sein dicker erigierter Penis presste sich in voller Länge gegen seinen muskulösen Bauch. Unwillkürlich leckte ich mir über die Lippen.

»Ich will, dass du dich über das Waschbecken beugst, damit ich dich von hinten nehmen kann.«

Gott, ja.

»Und ich will, dass du dich dabei selbst im Spiegel beobachten kannst. Ich werde dich so lange nehmen, bis du kommst. Und dann werde ich ganz tief in dich eindringen und mein gesamtes Sperma bis zum letzten Tropfen abspritzen.«

»Oh Gott, Brody.« Meine Knie fühlten sich an wie Pudding, als er auf mich zukam, mich mit dem Gesicht zum Spiegel drehte, meine Haare beiseitestrich und mir von hinten einen Kuss auf den Hals drückte. Seine Brust presste sich nass, aber warm und fest gegen meinen Körper, während sich sein Penis in voller Länge gegen die Oberseite meines Pos schob.

»Spreiz die Beine.«

Ich tat es.

»Weiter.«

Langsam rieb er sich von hinten an meinem Körper hoch

und runter, wobei sein Schwanz immer wieder gegen meinen Hintern stieß, und griff nach vorn, um an meinem Kitzler zu reiben. »So schön feucht.«

Es fühlte sich so gut an, dass sich meine Lider senkten und ich die Arme hob und sie ihm um den Hals legte. Ein lustvolles Stöhnen entfuhr mir, als er zwei Finger in mich schob.

Seine andere Hand drehte mein Kinn zur Seite, sodass er an meinen Mund herankam. Stürmisch pressten sich seine Lippen auf meine. Der Kuss war wild und schamlos gierig. Ich liebte es, dass er nicht zaghaft war, sondern seine Gefühle, seine Lust offen zeigte. Seine Hände umfassten jetzt meine Brüste und kniffen so hart in meine Nippel, dass es fast an Schmerz grenzte. Ich krallte die Finger in sein feuchtes Haar, um ihn noch näher heranzuziehen.

Wir beide keuchten und konnten gar nicht genug voneinander kriegen, als er schließlich meinen Mund freigab und noch einmal mit den Zähnen an meiner Unterlippe zog. »Beug dich vor.« Mit einer Hand auf meinem Rücken drückte er mich nach vorn, sodass ich in der Hüfte einknickte.

»Halt dich an den Seiten fest.« Meine Hände umschlossen die Granitkanten des Waschtischs, dann legten sich seine Hände auf meine. »Jetzt schau hoch.« Ich hob den Kopf und erblickte mein Spiegelbild. Brody hatte recht: Die Höhe war durch die zusätzlichen Zentimeter meiner Absätze perfekt. Meine Haut war gerötet, mein Haar wild durcheinander, und meine Augen leuchteten vor nacktem Verlangen.

»So verflucht schön.«

Er rieb sich noch ein paarmal an meiner feuchten Spalte, ehe er hineinstieß. Nachdem er sicher war, dass ich bereit für ihn war, tat er genau, was er versprochen hatte, und nahm mich so heftig, bis ich genauso heftig kam. Dann glitt er tief in mich hinein und kam mit einem inbrünstigen Schrei in mir.

Ein paar Minuten später hob mich Brody hoch, trug mich ins Bett und schlüpfte hinter mir unters Laken. Ich kuschelte mich an ihn, und sein Körper schmiegte sich um meinen. »Mmh … ich könnte mich daran gewöhnen, bei meiner Heimkehr so begrüßt zu werden.«

»Das trifft sich gut, Baby, denn ich habe den Vibrator, der in deinem Nachttisch lag, weggeschmissen.«

Unsicher, ob er es ernst meinte, zuckte ich zusammen.

Brody kicherte und zog mich dichter heran. »Entspann dich. Ich habe nur Spaß gemacht. Aber gut zu wissen, dass er da drin liegt. Irgendwann würde ich ihn gerne an dir ausprobieren. Oder noch besser, ich würde dir gerne dabei zusehen, wie du ihn benutzt.«

»Du hast auch nur das eine im Kopf.«

»Ganz richtig. Mich beherrscht stets und ständig nur ein Gedanke: Delilahs Muschi.«

Ich versetzte ihm einen Stoß mit dem Ellenbogen, und wir lachten. Es fühlte sich gut an, Brody neben mir im Bett liegen zu haben. Wir plauderten noch über eine Stunde in der Dunkelheit. Es fühlte sich irgendwie so … normal an. So vertraut. Natürlich. *Richtig*.

Es war fast Mitternacht, als ich müde wurde. »Brody?«

»Mmh?« Er küsste meine Schulter.

»Kann es sein, dass du gerade mit mir in der Löffelchenstellung kuschelst? Brody Easton kuschelt?«

»Nur mit dir, Baby. Aber wundere dich nicht, wenn dich nachher meine Gabel weckt. Es gibt da einen Hintern, den ich gerne mal nehmen würde. Ich bin noch längst nicht fertig mit dir.«

Ich atmete tief ein und lächelte, als mir bewusst wurde, dass auch ich alles andere als fertig mit ihm war.

* * *

Die nächste Woche verbrachten wir jede Nacht zusammen. An manchen Abenden kochte ich, während wir über Sport diskutierten; an anderen bestellten wir uns etwas und aßen auf dem Wohnzimmerboden direkt aus der Packung, während wir immer mehr übereinander erfuhren – Lieblingsmusik, Lieblingsfilme, welches Essen wir verabscheuten. Dank Brodys Hang zu abseitigen Fragen fanden wir zudem heraus, welches Halloween-Kostüm wir im Alter von acht Jahren getragen hatten und welches Tier wir wären, wenn wir es uns aussuchen könnten (Brody ein Löwe, ich ein Delfin). Und immer landete ich jeden Abend früher oder später in Brodys muskulösen Armen.

Mr CUM war stinksauer gewesen, dass ich über den Vorfall in der Kabine nicht exklusiv für *WMBC* berichtet hatte. Es ließ sich nicht bestreiten, dass er recht hatte, als er mir vorhielt, dass sich meine private Beziehung zu Brody auf mein journalistisches Urteil auswirkte. Wenngleich er sich nur zwei Tage später wieder beruhigte, als er nämlich feststellte, dass er Kapital aus ebenjener privaten Beziehung schlagen könnte. Denn Brody erklärte sich zu einem Exklusivinterview bereit, falls sein Team es in die Play-offs schaffte. Damit hatte ich einen Stein im Brett bei meinem Chef – für den Moment.

Eines Morgens verließ Brody früh das Haus, um zum ersten Training nach Ende seiner Sperre zu gehen. Meine roten Dekokissen lagen noch immer überall auf dem Wohnzimmerboden verstreut, nachdem es gestern Abend auf der Couch heiß hergegangen war. Ich hob die beiden mit meinen Monogrammen bestickten roten Kissen auf, dann das weiße rechteckige, das ich bereits seit Highschool-Zeiten besaß. Nachdenklich fuhr ich mit dem Finger die Konturen des aufgestickten roten Herzes nach und dachte kurz an den Jungen, der es mir vor vielen Jahren geschenkt hatte. Ich fühlte mich schuldig, weil ich Drew allmählich losließ, aber ich wusste, dass dieser Schritt notwendig war. Zu viele Jahre meines Lebens hatte ich nach seinem tragischen Unfall wie in Trance verbracht. Nun hatte ich das erste Mal das Gefühl, nicht mehr nur dabei zuzusehen, wie die Jahre ins Land gingen, sondern sie ganz bewusst zu erleben.

Nach einer ausgiebigen Dusche machte ich mich für die Arbeit fertig. Ich saß gerade auf der Bettkante und zog den Reißverschluss meiner kniehohen Lederstiefel hoch, als mir das gerahmte Foto von Drew, das auf dem Nachttisch stand, ins Auge fiel. Brody hatte nie ein Wort darüber verloren, obwohl er es unmöglich übersehen haben konnte. Als ich jetzt hinunter auf den Jungen blickte, der meine erste große Liebe gewesen war, schloss ich die Augen und dachte an all die schönen Erinnerungen, die sich mit ihm verbanden. Bislang hatte ich an Drew immer als *meine Liebe*, nicht als *meine erste Liebe* gedacht. Die Erkenntnis, dass er zwar meine erste, aber vermutlich nicht die letzte Liebe meines Lebens sein würde, war für mich ein einschneidendes Aha-Erlebnis. Das Foto in der Hand, stand ich da und tat dann etwas, womit ich nie gerechnet hätte – ich packte den Bilderrahmen in eine Schublade in meinem Schrank. Ein Stück meines Herzens würde für immer Drew gehören, aber nun gab es endlich Raum für jemand anderen.

KAPITEL 20
Brody

Nach dem Training fuhr ich kurz bei mir vorbei, um das Dame-Set aus Holz zu holen, das ich Marlene zum Geburtstag gekauft hatte. Es war zwar nicht ganz genau das gleiche, das sie früher besessen hatte – das hier war schöner –, sah ihm aber immerhin sehr ähnlich. Unterwegs hielt ich beim Blumenladen und besorgte einen bunten Strauß.

»Morgen, alter Knacker.« Ich grinste Grouper an.

Grouper kratzte sich an der Stirn und musterte mich mit einem seltsamen Blick. »Was freust du dich denn so, Flachbirne?«

»Wieso sollte ich mich nicht freuen? Ich bin verdammt gut aussehend, mein Arm ist eine Waffe, und außerdem schuftest du für mich, und nicht andersherum. Das Leben könnte nicht schöner sein.«

Er schüttelte den Kopf. »Muss wohl ansteckend sein. Ich habe Marlene seit Jahren nicht mehr so glücklich erlebt.«

»Sie hat den Grund dazu. Immerhin wird sie heute einundachtzig. Du hast in dem Alter mitgenommener ausgesehen.«

Grouper grummelte vor sich hin.

»Wo ist denn unser Geburtstagskind? Im Tagesraum?«

»Ich glaube, ihr Besuch hat sie vor einer Weile zurück in ihr Zimmer gebracht.«

»Besuch?«

»Das Mädel, das vor ein paar Tagen hier war, ist wieder da. Hat Marlene sogar ein Geschenk mitgebracht.«

»Wovon redest du? Außer mir besucht niemand Marlene.«

Grouper zuckte mit den Schultern. »Ich dachte, du wüsstest davon. Hübsches Mädchen mit den größten blauen Augen, die ich je gesehen habe. Man hätte sie doch nicht reingelassen, wenn sie nicht auf der Liste der genehmigten Besucher gestanden hätte.«

Mir stellten sich die Nackenhaare auf. *Die größten blauen Augen, die ich je gesehen habe.* Sofort stürmte ich zu Marlenes Zimmer. Vor ihrer Tür angekommen, schlug mein Herz so heftig wie damals, als ich in meiner allerersten Trainingswoche acht Kilometer in voller Montur gerannt war.

Als ich ihre Stimme hörte, erstarrte ich. Willow war mit zehn aus dem tiefen Süden der USA nach New York gezogen, hatte aber zeitlebens einen Anflug von Akzent behalten. Die Art, wie sie die Wörter aneinanderreihte, hatte beinahe etwas Poetisches. Früher hatte ich stundenlang mit dem Kopf auf ihrem Schoß daliegen und ihr zuhören können, wenn sie davon erzählte, wie sie später einmal die Welt bereisen wollte. Doch in diesem Moment, da ich auf der anderen Seite der Tür stand, war dieser Klang grässlicher als der von Fingernägeln, die über eine Schultafel kratzten.

Ich hätte einen Moment warten sollen, um den Ärger hinunterzuschlucken, der in mir aufwallte, tat es aber nicht. Ich öffnete die Tür. Willow saß mit dem Rücken zu mir an Marlenes Bett. »Was zum Henker willst du hier?«

Sofort riss sie den Kopf herum. Ihre ohnehin runden blauen Augen wurden noch größer.

Keiner von uns sagte ein Wort. Meine Brust brannte. Hätte ich Säure geschluckt, es hätte mich weniger geschmerzt, als sie jetzt nach all den Jahren wiederzusehen.

Grouper musste mich gehört oder geahnt haben, dass irgendwas nicht stimmte, denn plötzlich stand er neben mir.

Er warf einen Blick auf mein Gesicht, dann auf Willow, und quetschte sich an mir vorbei durch den Türrahmen in das Zimmer.

»Gut, Geburtstagskind. Es wird Zeit für deine Physiotherapie.« Es war eins, und die Physiotherapie fing erst um vier an. Glücklicherweise hatte Marlene meist keinerlei Zeitempfinden. Grouper schob ihren Rollstuhl heran und begann, sie im Bett aufzusetzen. Er war zwar relativ fit, aber aus Erfahrung wusste ich, dass es nicht leicht war, sie hinein und heraus zu heben. Normalerweise machten das die Pflegekräfte.

Obwohl mein Selbsterhaltungstrieb mir sagte, dass es besser wäre, im Flur stehen zu bleiben, ging ich zum Bett hinüber und hob Marlene vorsichtig in den Rollstuhl. Sie sah zu mir hoch. »Brody. Ich habe dich gar nicht reinkommen gehört. Bist du mit Willow gekommen?«

Wie bereits die letzten Jahre antwortete ich wie auf Autopilot mit einer Lüge. »Wir sind heute getrennt hergefahren.«

Sie nickte. Grouper entriegelte die Feststellbremse und begann, sie zur Tür zu schieben. »Warte!«, rief sie und hielt die Hand hoch. »Ich brauche meine Zähne.«

Ich küsste Marlene auf die Stirn. »Du hast sie drin.«

Wie üblich hob sie die Hand und tippte sich mit den Fingern gegen die Schneidezähne, um es zu überprüfen. Was war das nur immer? Wenn es um ihre Zähne ging, schien sie mir nicht über den Weg zu trauen, akzeptierte aber bereitwillig all die Lügen, die ich ihr seit Jahren über ihre Enkelin auftischte. Manchmal glauben wir nicht deshalb an etwas, weil es wahr ist, sondern weil es einfacher ist, eine Lüge zu akzeptieren als die Wahrheit.

Grouper nickte mir zu, während er Marlene aus dem Raum rollte und die Tür mit einem Klick hinter sich zuzog.

Eine ganze Weile starrte ich einfach nur aus dem Fenster. Es gab so viel, was ich Willow entgegenschreien wollte, doch mein Hals war wie zugeschnürt, die Worte blieben stecken. Schließlich ergriff sie zuerst das Wort.

»Wie ist es dir so ergangen?«, fragte sie mit sanfter Stimme.

Ich stieß ein sarkastisches Lachen aus. »Einfach großartig.« *Diese ganze Scheiße konnte einfach nicht wahr sein.* Ich drehte den Kopf zu ihr und starrte sie mit tödlichem Blick an. »Was willst du hier, Willow?«

»Was meinst du damit? Ich bin hier, um meine Großmutter zu besuchen.«

»Du hast dich vier gottverdammte Jahre nicht blicken lassen. Wieso jetzt auf einmal?«

Sie senkte den Blick und rang die Hände. »Ich habe sie vermisst.«

»Schwachsinn. Was brauchst du? Geld?« Ich zog mein Portemonnaie aus der Tasche, holte ein Bündel Geldscheine heraus und warf es neben ihr aufs Bett. »Dann musst du dir nicht die Mühe machen, es zu klauen. Nimm es. Und verschwinde dann gefälligst. Wir brauchen dich nicht.«

»Du bist all die Jahre über jede Woche hergekommen und hast sie besucht. Ich habe es auf der Anmeldeliste gesehen.«

»Irgendjemand muss sich ja um sie kümmern.«

Als sie zu mir hochsah, standen ihr Tränen in den Augen. Ich musste wegschauen. Ich war viel zu wütend, um auf ihre Masche hereinzufallen. »Ich hätte für sie da sein sollen. Danke, dass du dich für mich um sie gekümmert hast.«

»Ich habe es nicht für dich getan.« Die Luft im Raum war so dick, dass man kaum atmen konnte. Die Fenster ließen sich nicht öffnen, und meine Brust war auf einmal so eng, dass ich nicht genug Luft bekam. Ich musste sofort hier raus. Ohne ein Wort des Abschieds hinterließ ich die Blumen und mein Geschenk für Marlene auf dem Bett und ging zur Tür.

Als ich gerade nach der Klinke griff, ließ mich ihre Stimme innehalten. Ich drehte mich nicht um, während sie sprach.

»Ich bin seit elf Monaten clean.«

»Mach's gut, Willow.« Ich blickte nicht zurück.

Willow
KAPITEL 21

»Sie wussten, dass es nicht leicht werden würde.«

Ich zog das letzte Taschentuch aus der Schachtel, die Dr. Kaplan stets auf dem kleinen gläsernen Couchtisch zwischen uns bereithielt. »Tut mir leid.«

»Kein Problem, ich hab jede Menge davon.« Sie schenkte mir jenes ermutigende Lächeln, von dem ich im Verlauf des letzten Jahres abhängig geworden war. »Sammeln Sie sich erst einmal, und erzählen Sie mir dann, wie der Tag verlaufen ist. Fangen Sie bei Ihrer Großmutter an. Hat sie Sie erkannt?«

Ich trocknete meine Tränen und zerknüllte das Taschentuch in der Hand. »Ja. Ich hatte furchtbare Angst, dass sie mich nicht erkennen würde. Meine Knie zitterten, als ich hineinging.«

»Verständlich. Es ist ja auch viel Zeit vergangen.«

»Sie wusste, wer ich war. Aber es war, als sei ihr nicht bewusst, wie viel Zeit vergangen war. Als hätte sie ein Buch über unsere Vergangenheit auf irgendeiner Seite aufgeschlagen und würde einfach dort weitermachen.«

Dr. Kaplan nickte. »Vermutlich Stufe fünf. Mittelschwere kognitive Leistungseinbußen. Es freut mich, dass die Krankheit so langsam fortschreitet. Wir hatten ja darüber gesprochen, dass sie sich in manchen Fällen sehr viel schneller verschlechtert.«

»Ich weiß. Es ist zwar egoistisch von mir, aber ich war glücklich, dass sie mich noch erkannt hat.«

»Das ist nicht egoistisch. Egoistische Menschen neigen dazu, nur sich selbst Gutes zu tun. Und ich denke, wir sind uns beide einig, dass das hier nicht der Fall ist. Wahrscheinlich empfinden Sie vielmehr Reue.«

»Wahrscheinlich.«

»Die Sache mit der Reue ist die: Man kann nur Vergangenes bereuen. Insofern tut Ihnen das sogar gut. Bereuen Sie, was geschehen ist, und machen Sie etwas daraus. Bauen Sie sich eine neue Zukunft auf. Besuchen Sie Ihre Großmutter öfter. Je mehr Sie Ihre Reue in die Vergangenheit verlagern, desto leichter wird es.«

»Das tue ich. Ich habe sie diese Woche jeden Tag besucht.«

»Sehr gut. Und was ist mit der anderen Sache, in der Sie Reue empfinden?«

»Brody?«

»Ganz genau.«

Wir hatten das ganze letzte Jahr über ihn geredet – wen sollte sie also sonst meinen? »Wir sind uns begegnet, aber es lief nicht besonders gut.«

Sie nickte und wartete darauf, dass ich fortfuhr.

»Er hasst mich. Ich kann es ihm nicht einmal verübeln. Er hat angenommen, ich sei nur zurückgekommen, weil ich irgendetwas bräuchte.«

»Sie beide haben viel miteinander durchgemacht. Sie müssen sein Vertrauen erst wiedergewinnen.«

»Ich bin mir nicht so sicher, ob er mir die Chance dazu gibt.«

»Es gibt nur einen Weg, das herauszufinden. Vielleicht fasst er wieder Vertrauen, wenn er sieht, dass Sie diesmal wirklich clean sind, einen Job haben und von nun an regelmäßig bei Marlene vorbeischauen wollen.«

Ich holte tief Luft und atmete hörbar aus. »Ich weiß. Es wird nicht über Nacht gelingen. Er glaubt mir nicht mal, dass ich von den Drogen weg bin, wie soll ich da erwarten, dass er mir abnimmt, dass ich die letzten vier Jahre jeden Abend, wenn ich zu Bett ging, und jeden Morgen, wenn ich aufwachte, immer nur an ihn gedacht habe?«

Delilah
KAPITEL 22

»Ist alles in Ordnung?« Brody stocherte mit der Gabel in seinen Fettuccine mit Thai Chicken herum. Dienstagabend hatte er gemeint, es ginge ihm nicht so gut, und mir abgesagt. Und die letzten paar Tage war er ziemlich still gewesen. Heute Abend war er in einer Stimmung, die man am ehesten als düster bezeichnen konnte. »Schmeckt dir die Pasta nicht?«

»Doch, mir geht's gut. Sorry, Süße. Die Pasta ist köstlich. Ich bin einfach nur müde.« Der Rest des Abends verlief nach einem ähnlichen Muster. Ich hatte das Gefühl, als müsste ich ihm alles aus der Nase ziehen. Normalerweise fand ich es okay, auch mal zu schweigen. Ich gehörte nicht zu jener Sorte Mensch, die immerzu reden müssen, um sich wohlzufühlen. Doch heute Abend war die Stille unangenehm.

Später probierte ich alle möglichen Themen aus. Nichts schien ihn zu interessieren. Außerdem genehmigte sich Brody nach dem Abendessen einen Drink, was höchst ungewöhnlich für ihn war. Er schenkte sich einen Cuba Libre mit reichlich Rum ein, setzte sich auf die Couch und starrte in sein Glas, das er hin und her schwenkte.

»Was hast du eigentlich neulich gekauft?«

Er nippte an seinem Drink und sah mich mit zusammengezogenen Augenbrauen an. »Mmh?«

»Die Freundin, für die du letztes Wochenende einkaufen warst? Als ich dich anrief, warst du in einem Geschenkeladen und sagtest, du seist auf der Suche nach einem Geburtstagsgeschenk für eine alte Freundin deiner Familie? Erinnerst du dich?«

Brody sah sich im Raum um, ehe er einen kräftigen Schluck nahm. Nachdem er das Glas auf dem Tisch abgestellt hatte, zog er ein Knie heran und drehte sich zu mir. »Ich habe ihr ein Dame-Set aus Holz gekauft. Sie lebt im Altersheim, guckt den ganzen Tag Spielshows und hat ein Faible für Brettspiele.«

»Oh, das ist ja nett von dir. Ist sie eine Freundin von deinem Vater?«

Diesmal sah er mir unverwandt in die Augen. »Sie ist Willows Großmutter. Marlene.«

Ich ahnte, dass das nicht das Ende der Geschichte war. Aber ich war auch nicht sicher, ob ich den Rest hören wollte.

»Nachdem Willow verschwand, wurde Marlene immer verwirrter. Außer ihrer drogenabhängigen Tochter und ihrer drogenabhängigen Enkelin hatte sie niemanden. Diese Frau hat ihr ganzes Leben lang an das Gute im Menschen geglaubt und die beiden, wo sie nur konnte, unterstützt, aber als die Zeit kam, da sie selbst eine gute Seele an ihrer Seite hätte brauchen können, war keiner von beiden zur Stelle.« Brody, der neben mir saß, hatte einen Arm über die Rückenlehne der Couch gelegt. Ich nahm seine Hand und drückte sie.

»Mein Vater und ich haben eine Weile abwechselnd nach ihr gesehen, nachdem ich von der Uni zurückkam. Aber dann hat sich mein Vater in Arizona zur Ruhe gesetzt, und ich war manchmal vier Tage am Stück pro Woche mit dem Team unterwegs. Irgendwann war es einfach nicht mehr sicher, sie allein zu Hause zu lassen. Also ließ ich sie vor drei Jahren in ein privates Altersheim umziehen.«

»Wow. Und ihr steht immer noch in Kontakt?«

»Seit sie dort einzogen ist, habe ich keinen einzigen meiner Dienstagsbesuche ausfallen lassen. Ich hatte ihr versprochen, sie würde mein Lächeln jede Woche sehen.« Brody lachte laut los. »Wenn wir montags haushoch verloren hatten, fiel es mir am Dienstag zwar schwer zu lächeln, aber ich habe sie trotzdem besucht.«

»Das finde ich toll von dir, Brody. Nicht viele Leute würden das für jemand anderen tun. Vor allem nicht, wenn derjenige nicht mal zur eigenen Familie gehört.«

»Für mich hat sie immer zur Familie gehört. Ich war noch klein, als meine Mutter starb. Marlene griff mir und meinem Dad unter die Arme, wann immer sie konnte. Außerdem musste ja irgendjemand für sie da sein. Willow war es ganz sicher nicht.«

Seit neulich Nacht war meine Neugier geweckt, aber es hatte sich keine rechte Gelegenheit ergeben, mehr über Willow zu erfahren. Bis jetzt. »Was ist mit Willow passiert? Du hast erwähnt, dass sie nach der Sache mit Colin verschwunden war.«

»Ja, danach war sie eine ganze Weile wie vom Erdboden verschluckt und tauchte erst wieder in meinem ersten Jahr in der Profiliga auf. Eine Weile lief es gut. Das war wahrscheinlich seit unserer Jugend der längste Zeitraum, den sie clean war. Und dann fing es wieder an.«

»Das klingt nicht gut.«

»Das war es auch nicht. Eines Nachts verschwand sie erneut. Ich suchte tagelang nach ihr und klapperte all ihre üblichen Junkiebuden ab, aus denen ich sie sonst schleppen musste, wenn sie wieder drauf war. Ich habe die Hälfte der Trainings verpasst, und als ich dann doch mal anwesend war, war ich so mies, dass keiner was davon hatte. Ich konnte mich einfach nicht konzentrieren. Mitten in der Saison klopfte eines Nachts die Polizei bei Marlene an die Tür. Unten am East River hatten ein paar Obdachlose ihre Behausungen – vorwiegend Drogensüchtige, die bereits mit dem Leben abgeschlossen hatten. Ein

Polizeiboot, das morgens Patrouille gefahren war, hatte sie mit dem Gesicht nach unten im Wasser treibend gefunden.«

»Oh Gott.«

»Sie hatte fast drei Minuten keine Luft bekommen und war vor Kälte ganz blau angelaufen. Marlene und ich verbrachten zwei Tage im Krankenhaus. Zweimal kollabierte sie, wurde aber wiederbelebt. Allerdings wussten die Ärzte nicht, ob sie Gehirnschäden davontragen würde, sollte sie wieder aufwachen.«

»Das ist ja schrecklich.«

»Wenn du oder ich an ihrer Stelle gewesen wären, wir wären vermutlich abgenippelt oder hätten den Rest unseres Lebens an einer Magensonde sabbernd vor uns hin gedämmert. Nicht so Willow. Zehn Tage später spazierte sie aus dem Krankenhaus, als sei nichts gewesen.«

»Wow.«

»Ich dachte, vielleicht hätte ihr die ganze Sache zumindest einen solchen Schrecken eingejagt, dass sie clean bleiben würde. Und eine Weile war das wohl auch so. Bis zum dritten Dezember vor vier Jahren.«

»Was ist an diesem Tag passiert?«

»Nichts. Das war nur das letzte Mal, dass ich sie gesehen habe.« Brody machte eine Pause, nahm das Glas vom Tisch und kippte den Rest seines Drinks hinunter. »Bis diesen Dienstag.«

* * *

In dieser Nacht konnte ich ewig nicht einschlafen. Mir gingen einfach zu viele Dinge durch den Kopf. Dinge, die ich aus Unsicherheit heraus zu einem Riesenproblem aufbauschte. Zum Beispiel die Tatsache, dass mir Brody einen Gutenachtkuss gab und es dabei beließ. Natürlich wusste ich, dass es normal war, wenn ein Paar nicht jedes Mal Sex hatte, wenn es die Nacht zusammen verbrachte. Irgendwann würde es Nächte geben, in denen wir beide einfach nur schlafen wollten. Irgendwann würde sich eine gewisse Routine einstellen und sich der Reiz des Neuen abnutzen. Völlig normal. Das passierte in jeder Beziehung. Aber die Tatsache, dass es in *dieser Nacht* passierte, ließ mich das Schlimmste ahnen.

Gegen zwei Uhr morgens beschloss ich, dass ich endlich mit der Grübelei aufhören musste, und drehte mich auf die andere Seite, um endlich zu schlafen. Als ich die kleine Lampe auf meinem Nachttisch ausschaltete, fiel mein Blick auf jene Stelle, an der das gerahmte Bild von Drew gestanden hatte. Mit einem Schlag wurde mir die ganze Ironie des Schicksals bewusst. Nach all den Jahren hatte ich endlich beschlossen, die Vergangenheit hinter mir zu lassen. Und genau im selben Augenblick meldete sich Brodys Vergangenheit zurück.

* * *

Die nächsten Wochen schien alles zur Normalität zurückzukehren. Die Distanz zwischen uns, die ich nach Willows Rückkehr empfunden hatte, war verschwunden, und Brody kehrte zu seinem alten charmant-unverschämten Ich zurück. An einem Donnerstagmorgen begleitete er mich sogar in die *Fit Factory*. Wir hatten bei ihm übernachtet, und das Studio lag nur ein paar Straßen weiter.

Auf dem Weg dorthin hielt er meine Hand. Dafür, dass er noch vor sechs Wochen nur für unverbindlichen Sex zu haben gewesen war, hatte er sich in null Komma nichts zum perfekten Freund gemausert.

»Also was für einen Mädchenkram machen wir jetzt da drin?«

Ich erklärte ihm, welche Kurse ich normalerweise besuchte. Er blieb abrupt auf dem Gehweg stehen. »Doch nicht etwa dieser Zumba-Scheiß, oder?«

»Nein, heute ist nicht Zumba-Tag. Aber Zumba ist kein Scheiß. Sondern sogar ziemlich anstrengend. Ich komme jedes Mal klatschnass raus – das Training ist echt intensiv.«

Er ging weiter. »Heute früh warst du auch klatschnass, und wenn man bedenkt, dass ich dich gegen die Wand gedrückt und die ganze Arbeit gemacht habe, glaube ich nicht, dass das Training sehr intensiv war.«

»Du bist ein echtes Schwein, weißt du das?«

Brody ließ meine Hand los und kniff mir in den Hintern. »Was das wohl über dich aussagt? Du bist in ein Schwein verknallt.«

Ich verdrehte die Augen. Aber er hatte total recht. Ich war tatsächlich verknallt.

Einen Häuserblock vom Fitnessstudio entfernt, deutete Brody über die Straße. »Da drüben ist Marlenes Altersheim. *Broadhollow Manor*.«

Ich war schon ein paarmal an dem Gebäude vorbeigelaufen. Von außen wirkte es wie ein piekfeiner Wohnkomplex und gar nicht so trostlos, wie ich es erwartet hätte. »Sieht mehr nach Luxusapartments als nach einem Altersheim aus.«

»Es ist auch wirklich schön. Alles ist sauber und gepflegt, und man kümmert sich gut um die alten Leute. Du hättest mal die Drecksbuden sehen sollen, die ich besichtigt habe, bevor ich *Broadhollow* fand. Die Heime, für die der Staat zahlt, sind kaum besser als ein Obdachlosenheim. Ein Luxusapartment wäre mich günstiger gekommen als das, was ich die letzten Jahre gezahlt habe. Aber das ist es mir wert. Ich könnte nachts nicht schlafen, wenn ich wüsste, dass sie irgendwo in einem Loch leben muss, während ich die Kohle auf der Bank liegen habe.«

Obwohl er mir heute Morgen bereits nackt das Frühstück zubereitet hatte – nach einem sensationellen Orgasmus an der Schlafzimmerwand –, liebte ich ihn für diese letzte Bemerkung noch ein bisschen mehr. *Mein Schwein.*

Am Fitnessstudio angekommen, hielt er mir, ganz Gentleman, die Tür auf. Im Vorbeigehen hielt ich an, stellte mich auf Zehenspitzen und gab ihm einen Kuss auf die Wange.

»Wofür war der denn?«

»Einfach dafür, dass du bist, wie du bist.«

Als er hinter mir eintrat, gab er mir einen Klaps auf den Po und säuselte mir ins Ohr: »Meine Freundin steht auf dreckige Schweine.«

Die Dame am Empfangstresen hatte ihr Handy am Ohr, als ich meinen Mitgliedsausweis vorzeigte. Als sie auflegte, fragte ich sie nach einem Gästepass. Während ich sprach, sah sie kein einziges Mal von ihrem Smartphone hoch.

»In meiner Mitgliedschaft sind ein paar Tagespässe für Gäste inklusive. Allerdings habe ich die leider nicht dabei. Deshalb hatte ich gehofft, es ginge auch so, und Sie könnten einfach in den Unterlagen überprüfen, dass ich bislang noch keinen benutzt habe.«

Sie schnaubte entnervt, denn nun musste sie ihre Aufmerksamkeit vom Handy auf den Computer richten, der *tatsächlich etwas mit ihrer Arbeit* zu tun hatte. »Name?«

»Delilah Maddox.«

Ihre Nägel klackerten auf den Tasten. »Name des Gasts?«

»Ähm. Brody.«

Das Klackern hielt inne. »Nachname?«

»Easton.«

Das immerhin erregte ihre Aufmerksamkeit. Ihr Kopf fuhr hoch. »Sie sind …«

»Delilahs Gast«, vollendete Brody ihren Satz.

»Oh mein Gott. Sie sind wirklich Brody Easton. Ich *liebe Sie*! Ich bin riesiger Steel-Fan!«

»Danke.«

Sie stellte die Ellenbogen auf den Tresen und stützte das lächelnde Gesicht mit beiden Händen ab. Sieh mal einer an. Wie freundlich sie auf einmal sein konnte …

»Also, was führt Sie in unsere bescheidenen Hallen?«

»Sport«, antworte Brody knapp.

Sie kicherte, als hätte er gerade etwas unglaublich Witziges von sich gegeben. »Für jemanden wie Sie ist dieser Kurs bestimmt kein Sport.«

Meine Antwort war schnippisch, weil … na ja … sie eine dumme Tussi war, die gerade meinen Kurs und ihren Arbeitgeber beleidigt hatte. Und weil sie meinem Freund schöne Augen machte. »Kein Problem. Er hat schon heute Morgen zu Hause Sport *getrieben*. Wandliegestützen, falls Ihnen das was sagt.«

Sie nickte. »Interessant. Habe ich noch nie ausprobiert. Vielleicht können Sie mir das später mal zeigen?«

Ich setzte ein gekünsteltes Lächeln auf. »Glaube ich kaum. Aber könnten wir den Gästepass bekommen?«

»Oh. Okay. Klar. Kein Problem.« Sie deutete hinüber zur Eingangstür. »Gehen Sie einfach durch. Ich übernehm die Verantwortung. Er braucht keinen Pass.«

Der Kursraum war fast voll, als wir ankamen, sodass wir uns in der letzten Reihe einen freien Fleck suchten und unsere Sporttaschen neben uns abstellten, um den Platz als besetzt zu markieren.

»Du bist niedlich, wenn du eifersüchtig bist.«

»Ich war nicht eifersüchtig.«

Er hob eine Augenbraue und grinste. »Warst du wohl.«

»Ich bin überhaupt kein eifersüchtiger Typ.«

»Wirklich nicht?«

»Ja, wirklich.«

»Erzähl mir doch keinen Scheiß.«

»Tu ich nicht.«

»Um was wetten wir?«

»Du willst wetten, dass du mich eifersüchtig machen kannst?«

»Jep.«

Ich streckte meine Hand aus. »Die Wette gilt. Der Verlierer muss den anderen massieren.«

Brody schüttelte meine Hand und zwinkerte mir zu. »Okay. Aber dann wird es nicht mein Rücken sein, den du massierst.«

»Na schön. Aber das gilt für uns beide.«

Brody sah sich im Raum um. Wir waren fast nur von Frauen umgeben. »Willst du etwa mit einer der Frauen hier flirten? Ha, ich bin mir sicher, diese Wette habe ich schon so gut wie gewonnen, dabei haben wir noch nicht mal angefangen.«

Plötzlich kam die Tussi vom Empfang herein. »Alex verspätet sich leider etwas. Warum wärmt ihr euch in der Zeit nicht schon etwas auf? Gibt es einen Freiwilligen, der mir dabei hilft, dem Kurs ein paar Stretchübungen zu zeigen?«

Brody ließ die Hand schneller in die Höhe schießen als ein Schulstreber. Die Tussi sah zufrieden aus.

»Mr Easton. Was für eine Freude. Ladies, wir haben heute niemand Geringeren im Kurs als Superbowl MVP Brody Easton! Und er wird nach vorne kommen und uns zeigen, wie man sich richtig aufwärmt.« Bisher hatte uns niemand in der letzten Reihe bemerkt, aber das änderte sich nun schlagartig. Frauen drehten sich um und gafften. Brody freute sich diebisch. Er ging nach vorne.

Ich hatte ganz vergessen, was für ein arroganter Angeber er sein konnte. Erinnerungen daran, wie ich ihn zum ersten Mal in der Kabine traf, wurden wach, als er jetzt neben der Trainerin stand und sich dehnte. Dann lächelte er mich mit einem Mal an und zog sich das T-Shirt über den Kopf. Seine kurze Sporthose hing tief um seine schmale Taille, und jeder wohldefinierte Muskel war zu sehen. *Besonders das* V. Jenes V, von dem ich kürzlich festgestellt hatte, dass es uns beiden sehr gefiel, wenn ich es mit der Zunge nachfuhr.

Ich sah mich im Raum um. Ich war definitiv nicht die Einzige, der plötzlich ganz anders wurde. Ich konnte den Duft der Pheromone, der durch die Luft waberte, praktisch riechen. Ich hätte es nie zugegeben, aber es gefiel mir nicht sonderlich, wie die anderen Frauen Brody angafften. Aber trotzdem … das war keine teeniehafte Eifersüchtelei. Es war beruhigend zu wissen, dass er nicht wirklich an ihnen interessiert war. Er hatte zwar den ganzen Kurs in seinen Bann gezogen, aber ich wusste, dass der Mann, der da vorne stand, all das nur tat, um mich zu provozieren.

Nach ein paar Minuten Brody-Show kam Alex herein. Ich kannte ihn schon aus dem anderen Studio, in dem ich normalerweise trainierte, daher hatten wir ein vertrautes Verhältnis zueinander. Vielleicht sogar vertrauter, als es meinem ach so siegessicheren Freund gefallen dürfte. Ich grinste innerlich, weil ich wusste, dass nur ein oder zwei Sätze nach dem Kurs reichen würden, um meine Wette zu gewinnen. Ich konnte beinahe schon spüren, wie sich meine Muskeln unter Brodys Massage entspannten.

Nachdem der Kurs zu Ende war, umschwärmten die Frauen Brody und baten ihn um ein Autogramm. Mit geschwollener Brust kam er den Bitten nach und dachte wohl, er würde mich wütend machen, aber, ehrlich gesagt, fand ich das Ganze amüsant und war ziemlich stolz auf mich selbst, weil die Eifersucht noch nicht ihr hässliches Antlitz gezeigt hatte. Als das Grüppchen sich nach und nach zerstreute, gingen wir zur Tür … doch nicht, bevor ich nicht ein paar Worte mit dem Trainer gewechselt hatte.

»Hey, Alex.«

»Brezelchen. Was für eine nette Überraschung, dich mal in diesem Studio zu sehen.« Alex, der sonst ganz offen schäkerte und flirtete, hielt sich zurück. Er sah zu Brody.

»Das ist Brody Easton. Ein guter Freund der Familie.«

Brody musterte mich scharf, während er Alex die Hand schüttelte. Dieser kleine Informationsbrocken, dieser winzige Hinweis, dass der Mann neben mir nicht mein Freund war, reichte aus, damit sich Alex entspannte. »Freut mich, dich kennenzulernen, Brody. Na, das heißt, ihr beide kennt euch wohl schon lange?«

»Scheint so.«

»Mal im Vertrauen, war unser kleines Brezelchen schon immer so ein heißer Feger?«

Die Stimmung kühlte sich sofort merklich ab. Brody funkelte Alex an, dem das offenbar entging. Ohne es zu merken, legte er Lunte ans Pulverfass.

»Dein nach unten schauender Hund sollte sich noch etwas mehr öffnen. Warum bleibst du nicht noch ein paar Minuten, damit ich dir helfen kann, dich hineinzudehnen?«

»Das klingt gut.« Ich drehte mich zu Brody und fachte vergnügt das Feuer an, das ich bereits knistern hörte. »Warum gehst du nicht schon mal in die Umkleidekabine, damit Alex mir in der Zwischenzeit mit der Position helfen kann? Ich treff dich dann draußen.«

Brody gab sich größte Mühe, aber Alex' Anzüglichkeiten waren zu viel für ihn. »Scheiß drauf.« Brody legte besitzergreifend den Arm um meine Taille. »Du hast gewonnen. Lass uns sofort von hier verschwinden.«

Alex sah verdutzt drein, als Brody mich schnell nach draußen Richtung Umkleidekabinen schob. »Sehr niedlich«, brummte er.

»Dachte ich's mir doch.«

Als wir das Fitnessstudio verließen, zog ich Brody mit meiner gewonnenen Wette auf. »Ich hätte ja gedacht, du seist eine harte Nuss. Aber da habe ich mich wohl getäuscht.«

»Ich geb dir gleich zwei harte Nüsse …« Er nahm meine Hand.

»Ich hätte gar nicht gedacht, dass du so schnell eifersüchtig wirst.«

»Ich auch nicht«, grummelte er.

»Jedenfalls muss ich kurz duschen und dann zum Sender. Wir haben am späten Vormittag ein Meeting zur Programmplanung. Sie wollen vor dem Spiel am Wochenende noch ein paar Interviews mit den Eagles-Spielern einbauen.«

»Du triffst dich mit meinen Feinden? Willst du mich umbringen? Erst dieses Yogi-Arschloch und jetzt auch noch die gegnerische Mannschaft. Ich glaube, ich brauche heute Abend besondere Aufmerksamkeit. Ich fühle mich vernachlässigt.«

»Ach, wirklich?«

»Jep. Ich glaube, du musst mir zeigen, dass ich etwas ganz Besonderes für dich bin.«

»Und was genau beinhaltet das?«

»Ich denk mir was aus. Und wenn ich so weit bin, schicke ich dir die näheren Infos mitten in deinem Meeting.« Und ich wusste, wie sexy selbst die SMS dieses Mannes waren.

Wir machten uns auf den Rückweg. Brody nannte mir gerade seine Termine für die restliche Woche, als er plötzlich verstummte. Ich brauchte einen Moment, ehe ich es bemerkte. »Brody?«

Er starrte auf die andere Straßenseite.

Zunächst konnte ich unter den vielen Passanten nichts Besonderes entdecken. Doch dann sah ich sie. Eine Frau hatte vor Marlenes Altersheim haltgemacht und starrte in unsere Richtung. Dutzende Menschen liefen an ihr vorüber, aber sie stand wie angewurzelt da und fixierte uns.

Sie war unglaublich schön. Schlanke Modelfigur, lange blonde Haare und so große Augen, dass sie mir selbst aus dieser Entfernung auffielen. Mein Herz rutschte mir in die Hose. Obwohl ich die Antwort bereits kannte, fragte ich: »Kennst du die Frau auf der anderen Straßenseite?«

Brody richtete den Blick auf den Weg vor uns und lief weiter. »Ja. Das ist Willow.«

Und mit einem Mal war meine ganze Selbstsicherheit von vorhin – meine ganze innere Stärke – dahin und einem Gefühl von Angst und Verletzlichkeit gewichen. Und ja, sogar einem Anflug von Eifersucht.

Willow
KAPITEL 23

»Ein so hübsches Gesicht sollte nie so betrübt schauen.« Meine Großmutter verlor allmählich ihr Gedächtnis, lebte in einem Altersheim, und ihre einzigen lebenden Verwandten waren Junkies, und nun versuchte ausgerechnet sie mich aufzumuntern.

Ich quälte mir ein Lächeln ab. »Tut mir leid.«

»Hast du dich mit Brody gestritten?«

Offenbar hatte er Oma nicht über die Ereignisse der letzten Jahre aufgeklärt. Ich war nicht sicher, was das zu bedeuten hatte, blieb aber bei dieser Version. »Nein. Zwischen uns ist alles gut.« Ich nahm Omas Hand und drückte sie.

»Gut. Den Jungen solltest du dir warmhalten. Solche wie ihn gibt es heute nicht mehr allzu oft. Erinnert mich in gewisser Weise an meinen Carl.«

»Wirklich?« Es war das erste Mal, dass sie von Opa sprach. Ich fragte mich, ob sie wusste, dass er nicht mehr lebte. Ihr Erinnerungsvermögen war so unzuverlässig und selektiv.

»Ja. Der Junge ist treu wie Gold. Er hat dich einmal in sein Herz geschlossen und gibt dich nie wieder her. Genau wie mein Carl damals.«

In einem Punkt hatte sie recht – Brody war treu. Vielleicht sogar der treueste Mensch, dem ich je begegnet war. Aber selbst der treueste Mensch stößt irgendwann an seine Grenzen. Unsere zufällige Begegnung vorhin auf der Straße hatte mich daran erinnert. Natürlich hatte ich nicht erwartet, dass er diese vielen Jahre auf mich warten würde. Nicht nach allem, was ich ihm angetan hatte. Aber trotzdem hatte sein Anblick heute mich geschmerzt. Er sah *glücklich* aus, wie er die Hand einer anderen Frau in der Öffentlichkeit hielt. Eigentlich sollte ich mich für ihn freuen. Aber wie ich mich verhalten *sollte*, war eine Sache, wie ich mich *tatsächlich* verhielt, eine andere. Das war schon immer so gewesen.

Ich blieb noch zwei Stunden bei Oma. Sie freute sich über meine Gesellschaft – und, ganz ehrlich, auch mir tat es gut. Bei ihr spürte ich meine Wurzeln und fühlte mich geerdet, wenn ich Gefahr lief, den Boden unter den Füßen zu verlieren.

Nachdem *Der Preis ist heiß* zu Ende war, ging ich zur Damentoilette auf dem Gang, um mich frisch zu machen, da ich mich direkt auf den Weg zur Arbeit machen musste, um nicht zu spät zu kommen. Ich kämmte mir die Haare zu einem Pferdeschwanz zurück und trug ein wenig Mascara und Lipgloss auf. Als ich in Omas Zimmer zurückkam, um mich zu verabschieden, saß ein älterer Herr neben ihr auf dem Stuhl. Er kam mir bekannt vor, aber ich konnte ihn zunächst nicht einordnen. »Hallo.«

Der Mann stand auf und nickte. »Ich habe nur meine tägliche Stippvisite bei Marlene gemacht. Ich wusste nicht, dass sie Besuch hat.«

Ich nahm meine Jacke, die über einem Stuhl hing, und zog sie an. »Bleiben Sie ruhig. Ich wollte sowieso gerade gehen. Ich muss zur Arbeit.« Ich lächelte. »Ich bin übrigens Willow, Marlenes Enkelin.«

»Ach so, ich wusste gar nicht, dass Marlene eine Enkelin hat. Freut mich, Sie kennenzulernen, Willow. Ich bin Grouper. Ihre Großmutter schlägt mich ein paarmal die Woche bei Dame.«

»Ah. Ja, sie ist eine echte Zockerin. Sie sieht vielleicht harmlos aus, aber in Wirklichkeit schummelt sie heimlich.«

Grouper sah zu Marlene und schüttelte den Kopf. »Sie klingen genau wie Brody.«

»Sie kennen Brody?«

»Natürlich. Kommt jede Woche her, pünktlich wie eine Schweizer Uhr. Guter Mann. Aber verraten Sie ihm bloß nicht, dass ich das gesagt habe.« Er zwinkerte mir zu.

»Bringt er manchmal seine Freundin mit?«

»Freundin? Ach so, Sie meinen diese Reporterin. Nein. Er kommt immer allein. Jeden Dienstag. Meist gegen halb zehn.«

Ich ging hinüber zu Oma und umarmte sie. Ihre Schultern waren sehr viel schmaler, als ich sie in Erinnerung hatte. Meine Großmutter, die für mich immer meine Heldin gewesen war, fühlte sich mit einem Mal zierlich, ja beinahe zerbrechlich an. »Ich muss los zur Arbeit, sonst komme ich zu spät.«

»Okay, Liebes. Kommst du das nächste Mal mit Brody?«

»Weißt du was? Das mache ich. Ich komme am Dienstag. Hat mich gefreut, Sie kennenzulernen, Mr Grouper.«

»Nicht Mister. Einfach Grouper.

»Oh. Okay. Na dann, Grouper, es hat mich gefreut. Und danke, dass Sie meiner Großmutter Gesellschaft leisten.«

»War mir ein Vergnügen. Hoffen wir mal, dass die Steel am Sonntag gewinnen, damit wir am Dienstag einen glücklichen Brody antreffen.«

Ich lächelte und verkniff mir auszusprechen, was ich dachte. *Ich würde nicht darauf zählen, dass Brody am Dienstag ein glückliches Gesicht macht, selbst wenn sie gewinnen.*

* * *

Montag war mein einziger freier Tag in der Woche. Die Restaurant-Öffnungszeiten vertrugen sich nicht mit dem Fernsehprogramm, sodass ich es vor langer Zeit aufgegeben hatte, den

Videorekorder zu programmieren. Und in den seltenen Fällen, dass ich doch einmal daran dachte, sah ich mir die Aufzeichnungen meist nicht mal an. Doch heute war es anders. Die letzten zwei Minuten des Spiels der Steel gegen die Eagles saß ich angespannt auf der Sofakante, während Brody und die Offensive Line auf dem Spielfeld vorrückten. Sie waren mit sechs Punkten im Rückstand und standen beim vierten Versuch, dem 4th Down, an der 30-Yard-Linie.

Gedankenverloren trommelte ich mit dem Fuß auf den Boden, während Brody nach hinten ausholte und den Ball durch die Luft wirbelte. *Komm schon, Brody. Komm schon.* Ich hielt den Atem an, bis der herumwirbelnde Ball in die Hände des Wide Receivers fiel. Dieser Nervenkitzel und diese Anspannung, während Brody auf dem Spielfeld stand, erinnerte mich daran, wie ich vor langer Zeit in der Highschool auf der alten Metalltribüne gesessen und meine beste Freundin Anna mein Bein stillgehalten hatte. *Hör auf, so mit dem Fuß zu stampfen, die ganze Tribüne wackelt.* Gott, das war echt schon eine Ewigkeit her.

Nach dem Spiel beschloss ich, Cupcakes zu machen. Früher hatte ich gern gebacken, doch es war schon sehr lange her, dass ich jemanden hatte, für den es sich zu backen lohnte. Die Küche in meiner ohnehin kleinen Wohnung war winziger als so manche Besenkammer und der Backofen ziemlicher Mist, sodass ich seit meinem Umzug keinen Gedanken ans Backen verschwendet hatte. Aber heute würde ich Omas und Brodys Lieblingscupcakes machen. Einen aus Schoko- und Buttercreme-Schichten bestehenden Red Velvet Cake mit Frischkäse-Frosting, den ich zu Highschool-Zeiten immer gebacken hatte, wenn Brody ein Spiel gewann.

Auf dem Weg zu meinem Nachmittagstermin mit Dr. Kaplan klopfte ich mit zwei Cupcakes in den Händen an die Tür meiner Nachbarin gegenüber im Gang. Während ich darauf wartete, das Klicken beim Entriegeln der dreifachen Türsicherung zu hören, sah ich mich in der spärlich beleuchteten dritten Etage um. Dieses Haus war wirklich heruntergekommen, und das sollte aus meinem Mund etwas heißen, wenn man bedachte, in welchen Dreckslöchern ich über die Jahre gelebt hatte. Aber New York war teuer, und dies war das Einzige, was ich mir im Moment leisten konnte.

Nach einer Weile öffnete sich die Tür knarzend einen Spalt, die oberste Türkette war immer noch vorgelegt. Ich ging in die Hocke, auf Augenhöhe des kleinen Mädchens. »Hi, Abby. Ich habe Cupcakes gemacht und dachte mir, vielleicht möchten du und deine Mom gerne einen probieren.«

Sie machte große Augen und nickte hastig. Die Tür schloss sich und öffnete sich dann ohne Kette. Abby griff nach dem Teller. *Scheiße. Ich kenne diesen Ausdruck in ihren Augen.*

»Ist deine Mom zu Hause?« Die arme Kleine hatte Riesenhunger. Sie hielt sich gar nicht erst damit auf, das Frosting abzulecken oder ein Stück abzubeißen, sondern stopfte sich den halben Cupcake auf einmal in den Mund.

Abby nickte, während sie kaute. Sie war vermutlich fünf oder sechs, aber selbst dafür viel zu zierlich. Ich hatte sie und ihre Mom in den letzten Monaten allmählich kennengelernt. Ihre Mutter war seit Kurzem clean, genau wie ich. Aber ich hatte eine ungute Vorahnung, dass irgendetwas über das Wochenende vorgefallen war. Die zwei Typen, die ich neulich aus ihrer Wohnung hatte kommen sehen, hatten sich lauthals darüber unterhalten, dass Mami wieder rückfällig geworden war.

Doch ich wollte Abby nicht verschrecken, indem ich zu neugierig war. »Wie geht es denn deiner Mami? Kann ich ihr den anderen Cupcake geben?«

»Sie schläft.«

Es war vier Uhr nachmittags. »Ist sonst jemand zu Hause?«

Abby schüttelte den Kopf.

»Kann ich kurz reinkommen, Abby?«

Sie nickte.

Ob dieser kleine Goldschatz andere Fremde auch so unbekümmert hineinließ?

Ich fand Lena auf dem Bett liegend. Ich überprüfte, ob sie noch atmete. Ein paar Bierdosen lagen in dem kargen Zimmer herum, aber ansonsten konnte ich nirgends Drogenutensilien oder Ähnliches entdecken.

»Lena?«

Sie antwortete mit einem Stöhnen und drehte sich um.

Als ich wieder in die Küche ging, hatte Abby bereits die Hälfte von Cupcake Nummer zwei verdrückt. Aus Neugier öffnete ich den Kühlschrank. *Mist*. Er war leerer als meiner. *Deutlich leerer*. Eine abgelaufene Packung Milch, eine Flasche Ketchup, ein Glas Gewürzgurken, das nur noch den Sud enthielt, und ein Tupperware-Behälter mit irgendetwas Schimmligem darin. In den Küchenschränken sah es nicht besser aus.

»Ich komme gleich wieder, ja? Schließ in der Zeit die Tür ab … warte, bis ich klopfe.«

Abby sprach mit vollem Mund. »Okay.«

Meine Wohnung war zwar nicht gerade üppig ausgestattet, aber immerhin konnte ich dafür sorgen, dass Abby keinen knurrenden Magen hatte. Ich machte ihr schnell ein Sandwich mit Erdnussbutter und Marmelade, schnappte mir die halb leere Packung Milch aus dem Kühlschrank und ging wieder rüber.

»Hast du schon mal Erdnussbutter gegessen?« Das Letzte, was sie oder ihre Mutter jetzt gebrauchen konnten, war, dass ich etwas anschleppte, worauf sie allergisch war.

»Ich hatte manchmal ein Erdnussbuttersandwich zum Mittag dabei. Aber dann durfte ich nicht mit Danny Mendez an einem Tisch sitzen. Er ist allergisch.«

Das beruhigte mich. Ich schenkte ihr ein Glas Milch ein und schaute ihr beim Essen zu, bevor ich ging.

Als ich in Dr. Kaplans Praxis ankam, war es bereits fünf nach vier. Sie sah auf ihre Uhr. »Sie haben sich heute verspätet.«

Ich ließ mich auf meinen üblichen Sitzplatz fallen. »Tut mir leid. Ich musste noch etwas erledigen.«

Sie nahm ein Notizbuch, stand von ihrem Schreibtisch auf und kam herum, um auf ihrem üblichen Stuhl mir gegenüber Platz zu nehmen. Nachdem sie eine neue Seite aufgeschlagen hatte, notierte sie das Datum, bevor sie das Notizbuch auf ihrem Schoß ablegte und mir ihre volle Aufmerksamkeit widmete.

»Also, was mussten Sie erledigen?«

»Ich bin nicht wieder rückfällig geworden, wenn Sie das meinen.«

»Das habe ich auch gar nicht gesagt.«

»Nein. Aber ich habe es an Ihrem Ton gehört.«

»Das war nur eine einfache Frage, Willow. Nicht dass wir heute auf dem falschen Fuß beginnen.«

Vielleicht tat ich ihr tatsächlich unrecht. »Ich musste meiner Nachbarin ein Sandwich machen.«

»Oh, ist sie krank?«

»Nein, sie ist erst fünf. Ich wollte eigentlich nur Cupcakes vorbeibringen, aber dann stellte ich fest, dass ihre Mutter schlief und das kleine Mädchen am Verhungern war.«

»Ihre Mutter schlief mitten am Tag?«

»Ja, genau das Gleiche dachte ich auch. Um Abbys willen hoffe ich, dass ich mich täusche. Ihre Mutter war seit vier Monaten clean.«

Dr. Kaplan nickte und notierte etwas in ihrem Buch.

»Was gibt es denn da zu notieren? Dass ich einem Kind

ein Sandwich mit Erdnussbutter und Marmelade gemacht habe?«

»Ehrlich gesagt, habe ich mir notiert, dass Sie sich mit einem kleinen Mädchen angefreundet haben, das unter ähnlichen Umständen aufwächst wie Sie selbst.«

»Oh.« *So hatte ich das noch gar nicht betrachtet.*

»Also … wie war Ihre Woche? Haben Sie Marlene besucht?«

»Habe ich.«

»Und wie läuft es?«

»Gut. Durch ihre Krankheit können wir einfach an vielen Stellen nahtlos anknüpfen. Sie scheint sich nicht zu erinnern, wie lange ich weg war oder was ich ihr alles angetan habe.«

Mehr Nicken. »Und bei der Arbeit?«

»Alles bestens. Nur meine Füße tun mir höllisch weh. Aber die Bezahlung ist gut. Ich hoffe, dass ich genug ansparen kann, um irgendwann in eine bessere Gegend zu ziehen. Ich würde gerne näher bei meiner Großmutter wohnen. An guten Tagen brauche ich von Uptown mehr als eine Dreiviertelstunde.«

»Und haben Sie privat auch etwas unternommen?«

»Nein. Aber der süße Typ im Anzug hat mich neulich eingeladen.«

»Im Restaurant? Sie meinen den, der Sie vor ein paar Wochen angesprochen hat?«

»Er ist noch mal mit ein paar Freunden vorbeigekommen.«

»Und haben Sie die Einladung angenommen?«

»Nein.«

»Wieso nicht? Sie haben doch selbst gesagt, dass er gut aussieht und ein netter Kerl zu sein scheint.«

»Ich bin noch nicht so weit.«

»Wegen Brody?«

»Wie soll ich mit jemandem ausgehen, wenn ich noch einen anderen Mann liebe?«

»Das machen alle. Sie müssen damit abschließen, Willow.«

»Ich weiß, aber ich bin noch nicht bereit dazu.«

»Und wann werden Sie dazu bereit sein?«

Ich zuckte mit den Achseln. »Ich weiß nicht. Aber ich treffe ihn morgen.«

»Ach, wirklich?« Dr. Kaplan klang überrascht.

»Freuen Sie sich nicht zu früh. Er weiß noch nichts davon.«

Sie legte die Stirn in Falten.

»Er besucht Marlene jeden Dienstag. Bislang habe ich es vermieden, zur gleichen Zeit dort zu sein.«

»Aber nun gehen Sie hin?«

»Ja.«

»Wie kommt es, dass Sie Ihre Meinung geändert haben?«

»Kann ich nicht genau sagen.« Das war gelogen. Obwohl Dr. Kaplan meine Vergangenheit kannte, schämte ich mich zuzugeben, wie egoistisch ich nach wie vor war. Denn was meine Meinung geändert hatte, war der Moment, als ich Brody mit *seiner Freundin* sah. Ich musste mich selbst davon überzeugen, dass es keine Hoffnung mehr für uns gab. Sonst würde ich nie über ihn hinwegkommen.

Brody
KAPITEL 24

»Ah, Groupie. Na, stalkst du mich wieder?« Ich nickte ihm zu. Grouper hatte gelbe Warnkegel aufgestellt, um den Flurbereich abzusperren, den er im Eingangsbereich frisch gewischt hatte. Ich joggte den Flur hinunter und stellte sie jeweils einen Meter voneinander entfernt auf. »Wenn es kein Touchdown-Pass wird, bekommt den Ball meine Lieblingsschwester Shannon.« Ich zwinkerte Shannon zu, die lächelnd den Kopf schüttelte. »Shannon trägt sonntags immer einen Krankenhauskittel mit kleinen Footballspielern darauf. Diesen Sonntag auch, Shannon?«

Sie kicherte. »Na klar. Und die dazu passenden Football-Ohrringe.«

»Siehst du? Ich glaube, ich sollte dir nicht mal die Chance geben, den Pass zu kriegen, alter Mann. Oder hast du vielleicht Football-Ohrringe?«

»Wirf einfach den Ball, verdammt noch mal.« Grouper ließ den Mopp fallen und lief zu den Kegeln.

Einen kurzen Moment lang erwog ich, den Ball über seinen Kopf hinwegzuschleudern, sodass er ihn nicht erreichen konnte, aber dann dachte ich daran, dass er wahrscheinlich kommenden Sonntag wieder mit Marlene Dame spielen und mir hochnäsigem Arschloch die Daumen drücken würde. Also warf ich ihm den Ball stattdessen direkt in die Hände.

»Hab ihn noch gekriegt!« Als er zurückkam, stieß er stolz mit seiner Faust gegen meine.

»Ja, was du nicht alles kriegst. Hämorrhoiden, Arthritis …«

»Erinner mich bloß nicht. Aber warte bloß ab, wenn du mal so alt bist wie ich. Ich kann es kaum erwarten, dass dein hübsches Bubigesicht ein paar schöne Altersflecken bekommt.«

Ich lachte. »Ist Marlene in ihrem Zimmer oder im Tagesraum?«

»Ich glaube, sie ist in ihrer Suite. Ihre kleine Enkelin leistet ihr Gesellschaft. Ich werde doch nicht wieder als Schlichter einschreiten müssen, oder?«

Nach unserem Sieg am Sonntag, mit dem wir den ersten Platz der Tabelle erklommen hatten und den ich dann Montagabend ausgiebig mit Delilah im Bett gefeiert hatte, dachte ich nicht, dass mir irgendetwas die Laune verderben könnte. Wenn ich mich da mal nicht gründlich getäuscht hatte.

Ich erwog, einfach umzudrehen und zu gehen. Aber es war Dienstag, und ich kam seit Jahren jeden Dienstag her. Jahre, in denen *sie* es einen Scheißdreck gekümmert hatte, ob ihre Großmutter noch lebte. Ich hatte keine Lust mehr, sie über mein Leben bestimmen zu lassen.

Immerhin war ich diesmal darauf vorbereitet, sie zu sehen. Zumindest *dachte* ich das.

Als ich die Tür öffnete, drehte sich Willow um, und mein Herz hörte auf zu schlagen. Ich hasste sie so sehr.

Ich hasste sie.

So sehr.

Doch dann begann mein Herz von ganz allein wild zu rasen.

»Hi.« Sie lächelte zaghaft, und ihre großen blauen Augen blickten schüchtern unter langen Wimpern hervor.

Ich hasse dich.

Sie war so schön wie eh und je, und auch das erfüllte mich mit Hass.

Ich hob nur das Kinn in ihre Richtung und ging zu Marlene.

»Na, wie geht es meiner Lieblingslady heute?« Ich küsste sie auf die Stirn.

»Brody. Du kommst gerade rechtzeitig. Hol Stift und Papier.«

Ich zog die Augenbrauen zusammen.

»*Glücksrad* fängt gleich an«, erklärte Willow. »Erinnerst du dich, wie wir drei früher immer ...«

Ich blickte direkt in ihre großen runden Augen. »Ich weiß, wann ihre Sendungen laufen. Und *wir* machen gar nichts.«

Ihr Strahlen geriet ins Wanken. Eigentlich hätte ich mich besser fühlen sollen, doch das Gegenteil war der Fall.

»Willst du gar nicht spielen?«, fragte Marlene.

»Nein, ich setze eine Runde aus.« Marlene sah enttäuscht drein, doch in dem Moment, da Pat Sajak auf der Mattscheibe erschien, erhellte sich ihr Gesicht sofort wieder. Wenn wir doch nur alle etwas hätten, das uns sofort aufrichtete, wenn auch nur ein paar Minuten lang. Ich warf verstohlen einen Blick auf Willow. Früher war sie mein Pat Sajak gewesen.

Als das erste Rätsel auf dem Bildschirm erschien, war es, als hätte jemand die Zeit zurückgedreht. Plötzlich sah ich wieder vor mir, wie wir früher zu dritt auf der langen, mit Plastik überzogenen Couch in Marlenes Wohnzimmer gesessen hatten. Wie wir auf Zetteln unsere Buchstaben notierten, noch ehe die Kandidaten ihre Auswahl dem Moderator zuriefen, um anschließend zusammenzurechnen, wie viel wir gewonnen hätten. Insgeheim spielten Willow und ich dabei um sexuelle Wünsche, doch das wusste Marlene nicht. Derjenige, der bei Ende der Show die höchste Punktzahl erreicht hatte, bekam vom anderen genau das, wonach ihm an diesem Abend der Sinn stand. An den meisten Abenden ließ ich Willow gewinnen, allein schon, um zu erfahren, worauf sie Lust hatte.

Allmählich kehrten die Bilder zurück.

Willow mit sechzehn, die zu mir hochsah, während ich über sie glitt. Ihre vom vielen Küssen geschwollenen Lippen.

Ich hasse dich.

Willow, die sich mit zerzaustem Haar aufsetzte und ihr weißes T-Shirt auszog. Unter dem sie keinen BH trug. Ich, wie ich mit dem Daumen an ihrer Unterlippe zupfte, auf der sie nervös herumkaute.

Ich hasse dich.

Beim Geräusch meines Stuhls, der plötzlich über den Kachelboden rutschte, schreckte Willow hoch. »Toilette«, erklärte ich knapp.

Da ich mir allein schon aus Prinzip meine Zeit mit Marlene nicht nehmen lassen wollte, blieb ich noch eine Weile, saß einfach still da und versuchte jegliche Interaktion mit Willow zu vermeiden. Als es Zeit zum Mittagessen war, half ich Marlene in ihren Rollstuhl und brachte sie nach unten in den Speisesaal.

»Ich muss los. Ich habe heute Nachmittag noch Training.«

»Ihr beide arbeitet zu viel.« Marlenes angestammter Tisch war bereits gedeckt. Nachdem ich sichergestellt hatte, dass sie bequem saß, verabschiedete ich mich und ging noch einmal hoch in ihr Apartment, um meine Jacke zu holen.

Als ich hörte, wie sich die Tür knarzend öffnete, drehte ich mich nicht um, sondern schlüpfte in meine Jacke.

»Ich habe Cupcakes gemacht«, sagte Willow leise. »Red Velvet mit Frischkäse-Frosting.«

Ich starrte aus dem Fenster. »Ich hab keinen Hunger.«

Sie machte zwei Schritte auf mich zu und hielt an. Ich konnte ihr Spiegelbild im Fenster sehen. »Möchtest du, dass ich an bestimmten Tagen lieber nicht vorbeikomme?«

»Mach, was du willst. Das ist mir gleich.«

Sie nickte. »Ich habe gestern das Spiel geschaut. Du machst

immer noch diese kleine Jubeleinlage in der Endzone, genau wie damals in der neunten Klasse auf dem Spielfeld der Kennedy Highschool.«

Ich hasste, dass sie *glaubte*, mich so gut zu kennen.

Ich hasste *sie*.

Dabei wusste sie überhaupt nichts mehr über mich. Das ließ ich sie auch wissen, ehe ich zur Tür hinausging. »Du irrst dich. Gefeiert habe ich später, mit meiner Freundin im Bett, nicht in der Endzone.«

Delilah
KAPITEL 25

Gewöhnlich war ich nicht sonderlich begeistert, wenn mein Chef einfach so in mein Büro hereinplatzte. Die einzige Ausnahme war, wenn Indie zugegen war. Vor allem deshalb, weil Mr CUM in ihrer Nähe jedes Mal buchstäblich über etwas stolperte. Heute stand ihm der Mülleimer direkt vor meiner Bürotür im Weg.

Indie hatte ihn bereits den Flur entlangkommen sehen und sich daraufhin über meinen Schreibtisch gelehnt wie ein Kneipenluder, das in einer Billardhalle voller notgeiler Cowboys Aufmerksamkeit erregen will. Ihr ohnehin enger Rock sah aus, als würden jeden Moment die Nähte platzen, während sie aufreizend mit dem Arsch wackelte.

»Schön Sie zu sehen, Charles.« Immer noch über meinen Schreibtisch gebeugt, sah sie über die Schulter zurück, während sie ihn begrüßte. Niemand nannte Charles Ulysses Macy »Charles«. Niemand außer Indie.

»Indie.« Er räusperte sich. »Gut schauen Sie aus.«

Sie grinste. »Sie sehen auch gerade meine Schokoseite.«

Ich unterbrach sie, ehe er antworten konnte. »Was kann ich für Sie tun, Mr Macy?«

»Ja … ähm. Wir brauchen Sie für einen einminütigen Spot für die Play-offs.«

»Wirklich?« Für die Sechzig-Sekunden-Spots wurden normalerweise namhafte Reporter und bekannte Gesichter ausgewählt.

»Wir wollen auch die weiblichen Zuschauer ansprechen, deshalb haben wir uns überlegt, einen Spot mit zwei Reportern zu machen, von denen einer eine Frau ist.«

»Mit anderen Worten, Sie wollen nur Ihren Körper benutzen?« Indie stand auf und verschränkte die Arme vor der Brust.

»Ähm … nein. Wir …«

»Entspannen Sie sich, Chuck.« Sie legte ihm eine Hand auf den Arm. »Ich war nur ein wenig eifersüchtig. Meinen Körper hat schon lange niemand mehr benutzt.«

Der arme Charles hatte Mühe und Not, seine wachsende Erektion zu verbergen, die er Indie verdankte. Ich eilte dem Schwein zu Hilfe. »Mit dem größten Vergnügen.«

»Gut. Sie werden am Sonntag nach dem Spiel mit Michael runterfahren. Der Dreh mit Mara findet am Montag in Miami statt.«

»Michael?«

»Langley. Er ist Ihr Drehpartner für die Spots.«

Es kostete mich zehn Minuten, bis ich Mr CUM aus dem Büro bugsiert hatte. Als er endlich fort war, schimpfte ich mit Indie. »Muss das jedes Mal sein?«

Sie warf einen Stift in die Luft und fing ihn wieder auf. »Ich gebe mir selbst jedes Mal insgeheim zwei Punkte, wenn ich es schaffe, ihn hart zu machen. Ist so ein kleines Spiel.«

»Ekelhaft.«

»Ich weiß. Meinst du, er holt sich gerade in der Herrentoilette einen runter? Ich kriege fünf Punkte, wenn er aus dem Klo kommt und einen feuchten Fleck vom Abspritzen auf der Hose hat.«

»Im Ernst, manchmal frage ich mich, ob du nicht sogar ekliger bist als er.«

»Geschieht ihm ganz recht. Er behandelt andere wie ein

Stück Fleisch und verdient es, dass man das Gleiche mit ihm macht.«

»Aber ihm *gefällt* es.«

»Ihm gefällt es, wenn ich mitspiele. Nicht, wenn er an sich selbst herumspielen muss.«

Ich fing den Stift auf, den sie unablässig in die Luft warf. »Tja, offenbar brauche ich noch ein zweites Outfit, wenn wir jetzt zwei Tage für die Dreharbeiten unterwegs sind. Das heißt, ich muss zur Reinigung, bevor die zumacht. Was heißt, dass ich Yoga heute ausfallen lassen muss.«

»Kein Yoga?« Sie zog einen Schmollmund.

Ich fing an, meinen Schreibtisch aufzuräumen. »Tut mir leid. Ich muss mich wohl damit begnügen, mich heute Abend ein wenig bei Brody auszupowern«, witzelte ich.

»Schon ein echt hartes Leben. Erst wirst du heute Abend von einem heißen Quarterback flachgelegt, dann machst du einen romantischen Ausflug mit Michael Langley.«

»Da wird überhaupt nichts romantisch.«

»So, wie der Mann dich ansieht, gehe ich jede Wette ein, dass er es zumindest nicht unversucht lässt.«

* * *

Brody und ich waren zum Abendessen im Hotel verabredet. Ich schrieb ihm, dass ich mich verspäten würde, aber als ich alle nötigen Besorgungen für die Dienstreise morgen erledigt hatte, war ich noch später dran als gedacht. Als ich im *Regency Hotel* ankam, saß Brody bereits an der Bar im *Silver Ivy*. Siselee, die Kellnerin mit dem verführerischen Wimpernaufschlag, saß ihm gegenüber am Tresen und trug ihre übliche Uniform.

»Hi.« Keiner von beiden hatte mein Kommen bemerkt.

Als er meine Stimme hörte, drehte sich Brody schwungvoll

in meine Richtung und stieß dabei ein Glas zu Boden, das zersprang. Alle Augen waren sofort auf uns gerichtet. »Da ist sie ja!«, rief er. Als ich in seiner Reichweite war, legte er einen Arm um meine Taille und zog mich zu sich. Sofort kam eine Hilfskraft herbeigeeilt, die die Scherben aufsammelte.

»Unser Freund hier hat etwas zu tief ins Glas geschaut«, bemerkte Siselee.

Unser Freund?

»Er hatte einen miesen Tag«, fuhr sie fort. Ihr anmaßender Ton ärgerte mich, und ich verspürte das Bedürfnis, sie in die Schranken zu weisen. Doch stattdessen wandte ich mich an Brody. »Hey. Alles okay?« Ja, er war betrunken. In einem Versuch, die Augen weiter zu öffnen, legte er den Kopf nach hinten. Als ob das helfen würde, damit die Lider weiter nach oben rutschten.

Er lächelte und kuschelte sich an mich – mit dem Kopf voraus direkt zwischen meine Brüste natürlich. »Mir geht's prima, jetzt, wo du da bist.«

»Hast du was gegessen?«

»Nein, ich hab auf dich gewartet.«

»Sorry, ich hätte nicht gedacht, dass es so spät wird.«

»Schon okay. Siselee hat mir Gesellschaft geleistet.«

Kann ich mir denken.

Nachdem die Hilfskraft den Schlamassel weggewischt hatte, kam Siselee mit einem Glas, das eine klare Flüssigkeit enthielt, zurück.

»Ich hoffe, das ist Wasser.«

»Ich habe ihm einen neuen Drink gebracht.«

»Ich glaube nicht, dass er noch einen braucht.«

»Brauche ich wohl.«

Siselee sah mich selbstgefällig an, mit einer Miene, die ausdrückte: *Hab ich dir doch gesagt.* »Es ist Dienstag.«

»Das weiß ich.«

»Das ist der einzige Tag, an dem er sich ein paar Drinks genehmigt.«

»Das schon. Aber so wie die Sache aussieht, sind aus *ein paar* wohl *ein paar zu viel* geworden.«

»Er hatte einen schlechten Tag.«

»Wissen Sie was, ich glaube, wir werden doch nicht an der Bar essen, sondern im Restaurant.«

Während ich Brody zum Empfangspult geleitete, wurde das Ausmaß seiner Trunkenheit erst richtig deutlich. Sein Arm baumelte über meinen Schultern, und er musste sich tatsächlich sogar ein wenig bei mir anlehnen. »Wie wäre es, wenn wir was aufs Zimmer bestellen?«, fragte ich.

»Wie wäre es, wenn wir gar nichts bestellen und ich dich vernasche?«

»Selbst betrunken hast du nur das eine im Kopf, ich seh schon«, schmunzelte ich.

Oben in Brodys Suite ließ ich ein leichtes Abendessen für uns beide kommen, obwohl ich mir nicht sicher war, ob Brody noch wach sein würde, wenn das Essen eintraf.

Unbeholfen fummelte er an den Knöpfen seines Hemds herum, sodass ich ihm beim Ausziehen half, während er sich aufs Bett setzte.

»Wenn du schon mal da unten bist …«, kicherte Brody, als ich mich auf den Boden kniete, um seine Schnürsenkel zu öffnen.

»Ich glaube, selbst dafür bist du zu betrunken.« Ich zog ihm den zweiten Schuh aus und legte meine Hände auf seine Knie.

Brody schob meine Hand von seinem Knie zwischen seine Beine, direkt auf seine Erektion. »Ich konnte dir die ganze Zeit in den Ausschnitt gucken, als du mir die Schuhe ausgezogen hast. Ich bin gar nicht so betrunken, dass ich das nicht allein geschafft hätte. Aber die Aussicht hat mir gefallen.«

Ich lachte. »Warum duschst du nicht noch, bevor der Zimmerservice kommt? Vielleicht bist du danach etwas nüchterner.«

»Kommst du mit?«

»Diesmal nicht.«

»Na gut. Aber ich werde mich nicht mit mir selbst vergnügen, wenn ich da drin bin. Das hebe ich mir für dich auf.«

»Etwas anderes hätte ich auch nicht erwartet.«

Das Essen traf ein, kurz bevor Brody mit dem Duschen fertig war. Als er aus dem Bad kam, hatte er ein Handtuch um die Hüfte gewickelt – genau wie an jenem Tag, als ich ihn zum ersten Mal getroffen hatte.

Noch vor zwei Monaten hätte ich niemals gedacht, dass Brody mit seiner Arroganz eigentlich nur seine Unsicherheiten überspielte. Wie sich herausstellte, waren wir uns letztlich gar nicht so unähnlich. In den letzten sieben Jahren seit Drews Tod hatte man mir immer wieder gesagt, ich meide Beziehungen, aus Angst, erneut verletzt zu werden. Doch ich hatte es nicht wahrhaben wollen … bis ich mein eigenes Verhalten in Brody wiedererkannte. Die Art, wie wir mit unserer Verlustangst umgingen, mochte zwar unterschiedlich sein, aber im Grunde taten wir genau dasselbe – wir hatten eine dicke Mauer um uns herum aufgebaut. Wenn man niemanden in sein Leben hineinließ, konnte man auch nicht verletzt werden.

Ich deckte den Tisch. »Hast du dich einfach gelangweilt, weil du auf mich warten musstest, oder hattest du wirklich einen miesen Tag?«

»Wahrscheinlich von beidem ein bisschen.« Er rieb sich mit den Händen übers Gesicht und setzte sich an den Tisch.

»Lief das Training heute schlecht?«

»Eigentlich nicht.« Er zog die Aluminiumfolie von seinem Teller und sah auf den Caesar Salad, den ich für ihn bestellt hatte. »Morgen wird es bestimmt übel. Ich merke jetzt schon, dass ich einen fetten Kater haben werde.«

»Normalerweise trinkst du doch nie mehr als ein, zwei Gläser. Was war los?«

Brody rieb sich den Nacken. »Marlene hatte Besuch, als ich heute Morgen bei ihr war.«

Plötzlich hatte ich den Appetit verloren. »Aha?«

»Willow. Sie denkt, sie kann einfach wieder in unserem Leben auftauchen, und alles ist Friede, Freude, Eierkuchen.«

Irgendetwas an der Formulierung *wieder in unserem Leben auftauchen* beunruhigte mich. »Habt ihr euch gestritten?«

»Nein.«

Ich nickte. Minutenlang saßen wir schweigend da und aßen. Ich hatte keine Ahnung, was ich darauf entgegnen sollte, also sagte ich nichts. Danach suchten wir krampfhaft andere Themen, doch die Stimmung war angespannt, und ich bekam kaum einen Bissen herunter.

Nach dem Essen putzte ich mir bei offener Tür im Bad die Zähne, während Brody schon im Bett lag. »Ich werde übrigens Sonntagabend nicht mit dir zurückfliegen. Der Sender schickt mich nach dem Spiel nach Miami.«

»Ach, echt? Wen sollst du denn interviewen?«

»Payton Mara.«

Ich streifte mir das Haarband vom Kopf, das ich zum Waschen des Gesichts aufgezogen hatte, und wollte gerade das Licht ausschalten, als ich bemerkte, dass eines von Brodys Trikots am Haken hinter der Tür hing. Obwohl es ein Trainingstrikot war, prangte sein Name auf der Rückseite. Meine Finger strichen über die einzelnen Buchstaben. E-a-s-t-o-n. Ja, ich war dabei, mich in ihn zu verlieben. Jetzt gab es kein Zurück mehr.

Da ich wusste, wo er mit den Gedanken war, hatte ich nur zwei Optionen: Entweder konnte ich zu ihm ins Bett schlüpfen, mich an ihn schmiegen und mich fragen, ob er an sie dachte. Oder … ich konnte seine schlechten Erinnerungen vertreiben und dafür sorgen, dass er an niemand anderen denken konnte als an mich. Die Antwort lag auf der Hand.

Ich zog T-Shirt, Jogginghose und Unterwäsche aus und schlüpfte in sein Trikot. Es bedeckte gerade so meinen Hintern. *Perfekt*.

Brody starrte mit leerem Blick auf den Fernsehbildschirm, also ging ich zu der Kommode, über der er montiert war, und bückte mich, um meine zusammengefaltete Kleidung abzulegen, sodass *mein gesamter nackter Hintern entblößt wurde*.

»*Fuck*, das nenne ich mal einen Anblick. Mein Name quer über deinem Rücken und dieser runde perfekte Knackarsch.«

Ich drehte mich um und neigte kokett den Kopf. »Ich dachte, du wärst müde?«

»Ich müsste schon tot sein, um nach diesem Anblick einschlafen zu können.« Seine Stimme wurde tiefer. »Dreh dich wieder um.«

»Du willst doch nur deinen eigenen Namen auf dem Shirt sehen«, zog ich ihn auf, gehorchte aber. Das Bett quietschte, als er aufstand.

»Ich würde dir am liebsten meinen Namen quer über den Hintern einbrennen, wenn ich könnte.«

Wenn es auch etwas derb war, so musste ich doch zugeben, dass mich diese Bemerkung in Verzückung versetzte.

Seine Schritte ließen den Boden vibrieren, als er zu mir kam. Warmer Atem kitzelte meinen Nacken, dann flüsterte er mir ins Ohr: »Beug dich nach vorn. Ich will dich von hinten nehmen.« Er rieb meine Schultern. »Ich bin ein bisschen betrunken und möchte für eine Weile alles um mich herum vergessen. Ich will nur dich spüren. Dann fühlt sich alles richtig und gut an. Bist du damit einverstanden, Babe?«

Ich schluckte und nickte. Das war genau das, was ich wollte. Dass alles um uns herum verschwand, und es nichts weiter gab als uns beide. *Zumindest für den Moment*.

Willow
KAPITEL 26

Sonntagnachmittag hatte ich gerade nach Spielende den Fernseher ausgeschaltet, als ein so leises Klopfen an meiner Tür ertönte, dass ich nicht wusste, ob ich mich verhört hatte, bis es zum zweiten Mal ertönte.

»Wer ist da?«

»Ich bin's. Abby Little von gegenüber.«

Während ich die doppelte Verriegelung öffnete, musste ich darüber schmunzeln, dass sie ihren ganzen Namen genannt hatte. Als ob »Abby von gegenüber« oder nur »Abby« nicht völlig gereicht hätte.

»Na, du?«

»Kann ich reinkommen?«

Ich blickte über ihren Kopf hinweg zu der geschlossenen Wohnungstür hinter ihr. »Klar. Weiß deine Mom, dass du hier bist?«

»Sie hat Besuch und hat gesagt, ich soll mal schauen, ob du zu Hause bist.«

Das klang gar nicht gut. »Wer ist denn zu Besuch da? Eine deiner Tanten oder deiner Onkel?« Ich wusste nicht einmal, ob sie welche hatte.

»Nein, der müde Mann.«

»Welcher müde Mann?«

»Der, der Mami immer müde macht.«

Das war eine typische Erscheinung, wenn man nach dem High wieder runterkam. Meine Wohnung war ziemlich langweilig, außer einem Fernseher gab es für eine Fünfjährige nicht viel, womit sie sich hätte beschäftigen können. Ehrlich gesagt, wusste ich auch gar nicht, womit sich eine Fünfjährige überhaupt beschäftigte. »Hast du Hausaufgaben?«

»Nein.«

Ich besaß keinen Küchentisch, sondern nur einen einsamen Barhocker. Ich hob Abby hoch und setzte sie darauf. »Möchtest du etwas essen?«

Sie leckte sich die Lippen und nickte. Gott, dieses Kind war so einfach zufriedenzustellen. Aber klar, man wusste das Einfache zu schätzen, wenn einem die grundlegenden Dinge fehlten. Mit einer drogensüchtigen Mutter hieß das oftmals: Nahrung, medizinische Versorgung und Aufmerksamkeit jeder Art. Ich nahm eine Packung aus dem Küchenschrank und zeigte sie Abby. »Sind Cornflakes okay?«

Sie nickte hastig und schenkte mir ein breites Lächeln. Jedes Mal, wenn mich meine Mutter bei meiner Großmutter abgeladen hatte, hatte meine Großmutter ein großes Festmahl zubereitet. Bis heute hatte ich mir nicht viel dabei gedacht. Wahrscheinlich ging ich davon aus, dass Großmütter eben so sind – sie kochten halt gerne. Aber nun, da ich Abby sah, wurde mir zum ersten Mal bewusst, dass meine Oma vermutlich genau gewusst hatte, dass ich Hunger hatte. So vieles, was sie für mich getan hatte, hatte ich für selbstverständlich gehalten.

Nachdem Abby etwas im Magen hatte, wusch ich die Schüssel ab und überlegte, was jetzt zu tun sei. *Was hätte Marlene gemacht?* Sie hätte mich gefragt, worauf ich Lust hätte.

»Was würdest du heute Nachmittag gern machen, Abby?«

»Können wir in den Park gehen?«

»Klar. Aber wir sollten zuerst deiner Mami Bescheid sagen und deine Jacke holen.«

Als ich die Tür zu ihrer Wohnung öffnete, schlug mir der vertraute Geruch nach verbranntem Plastik entgegen. »Lena?«

Es kam keine Antwort. Aber ich roch das Crack. »Warte eine Minute hier auf mich, ja?«

Ich ließ Abby in der Küche und ging zum Schlafzimmer. »Lena?«, rief ich sie erneut.

Nichts.

Ich klopfte an der Tür, ohne zu merken, dass sie einen Spalt offen stand. »Lena?« Durch das Klopfen ging die Tür von allein auf. So weit, dass ich einen Blick auf das werfen konnte, was im Zimmer vor sich ging. Lena kniete auf dem Boden und wackelte mit dem Kopf hoch und runter, während der cracksüchtige Loser sich mit der einen Hand in ihr Haar krallte und mit der anderen die Crack-Pfeife hielt.

Ich erstarrte. Nicht, weil es mich schockierte zu sehen, wie sie dem Typen einen blies. Privatsphäre und Intimität spielten in den Abrisshäusern, in denen ich mit den anderen Junkies gelebt hatte, keine allzu große Rolle. Nein, ich erstarrte wegen der Crack-Pfeife. Sosehr ich das Zeug hasste, so sehr wollte ich doch einen Zug nehmen.

Der Loser ertappte mich dabei, wie ich sie anstarrte, und grinste spöttisch. Dass ich ihnen zusah, gab ihm den entscheidenden Kick. Er nahm erneut einen langen Zug von der Pfeife, krallte sich noch fester in Lenas Haare und schob sein Becken vor, sodass sie gar keine andere Chance hatte, als ihn tief in den Rachen zu nehmen, als er kam.

Ich wollte kotzen.

Ich wollte an der Pfeife ziehen.

Ich wollte nur noch hier raus.

Ich schnappte mir die erstbeste kleine Jacke aus dem Garderobenschrank und schob Abby eilig zur Tür. Das hätte genauso gut sie sein können, die das zu sehen bekam.

»Wir dürfen also gehen?«

Ich riss die Tür auf. »Deine Mami hat gesagt, dass es klargeht.«

Abby und ich nahmen die U-Bahn Richtung Innenstadt. In die Parks in unserem Viertel konnte ich mit ihr nicht, dort hingen lauter Junkies rum. Das war für uns beide nicht gut. Ich wollte so weit weg wie möglich, um der Versuchung zu widerstehen. Also fuhr ich mit ihr zu einem kleinen Park, an dem ich jeden Tag vorbeilief, nicht weit vom Altersheim meiner Großmutter entfernt.

Wir verbrachten eine Stunde dort. Ich saß auf einer Bank und beobachtete Abby, wie sie mit einem gleichaltrigen Mädchen spielte. Irgendwann kam sie zu mir gerannt und fragte mich, ob sie ein Trinkpäckchen von der Mutter des Mädchens annehmen dürfe. Immerhin war sie klug genug, erst um Erlaubnis zu fragen, bevor sie irgendetwas von Fremden nahm. Das war ein gutes Zeichen, denn Gott weiß, wer bei ihnen zu Hause ein und aus ging, wenn ihre Mutter wieder auf Drogen war.

Als es allmählich dunkel wurde, hatten wir beide keine Lust, schon nach Hause zu fahren. Also entschloss ich mich kurzerhand, meiner Großmutter einen zweiten Besuch abzustatten, dieses Mal gemeinsam mit der kleinen Grinsebacke.

Am Empfang des *Broadhollow Manor* hielt mich die Pflegerin zurück. »Es geht ihr heute Abend nicht besonders.«

»Was meinen Sie? Ich war vorhin bei ihr, und da ging es ihr gut.«

»Ich möchte Sie nicht beunruhigen. Vielleicht ist es gar nichts. Aber sie war ein wenig lethargisch. Noch teilnahmsloser als normalerweise.«

»Hat einer der Ärzte nach ihr geschaut?«

»Ja. Sie steht unter Beobachtung, für den Fall, dass sich ihr

Zustand verändern sollte. Das passiert manchmal bei Alzheimer-Patienten, sie haben gute und schlechte Tage. Manchmal ist es schwer zu erkennen, ob es einfach nur ein normaler schlechter Tag ist, oder etwas, das uns Anlass zur Sorge gibt.«

»Darf ich zu ihr reingehen?«

»Natürlich. Ich wollte Sie auch gar nicht erschrecken, nur vorwarnen. Die letzten Wochen ging es ihr gut, vielleicht ist es nur eine Phase. Wir haben versucht, Brody anzurufen, konnten ihn aber nicht erreichen. Nur, damit er Bescheid weiß.«

»Ich glaube, er ist bei einem Auswärtsspiel.« Es versetzte mir einen Stich, dass sie Brody benachrichtigten, und nicht mich. Aber ich hatte es nicht anders verdient. »Ist es okay, wenn ich Abby mitnehme? Sie ist die Tochter einer Freundin. Wir waren gerade in einem Park in der Nähe und haben uns spontan entschlossen, vorbeizuschauen.«

»Klar. Marlene schlief, als wir zuletzt nach ihr gesehen haben. Aber falls sie aufwacht, sollten Sie darauf gefasst sein, dass sie womöglich noch verwirrter ist als sonst.«

Während wir den Gang entlangliefen, erklärte ich Abby, dass wir jetzt meine Großmutter besuchen würden, die manchmal etwas durcheinander war. Da ich ihr keine Angst einjagen wollte, beließ ich es dabei. Vorsichtig betraten Abby und ich Marlenes Zimmer.

Ich stieß einen erleichterten Seufzer aus, als wir Marlene friedlich schlafend vorfanden. In der Stunde, die wir neben ihrem Bett saßen, wachte sie nicht auf, aber die Schwestern, die alle fünfzehn Minuten vorbeikamen, um nach dem Rechten zu schauen und ihre Vitalwerte zu prüfen, versicherten uns, dass alles in Ordnung sei. Irgendwann begann Abby zu gähnen. Es war fast acht und wahrscheinlich bald Schlafenszeit für sie. Also verabschiedete ich mich von den Pflegerinnen und hinterließ meine Handynummer, mit der Bitte, mich anzurufen, falls es Neues gab. Sie versprachen es, doch es hätte mich nicht gewundert, wenn sie trotzdem zuerst Brody kontaktiert hätten.

Zu Hause angekommen, brachte ich Abby in meine Wohnung und bat sie, die Tür hinter mir abzuschließen, damit ich nebenan nach dem Rechten sehen konnte. Die Tür zu ihrer Wohnung war unverschlossen – und das in dieser zwielichtigen Gegend. Das allein war für mich schon Grund genug, Abby heute Nacht nicht hier schlafen zu lassen.

Als ich eintrat, stellte ich erleichtert fest, dass Lena allein in ihrem Bett schlief. Überall lag Drogenbesteck herum. Auf dem Weg nach draußen griff ich mir das Handy, das auf dem Küchentresen lag, in der Hoffnung, dass es nicht gesperrt war, um in der Kontaktliste nach jemandem zu suchen, der sich um Abby kümmern konnte, bis ihre Mutter sich wieder im Griff hatte. Aus Erfahrung wusste ich, dass das mit Sicherheit kein einmaliger Ausrutscher gewesen war.

Abby nannte mir den Namen ihrer Großmutter, und ich ging in ein anderes Zimmer, um sie anzurufen. Ganz offensichtlich war es nicht das erste Mal, dass die Frau einen Anruf wegen ihrer Tochter bekam, denn sie klang keineswegs schockiert.

Sophie, Abbys Großmutter, wohnte nur ein paar Straßen weiter, sodass ich anbot, Abby vorbeizubringen, als sie sich einverstanden erklärte, ihre Enkelin bei sich aufzunehmen. Außerdem wollte ich es ihr ersparen, die Wohnung ihrer Tochter in diesem Zustand zu sehen.

Die kühle Novemberluft fühlte sich gut an, als ich zurück zu meiner Wohnung lief. Sophie lebte in einem gepflegten Wohnhaus, und sie und ihr Ehemann hatten mich sogar zum Kaffee hereingebeten. Ich blieb noch ein paar Minuten bei ihnen, bis ich mich überzeugt hatte, dass sich Abby bei ihnen wohlfühlte. Ich konnte nicht aufhören darüber nachzudenken, wie wenig es Abby auszumachen schien, so hin und her gereicht zu werden. Der Wahnsinn war für sie zur Normalität geworden. Sie ahnte – noch – nicht, dass ihr Leben nicht der Norm entsprach.

Ein paar Straßen von meinem Haus entfernt, vibrierte plötzlich das Handy in meiner Tasche. Eine örtliche Festnetznummer leuchtete auf dem Bildschirm, als ich es herauszog.

»Hallo?«

»Miss Garner?«

»Ja?«

»Hier ist Shannon, eine der Pflegerinnen von *Broadhollow Manor*.«

Ich blieb mitten auf der Straße stehen. »Ist alles okay?«

»Wir haben gerade den Notarzt gerufen. Die Werte ihrer Großmutter verschlechtern sich. Möglicherweise ist es nichts Ernstes, aber …«

»Ich bin schon unterwegs.«

Delilah
KAPITEL 27

Die diffuse Angst, die mich befallen hatte, schwand nach und nach. Drei Nächte, in denen ich mir im sonnigen Florida mit Brody eine Suite teilte, hatten mir den Glauben an uns zurückgegeben. Das von *WMBC* bezahlte Zimmer behielt ich weiterhin, damit niemand Fragen stellte. Allerdings wussten mittlerweile alle Bescheid, dass Brody und ich ein Paar waren. Einige meiner männlichen Kollegen, die es mir übel nahmen, dass man mir den Job gegeben hatte und nicht ihnen, gingen dazu über, jedes Mal, wenn ich den Raum betrat, dumme Bemerkungen darüber zu machen, dass Reporterinnen ganz eigene Methoden hatten, an ihre Interviews heranzukommen. Das ärgerte mich, aber nicht so sehr, dass ich meine Beziehung zu Brody beendet hätte.

Nach dem Spiel gegen Tampa und den anschließenden Interviews in der Kabine am Sonntagnachmittag bereiteten sich Brody und das Team darauf vor, zum Flughafen zu fahren, während ich mich zusammen mit Michael Langley auf den Weg nach Miami machen wollte. Die Spieler waren gerade dabei, ihre Taschen in den Shuttlebus vor dem Hotel zu verladen, als Michael in seinem glänzenden roten Jaguar-Cabrio mit offenem Verdeck vorfuhr.

Ich hatte Brody von meinem Reisebegleiter erzählt, sodass er nicht überrascht war. Doch das hieß noch lange nicht, dass er darüber glücklich war. Nicht dass er sauer gewesen wäre. Ich würde vielmehr sagen, es war eine Form von Alphatier-Neandertaler-Besitzdenken-Eifersucht. Seltsamerweise gefiel es mir sogar irgendwie.

Nachdem er seine Taschen im Laderaum des Busses verstaut hatte, kam Brody zu mir, um sich zu verabschieden. Michael winkte, blieb aber ein paar Meter von uns entfernt wartend bei seinem Auto stehen.

»Kannst du dir Freitag freinehmen?«

»Ich glaube schon.«

»Die Offensive Line hat Freitag frei. Ich würde gern mit dir nach Upstate fahren. Dir meine Blockhütte zeigen.«

»Du willst mir deine Blockhütte zeigen?«

»Ja. Und meinen Schwanz. Ich möchte dir ständig meinen Schwanz zeigen. Aber Donnerstagabend möchte ich ihn dir in meiner Hütte zeigen.«

»Wie könnte ich einem so verlockenden Angebot widerstehen?«, lachte ich.

»Eben. Gar nicht.« Brody legte einen Arm um meine Hüfte und zog mich an sich. »Wir fahren Donnerstag los, wenn du Feierabend hast.«

»Okay.«

Er kam noch näher, sodass sich unsere Nasenspitzen beinahe berührten, aber ich konnte trotzdem das Funkeln in seinen Augen sehen. »Du weißt, dass ich ihm zeigen muss, dass du mir gehörst.«

»Wirst du gleich dein Bein heben und mich anpinkeln wie einen Feuerhydranten?«

»Wow, meine Kleine steht echt auf abgefahrenes Zeug. Aber klar, ich bin dabei.«

Ich gab ihm mit dem Ellenbogen einen Knuff in die Seite.

»Aber mal im Ernst. Gute Reise. Und sag dem Deppen, dass er gefälligst seine Hände bei sich lassen soll, sonst kriegt er es mit mir zu tun.«

»Mach ich, Tarzan.« Ich verdrehte die Augen.

»Dann komm mal her, Jane.« Brodys Hand presste sich fest gegen meinen Nacken, während sein Mund mich geradezu verschlang. Ich war so in den Kuss versunken, dass ich gar nicht merkte, welches Spektakel er veranstaltete, als er mich dramatisch in seinen Armen zurückbog und mich küsste, als gäbe es kein Morgen. Bis er uns wieder aufrichtete, meinen Mund freigab und das ganze Team, das uns vom Bus aus zugesehen hatte, zu applaudieren begann.

Ich hätte ihn am liebsten umgebracht, auch wenn er mich vorgewarnt hatte. Bevor er mich losließ, überraschte er mich, indem er mir etwas über den Kopf zog. Es war sein Trikot. Es war ihm also ernst gewesen, als er sagte, er würde mich am liebsten mit seinem Namen markieren.

»Passen Sie gut auf sie auf.« Michael zunickend, öffnete er mir die Beifahrertür.

Während der ersten Minuten der Fahrt herrschte unangenehmes Schweigen, das Michael schließlich brach. »Tja. Ich schätze, ich weiß jetzt, warum Sie nicht mit mir ausgehen wollten.«

»Sorry. Ich hätte es Ihnen sagen müssen. Aber als Sie das erste Mal gefragt haben, lief noch nichts zwischen uns. Und ich hatte wirklich viel um die Ohren. Und beim nächsten Mal …«

»Schon okay. Sie müssen mir nichts erklären.« Er warf mir einen kurzen Blick zu. »Ich will nicht lügen: Natürlich bin ich enttäuscht. Aber das soll nicht zu einem Problem zwischen uns werden.«

Meine Schultern entspannten sich ein wenig. »Danke.«

Tatsächlich verlief die dreistündige Fahrt ganz entspannt. Die warme Sonne Floridas brannte auf mich nieder, während der Wind vom offenen Verdeck dafür sorgte, dass es trotzdem angenehm kühl war. Mein neuer Job, Brody, die Sorgen wegen seiner Ex, die urplötzlich wieder aus der Versenkung aufgetaucht war, das alles hatte mich in letzter Zeit ziemlich gestresst. »Ich bin noch nie mit einem Cabrio gefahren. Was für ein Wahnsinnsgefühl! Haben Sie den Wagen gemietet?«

»Nein. Ich habe noch ein Haus in Miami. Dort steht der Wagen normalerweise.«

»Ah, das wusste ich gar nicht. Ist es weit vom Hotel?«

»Zwanzig Minuten, wenn viel Verkehr herrscht.«

»Ach so, ich kann auch ein Taxi von dort nehmen, dann müssen Sie nicht extra einen Umweg fahren.«

»Kein Problem, das macht mir nichts aus. Aber Sie können auch gerne bei mir statt im Hotel übernachten.«

Mein Blick schnellte zu ihm.

»Entspannen Sie sich. Ich habe ein Gästehaus. Sie können gerne dort wohnen. Wir wären nicht einmal im selben Gebäude.«

»Danke für das Angebot, aber ich gehe trotzdem lieber ins Hotel.«

Michael zuckte mit den Achseln, als ob nichts wäre. Er wirkte so locker und umgänglich. Wahrscheinlich wäre überhaupt nichts dabei gewesen, wenn ich in seinem Gästehaus geschlafen hätte. Aber irgendwie fühlte es sich trotzdem falsch an. Im Hotel zu übernachten war definitiv die bessere Wahl.

Als wir nach Miami hineinfuhren, ging es nur noch kriechend voran. Plötzlich brummte mein Handy in der Handtasche. Ich zog es heraus und las die Nachricht von Brody.

Brody: Abflug verzögert sich. Sitze im Flugzeug. Was machst du?

Ich beschloss, ihn ein wenig zu ärgern.

Delilah: Trinke Margaritas am Pool und sonne mich. Gut, dass ich meinen Badeanzug eingepackt habe.

Brody: Mit Langley?

Delilah: Mit wem sonst?

Brody: Du verarschst mich nur, oder?

Delilah: Tja, das wirst du wohl erst rausfinden, wenn du meinen Badeanzugabdruck siehst.

Brody: Auf deinem Hintern wird mein Handabdruck prangen, wenn ich dich wiedersehe.

Delilah: Mmh … ich glaube, das könnte mir gefallen.

Brody: Du verarschst mich doch?

Delilah: Was die Drinks und den Pool angeht? Ja. Was den Handabdruck angeht …

Brody: Ich kriege gerade einen Ständer, und das, während ich neben einem 150-Kilo-Linebacker sitze.

Delilah: LOL.

Brody: Gerade wurde durchgesagt, dass wir endlich starten. Muss das Handy ausschalten. Ich wünschte, du wärst bei mir. Selbst nach drei Tagen mit dir vermisse ich dich, sobald du auch nur eine Minute weg bist.

Mir wurde warm ums Herz. Dieser Mann schaffte es, mich um den Finger zu wickeln, ohne es darauf anzulegen. Ich war total verrückt nach ihm und hatte endlich gelernt, mich zurückzulehnen, zu entspannen und dieses Gefühl einfach zu genießen.

Delilah: Geht mir genauso.

* * *

Es war bereits nach Mitternacht, als mein Handy erneut brummte. Ich war gerade eingeschlafen. Brodys Name leuchtete auf dem Bildschirm auf. Lächelnd ging ich ran und sagte mit müder Stimme: »Hallo.«

»Hab ich dich geweckt?«

»Schon okay. Ich war gerade erst eingeschlafen.«

»Ich hätte nicht so spät noch anrufen sollen. Tut mir leid. Ich melde mich morgen noch mal.«

Etwas in seinem Ton machte mich stutzig. Ich setzte mich auf und schaltete die Nachttischlampe ein. »Was ist los?«

»Nach der Landung habe ich gesehen, dass *Broadhollow Manor* angerufen hatte. Sie haben Marlene mit dem Notarzt ins Krankenhaus gefahren.«

»Was ist denn passiert?«

»Das wissen sie nicht genau. Sie stand tagsüber etwas neben sich. Dann hat sie ein Nickerchen gemacht, was ihr gar nicht ähnlich sieht, und ist nicht mehr aufgewacht. Ihre Vitalwerte verschlechterten sich zusehends, da haben sie den Notarzt gerufen.«

»Oh Gott. Das tut mir leid. Fährst du direkt hin?«

»Ja. Sie haben sie ins *St. Luke's* gebracht. Ich bin schon mit dem Taxi unterwegs dorthin.«

Die nächsten fünf Minuten schnauzte Brody den Taxifahrer an, der offenbar nicht den richtigen Weg nahm. Je näher sie dem Krankenhaus kamen, desto gestresster klang er. »Ich glaube, ich steig gleich aus und laufe den Rest. Auf der Eighth Avenue geht gerade gar nichts mehr voran. Und das um Mitternacht, verfluchte Scheiße noch mal.« Er hielt das Handy ein Stück weg und sprach mit dem Fahrer. »Fahren Sie rechts ran, ich steige aus.« Ich hörte das Knallen der Taxitür, dann einige gedämpfte Worte.

»Ich nehme morgen früh den ersten Flug und komme zu dir.«

»Du hast deine Interviews. Dein dämlicher Chef hat dich eh schon meinetwegen auf dem Kieker. Nein, bleib du mal in Miami. Ich weiß noch nicht mal genau, was los ist.«

»Aber …«

»Geh schlafen. Ich schreibe dir, wenn ich mehr weiß.«

»Bitte, mach das.«

»Okay. In Ordnung. Ich muss mich beeilen. Das Krankenhaus ist nur einen Häuserblock entfernt, und ich sollte vorher noch Willow anrufen und sie informieren.«

Nach unserem Telefonat lag ich noch einige Stunden wach und wartete auf einen Anruf von Brody, doch als ich schließlich einschlief, hatte er sich noch immer nicht gemeldet. Es ärgerte mich, dass ich so weit weg war. Ich wollte für ihn da sein. Bei ihm sein. Ihn trösten, falls es schlechte Neuigkeiten gab. Und vielleicht, aber nur vielleicht, wollte ein winziger egoistischer Teil von mir sichergehen, dass niemand außer mir ihm Trost spendete.

Willow
KAPITEL 28

Die Notaufnahmen, die man im Fernsehen sieht, sind die totale Verarschung. Überall umhereilende Ärzte, Krankenschwestern, die mit Transportliegen den Flur hinunterrennen, ein Arzt, der einen Patienten wiederbelebt, während er durch große Doppeltüren geschoben wird, die sich von ganz allein öffnen. *Ja klar*.

Ich blickte mich in dem deprimierenden grauen Wartezimmer um, in dem fast alle Stühle besetzt waren. Genau wie alle anderen auch, wartete ich. Am Empfangstresen saßen drei Frauen in blauen Uniformen hinter dicken gepanzerten Scheiben, plauderten und tranken Kaffee. Am Eingang zur Notaufnahme standen zwei Wachschutzleute. Man fühlte sich wie im Wartesaal eines Gefängnisses.

Zwei Stunden waren vergangen, ohne jegliche neue Infos. Ich ging zum Empfang und wartete, nervös mit meiner Kette spielend. Die Frauen beachteten mich nicht, bis schließlich eine genervt zu mir hochsah.

»Kann ich Ihnen helfen?«

»Meine Großmutter wurde vor ein paar Stunden eingeliefert.«

»Wurde ihr Name schon aufgerufen?«

»Nein.«

»Wir werden ihren Namen aufrufen, sobald der Arzt sie untersucht hat, und geben Ihnen dann ein Update zu ihrem Zustand.«

Die Frau starrte über mich hinweg. Die Botschaft war unmissverständlich: *Der Nächste bitte*.

Ich ging zurück zu meinem Stuhl, kratzte mir die letzten Reste Lack von den Nägeln und ging dann zur Damentoilette. Ich hatte es die ganze Zeit eingehalten, um nichts zu verpassen, aber letztlich forderte Mutter Natur ihren Tribut.

Als ich zurückkam, stand Brody am Empfang und sprach mit der Krankenschwester. Es überraschte mich nicht, dass er gekommen war, immerhin hatten mir die Pflegerinnen vom Altersheim gesagt, dass sie ihm eine Nachricht hinterlassen hatten. Trotzdem blieb ich bei seinem Anblick wie angewurzelt stehen. Doch dann ging ich zu ihm, auch wenn er sehr deutlich gemacht hatte, dass er nichts mit mir zu tun haben wollte. Er nickte mir grüßend zu und sprach weiter mit der übellaunigen Krankenschwester, die mich zuvor weggeschickt hatte. Nun allerdings lächelte sie. Und sie schaffte es sogar, sich von ihrem Stuhl zu erheben. »Einen Moment, ich frage eben für Sie nach. Im System steht, dass sie sich immer noch in der Erstbeurteilung befindet, aber es sind schon ein paar Stunden vergangen. Bestimmt kann man mir mittlerweile mehr sagen. Nur eine Minute, ja? Ich bin gleich zurück.«

Während wir warteten, wandte sich Brody zu mir. »Bist du gerade erst gekommen?«

»Nein, ich war nur kurz auf Toilette. Ich bin vor zwei Stunden im Krankenwagen hergefahren.«

Er nickte. »Ich habe gerade versucht dich anzurufen. Was haben sie bislang herausgefunden?«

»Keine Ahnung. Sie haben sie reingebracht und mir seitdem nichts weiter gesagt.«

Die Krankenschwester kam ein paar Minuten später wieder zum Fenster. Sie deutete nach rechts. »Kommen Sie rein, ich drücke auf den Summer.«

Ungefragt folgte ich Brody. Sie führte uns in einen leeren Untersuchungsraum und bat uns, Platz zu nehmen. Kurz darauf kam ein Arzt herein. Er zog sich einen Gummihandschuh von der Hand und streckte sie zuerst Brody entgegen. »Ich bin Dr. Simon. Sind Sie Mrs Garners Enkel?«

»Ich bin ihr gesetzlicher Vormund. Willow ist ihre Enkelin.« Der Arzt schüttelte auch meine Hand. Bis eben hatte ich keine Ahnung, dass Brody ihr gesetzlicher Vormund war.

»Warum setzen wir uns nicht?«

Das hörte sich nicht gut an. Wir nahmen Platz, und ich begann die Hände zu kneten, als der Arzt sprach.

»Mrs Garner hatte einen Schlaganfall. Es gibt viele verschiedene mögliche Ursachen für einen Schlaganfall. Wir vermuten, dass sie eine Hirnblutung infolge einer geplatzten Arterie erlitt.«

»Oh mein Gott.« Ich schlug mir die Hände vor den Mund.

»Geht es ihr gut? Kann man das behandeln? Die Blutung stoppen?«, fragte Brody.

»Wir machen gerade ein CT, um die Lokalität der Blutung und den Grad der Schwellung zu bestimmen. Sobald wir das Ausmaß der Schäden und die Größe des Hämatoms kennen, wissen wir mehr. Im Moment sind wir noch dabei, ihren Blutdruck und ihre Atmung zu stabilisieren. Wir mussten sie an ein Beatmungsgerät anschließen und geben ihr intravenös Medikamente, um ihren Blutdruck zu regulieren.«

»Und dann? Werden Sie operieren?«

Der Arzt sah zwischen Brody und mir hin und her. »Mrs Garner ist sehr schwach im Moment. Ich schließe nichts aus. Wir werden alles in unserer Macht Stehende tun, um sie zu behandeln. Aber in ihrem jetzigen Zustand würde sie einen zerebralen Eingriff nicht überstehen.«

Spätestens jetzt, als Brody die Hände nach mir ausstreckte

und sie auf meine legte, wurde mir die Schwere des Gesagten bewusst.

»Falls Sie sie sehen möchten, sie sollte in ein paar Minuten vom CT zurückkommen. Die Ergebnisse dürften dann in Kürze vorliegen.«

»Ja, wir würden sie gerne sehen. Danke.«

Der Arzt stand auf. »Es tut mir leid, dass ich keine besseren Neuigkeiten für Sie habe. Wie wär's, wenn Sie hierbleiben, und ich bitte eine Krankenschwester, Sie abzuholen, sobald sie aus dem CT zurück ist?«

Als er fort war, kam mir der winzige Raum noch kleiner vor. Brody fuhr sich mit den Händen durchs Haar. »Alles okay?«

»Ich glaube schon.« Das klang nicht sehr überzeugend. Vermutlich, weil ich selbst nicht daran glaubte.

Zwei Finger griffen unter mein Kinn und zogen es hoch. »Wir dürfen nicht das Schlimmste befürchten. Wir müssen positiv denken. Das hätte Marlene auch getan.«

* * *

Durch das Krankenhausfenster beobachtete ich, wie die Sonne langsam am Horizont aufging. So einfach. So wunderschön. Und dennoch hatte ich den Sonnenaufgang seit Jahren nicht mehr bewusst wahrgenommen. Selbst in meinen dunkelsten Stunden hatte ich immer darauf vertraut, dass am nächsten Morgen ein neuer Tag begann.

Ich wandte den Blick von dem Naturschauspiel draußen ab und blickte auf die beiden schlafenden Menschen, die meine ganze Welt waren. Dies war das Einzige, worauf ich mich immer hatte verlassen können: dass die Sonne am Morgen aufging und dass diese beiden Menschen für mich da sein würden. Nun war nichts mehr sicher, außer dem Sonnenaufgang.

Oma schlief, an ein Dutzend Schläuche angeschlossen. Das Geräusch des Beatmungsgeräts, das ihr Luft aus den Lungen zog und neues Leben einhauchte, fügte sich rhythmisch in das Piepen des Monitors ein. Sie hatte die Nacht überstanden, womit der Arzt ursprünglich nicht gerechnet hatte. Nun warteten wir darauf, die CT wiederholen zu können, um nachzusehen, ob die Blutung aufgehört hatte.

Meine feuchten Augen huschten zu dem Mann auf dem gepolsterten Stuhl neben meiner Großmutter. Brody war erst vor ungefähr einer Stunde eingedöst. Ich hatte ihm gesagt, er könne ruhig gehen und sich zumindest ein paar Stunden zu Hause ausruhen, doch er hatte nicht auf mich gehört. Marlene war für ihn immer wie Familie gewesen. Nachdem seine Mutter an Krebs gestorben war, als er gerade einmal sieben war, hatte sie die mütterliche Funktion in seinem Leben übernommen. Sie war immer für ihn da. Und er wiederum war der einzige verlässliche Mensch in ihrem Leben gewesen, nachdem Großvater gestorben war.

Die Frauen standen auf Brody, schon immer. Mit seinem guten Aussehen, seinem durchtrainierten Körper und seinem Status als einer der beliebtesten Quarterbacks Amerikas, hatte er es leicht. Dazu kamen eine gehörige Prise Selbstbewusstsein und die Fähigkeit, einer Frau das Gefühl zu geben, er habe nur Augen für sie, da war es kein Wunder, dass ihm die Frauen zu Füßen lagen. Aber um zu verstehen, weshalb es unmöglich war, über diesen Mann hinwegzukommen, musste man ihn sich nur in diesem Moment ansehen. Brody war die treueste Seele, die ich kannte. Wenn dieser Mann liebte, dann liebte er richtig und ließ sich von nichts und niemandem aufhalten.

Gott, was hätte ich darum gegeben, in mein altes Leben zurückzukehren! Die Zeit zurückdrehen zu können, um all das, was ich gehabt hatte, zu schätzen zu wissen, statt es einfach wegzuwerfen. Ich verdiente es, in dem Bett zu liegen, nicht Großmutter.

Ich verbrachte die nächste Stunde damit, mit meiner Kette zu spielen und die beiden wichtigsten Menschen in meinem Leben zu betrachten und mich von Neuem in sie zu verlieben. Als Brody blinzelnd die Augen öffnete und er mich auf der anderen Seite des Raumes entdeckte, hielt er einen Moment lang meinen Blick fest. Ich konnte sehen, wie er weich wurde. Vielleicht hasste er mich noch, aber er gab seine Wut auf. Zumindest für den Augenblick.

»Wie geht es ihr?«, fragte er.

»Unverändert.«

»Wie lange war ich weg?«

»Zwei Stunden vielleicht.«

»Hast du denn gar nicht geschlafen?«

»Noch nicht.«

Er rekelte sich auf dem Stuhl, streckte die Arme nach oben und legte den Hals zur einen, dann zur anderen Seite. »Warum gehst du nicht nach Hause und schläfst ein bisschen? Ich rufe dich an, wenn sich irgendetwas tut.«

»Ich möchte hierbleiben.«

Kurz sah es so aus, als ob er etwas sagen wolle, doch dann überlegte er es sich anders. Er nickte nur.

»Trinkst du deinen Zucker immer noch mit ein bisschen Kaffee?«, fragte er und stand auf.

»Ja. Trinkst du deinen immer noch ekelhaft schwarz?«

Er grinste. »Dann hol ich uns mal einen.«

Langsam entspannte sich die Situation zwischen Brody und mir. Wir waren zwar noch immer keine besten Freunde, aber immerhin hatte ich nicht länger das Gefühl, dass er mir am liebsten den Hals umdrehen würde.

»Wie lange ist sie schon in *Broadhollow Manor*?«

»Seit etwas mehr als drei Jahren.«

Ich nickte. Ich wusste nicht mal mehr, wann ich die beiden zuletzt gesehen hatte. Ich hatte Jahre meines Lebens einfach so verschwendet. Das Verrückte war: Seit ich clean war, fühlte es sich so an, als hätte die Welt in der Zwischenzeit stillgestanden. Ich war gealtert, aber mein Leben war nicht weitergegangen. Es war, als hätte ich irgendwann auf Pause gedrückt und jetzt nach langer Zeit einfach an derselben Stelle angeknüpft. Doch das Problem war, dass nur mein Leben pausiert hatte. Der Rest der Welt hatte sich derweil weitergedreht, ohne mich.

Brody und ich machten Small Talk, während wir Wache hielten. Immerhin besser als eisiges Schweigen, auch wenn es so viel Wichtiges gab, das ich ihm gerne gesagt hätte, doch ich brachte noch immer nicht den Mut dazu auf. Als die Schwester ein paar Stunden später hereinkam und uns bat, den Raum zu verlassen, solange sie Großmutter wuschen und ihre Vitalwerte prüften, gingen Brody und ich derweil in die Cafeteria, um einen Happen zu essen. Vorher machten wir aber einen Abstecher in den Geschenkeshop.

»Brauchst du irgendwas?« Er hatte ein Basecap in der Hand.

»Eine Zahnbürste wäre nicht schlecht.«

Die Kassiererin erkannte Brody, als sie uns abkassierte. Als wir den Shop verließen, setzte er die Kappe auf und zog sich den Schild tief ins Gesicht.

»Tarnung?«

»Gewissermaßen.«

»Ist es so, wie du es dir vorgestellt hast?«

»Was?«

»Berühmt zu sein.« Als wir Teenager waren, redeten wir stundenlang darüber, wie es wäre, ein berühmter Footballspieler zu sein.

Er warf mir einen Blick zu. »Nichts ist so gekommen, wie ich es mir vorgestellt habe.«

Wir bestellten in der Cafeteria zwei Sandwiches mit Ei und setzten uns zum Essen an einen der Tische. Brody hatte sein Sandwich mit nur drei Bissen verschlungen. Ich hingegen schaffte nur die Hälfte von meinem.

»Isst du das nicht mehr?«

Ich lächelte. Brody konnte schon immer Unmengen futtern. Immer wenn wir zusammen ausgegangen waren, hatte er auch meinen Teller blitzblank leer geputzt.

»Nein. Nimm ruhig.«

Er aß den Rest von meinem Frühstück und schlürfte seinen kleinen schwarzen Kaffee.

»Erinnerst du dich, wie wir in der Oberstufe beim Oktoberfest waren und du den ganzen Teller von diesem Typen aufgegessen hast, weil du dachtest, es sei meiner?«

»Ja. Dafür hätte ich beinahe eine aufs Maul gekriegt. Das war der dickste Typ, den ich je in einer Latzhose gesehen habe.«

Bei der Erinnerung daran mussten wir beide lachen. Wir hatten dieses deutsche Volksfest besucht, hatten aber zusammen nur zwanzig Dollar dabei. Wir hatten einen Bärenhunger, wollten aber auch nicht auf Bier verzichten. Also bestellten wir jeder eine Vorspeise und den größten Bierkrug, den wir uns leisten konnten. Brody war zu ein paar Jungs vom Footballteam rübergegangen, und als er zurückkam, bot ich ihm den Rest von meiner Vorspeise an und ging zur Toilette. Daraufhin verputzte er den ganzen Teller – ein, wie sich herausstellte, Hauptgericht im Wert von fünfzehn Dollar, nicht meine Vorspeise, die auf dem Tisch nebenan stand. Nur mit Mühe und Not konnten wir den wütenden Deutschen, dem er sein Essen weggegessen hatte, beruhigen.

Als wir in Großmutters Zimmer zurückkehrten, war die

Krankenschwester fertig, und kurz darauf erschien auch der Arzt, der uns mitteilte, dass sich ihre Werte zwar infolge der Medikamente stabilisiert hätten, aber dass sie noch immer nicht von allein atme, was kein gutes Zeichen sei. Er erklärte, dass man am frühen Nachmittag noch einmal eine CT mit ihr machen würde, um das Ausmaß der Hirnschäden zu bestimmen. Jeder weitere Arzt, der hinzukam, fühlte sich genötigt, uns darauf hinzuweisen, dass es nicht gut aussah, so als wollten sie uns allesamt auf die Ergebnisse des erneuten Scans vorbereiten.

Brody und ich schwiegen beide eine Weile, nachdem die Ärzte gegangen waren.

»Sie hat eine Patientenverfügung. Ich habe die Unterlagen gefunden, als ich ihre Wohnung ausgeräumt habe. Sie hat sie mit deinem Großvater zusammen vor Jahren aufgesetzt. Ich habe nie versucht, sie erneuern zu lassen, weil mein Anwalt meinte, dass es angesichts ihres Geisteszustands Schwierigkeiten bei der Anerkennung der Papiere geben könnte. Ich bin zwar jetzt ihr gesetzlicher Vormund, aber die Patientenverfügung hat sie aufgesetzt, als sie noch selbst in der Lage war, Entscheidungen zu treffen. Es ist ihr eigener Wunsch.«

»Was willst du damit sagen?«

»Das heißt, dass die Entscheidungen hinsichtlich ihrer medizinischen Versorgung von der Person getroffen werden müssen, die sie dafür vorgesehen hat.«

»Und wer ist diese Person?« Die Antwort lag auf der Hand, aber ich hoffte, dass ich mich täuschte.

»Du.«

Delilah

KAPITEL 29

Morgens versuchte ich dreimal, Brody zu erreichen, aber jedes Mal ging sofort die Mailbox dran. Schließlich schickte ich ihm eine Nachricht, bevor Michael und ich den Spot mit Payton Mara drehten. Als wir fertig waren, wurde die Nachricht immer noch als nicht eingegangen angezeigt. Langsam begann ich mir Sorgen zu machen.

»Alles okay?«, fragte mich Michael auf dem Weg zurück zum Flughafen.

»Sorry, ja«, log ich. Na ja, zumindest teilweise. »Ich fliege nur nicht gern und bin immer schon Stunden vorher nervös.« Das war die Wahrheit, aber nicht der Grund, weshalb ich den ganzen Tag in Gedanken woanders war.

»Ich glaube, wir sitzen nebeneinander. Meine Hand steht jederzeit zum Händchenhalten zur Verfügung. Und zum fest Drücken, falls Bedarf besteht.«

Ich rang mir ein Lächeln ab. »Danke. Aber normalerweise brauche ich eher jemanden, der mir den Sabber abwischt, und keine Hand zum Halten.«

Er warf mir einen Blick von der Seite zu, ehe er die Augen wieder auf die Straße richtete, deshalb erklärte ich: »Ich nehme immer eine Xanax, dann döse ich sofort weg. Entweder das, oder ich laufe Gefahr, dass mir die Rippen brechen, weil mein Herz so heftig gegen den Brustkorb hämmert.«

»Ah. Dann wische ich lieber Sabber. Auch wenn ich auf eine Ausrede gehofft hatte, Ihre Hand zu halten.« Die Reise hatte gezeigt, dass Michael doch der nette Kerl war, für den ich ihn von Anfang an gehalten hatte, und nicht der Fiesling, vor dem mich Brody gewarnt hatte. Trotzdem war ich froh, dass ich nicht mit ihm ausgegangen war. Vor Brody hatte ich jeden Mann gemieden, der mein Herz hätte schneller schlagen lassen können. Nach Drews Tod hatte es sich wie Verrat angefühlt. Doch Brody hatte es irgendwie geschafft, mein Herz zu erobern, ohne dass ich es selbst gemerkt hatte.

Michael und ich waren gerade durch den Sicherheitscheck durch, als mein Handy in meiner Jackentasche vibrierte. Brodys Name leuchtete auf dem Bildschirm auf.

»Hallo. Ich habe den ganzen Tag versucht dich zu erreichen. Ist alles okay?«

»Sorry, ich war im Krankenhaus, und mein Handy war aus. Ich habe es gerade erst wieder eingeschaltet.« Er klang erschöpft.

»Kein Problem, ich habe mir nur Sorgen gemacht. Wie geht es Marlene?«

»Nicht gut. Sie machen gerade eine zweite CT, in der Zeit wollte ich schnell nach Hause, kurz duschen und mich umziehen. Sie hatte einen Schlaganfall.«

»Oh Gott. Das tut mir leid.«

»Danke. Sie halten sie mit Maschinen am Leben, machen uns aber nicht viel Hoffnung, dass das Ergebnis beim zweiten Scan besser ausfallen wird. Sie hatte eine Hirnblutung und ist nicht stark genug, um eine Gehirn-OP zu überstehen.«

»Oh Mann, ich weiß gar nicht, was ich sagen soll. Kann ich irgendetwas tun?«

»Man kann nichts tun. Die Ärzte sagen, sie tun ihr Möglichstes, aber sie können nicht garantieren, dass das ausreicht.«

»Ich bin jetzt am Flughafen von Miami. Laut Plan landen wir gegen sieben. Bleibst du über Nacht im Krankenhaus?«

»Ja, ich denke schon. Ich habe morgen früh Training. Heute habe ich es auch schon ausfallen lassen. Keine Ahnung, wie es weitergeht, aber ich möchte so lange bleiben, wie ich kann. Der Coach belegt mich bestimmt mit einer Geldbuße, aber er wird es verstehen, wenn ich es ihm persönlich erkläre.«

»Ich könnte dir Abendessen vorbeibringen oder mich eine Weile neben sie setzen, damit du eine Pause machen kannst.«

»Danke, das ist lieb, aber alles ist gut, Süße.«

»Ich wünschte, ich hätte sie schon kennengelernt. So wie du über sie sprichst, scheint sie dir viel zu bedeuten.«

»Ja, sie ist ziemlich toll. Sie stand mir immer viel näher als viele meiner echten Verwandten. Von wegen Blut ist dicker als Wasser. So ein Quatsch. Wasser ist Leben.«

»Das hast du schön gesagt. Du solltest ihr genau das sagen, Brody. Auch wenn sie nicht die Augen offen hat. Vielleicht hört sie dich.«

»Weißt du was? Du hast recht. Es gibt wahrscheinlich eine ganze Menge, was ich ihr schon früher hätte sagen sollen.«

»Ich bin mir sicher, dass sie weiß, wie du für sie empfindest, aber vielleicht hilft es euch beiden trotzdem, wenn du es aussprichst.«

»Danke, Süße.«

»Ich hoffe, es wird wieder.«

»Ich auch.«

Normalerweise nahm ich bei Kurzstreckenflügen nur eine halbe Tablette. Diesmal warf ich eine ganze ein. Neben meiner üblichen Nervosität vor dem Flug hatte ich es eilig, nach Hause kommen, um für Brody da zu sein, falls er mich brauchte. Doch leider würde ich schon bald feststellen, dass ich nicht die Einzige war, die ihn trösten wollte.

Willow
KAPITEL 30

Wollust. Es gab schon einen Grund, weshalb sie eine der sieben Todsünden war.

Hier saß ich, buchstäblich am Sterbebett meiner geliebten Großmutter, und trotzdem schlug mein Herz schneller, als Brody das Zimmer betrat. Und als er jetzt, bekleidet mit einer Jeans und einem engen langärmeligen T-Shirt, die Haare nach allen Seiten abstehend, den Schild seines Basecaps, der ihn vor neugierigen Blicken schützen sollte, nach hinten drehte, stockte mir der Atem. Auf einmal sah er wieder genauso aus wie die Sportskanone, in die ich mich einst verknallt hatte.

»Gibt's irgendwas Neues?«

Ich schüttelte den Kopf. »Sie haben sie erst vor ein paar Minuten wieder reingebracht. Es gab einen Patientenstau beim CT-Scan. Die Krankenschwester meinte, die Ergebnisse würden sich ebenfalls verzögern.«

Er kramte in seiner Hosentasche und streckte mir die flache Hand hin. Darauf lag eine Magnetkarte. »Du bist dran.«

Ich runzelte die Stirn.

»Ich wohne nur vier Häuserblocks entfernt, und du müsstest erst ganz raus nach Uptown. Ich habe dir im Souvenirshop ein T-Shirt und so eine Yogahose besorgt, die ihr Frauen immer tragt. Sie liegen im Bad, falls du dich umziehen willst.«

»Im Souvenirshop?«

»Ich wohne im *Regency* Hotel.«

»Echt?«

»Ja. Während der Saison. Den Rest des Jahres verbringe ich in der Hütte.«

»Die Hütte? Du hast die Hütte immer noch? Ist sie denn fertig?«

Er lächelte. »Ich arbeite noch daran. Aber es wird langsam.«

Die Hütte in Upstate New York war eine der ersten großen Investitionen, die Brody getätigt hatte, als er in die Profiliga einstieg. Das Land ringsum war wunderschön, aber das Haus war völlig heruntergekommen. Doch er hatte alles selbst renovieren wollen. Ich hatte ihn nur einmal dort besucht, konnte mich aber noch lebhaft daran erinnern. Es war eine meiner letzten guten Wochen, bevor ich erneut die Kontrolle über mein Leben verlor. In der Woche, die wir dort verbrachten, weihten wir jedes Zimmer einzeln ein. An eine Begebenheit musste ich besonders oft denken. Wir hatten uns vor dem Kamin geliebt, von wo aus man einen wunderbaren Blick auf den See hatte. Anschließend redeten wir darüber, dass wir nach der Saison zusammen herfahren und das Haus herrichten würden, und er sagte, dass er einen weiteren Kamin im Schlafzimmer einbauen wolle, weil er es so liebte, wie sich das flackernde Feuer in meinen Augen spiegelte. Damals, vor diesem Kamin, habe ich mich wirklich geliebt gefühlt.

»Geh schon«, holte er mich in die Gegenwart zurück. »Wir werden bestimmt die Nacht wieder hier verbringen. Penthouse Nummer zwei.«

»Bist du sicher, dass es dir nichts ausmacht?«

»Sonst würde ich es dir nicht anbieten. Na los. Ich halte derweil die Stellung. Außerdem kann ich ja nicht zulassen, dass du anfängst zu stinken, oder? Das ist schließlich mein Job.«

* * *

Ich war noch nie zuvor in einem Penthouse gewesen. Aber es war in ungefähr so, wie ich es mir vorgestellt hatte. Groß, offen, minimalistisch und chic. Doch es sah hier so gar nicht nach Brody aus. Auf einem Beistelltisch im Wohnzimmer lagen einige Aktenordner mit dem Steel-Logo, auf dem Esszimmertisch ein paar Briefe und ein gefaltetes Trikot. Aber sonst deutete nichts darauf hin, dass hier jemand vier Monate im Jahr lebte.

Langsam ging ich weiter ins Schlafzimmer. Der geräumige begehbare Kleiderschrank war voll mit Kleidung und Schuhen. Eine ganze Seite war für Trainingstrikots, Footballhosen, Sweatshirts und Unterwäsche von Under Armour reserviert. Darunter reihten sich bestimmt zwanzig Paar Sneakers und Stollenschuhe. Ich öffnete ein paar der eingebauten Schubfächer – alles war fein säuberlich zusammengelegt. Brody war eher der Typ, der alles irgendwie in Kleiderschränke und Kommoden stopfte. Das hieß, irgendjemand faltete seine Wäsche. Da nirgends Frauenkleidung zu sehen war, ging ich davon aus, dass dieser Jemand ein Dienstmädchen war, nicht seine Freundin.

Hinter einer Trennwand lag ein großes Badezimmer mit Doppelwaschbecken und einer riesigen gefliesten Dusche. Keine teuren Shampoos und Conditioner, kein Parfüm und kein Make-up. Keine Spur davon, dass eine Frau hier öfter die Nächte verbrachte. Obwohl es genug Spritzdüsen und Platz unter der Dusche gab, um sich zu zweit zu vergnügen. Ich fragte mich, ob Brody wohl oft *Besuch* hatte.

Ich war schon im Begriff, wieder zu gehen, doch die Versuchung war zu stark, ich musste einfach noch ein bisschen weiter herumschnüffeln. Ich öffnete das Nachtschränkchen. Darin lagen Beats-Kopfhörer, ein iPod, ein paar Visitenkarten und ein Stapel gefalteter Papiere. Als ich einige davon beiseiteschob, kamen darunter eine halb leere Packung Kondome und eine fast leere Tube Gleitgel zum Vorschein. Tja, das beantwortete meine Frage. Er hatte *Besuch*.

Im Gang gab es ein weiteres, kleineres Bad. In diesem lagen die Sachen, die Brody mir im Souvenirshop gekauft hatte. Auf einmal fühlte ich mich schmutzig, noch mehr als ohnehin schon. Als ich kurz unter die Dusche sprang, schalt ich mich innerlich dafür, dass ich Brodys Vertrauen missbraucht hatte, nachdem er so nett zu mir gewesen war. Wieder einmal.

Nachdem ich wieder im Krankenhaus war, verging eine geschlagene Stunde, bis der Arzt endlich erschien. Sein Gesichtsausdruck brach mir das Herz, noch ehe er etwas gesagt hatte. Brody, der auf der anderen Seite von Großmutters Bett saß, stand auf. Ich erhob mich ebenfalls. Plötzlich war mir schummrig zumute, aber ich konnte mich nicht rühren, um mich wieder hinzusetzen. Meine Hand griff nach meiner Halskette, mit der ich immer spielte, wenn ich nervös war. Doch ich hatte sie gar nicht um. Also legte ich mir die Hand um den Hals und wartete.

»Die Ergebnisse des zweiten Scan sind da.« Der Arzt machte eine Pause und holte tief Luft. »Und ich wünschte, ich hätte bessere Neuigkeiten.« Er sah erst Brody, dann mich an. »Ihre Großmutter hat einen schweren Schlaganfall erlitten, der den Blutfluss durch die große mittlere Gehirnarterie beeinträchtigt hat. Das Blut hatte sich praktisch in einem Areal angesammelt, während die andere Seite ihres Gehirns nicht weiter mit Blut versorgt wurde.«

»Hatte? Heißt das, die Blutung hat aufgehört?« Ich klammerte mich an das einzige Wort, das Hoffnung versprach.

»Sie hat sich verlangsamt. Aber die Schäden sind immens. Die Areale, die unterversorgt waren, schwellen an. Das Gehirn ist von der Schädeldecke umgeben, und die Schwellungen erzeugen einen enormen Hirndruck. Dieser Druck behindert den Blutfluss, was wiederum neuen Schaden anrichtet, wodurch mehr Schwellungen entstehen. Es ist ein Teufelskreis.«

»Was kann man da machen?«, fragte Brody.

»Nun ja, die effektivste Methode, eine massive Hirnschwellung zu behandeln, ist mit einem chirurgischen Eingriff namens Hemikraniektomie. Dabei wird ein Teil des Schädeldachs entfernt, um das Gehirn von dem erhöhten Druck zu entlasten. Aber im Fall Ihrer Großmutter ist es sehr unwahrscheinlich, dass sie den Eingriff überlebt. Wie Sie wissen, mussten wir sie intubieren, als sie eingeliefert wurde, um ihre Atmung zu unterstützen. Leider gibt es keine Anzeichen, dass die selbstständige Atmung wieder einsetzt. Und die Pupillenreaktion hat sich verlangsamt. Wir werden ihre Hirnfunktionen weiterhin genau beobachten, aber ich fürchte, Sie müssen sich auf das Schlimmste gefasst machen. Es tut mir leid.«

Nach dieser Nachricht waren wir beide wie betäubt. So viele Fragen schwirrten mir durch den Kopf, aber als der Arzt fragte, ob wir noch welche hätten, konnte ich ihn nur anstarren, als würde er in einer fremden Sprache sprechen. So wandte er sich schließlich an Brody, und die beiden redeten ein paar Minuten lang leise miteinander. Ich hörte zwar ihre Stimmen, doch die Worte drangen nicht zu mir durch. Ein Gefühl, das mir nur allzu vertraut war; als ob Drogen das Hirn vernebelt hätten. Ein Verlangen, das in den letzten Monaten endlich abgeklungen war, brach mit voller Wucht wieder über mich herein, und ich musste mich an die Armlehnen klammern, um nicht davon umgerissen zu werden.

Der Arzt schloss beim Gehen die Tür hinter sich, um uns ein paar Minuten allein zu lassen. »Alles okay?« Brody kam zu mir und kniete sich vor meinen Stuhl.

»Nein.«

Er bedeckte meine Hand mit seiner. »Es ist schwer zu verkraften. Das verstehe ich.«

Ein bitteres Lachen sprudelte aus mir heraus. »Weißt du, was ich gerade dachte, als ich hier saß? Nach allem, was der Arzt uns erzählt hat?« Ich sah Brody in die Augen, der meinem Blick standhielt, bis ich fortfuhr. »Dass ich so schnell wie möglich hier raus muss, um mich vollzudröhnen. Meine Großmutter, die mich bei sich aufnahm und mich nie aufgab, liegt im Sterben. Und was mache ich? Ich will wegrennen. Wie üblich.«

Brody starrte eine lange Zeit zu Boden. Um seinen Hass auf mich herunterzuschlucken, wie ich annahm. Doch als er sprach, überraschte er mich: »Das ist völlig normal. Du hast Angst, also läufst du davon.«

Ich schnaubte verächtlich, voller Hass auf mich selbst. »Dann muss ich wohl oft Angst haben.«

»Weißt du was, Willow? Ich glaube, du hast tatsächlich oft Angst. Ich bin kein Psychologe, aber ich glaube, wenn man Angst hat, gibt es nur zwei Optionen: Entweder man kämpft, oder man läuft davon. Du hast viel durchgemacht, bevor du zu Marlene kamst. Weglaufen war für dich ein natürlicher Überlebensinstinkt.«

Ich starrte auf meine reglos daliegende Großmutter. »Ich will nicht mehr weglaufen. Das ist das Mindeste, was ich tun kann.«

»Dann tu es nicht.«

»Du sagst das, als ob es so einfach wäre.«

»Nein, das ist nicht einfach, ganz und gar nicht.«

Ich legte meine andere Hand auf seine und sah hoch zu ihm. »Danke.«

»Gern geschehen. Wir schaffen das. Du musst einfach nur gemeinsam mit mir kämpfen.«

* * *

Da Brody bereits gestern nicht zum Training erschienen war, blieb ihm heute keine andere Wahl. Bei seiner Rückkehr, fünf Stunden später, schien er erleichtert.

»Wie geht es ihr?«

»Alles beim Alten.«

Er nickte. »Und du?«

»Ich kämpfe.«

Brody lächelte und zog seine Jacke aus. »Freut mich zu hören.«

»Wie war das Training?«

»Ich wurde ein paarmal derbe umgerannt.«

»Schwierig, sich zu konzentrieren?«

Er fuhr sich mit den Fingern durchs Haar. »Ja, ich war heute nicht ganz bei der Sache.«

»Als du weg warst, habe ich mir überlegt, dass wir morgen ihre Gameshows einschalten könnten. Vielleicht könnten wir sogar mitmachen, so wie früher. Vielleicht kann sie uns hören und freut sich.«

»Klingt gut. Das würde ihr sicher gefallen. Wahrscheinlich sollte ich auch in *Broadhollow Manor* anrufen und ihnen Bescheid geben. Grouper würde sie bestimmt auch gerne besuchen.«

»Scheint ein netter Typ zu sein.«

»Ist er auch. Aber verrat ihm nicht, dass ich das gesagt habe.«

Ich lachte. »Witzig, dasselbe hat er auch über dich gesagt.«

Brody lächelte. »Wusste ich's doch, dass der alte Knacker mich gernhat.«

Bei der Visite Stunden später riet uns der Arzt, ein wenig zu schlafen und morgen früh wiederzukommen. Nach einem weiteren CT standen dann schwere Entscheidungen an. Ich wollte nicht einmal an morgen denken. Gegen Mitternacht beschlossen wir, für ein paar Stunden heimzugehen.

»Komm schon. Ich nehm dich mit. Mein Auto steht auf dem Parkplatz auf der anderen Straßenseite.«

Brodys Wagen war ein Range Rover mit weichen Ledersitzen und Armaturen aus Holz. »Deutlich besser als der Bronco«, witzelte ich, auf die rot-weiße Klapperkiste anspielend, die er zu Highschool- und Uni-Zeiten gefahren hatte.

Er lächelte. »Nur ein wenig.«

»Obwohl ich mit dem Bronco viele schöne Erinnerungen verbinde.« Ich sah auf den Rücksitz des schicken neuen Wagens und dachte an die zahllosen Stunden, die wir auf dem breiten Rücksitz herumgemacht hatten. Brody bemerkte meinen Blick, und unsere Augen begegneten sich einige Sekunden lang. Während der Fahrt sagte ich nur etwas, um ihm den Weg zu weisen, ansonsten schwiegen wir.

Zu Hause angekommen schämte ich mich ein bisschen, weil ich in einer so schäbigen Gegend wohnte – der Beweis dafür stand direkt vor meiner Tür. Zwei Typen, die verdächtig nach Drogendealern aussahen, beäugten uns, während wir an der Bordsteinkante hielten.

»Hier wohnst du?«

»Ja, das ist alles, was ich mir im Moment leisten kann. Aber ich hoffe, dass ich irgendwann umziehen kann.«

Brody setzte an, etwas zu sagen, überlegte es sich aber anders.

»Danke fürs Mitnehmen. Danke für alles.«

»Gerne.«

Ich war schon halb durch die Tür, als mich Brody rief. »Willow?«

Er rannte mir nach, um mich einzuholen. »Warum kommst du nicht mit in mein Hotel? Wenigstens heute Nacht. Ich besorg dir ein Zimmer.«

»Das ist lieb von dir. Aber das passt schon, wirklich.«

»Um dich mache ich mir gar keine Sorgen.« Das war natürlich eine glatte Lüge. »Aber ich würde besser schlafen, wenn ich wüsste, dass du nicht …« Er blickte sich um, und es war klar, was er dachte, ohne dass er es aussprach.

»Ich hol meine Sachen.«

Delilah
KAPITEL 31

Ich stellte den Wecker auf sechs Uhr, auch wenn ich noch nicht ganz entschieden hatte, ob ich fahren sollte oder nicht. Nach einer kurzen Dusche steckte ich mein Handy vom Ladegerät ab und ging noch einmal unsere Nachrichten von gestern Abend durch.

Brody: Nicht gut.

Delilah: Tut mir leid. Kann ich irgendwas tun?

Brody: Ein Nacktfoto würde mir vielleicht helfen …

Delilah: LOL. Schön, dass du wieder ganz der Alte zu sein scheinst. Heute Nachmittag, als wir telefoniert haben, hast du nicht eine einzige anzügliche Bemerkung gemacht. Ich hab mir schon Sorgen gemacht.

Brody: Ich auch.

Delilah: Bleibst du heute Nacht im Krankenhaus?

Ich erinnerte mich, wie ich den letzten Satz eingetippt und vor dem Absenden noch ein Wort herausgelöscht hatte. Die ursprüngliche Nachricht war: *Bleibst du heute Nacht allein im Krankenhaus?* Aber ich hatte mich sofort danach egoistisch gefühlt und war froh, dass ich es nicht abgeschickt hatte. Er machte gerade eine schwere Zeit durch, da war meine Eifersucht völlig fehl am Platz.

Brody: Nein. Fahre bald zum Regency *zurück und komme morgen früh um neun zu den Besuchszeiten wieder.*

Delilah: OK. Ich hoffe, du kannst etwas schlafen.

Brody: Rufst du mich morgen früh an? Ich stell mir den We-

cker auf halb acht, damit du mir noch ein paar dreckige Sachen ins Ohr flüstern kannst, bevor ich duschen gehe.

Noch während ich mir die Haare föhnte und meine Klamotten zurechtlegte, rang ich mit mir, ob ich es tun oder lieber lassen sollte. Dann zog ich die teuren neuen Dessous an, die ich letzte Woche gekauft hatte, und fragte mich, wem ich eigentlich etwas vormachen wollte. Frisch rasierte Beine, neue sexy Unterwäsche – insgeheim hatte ich doch längst entschieden, dass ich Brody einen Überraschungsbesuch abstatten würde.

Glücklicherweise erinnerte sich der uniformierte Aufzugführer noch daran, dass er mich in Brodys Gesellschaft gesehen hatte. Als ich ihm mit hochrotem Kopf erklärte, dass ich meinen Freund überraschen wollte, steckte er mit einem wissenden Grinsen den Schlüssel ins Schloss. Zum Glück, denn ich hatte ganz vergessen, dass man das Penthouse nur mit einem besonderen Schlüssel betreten kann.

Obwohl es gar keinen Grund gab, nervös zu sein, stand ich jetzt vor Brodys Suite, eine Tüte mit seinen Lieblings-Kürbismuffins in der einen Hand und einen Papp-Kaffeebecherhalter in der anderen, und traute mich nicht, anzuklopfen.

Ich holte tief Luft, hob die Hand und klopfte an die Tür mit der Nummer PH2.

Keine Antwort.

Ich zog mein Handy heraus und schaute auf die Uhrzeit – sieben Uhr dreiunddreißig. Vielleicht schlief er noch … oder war noch unter der Dusche … oder hatte beschlossen, früher loszugehen.

Ich klopfte erneut. Diesmal lauter als beim ersten Mal.

Ich wollte mich gerade umdrehen, als ich schlurfende Schritte hörte, die sich der Tür näherten.

Brody öffnete, nur mit engen schwarzen Boxershorts bekleidet. Er hatte eine Zahnbürste im Mund und sexy verwuscheltes Haar. Seine schaumigen Lippen verzogen sich zu einem Lächeln.

Ich hielt die Muffintüte hoch. »Ich hab dir Frühstück mitgebracht.«

Seine Augen musterten mich von oben bis unten, und ich fühlte mich herrlich begehrt. »Sieht ganz danach aus.«

In diesem Moment war ich froh, dass ich mich viermal umgezogen und mich letztlich für ein aufreizenderes Outfit entschieden hatte.

Er trat beiseite und bedeutete mir mit ausgestrecktem Arm, hereinzukommen. »Ladies first.«

Als ich an ihm vorbeiging, übergab ich ihm den Kaffee. »Ladies first ist doch nur der Brody-Ausdruck für ›Ich muss erst mal deinen Hintern abchecken‹.«

»Du sagst es.« Er gluckste und verschwand im Bad, um kurz darauf mit sauberen Zähnen wieder herauszukommen.

Brody nahm mir die Tüte aus der Hand und stellte sie hinter sich ab, ohne einen Blick hineinzuwerfen, dann schlang er die Arme um meine Taille und zog mich dicht zu sich heran. »Perfektes Timing. Ich sterbe vor Hunger.«

»Was machst du da?« Er drängte mich Schritt um Schritt zurück, bis meine Kniekehlen an die Couch stießen.

»Meinen Hunger stillen.« Er gab mir einen sanften, aber festen Schubs, sodass ich nach hinten in die Polster fiel. Ich sah hoch in sein ebenmäßiges Gesicht, wurde aber schon bald abgelenkt von seinen breiten Schultern, der durchtrainierten Brust und dem Sixpack, bis mein Blick schließlich an dem sexy V-Muskel haltmachte. Diese nach unten auf sein bestes Stück zulaufenden Einkerbungen waren einfach göttlich.

»Du siehst auch hungrig aus«, grinste er, als er meinen Blick bemerkte.

»Gott, wie kann man schon beim Aufwachen so unfassbar gut aussehen? Dein Körper ist wirklich der Hammer.«

Er rieb sich über seine Erektion, die sich als Beule in seiner engen Unterhose abzeichnete. Ihn dabei zu beobachten, wie er sich selbst berührte, ließ mich meine Schenkel noch fester aneinanderpressen. »Freut mich, dass er dir gefällt. Aber ich würde gerne noch mehr von deinem sehen. Zieh den Rock hoch.«

Ich zögerte kurz. Es ging alles so schnell, und durch die Wohnzimmerfenster flutete helles Tageslicht. Aber schließlich war ich ja hergekommen, um ihn in diesen schwierigen Zeiten aufzumuntern. Außerdem ... allein dieses V, meine Güte!

Ich griff nach dem Saum meines Rocks und schob ihn bis zu den Hüften hoch. Später im Büro würde ich total zerknittert aussehen, aber ich wusste, wenn Brody erst mal fertig mit mir war, wäre mir das ziemlich schnuppe.

»Der da stört.« Mit einem kurzen Ruck hatte er mir meinen brandneuen Slip fortgerissen.

Noch ehe ich entgegnen konnte, dass ich ihn auch hätte ausziehen können, war er auf die Knie gesunken und hatte das Gesicht zwischen meinen Schenkeln vergraben.

Oh Gott.

Er verschlang mich regelrecht, leckend und saugend, während seine Hände meine Hüften festhielten, als ich hin und her zu wackeln begann.

Ich musste mich bewegen.

Aber je mehr ich mich wand, desto fester hielt er mich und desto aggressiver attackierte mich seine Zunge. Es war frustrierend – ich wollte mit den Hüften kreisen, um in seinen Rhythmus einzustimmen. Doch vergeblich, ich kam gegen seine Kraft nicht an. Daraufhin grub ich die Finger in sein Haar und versuchte, seinen Kopf ein wenig höher zu ziehen.

Er lachte, verstand aber den Hinweis und wandte sich meiner pulsierenden Klitoris zu. Mal mit der Zunge flatternd, mal mit den Lippen saugend, brachte er mich zum Orgasmus. Nicht mal zehn Minuten, nachdem ich die Suite betreten hatte.

Danach trug er mich zum Bett, und wir hatten Sex.

Guten Sex.

Nein. *Großartigen* Sex.

Die Art von Sex, bei der er mein Gesicht nicht aus den Augen ließ, während er mit sanften Stößen in mich hinein- und aus mir herausglitt, und dann, als meine Augen sich blinzelnd öffneten, begegneten sich unsere Blicke, und er lächelte auf mich hinab. Atemlos und atemberaubend schön.

Als wir uns danach beide seitlich gegenüberlagen, strich er mir die Haare aus dem Gesicht. »Danke für die Überraschung.«

Ich grinste. »Ich danke *dir* für *die* Überraschung.«

Er lachte. »Du weißt, was ich meine. Danke, dass du mich auf andere Gedanken gebracht hast. Und dass du dich nicht darüber beschwert hast, dass ich praktisch über dich hergefallen bin, als du hereingekommen bist.«

Beschweren? Hatte er sie noch alle? »Ich glaube, es gibt schlimmere Begrüßungen.«

Er küsste mich zärtlich auf die Lippen. »Das wird heute ein furchtbarer Tag.«

Ich stützte mich auf den Ellenbogen auf, um ihm zuzuhören.

»Ich glaube, sie wollen uns sanft auf den Gedanken vorbereiten, die Maschinen abzustellen, um sie friedlich einschlafen zu lassen. Ich weiß es einfach.«

»Das tut mir leid. Ich kann mir vorstellen, dass das eine unglaublich schwere Entscheidung für dich sein muss.«

»Ich bin nicht derjenige, der sie treffen muss.«

»Ich dachte, du wärst ihr gesetzlicher Vormund.«

»Bin ich auch. Aber sie hat vor Jahren eine Patientenverfügung aufgesetzt. Bevor sie erste Anzeichen von Demenz zeigte.«

»Oh. Und wen hat sie dann für diesen Fall vorgesehen?«

»Willow.«

Das klang nur logisch. »Wie kommt sie mit der Situation klar?«

»Sie ist aufgewühlt, hat aber bislang durchgehalten. Allerdings weiß ich nicht, ob sie sich je wieder aufrappeln würde, wenn sie jetzt einen Rückfall hätte und Marlene im Stich lassen würde.«

Ich nickte. »Wie lange ist sie schon clean?«

»Sie sagt, elf Monate.«

»Glaubst du ihr?«

»Ja. Sie erinnert mich wieder an die Willow, die ich einmal kannte.«

Ein ungutes Gefühl beschlich mich. Die Willow, die er früher kannte, war die Willow, in die er sich verliebt hatte. Wenn Drew noch am Leben wäre und morgen aus dem Nichts wieder auftauchte, würde ich ihm eine zweite Chance geben?

Wir blieben noch eine Weile im Bett liegen, und ich schob meine völlig unangebrachte Eifersucht beiseite.

»Erzähl mir von ihr.«

»Marlene? Sie ist knallhart und sanftmütig wie ein Lamm zugleich. Sie hat viel für andere getan, es aber nie an die große Glocke gehängt.«

»Mein Vater hat immer gesagt, Altruismus wird falsch geschrieben und sollte vielmehr a-n-o-n-y-m heißen.«

»Frei nach diesem Motto hat Marlene gelebt. Wenn Willow mal wieder im Rausch war, hat sie in so einem besetzten Haus in Bushwick abgehangen. Ein totales Drecksloch, keine Heizung, kein fließend Wasser, aber für eine Handvoll Drogenabhängiger war es ihr Zuhause. An einem verschneiten Januartag bestand Marlene darauf, mich bei meiner Suche nach Willow zu begleiten. Als wir das Haus betraten, war es drinnen eiskalt. Die meisten waren völlig weggetreten und hatten sich mit Zeitungen zugedeckt, um sich zu wärmen. Wir nahmen Willow mit nach Hause, nur damit ich sie ein paar Tage später wieder da rausschleifen durfte. Aber beim zweiten Mal gab ich Marlene nicht Bescheid. Als ich dort ankam, trugen die Junkies Mäntel – und zwar Marlenes. Sie war am nächsten Tag ohne mein Wissen zurückgegangen und hatte ihre Wintermäntel verschenkt.«

»Wow. Klingt, als sei sie sehr großherzig.«

»Das ist sie. Und es hat ihr das Herz gebrochen, mit ansehen zu müssen, wie ihre Enkelin den gleichen Weg einschlug wie ihre Tochter. Ich bin froh, dass sie Willow ein paar Wochen lang clean erlebt hat, bevor das alles passiert ist.«

»Ich auch.«

Wir redeten noch eine Weile über Marlene, bis ich zur Arbeit musste. »Ich muss schnell ins Bad.«

»Komm doch mit mir unter die Dusche.«

»Ich bin sowieso schon spät dran, und du wolltest im Krankenhaus sein, wenn die Besuchszeit beginnt. Zusammen zu duschen ist da wirklich keine gute Idee.«

»Wahrscheinlich hast du recht.«

»Es dauert nicht lang. Ich gehe ins Gästebad.«

Brody zog einen Schmollmund. »Dabei mag ich es, wenn du nach mir riechst.«

Ich sprang kurz unter die Dusche und wollte gerade hinaustreten, als mir etwas Glänzendes ins Auge fiel. Zuerst dachte ich, es sei eine Münze, aber als ich mich danach bückte, stellte ich fest, dass es eine Halskette war, die sich im Abflussgitter verhakt hatte.

Vorsichtig entwirrte ich das Knäuel, und als ich sie hochnahm, fiel ein Anhänger zu Boden. Der Buchstabe W.

Ich war bereits anzogen, als auch Brody frisch geduscht aus dem Bad kam. »Wow, du bist ja von der ganz schnellen Sorte.« Er gluckste. »Und zwar nicht zum ersten Mal heute.«

Innerlich war ich auf hundertachtzig, aber irgendwie schaffte ich es, meine Worte ruhig vorzubringen. Auf meiner Handfläche streckte ich ihm die Kette entgegen. »Die lag in der Dusche. Sie wäre beinahe in den Abfluss gerutscht, aber der Verschluss ist im Gitter hängen geblieben.«

Stirnrunzelnd nahm er die Kette entgegen, wobei das W zwischen uns baumelte. *Wie symbolträchtig!* Er schloss einen Moment die Augen und öffnete sie wieder.

»Die muss Willow gehören.«

Ich hielt seinem Blick stand, sagte aber nichts.

»Sie muss sie verloren haben, als sie gestern hier geduscht hat.«

»Sie war hier?«

»Ja. Aber allein. Ich habe ihr meinen Schlüssel gegeben, damit sie hier duschen gehen konnte. Sie wohnt draußen im Norden und wollte schnell zurück sein, falls es Neuigkeiten gibt.«

Ich nickte, ging zu meiner Handtasche, zog das Handy heraus und warf nur deshalb einen Blick darauf, damit ich irgendetwas zu tun hatte. Währenddessen stand Brody einfach da und beobachtete mich. Als ich wortlos meine Jacke anzog, ergriff er erneut das Wort.

»Bist du deswegen sauer auf mich?«

»Sollte ich das denn sein?«

Er raufte sich das Haar. »Ich habe ehrlich gesagt nicht darüber nachgedacht. Es kam mir in dem Moment richtig vor. Aber jetzt denke ich, dass es vielleicht doch keine so gute Idee war.«

»Wie würdest du dich fühlen, wenn Michael Langley bei mir duschen würde?«

Brodys Kiefer spannte sich an.

»Und ich es dir gegenüber nicht erwähnen würde.«

»Hab's kapiert.«

»Ich muss zur Arbeit.«

Brody streckte die Hand nach mir aus, um mich zurückzuhalten, und nahm mich fest in den Arm. »Es tut mir leid«, flüsterte er mir ins Ohr. »Verzeih mir. Ich hab nicht richtig nachgedacht. Sei nicht böse.«

Ich zog den Kopf zurück, um ihm in die Augen zu schauen. »Sonst ist nichts passiert? Sie war allein hier und hat nur geduscht?«

»Nichts. Ich schwöre.«

Ich dachte eine Minute darüber nach. »Okay.«

Er stieß einen langen Atemzug aus. »Gott sei Dank. Das hätte mir heute echt den Rest gegeben, wenn du sauer auf mich gewesen wärst.«

Ich rang mir ein Lächeln ab, als ich daran dachte, wie schwer die letzten Tage für ihn gewesen waren. Willow hin oder her, er hing sehr an Marlene. »Ich bin nicht sauer. Schreibst du mir später? Ich würde gern wissen, was die Ärzte sagen.«

»Klar, Babe.«

Es stimmte, ich war nicht sauer. Angespannt, eifersüchtig, beunruhigt – das vielleicht. Obwohl ich mit einem ehemals berüchtigten Weiberhelden zusammen war, der nie einen Hehl daraus gemacht hatte, dass Beziehungen nicht seine Stärke waren, glaubte ich ihm merkwürdigerweise, als er sagte, dass nichts weiter passiert war. Wirklich Angst machte mir nur, dass er sich Willow wieder öffnen könnte.

Beim Aussteigen aus dem Fahrstuhl war ich so in Gedanken versunken, dass ich mit einem Mann zusammenstieß. Der

Kaffeebecher rutschte ihm aus der Hand. Er fing ihn noch auf, doch ein Schwall ergoss sich auf sein blütenweißes Hemd. Nachdem ich mich tausendfach entschuldigt hatte, versuchte ich, die Hotellobby möglichst unfallfrei zu durchqueren. Und fast hätte ich es geschafft. Bis ich gegen die defekte gläserne Drehtür prallte, an der ein leuchtend gelbes *Außer-Betrieb-*Schild klebte. Ein großer Pfeil zeigte auf die Tür nebenan. *Dieser* Unfall jedoch war nicht meine Schuld, denn ich war abgelenkt gewesen. Von einer attraktiven Frau, die in der Lobby saß und mich anstarrte.

Willow.

Brody
KAPITEL 32

Als Footballspieler muss man tough sein. Es ist wahrlich kein Spaß, wenn sich zehn hundertfünfzig Kilo schwere Männer auf dich werfen, sich gegenseitig treten und schubsen, mit den Ellenbogen rammen und den Fingern kratzen, um an den Lederfetzen in deiner Hand heranzukommen. Ich war schon Hunderte Male der Typ ganz unten unter dem Haufen gewesen. Anschließend stand ich wieder auf, wischte mir den Dreck aus den Augen, richtete unauffällig einen verrenkten Daumen und stürzte mich mit Karacho wieder in die Action.

Aber auch tough zu sein hat seine Grenzen. Selbst ein Diamant kann zersplittern, wenn man ihn an der richtigen Stelle trifft, da, wo er am empfindlichsten und schwächsten ist. Meine Schwachstelle war Marlene.

Willow weinte, während der Arzt sprach. Nachdem die Worte *keine Hirnfunktion* gefallen waren, konnte sie nicht mehr an sich halten. Stille Tränen rollten ihr übers Gesicht, während er uns über die möglichen Optionen aufklärte, von denen eine schlimmer war als die andere. Aber ich riss mich zusammen und dankte ihm sogar, bevor er uns mit dem Versprechen verließ, am Nachmittag wiederzukommen, damit wir eine Entscheidung trafen. Als ich die Tür hinter ihm schloss, hatte ich gerade noch genug Zeit, Willow festzuhalten, ehe sie umkippte.

Sie brach in meinen Armen zusammen, am ganzen Körper bebend, laut schluchzend, bis ihre Stimme nur ein Krächzen war. Sie litt physisch. Ich hielt sie noch fester.

Stunden später hatte sie sich wieder einigermaßen gefangen. Ja, sie lachte sogar ein paarmal, als wir *Glücksrad* spielten, zu beiden Seiten von Marlene sitzend.

Das letzte Rätsel heiterte die Stimmung ein wenig auf.

Kategorie: Sache.

B_CK _ICH, ICH M_CH _ICH GL_CKLICH.

Im Ernst jetzt?

Nur einer von uns hatte auf BACK MICH, ICH MACH DICH GLÜCKLICH getippt. Und zwar definitiv nicht ich.

Nach diesem herzhaften Lacher ging Willow runter in die Kantine, um uns Mittagessen zu holen. Eine Schwester kam herein, um Marlenes Kissenbezüge zu wechseln, und füllte den rosa Plastikkrug mit neuem Wasser nach. Sie räumte hier und da ein wenig auf und nickte dann, ehe sie ging.

Auf der Suche nach einer Beschäftigung bemerkte ich, dass die Schublade des Nachttisches offen stand, und ging hinüber, um sie zu schließen. Aber aus irgendeinem Grund zog ich sie zunächst auf. Darin war Marlenes hellblaue Gebissdose. Man hatte ihr die Zähne herausgenommen, um den Beatmungsschlauch in den Hals einzuführen. Ich starrte die Dose an – und auf einmal brach ich zusammen. Ich begann wie ein Schlosshund loszuheulen.

Es war Jahre her, seit ich zuletzt geweint hatte.

Als ich hörte, wie sich die Tür hinter mir öffnete, stand ich noch immer vor der offenen Schublade. Ich schloss sie, küsste Marlene auf die Stirn und ging ins Bad, ohne mich umzudrehen, damit Willow mein Gesicht nicht sehen konnte.

* * *

Es fühlte sich an, als seien Tage vergangen, seit ich heute Morgen mit Delilah im Bett gelegen hatte. Zwischen all den emotionalen Hochs und Tiefs und unserem Spielshow-Marathon war ich nicht dazu gekommen, ihr zu schreiben. Nun zog ich mein Handy heraus und schaltete es ein.

Brody: Bin immer noch im Krankenhaus. Fahr bald zum Training und komm danach wieder her. Die Ärzte stellen die Beatmungsmaschine ab.

Delilah: Das sind doch gute Neuigkeiten, oder?

Brody: Nein.

Delilah: Oh Gott. Tut mir leid. Ich dachte, du meinst, ihr Zustand hat sich verbessert.

Brody: Sie hätte es so gewollt.

Delilah: Klingt so, als ob du deinen Frieden damit gemacht hast. Das freut mich.

Brody: Morgen Frühstück?

Wir hatten uns schnell hin- und hergeschrieben, doch vor der nächsten Antwort kam eine lange Pause.

Delilah: Leider habe ich ein Meeting, das ich nicht verpassen darf. Mittagessen vielleicht?

Brody: Okay.

Delilah: Ruf mich heute Abend an, wenn dir danach ist. Egal, wie spät es ist. Ich denk an dich.

An diesem Abend verabschiedeten Willow und ich uns nacheinander von Marlene, bevor die Ärzte hereinkamen. Ich erinnerte mich nicht daran, mich von meiner Mutter verabschiedet zu haben – ich war zu klein, als sie starb. Aber vermutlich war es ähnlich schrecklich gewesen wie jetzt bei Marlene.

Ich sah auf ihre zierliche Gestalt hinab. »Ich habe in all den Jahren von dir so vieles gelernt. Nie aufzugeben. Jemanden so zu lieben, wie er ist, mit all seinen Fehlern. Aber du hast mir auch das beigebracht, was ich jetzt am meisten brauche: Wenn das Leben dich umwirft, dann steh auf und suche nach dem Guten, denn es gibt in allem etwas Gutes. Und dann halte dich daran fest.« Ich küsste erneut ihre Stirn und bedeckte ihre Hand mit meiner. »Das Gute ist: Ich bin dankbar dafür, einen Menschen gekannt zu haben, von dem mir der Abschied so schwerfällt.«

Diesmal konnte ich meine Tränen nicht verbergen.

Nicht lang, nachdem wir unsere Abschiedsworte gesprochen hatten, entfernte der Arzt Atemschlauch und Magensonde und schaltete alle Monitore ab. Ich wusste nicht, was genau ich erwartet hatte, aber sie hörte einfach auf zu atmen.

Marlene Elizabeth Garner verstarb um ein Uhr drei morgens.

Willow
KAPITEL 33

Das Leben besteht aus einem dichten Geflecht aus Bindungen. Imaginäre Fäden, die uns mit anderen Menschen verbinden, ab dem Moment, da wir von der Nabelschnur unserer Mutter getrennt werden. Ich für meinen Teil hatte die ersten fünfundzwanzig Jahre damit verbracht, diese Fäden zu durchtrennen und so weit wie möglich davonzufliegen, außerhalb ihrer Reichweite. Bis ich vor elf Monaten eines Morgens aufwachte und feststellte, dass es keine Ketten waren, die mich niederhielten. Sondern Rettungsleinen, und meine waren so ausgefranst, dass sie mich kaum noch trugen. Gestern Nacht – oder vielleicht war es heute, ich wusste es nicht, da die Tage ineinander verschwammen – war die eine Leine, die mich immer zuverlässig gehalten hatte, gekappt worden.

Brody kümmerte sich um alles Organisatorische. Heute Abend fand ein Gottesdienst in der Kirche meiner Großmutter statt. Morgen würde sie auf dem Friedhof beigesetzt werden. Und dann ... ich wusste nicht, was danach kam. Ich wusste nur, dass ich Brody nicht wieder verlieren wollte.

Ich trug ein schlichtes schwarzes Kleid. Ein dünnes Sommerkleid, obwohl draußen kühle Temperaturen wie im Spätherbst herrschten, aber ein Pullover zum Drüberziehen musste reichen, denn ich hatte kein Geld, um mir etwas Neues zu kaufen. Pünktlich zur verabredeten Zeit klopfte Brody an meiner Tür. Ich hatte ihm gesagt, dass es vor dem Haus nur wenige Parkplätze gab und wir uns deshalb direkt unten treffen würden. In Wirklichkeit jedoch wollte ich nicht, dass er sah, wie ich lebte.

»Du hättest nicht extra hochkommen brauchen.«

Da ich heute keine Absätze trug, war er fast dreißig Zentimeter größer als ich. Er warf einen Blick über mich hinweg in die Wohnung. Ich wusste, was er beabsichtigte, und konnte es ihm wahrlich nicht verübeln.

Ich öffnete die Tür noch ein Stück weiter und trat beiseite. »Keine Drogen. Ich bin clean.«

»Ich hab nicht …«

Ich zog die Augenbrauen hoch, woraufhin er grinsend einlenkte. »Na gut, vielleicht doch.«

Er trat ein.

»Dann mache ich mal eine kleine Führung.« Ich drehte mich mit ausgestreckten Armen im Kreis. Bis auf das Bad hatte man von hier aus meine gesamte Einzimmerwohnung im Blick. »Führung beendet. Und, wie gefällt's dir?«

»Hübsch. Schön … warm.«

»Nicht wirklich. Du solltest besser die Jacke anbehalten.«

»Aber immerhin hast du sie für dich allein, richtig?«

»Du findest wirklich in allem etwas Gutes, was?«, foppte ich ihn.

»Absolut.«

»Gib mir einen Moment. Ich suche meine schwarzen Pumps.« Meine Wohnung war zwar klein, dafür waren die Decken hoch. Typisch Manhattan. Da Wohnraum knapp war, baute man in die Höhe.

An einer Wand befand sich ein Einbauschrank in zwei Metern Höhe. Ich kletterte auf den schäbigen kleinen Zweisitzer – das einzige Möbelstück in meinem Wohnzimmer – und kramte, auf der Rückenlehne balancierend, in den Fächern.

»Was machst du denn da? Nicht dass du hinfällst.« Brody

kam zu mir und hielt mich an der Taille fest, während ich nach den Schuhen suchte, die sich erst in der obersten Ecke fanden. Ich musste mich auf die Zehenspitzen stellen, um sie zu erreichen.

»Hab sie«, rief ich aus und schwenkte die Schuhe triumphierend in der Luft.

Brody setzte mich mit einer solchen Mühelosigkeit auf dem Boden ab, als sei ich ein leerer Karton Milch. Als er seine Hände wegzog, merkte ich, wie sehr ich seine Berührungen vermisst hatte.

Ich drehte mich zu ihm um, umschloss seinen Bizeps mit der Hand und drückte zu. »Danke fürs Festhalten. Tolle Muckis. Hast du in letzter Zeit trainiert?«

Er gluckste. »Zieh die Schuhe an, Miss Klugscheißer.«

Eigentlich war es nichts Großes – Brody, der mich festhielt, das Herumalbern danach –, aber in diesem einen völlig unerwarteten Moment fühlte ich mich zum ersten Mal seit Jahren wieder wie mein altes Ich.

»Pack eine Reisetasche. Ich möchte, dass du heute Nacht noch mal im Hotel übernachtest und morgen auch.«

»Danke, das ist nett von dir. Aber mir macht es nichts aus, hierzubleiben, Brody.«

»Würdest du es mir zuliebe tun?«

Dieser Mann hatte nicht die leiseste Ahnung, was ich alles ihm zuliebe tun würde. Ich nickte und warf ein paar Klamotten, die ich für die Beerdigung herausgesucht hatte, in eine Tasche.

Auf dem Weg nach draußen hörte ich aus der Nachbarwohnung Stimmen. Aus Lenas und Abbys Wohnung. »Kannst du kurz warten?«

Ich horchte, ehe ich klopfte. Brody stand hinter mir.

Das vertraute Geräusch der verrosteten Türverriegelung erklang, und Abby öffnete die Tür. Sie begann zu strahlen und überrumpelte mich, als sie sich gegen meine Beine warf und sie umarmte. »Können wir wieder in den Park gehen?«

Ich lächelte auf das kleine Energiebündel hinunter. »Heute leider nicht. Ich habe etwas mit meinem Freund hier vor. Das ist Brody.«

Sie blickte zu Brody, fand nichts Spannendes an ihm und wandte sich wieder mir zu. »Wenn du fertig bist?«

»Ehrlich gesagt, werde ich ein paar Tage weg sein.« Ich spähte in ihre Wohnung. »Ist deine Mami da?«

»Nein. Oma hat mich hergebracht, um ein paar Kleider zu holen.«

Da erschien Sophie. »Habe ich dir nicht gesagt, du sollst nicht einfach die Tür aufmachen?«, schimpfte sie.

»Es ist nur Willow.«

Sophie stemmte die Arme in die Seiten. »Und woher wusstest du, dass es Willow ist? Hast du vorher gefragt, Abby?«

Abby sah zu mir, dann wieder zu ihrer Oma. »Nein.« Sie zog einen Schmollmund. »Ich hab's schon wieder vergessen.«

Ihre Großmutter verkniff sich ein Lächeln. »Na ja, das müssen wir wohl noch üben.« Sie wandte sich an mich. »Hallo, Willow. Hübsch schauen Sie aus.«

»Danke schön. Ich habe Stimmen gehört und dachte mir, ich schaue mal kurz vorbei, ob alles in Ordnung ist.«

Ihr Blick schnellte zu ihrer Enkelin. »Alles bestens. Abby wird wahrscheinlich eine Weile bei mir bleiben.« Ich las zwischen den Zeilen. Offenbar hatte sie keine Ahnung, wo ihre Tochter steckte. Sofort fühlte ich mich zwanzig Jahre zurückversetzt. Glücklicherweise hatte Abby Sophie, so wie ich Marlene gehabt hatte.

»Hast du es gut, Abby. Ich habe früher auch viel Zeit bei meiner Oma verbracht. Als ich so alt war wie du, war ihr Haus einer der schönsten Orte auf der Welt für mich.«

Sophie lächelte. »Wir machen uns ein paar schöne Tage, nicht wahr, Abby?«

Abby und ich hatten Glück. Mich schauderte es, wenn ich darüber nachdachte, wie es Mädchen erging, die keine Sophie oder Marlene hatten. »Wir müssen leider los, aber Sie haben ja meine Nummer. Falls ich irgendetwas tun kann …«

Abby unterbrach mich, begeistert auf und ab hüpfend. »Zum Beispiel mit mir in den Park gehen.«

Ich lachte. »Genau. Zum Beispiel mit Abby in den Park gehen, dann rufen Sie mich einfach an. Ich arbeite abends, das heißt, ich habe tagsüber Zeit.«

Sophie bedankte sich für unseren Besuch, und dann liefen Brody und ich hinunter zu seinem Wagen. »Was ist denn da los?« Er sah mich fragend an.

»Abbys Mom war ein paar Monate lang clean, aber vor ein paar Tagen ist sie wieder rückfällig geworden. Ich hab sie in ihrer Wohnung vorgefunden, als sie sich gerade mit einem Dealer vergnügte, während Abby nebenan im Zimmer saß. Also habe ich mit ihr einen Ausflug in den Park gemacht, und als ihre Mutter völlig weggetreten war, habe ich ihre Oma angerufen und sie hingebracht.«

Brody nickte. »Das hier ist keine gute Umgebung für dich.«

Eine Horde Jugendlicher im Gangsterlook umkreiste seinen noblen Geländewagen, als wir näher kamen. Ich sah Brody an. »Ich weiß gar nicht, wie du darauf kommst.«

Er ging geradewegs zu den Schlägertypen. »Alles klar, Jungs?«

»Shit, Alter. Du bist doch Brody Easton.«

»Der bin ich.« Er streckte ihnen die Hand hin, und sofort verwandelten sich die harten Gangstertypen in kleine Jungs, die ihrem großen Sportidol begegneten.

»Habt ihr auf mein Auto aufgepasst?«

»Nette Felgen hast du da. Wir wussten ja nicht, dass die schicke Karre dir gehört.«

Brody öffnete mir die Beifahrertür und wartete, bis ich eingestiegen war. Ich konnte nicht hören, was er sagte, aber er redete noch eine Minute lang mit den Halbstarken, bevor er ihnen erneut die Hände schüttelte und einstieg.

»Na, neue Freunde gefunden?«

»Neue Freunde *für dich* gefunden. Ich hab ihnen gesagt, sie sollen ein Auge auf dich haben.«

»Ich kann sehr gut auf mich selbst aufpassen.«

»Du gehörst nicht in diese Gegend.«

»Nein. *Du* gehörst nicht in diese Gegend. Ich schon. Ich glaube, du vergisst, wer ich bin.«

Er startete den Motor und legte den Gang ein. »Du hast recht«, murmelte er vor sich hin. »Das sollte ich nicht vergessen.«

* * *

Ich hatte damit gerechnet, dass die eine oder andere Pflegerin in der Kirche auftauchte. Doch dass so viele Menschen zu Marlenes Trauerfeier erschienen, darauf war ich nicht gefasst. Und nicht einer war meinetwegen hier, es waren allesamt Brodys Freunde und Teamkollegen. Eigentlich sollte mich das nicht überraschen, schließlich war er allseits beliebt. Nachdem er mich ein paar Leuten vorgestellt hatte, nutzte ich die erstbeste Gelegenheit, um mich zu entschuldigen und mich auf eine der Kirchenbänke zurückzuziehen. Kurz vor Beginn des Gottesdienstes ließ sich Brody neben mir in der ersten Reihe nieder, in Begleitung seiner Freundin, mit der er Händchen hielt, und noch einer weiteren Frau. Da begann der Pfarrer glücklicherweise auch schon zu sprechen, sodass uns vorerst die Peinlichkeit erspart blieb, einander vorgestellt zu werden. Der Gottesdienst war schlicht, und ich glaubte schon, es überstanden zu haben, ohne zusammenzubrechen, da fragte der Pfarrer, ob noch jemand ein paar Worte sagen wollte. Brody erhob sich.

In seiner Ansprache redete Brody darüber, wie seine Mutter starb, als er sieben war, und sein Vater danach nie mehr geheiratet hatte. Seine einzige Großmutter lebte weiter weg, sodass er nicht viel Erfahrung mit Frauen hatte. Dafür erntete er im Publikum ein paar Lacher. Dann erzählte er eine Geschichte, die ich bislang nicht kannte.

»Nach der Beerdigung meiner Mutter kamen alle mit zu uns nach Hause. Ich weiß nicht mehr viel von diesem Tag, aber ich habe nicht vergessen, wie die Leute zusammensaßen, sich unterhielten und lachten. Für mich war es völlig unverständlich, wie man fröhlich sein konnte, wenn doch gerade meine Mutter beerdigt worden war. Also ging ich wutentbrannt nach draußen, wo mich Marlene auf dem Treppenabsatz vorfand. Sie setzte sich neben mich und versuchte, mit mir zu reden, aber ich war nicht in der Stimmung. Nach einer Weile sagte sie mir, ich solle mitkommen, und nahm mich mit in ihre Wohnung gleich nebenan.

Wir gingen in ihre Küche, wo sie mich bat, ihr zur Hand zu gehen und ein paar Dinge zu bringen. Vanille, Milch, Mehl. Sie deutete auf den Schrank, in dem alles stand, und ich holte die Zutaten heraus. Während sie Cookies backte, kamen wir ins Gespräch. Ich erinnere mich, wie ich am Ende vor einem großen Glas Milch und einem Stapel Rosinen-Cookies saß. Sie erklärte mir, dass man schwere Zeiten im Leben am besten durchstand, indem man sich auf etwas Schönes konzentrierte. Meine Mutter war gerade gestorben, und in dieser Situation war es nicht leicht, irgendetwas Positives zu sehen, aber Marlene war so nett zu mir, dass ich sie nicht enttäuschen wollte. Als ich an diesem Abend zurück nach Hause ging, bedankte ich mich und sagte ihr, dass das einzig Gute an diesem Tag der Moment war, als sie mir Cookies gebacken hatte.

Ich habe das nie jemandem erzählt, und Marlene und ich kamen danach nie wieder darauf zu sprechen, aber in den vielen Jahren, die folgten, stand ab und an plötzlich ein Teller mit Rosinen-Cookies irgendwo, wo ich ihn sicher finden würde. Einmal, als ich in der fünften Klasse beim Versuch, mich mit dem Fahrrad auf das Hinterrad zu stellen, über den Lenker flog und mir den Arm brach, standen in dieser Nacht warme Cookies neben meinem Bett. Ein anderes Mal, als in der achten Klasse mein abgefangener Pass dafür sorgte, dass wir den Stichkampf gegen unseren größten Rivalen verloren, fand ich eine volle Tupperdose vor meiner Tür. Und im letzten Jahr an der Highschool, als ich nicht an den Unis meiner Wahl angenommen wurde, bekam ich wieder Cookies. Vor fünf Jahren setzte sich mein Vater in Arizona zur Ruhe. Wir hatten gerade die letzten Sachen in den Umzugswagen gepackt und uns zum Abschied umarmt, als ich in mein Auto stieg, und was erblicke ich auf dem Beifahrersitz? Eine Dose mit Cookies.

Heute Morgen, auf dem Weg hierher, habe ich bei einer Bäckerei haltgemacht, direkt um die Ecke von dem Haus, in dem ich als Kind wohnte. Es war Marlenes Lieblingsbäckerei. Ich kaufte also eine ganze Tüte Rosinen-Cookies. Über zwanzig Jahre lang hatte sie diese Cookies gebacken, und jedes Mal, wenn ich sie aß, zauberten sie ein Lächeln auf mein Gesicht. Heute Morgen aß ich einen, aber es war nicht dasselbe. Denn es ging nie um die Cookies selbst. Sondern um die alte Dame, die sich Gedanken darüber machte, dass ich möglicherweise gerade keinen Grund zum Lächeln hatte. Also gab sie mir einen. Sie war der Grund.

Marlene hinterlässt eine Tochter, Amanda, und eine Enkelin, Willow. Mit mir war sie zwar nicht verwandt, aber sie war immer für mich da, in guten wie in schlechten Zeiten – deshalb ist sie für mich wie ein Teil meiner Familie. Ich weiß, dass Marlene nicht gewollt hätte, dass wir heute um sie weinen. Sie hätte uns vielmehr ermutigt, an eine gute Sache in unserem Leben zu denken und uns daran festzuhalten. Aber um das Leben von Marlene Garner wirklich zu würdigen, schlage ich vor, dass Sie das nächste Mal, wenn Sie jemanden sehen, der einen schlechten Tag hat, im Gedenken an sie Rosinen-Cookies für ihn backen. Diese simple Geste könnte diesem Menschen mehr bedeuten, als Sie vielleicht glauben.«

Als Brody endete, war ich völlig überwältigt von meinen Gefühlen. Er setzte sich wieder auf seinen Platz zwischen Delilah und mir, sah mich weinen und beugte sich flüsternd zu mir. »Denk an etwas Positives, das all das mit sich bringt, Willow. Marlene hätte es so gewollt.«

Mein Atem bebte, als ich zu ihm hochsah. Ich sagte nichts, doch unwillkürlich dachte ich: *Es hat mich wieder zu dir gebracht*.

Delilah
KAPITEL 34

Nach der Trauerfeier fuhr ich zurück ins Büro und Brody zum Training. Morgen früh musste ich für einen Tag nach Buffalo, um ein Interview zu führen, und ich hatte mit der Recherche noch nicht einmal angefangen.

Um diese Zeit des Jahres, kurz vor den Play-offs, investierte der Sender jede Menge Zeit und Geld, um Interviewmaterial mit den voraussichtlichen Play-off-Teams zusammenzusammeln. Je nachdem, wer es tatsächlich in die Endspielserie schaffte, wanderten zahlreiche dieser Interviews ins Archiv und wurden nie ausgestrahlt. Und die Chancen, dass sich Buffalo in letzter Minute eine Wildcard für die Play-offs sicherte, standen eher schlecht.

Auf meinem Schreibtisch stapelten sich Berge von Papier, als Indie hereinplatzte. Es war schon fast acht, und der Feierabend war längst nicht in Sicht, aber ihr Besuch war eine willkommene Ablenkung. Mit einer Schachtel in der Hand ließ sie sich auf einen meiner Besuchersessel plumpsen.

»Komm rein. Ich hab grad eh nichts zu tun.« Ich winkte auf das Chaos hinab, das mich schwer beschäftigt aussehen ließ. Aber in Wirklichkeit konnte ich mich ohnehin nicht konzentrieren. Alles, woran ich denken konnte, war die Trauer in Brodys Stimme heute Vormittag bei seiner Ansprache in der Kirche – und wie seine mühsam beherrschte Miene in sich zusammenfiel. Das hatte mich zutiefst berührt.

»Ich habe dir etwas gebastelt.«

»Du hast mir etwas *gebastelt*?«

Sie blickte sich in meinem Büro um. »Gibt es hier ein Echo?«

»Vermutlich werde ich das gleich bereuen.« Ich warf meinen Stift auf den Schreibtisch und lehnte mich zurück. »Aber lass mal sehen.«

Indie griff in die Schachtel. »Das bist du.« Es war ein kleines Figürchen aus zusammengesteckten Papierklemmen, mit zwei Armen, zwei Beinen und einem Körper. Das Metallende zweier Klammern stellte den Hals dar und daran war ein Enthefter mit spitzen Zacken als Kopf montiert. Das Ganze erinnerte an einen brüllenden Dinosaurier mit scharfen Zähnen.

»Ich glaube, du hast zu viel Freizeit.«

»Ich musste ja jeden Tag ohne dich irgendwie zwei Stunden totschlagen.« Sie steckte die Hand in die Schachtel und zog eine weitere Figur heraus. »Das ist Brody.« Die sorgsam zusammengesteckte Klammerkunst sah genau aus wie die Version von mir, nur einen Kopf größer.

»Man könnte auf die Idee kommen, wir wären verwandt.« Ich zog eine Augenbraue hoch.

Sie ignorierte mich und förderte eine dritte Figur zutage. Diese war leichter zu deuten: Es war eine Schlange. Sie legte sie zu den anderen beiden Figuren auf den Tisch.

»Wieso hast du drei Enthefter?«

»Hab ich gar nicht. Ich hab dir einen gemopst, als du bei Mr CUM warst. Und auf dem Rückweg bin ich noch bei Fred Nagel vorbei und habe dort ebenfalls einen mitgehen lassen. Übrigens, wieso stinkt sein Büro überhaupt nach Arsch?«

Das erste Mal seit Tagen musste ich herzlich lachen. »Ich wusste gar nicht, dass sein Büro stinkt.«

»Willst du damit sagen, du hast noch nicht die ganze Etage erschnuppert?«

»Klappe.«

Indie stellte ihre Klammerkreationen um, sodass die Schlange jetzt zwischen Brody und mir lag. »Die Schlange heißt Willow.«

»Wieso überrascht mich das nicht?« Nach der Trauerfeier gestern hatte Indie mir das Ohr abgekaut. Während ich nur Augen für Brody gehabt hatte, hatte Indie Willow beobachtet. Aus der Art, wie Willow Brody ansah, hatte sie geschlossen, dass sie sein Mitgefühl ausnutzte, um ihm wieder näherzukommen. Ich selbst wusste zwar nicht, welche Absichten sie verfolgte, aber ich musste ständig darüber nachdenken, was Brody für sie empfand. Denn seit ich sie Seite an Seite in der Kirche gesehen hatte, war plötzlich alles, was ich über ihre Beziehung wusste, sehr viel realer.

Liebte er sie noch immer?

Was, wenn er ihnen noch eine zweite Chance geben wollte, nun, da sie wieder clean war?

»Du musst etwas unternehmen und dieser nostalgischen Wir-haben-so-viel-zusammen-durchgemacht-Nummer ein Ende setzen.«

»Die beiden haben gerade einen geliebten Menschen verloren – und ja, sie haben viel zusammen durchgemacht. Wenn ich ihm nicht vertrauen kann, wenn er gemeinsam mit dieser Frau trauert, dann kann ich ihm überhaupt nicht vertrauen, und dann soll es eben nicht sein zwischen uns.«

Indie warf die Hände in die Luft. »Das ist doch Quatsch. Seit wann überlassen wir alles dem Schicksal? Wir kämpfen um das, was wir wollen.«

»Was, wenn er sie noch immer liebt?«

»Dann wird er dir das Herz brechen. Und dann kauf ich dir ein Eis, und wir beide nehmen drei Kilo zu, während wir auf deiner Couch einen Monat lang einen Nicholas-Sparks-Film nach dem anderen schauen.«

Ich dachte einen Moment darüber nach. »Kaufst du mir dann ein *Ben & Jerry's* Cherry Garcia?«

»Mit Schokosoße.«

Ich holte tief Luft. »Er hat mich eingeladen, mit ihnen heute Abend essen zu gehen. Sie treffen ein paar Leute, die in dem Heim arbeiten, in dem Marlene gewohnt hat.«

»Und du hast Nein gesagt?«

»Ich habe ihm gesagt, dass ich viel zu tun hätte vor meinem Interview morgen.«

»Das da wäre?«

»Recherche.«

»Zu was?«

»Zum Team.«

»Du kennst jede Scheißstatistik von jedem Team der verfluchten Liga auswendig. Ich glaube nicht, dass du wirklich noch irgendetwas recherchieren musst.«

Wahrscheinlich hatte sie recht. Ich blickte auf die Uhr auf meinem Handy. »Das Abendessen ist bestimmt bald vorüber.«

»Dann bring ihm doch ein süßes Betthupferl vorbei …«

Willow
KAPITEL 35

Als Brody am Tisch mit einem mehr als doppelt so alten Mann lachte, schimmerte der alte Brody durch, so wie ich ihn früher gekannt hatte. Der sechzehnjährige Bursche mit der großen Klappe, der jedoch, anders als viele Jungen seines Alters, etwas dahinter hatte. Heute umso mehr als damals.

Fasziniert beobachtete ich, wie Brody einen Bissen von seinem Essen nahm. Sein kantiger Kiefer war heute noch ausgeprägter. Aus dem Jungen, dessen Gesicht noch etwas Weiches hatte, war im Laufe der Jahre ein Mann mit harten, markanten Zügen geworden. Der leichte Hauch von Stoppeln verlieh seiner gebräunten Haut eine dunklere Schattierung, die seine blassgrünen Augen noch intensiver hervorstechen ließ.

Er erwischte mich dabei, wie ich ihn anstarrte, und schenkte mir nach einem kurzen Stirnrunzeln ein kleines Lächeln, als würden wir, er und ich, ein Geheimnis teilen, ehe er seine Unterhaltung mit Grouper fortsetzte.

Als sich das Abendessen dem Ende näherte, saß ich schweigsam in der Runde. Während die Sekunden davonliefen, wurde mir plötzlich schmerzlich bewusst, dass uns nur noch ein paar Stunden blieben. Nach heute Abend gab es für uns beide keinen Grund mehr für ein weiteres Treffen. Allein Marlene hatte uns noch verbunden. Und nun war sie nicht mehr da. Bei dem Gedanken daran verspürte ich einen körperlichen Schmerz in der Brust.

»Alles okay?« Nachdem wir uns von Grouper und Shannon

verabschiedet hatten, waren Brody und ich auf dem Weg zu den Aufzügen.

Ich nickte.

Er drückte für mich auf die Taste für den siebten und für sich auf die Taste für den dreiunddreißigsten Stock. Als wir meine Etage erreichten und ich ausstieg, hielt er einen Arm nach oben gegen die sich schließende Tür, um sie aufzuhalten. »Ich habe morgen um neun Training. Der Coach hat es mir verziehen, dass ich letzte Woche ab und an gefehlt habe und zu spät war, aber wenn ich morgen nicht antrete, gibt er mir einen Arschtritt. Was hältst du davon, wenn wir morgen um sieben zusammen frühstücken und ich dich unterwegs absetze?«

Uptown lag zwar nicht auf seinem Weg, aber ich stimmte trotzdem zu. Ich nahm, was ich kriegen konnte.

Mein Hotelzimmer war vollkommen still. Ich konnte Stille noch nie leiden – dann gab es nichts, was die Gedanken in meinem Kopf übertönte. Umso mehr jetzt, da ich clean war.

In den letzten Jahren hatte ich beinahe täglich an Brody gedacht und mich gefragt, wo wir heute stehen würden, wenn ich das letzte Mal nicht abgehauen wäre. Wären wir immer noch zusammen? Wären wir verheiratet? Meine Gedanken kreisten ständig um das *Was wäre, wenn?*.

Nachdem ich geduscht hatte, kuschelte ich mich unter die Bettdecke und schaltete den Fernseher ein, um etwas Gesellschaft zu haben und mich abzulenken. Auf dem ersten Sender war ein Paar in einen leidenschaftlichen Kuss vertieft. Brody war ein sensationell guter Küsser. Seine Küsse waren alles andere als sanft, sondern dominant und fordernd. Es hatte immer etwas Wildes, wenn er über meinen Mund herfiel. Bei dem Gedanken daran fuhr ich mit den Fingern über meine Lippen und schloss die Augen, in Erinnerungen schwelgend.

Was wäre, wenn …?

Ich schaltete auf einen anderen Sender um. Auf FX lief *Sons of Anarchy*, eine Serie über einen Motorradklub. Waffen und Gewalt. *Perfekt*.

Auf dem Bildschirm waren ein paar Biker in Lederwesten in einem Klubhaus zu sehen. Plötzlich wechselte die Szene, und ich starrte auf den tätowierten Rücken eines nackten blonden Mannes. Die Kamera fuhr hinunter über seinen knackigen Hintern, während er kraftvoll in eine Frau hineinstieß, die lustvoll stöhnte. *Brody mit seinem unfassbaren Körper konnte das ebenfalls enorm gut*. Gott, es war eine Ewigkeit her, seitdem ich zuletzt unter einem Mann gestöhnt hatte.

Was wäre, wenn …?

Ich schaltete erneut um.

ESPN zeigte die Highlights der Footballspiele der letzten Woche. Gerade schleuderte Philadelphias Quarterback den Ball in die Endzone. Als der Ball direkt in den Händen des Wide Receivers landete, reckte der Quarterback die Faust in die Luft und feierte den Sieg. *Brody und ich haben früher seine Siege im Schlafzimmer gefeiert.* Ich schüttelte mir den Gedanken wortwörtlich aus dem Kopf und drückte auf die Fernbedienung.

Was wäre, wenn …?

Schluss damit, ich durfte nicht mehr an Brody denken. Ich schaltete auf Musik um. Auf dem Bildschirm standen Top 40, Classicrock, Hip-Hop und Country zur Auswahl. Ich wählte Classicrock aus. »Feel Like Making Love« von Bad Company ertönte aus dem Fernseher.

Gott, auch das noch …

Ich lauschte Paul Rodgers, wie er die einstigen goldenen Zeiten besang, bis ich es nicht mehr aushielt und auf den Country-Kanal umschaltete. Alan Jacksons »Remember When« erklang. Ein Song über das erste Mal.

Mein erstes Mal war mit Brody.

Offenbar hatte sich die gesamte Welt gegen mich verschworen.

Oder …

Vielleicht war es ein Zeichen.

Was wäre, wenn …?

Auf meinem iPod gab es so viele Songs, die mich an Brody erinnerten. Die ich nie hörte. Weil ich Angst davor hatte, was dann kam. Und doch löschte ich sie nicht.

Was wäre, wenn …?

Von morgen an gäbe es nichts mehr, was uns verband.

Aber ich wollte keine Angst mehr haben.

Mich mein Leben lang fragen müssen …

Was wäre, wenn …?

Es wurde Zeit, dass ich die Songs löschte und ein für alle Mal damit abschloss. Oder ich hörte sie endlich wieder.

In meinem Leben gab es so vieles, was ich bereute. Und in diesem Moment wusste ich, dass ich es bereuen würde, wenn ich es nicht zumindest versuchte. Ich stieß die Bettdecke von mir, sprang aus dem Bett und zog mich an, während meine Gedanken wild umherschossen. Die Chance, dass Brody außer Verachtung und Hass noch irgendwelche Gefühle für mich hegte, war zwar praktisch gleich null. Aber …

Was wäre, wenn …?

Die Schlüsselkarte für den Aufzug besaß ich noch, ich hatte vergessen, sie ihm zurückzugeben. Das hieß, er würde mich erst bemerken, wenn ich vor seiner Suite stand. Kurz entschlossen stieg ich in den Fahrstuhl. Er setzte sich in Bewegung, bevor ich Gelegenheit hatte, es mir anders zu überlegen. Ich wusste nur, dass dies meine letzte Chance war. *Was wäre, wenn …?* Das wollte ich mich nicht mein Leben lang fragen müssen.

Brody öffnete schon nach dem ersten Klopfen. Er trug noch immer die Anzughose, aber Hemd und Gürtel standen offen. *Gott, sah er umwerfend aus!*

»Willow?« Ich hatte noch immer keinen Ton von mir gegeben. »Alles okay?«

Ich schüttelte den Kopf, und wir starrten uns einen Moment lang an. »Kann ich reinkommen?«

Eine Sekunde lang dachte ich, er würde mich abweisen. Er senkte die Lider, und als er sie wieder hob, trat er beiseite, um mich hereinzulassen.

Delilah

KAPITEL 36

Indie hätte mich ausgelacht. Ich stand in der Schlange im Vierundzwanzig-Stunden-Supermarkt, ein paar Häuser vom *Regency* entfernt, in der Hand eine Tüte mit diversen süßen Teilchen vom Backstand, der gerade im Begriff war zu schließen. Als sie mir vorgeschlagen hatte, Brody ein Betthupferl vorbeizubringen, waren Cannoli mit Sicherheit das Letzte, woran sie gedacht hatte.

Ich wusste, dass ich nur Zeit schindete. Nach Drew hatte ich nicht geglaubt, dass ich jemals wieder solche Gefühle für einen Mann haben würde. Wenn Brodys Name auf meinem Handydisplay erschien, lächelte ich. Wenn ich ihm von Angesicht zu Angesicht gegenüberstand, begann mein Herz schneller zu schlagen. Manchmal las ich eine einfache SMS von ihm zehnmal hintereinander.

Bei Drew war das anders gewesen. Ich hätte eine Liste mit einer Million Dingen aufstellen können, die ich an ihm geliebt hatte. Damals dachte ich, dass genau das wahre Liebe auszeichnete. Liebe war etwas Logisches. Praktisches. Eine Liste mit Beweisen, dass er der Richtige war.

Aber was Brody anging, konnte ich nicht in Worte fassen, was ich für ihn empfand. Ich könnte wahrscheinlich eine Liste mit einer Million Gründen aufstellen, warum ich mich besser von ihm fernhalten sollte. Und dennoch wusste ich, dass es für mich nur ihn gab. Mein Herz hatte sich für ihn entschieden, nicht mein Kopf.

Der Gang vor der Kasse war flankiert von Ständern mit Artikeln, die zu spontanen Käufen animieren sollten. Rosafarbene Radiergummis mit Truthahnbildchen, kleine bemalte Kürbisse, Packungen mit Sammelbildern der National Football League. Ich hielt mir den Radiergummi an die Nase. Der Geruch erinnerte mich an meine Grundschulzeit. Ich warf ein paar davon in meinen Einkaufswagen, ebenso eine Handvoll Sammelbildpackungen. Als ich endlich an der Reihe war, hatte mich meine Zeit in der Schlange dreiunddreißig Dollar gekostet.

Immerhin entschädigte mich der leere Aufzug für die lange Wartezeit und ich fuhr so schnell hoch in Brodys Etage, dass mir der Kopf schwirrte, als ich ausstieg. Eine Mischung aus Aufregung und Nervosität befiel mich, als ich meine Hand hob, um an die Tür zu klopfen.

Mein Klopfen war leise, hallte aber durch den stillen Gang.

Ich wartete. Mit jeder Sekunde, die verging, pochte mein Herz schneller.

Vielleicht schlief er schon?

Ich klopfte erneut. Diesmal lauter.

Schritte ließen den Boden vibrieren, als sie näher kamen.

Als die Tür aufschwang, hielt ich die Schachtel mit den Cannoli in die Höhe, die an einem rot-weißen Band an meinem Finger baumelte. »Ich dachte mir, vielleicht magst du einen Nachtisch?«

Brody trug noch immer die Sachen von der Trauerfeier. Das heißt, es sah aus, als hätte ich ihn gerade beim Ausziehen gestört. Sein weißes Hemd war aufgeknöpft, der Gürtel seiner schmalen Anzughose hing locker herunter, und er war barfuß. Mein erster Gedanke bei seinem Anblick war: Wer braucht schon Cannoli, wenn er DAS vernaschen kann?

Ich lächelte. Doch irgendetwas an seinem Blick ließ mir das Herz in die Hose rutschen, noch ehe er ein Wort sprach.

Er drehte sich um und warf einen Blick zurück in die Suite. Als er sich wieder zu mir wandte, sagte sein Blick bereits alles. »Ich hatte nicht mit dir gerechnet.«

»Soll ich gehen?«

»Nein. Es ist nur … Willow ist vor ein paar Minuten gekommen und …«

»Willow ist bei dir?«

Er fuhr sich mit der Hand durchs Haar. »Es ist nicht das, wonach es aussieht. Ich schwöre es.«

»Was ist es dann? Sag schon.« Ich spähte ins Wohnzimmer und sah Willow dort stehen. Sie war ebenfalls barfuß und starrte aus einiger Entfernung in unsere Richtung.

»Sie brauchte jemanden zum Zuhören. Das waren schwierige Tage.«

»Und du wolltest sie trösten, halb nackt … und in deinem Hotelzimmer?«

»Nein, das wollte ich nicht.«

»Dann sag es mir, verdammt noch mal.« Ich hob die Stimme. »Was wolltest du dann?«

»Nichts. Ich konnte nur … ich konnte sie nicht einfach wegschicken.«

»Und wieso nicht?«

Brody hielt meinen Blick fest. »Ich konnte es einfach nicht.«

Ich ließ die Cannoli-Schachtel fallen, machte kehrt und lief Richtung Fahrstuhl. Aber der Scheißaufzug war schon verschwunden. Hektisch drückte ich zwanzigmal auf die Ruftaste, wollte nur noch so schnell wie möglich weg.

Die Tür zu Brodys Suite knallte zu, und kurz dachte ich, er sei wieder reingegangen. Doch dann stand er hinter mir und fasste mich an der Hüfte. »Geh nicht. Bitte. Es ist nichts passiert. Das schwöre ich.«

Glücklicherweise war der Aufzug schnell da. Ich stieg ein

und drehte mich zu Brody um. »Das glaube ich dir sogar. Ich glaube, es ist nichts Körperliches zwischen euch passiert. Aber das ist nicht der Grund, weshalb ich gehe.«

»Wieso dann?«

»Das musst du schon selbst herausfinden.« Wir starrten uns an, während sich die Türen schlossen.

Ich hielt die Tränen zurück, bis ich auf der Straße war. Dann kam alles auf einmal hoch. Meine Traurigkeit. Meine Enttäuschung. Mein Liebeskummer. Ich rang nach Luft, lehnte mich an die Wand und beugte mich vornüber, die Hände auf den Knien abgestützt.

Brody musste den nächsten Aufzug nach unten genommen haben, denn als ich ins Taxi stieg und davonfuhr, sah ich, wie er gerade aus dem Hoteleingang gerannt kam.

* * *

Das Taxi hielt am Bordstein vor meiner Wohnung, doch da merkte ich, dass ich nicht heimgehen wollte.

»Ich hab's mir anders überlegt. Können Sie mich nach Chelsea reinfahren? 22nd Street 155 ist die Adresse.«

»Sie müssen aber die gesamte Strecke zahlen.«

»Natürlich.« Von mir aus hätte ich auch fünfhundert Dollar bezahlt, Hauptsache, ich musste nicht nach Hause. Es war fast zehn, aber Indie würde es mir bestimmt nicht übel nehmen. Während wir uns wieder in den Verkehr einfädelten, starrte ich mit trockenen Augen hinaus auf die Straße. Ich konnte nicht weinen. Es war, als wäre ich innerlich leer.

Als ich das Haus, in dem Indie lebte, betrat, war ich wie betäubt. Im Aufzug starrte ich auf das Bedienfeld und wusste nicht, was ich tun sollte. Glücklicherweise stieg ein älterer Herr mit einem Hund an der Leine ein, der die Sache in die Hand nahm.

»Welche Etage?«

»Ähm. Siebte.« Kaum hatte ich es ausgesprochen, wusste ich nicht mal mehr, ob es tatsächlich stimmte.

Doch oben angekommen, bestätigte mir der Geruch nach Marihuana, der im Flur hing, dass ich hier richtig war, denn Devin, Indies Nachbar, war Kiffer.

Leise klopfte ich an. Indie öffnete, ohne nachzufragen, wer da war. Ein Lächeln erhellte ihr Gesicht, als sie mich erblickte, schwand aber in Sekundenschnelle. »Oh, Süße.« Ohne zu wissen, was vorgefallen war, nahm sie mich in den Arm und zog mich in ihre Wohnung. Ich war den Tränen nahe, aber sie wollten immer noch nicht fließen.

»Komm mit.« Sie führte mich in ihre Küche und schaltete das Licht ein. »Setz dich hin.« Sie deutete auf einen Stuhl, und ich gehorchte. Ehrlich gesagt, war ich heilfroh, dass ich zu Indie gefahren war, denn ich war so hilflos, dass ich selbst die Anweisungen eines Fremden befolgt hätte.

Sie öffnete den Schrank, holte zwei kleine Schüsseln heraus und stellte jedem von uns eine Portion *Ben & Jerry's*-Eis hin. Sie reichte mir einen Löffel und ließ sich mir gegenüber nieder. »Was ist passiert?«

»Können wir über irgendetwas anderes reden? Über das Wetter? Die Arbeit? Den Klimawandel? Irgendwas?«

Sie nickte und schob sich einen Löffel Eis in den Mund. »Ich denke darüber nach, mit Devin in die Kiste zu springen.«

»Mit dem Kiffer?«

»Er rammelt wie ein Hase.«

Beinahe hätte ich gelächelt. Beinahe. »Woher willst du das wissen?«

»Unsere Schlafzimmer grenzen direkt aneinander.«

»Der Typ ist so eine Trantüte, dass er zehn Minuten braucht, um einen Satz zu formulieren. Wie kann der ein Rammler sein?«

Sie zuckte mit der Achsel. »Du bist gerade mitten im Geschehen hereingeplatzt. Willst du mal hören?«

»Danke, aber ich glaube, ich passe.«

Sie schwieg eine Weile. »Willst du mir nicht doch erzählen, was los ist?«

Ich starrte in meine halb leere Schüssel. »Ich hab mich wirklich in ihn verliebt.«

»Ich weiß.«

»Ich habe das eingerahmte Foto von Drew in den Schrank weggepackt.« Als ich Drews Namen nannte, war es, als bekäme die Mauer, die ich die letzte Stunde um mich herum hochgezogen hatte, Risse.

»Es war auch an der Zeit, Süße. Egal, was mit Brody war, es war auf jeden Fall an der Zeit.«

Ich nickte mit hängenden Schultern. »Das ist die Ironie des Ganzen. Ich habe endlich einen Schritt nach vorn gemacht, und plötzlich macht er einen Rückzieher.«

Die erste Träne tropfte, und dann brach es aus mir heraus. Ich heulte wie seit Jahren nicht mehr. Weil ich nicht nur den Mann, den ich liebte, verlor, sondern aufs Neue auch Drew. Mein Herz hatte ihn betrogen und sich für einen anderen geöffnet, und nun trauerte ich um zwei Verluste.

Indie nahm mich fest in den Arm. »Lass alles raus, Süße. Lass alles raus.«

Delilah
KAPITEL 37

»Könntest du CUM nicht sagen, dass du öfter mit deinem Laptop arbeiten musst?« Indie verrenkte sich den Hals, um dem überaus attraktiven – und überaus jungen – IT-Typen nachzuschauen, der von meinem Büro Richtung Fahrstuhl ging.

Ich klappte meinen Laptop auf, meldete mich an und überprüfte, ob all meine Dateien noch da waren. Die IT-Abteilung hatte zwar nur meine Antiviren-Software aktualisiert, aber das letzte Mal, als ich ihnen meinen Computer überlassen hatte, war danach die Recherchearbeit einer ganzen Woche futsch. Ich klickte auf den Steel-Ordner und rief meine Reiseroute für morgen auf.

»Bist du sicher, dass es dir nichts ausmacht?«

»Bist du irre? Ich kann es kaum erwarten.« Indies Handy brummte. Sie grinste und drehte das Display in meine Richtung. Darauf war die Cartoon-Zeichnung eines Hasen zu sehen.

Während sie telefonierte, lud ich die Spielstatistiken von letzter Woche aus unserer Firmendatenbank herunter. »Devin, Süßer. Kannst du mir einen Gefallen tun?«

Mit halbem Ohr hörte ich, wie Indie ihren Nachbarn bat, ihre Fische zu füttern.

»Das Futter? Ja, das findest du in meinem Schlafzimmer. In dem kleinen Tischchen neben dem Bett.« Es entstand eine kurze Pause, dann antwortete sie ihm. »Das wäre super. Wie wär's, wenn ich dich als Dankeschön nach meiner Rückkehr zum Abendessen zu mir einlade?«

Sie grinste über beide Ohren, als sie auflegte.

»Was hast du vor?«

»Nichts. Ich pflege nur einen guten Nachbarschaftskontakt und bitte Devin, meine Fische zu füttern.«

»Du bewahrst das Fischfutter im Nachtschränkchen auf?«

Sie zuckte die Achseln. »Wir leben in Manhattan. Stauraum ist rar.«

Ich warf meiner allzu vergnügt aussehenden Freundin einen misstrauischen Blick zu. »Was ist noch in der Schublade?«

Sie stand auf. »Wieso, was willst du damit sagen?«

»Hast du oder hast du nicht unseren Kifferfreund gerade zu einer Schublade gelotst, in der neben dem Fischfutter ein Vibrator liegt?«

»Nein!«

Ich glaubte ihr kein Wort.

»Mein Vibrator ist nicht da, Ehrenwort. Der liegt bei meiner Unterwäsche.«

Sie strebte zur Tür. »In der Schublade liegen schwarze Dessous, Fellhandschellen, Kondome und Gleitgel. Also, Abfahrt morgen um zehn, richtig?«

»Richtig. Ach, und Indie?«

»Mmhh?«

»Danke, dass du das für mich tust.«

* * *

Ich hatte die ganze Nacht kaum ein Auge zugemacht. Bei dem Gedanken daran, dass ich morgen in die Kabine der Steel gehen und so tun musste, als ob alles in bester Ordnung sei, wurde mir speiübel.

Ich weiß nicht, was ich erwartet hatte, nachdem ich vor vier Tagen aus dem *Regency Hotel* gestürmt war. Doch dass gar nichts von ihm kam, absolut *nichts*, das hätte ich nicht gedacht. Ich gehörte nicht zu jenen Frauen, die wollen, dass man um sie buhlt, aber irgendein Versuch der Kontaktaufnahme wäre schön gewesen. So musste ich mich fragen, ob Brody einfach in seine Suite zurückgekehrt und die Sache damit für ihn erledigt war.

Aber dann hatte ich neulich ein Bild von ihm auf dem Weg zum Training gesehen. Seine Augen blickten finster und in sich gekehrt, und er lief mit hängendem Kopf. Wider besseres Wissen hatte ich das Bild auf meinem Computer herangezoomt. Er sah aus, als hätte er eigenhändig den Superbowl vermasselt.

Obwohl es wehtat, hatte ich mir dieses Foto in den letzten Tagen immer wieder angeschaut, und jedes Mal musste ich mich zusammenreißen, um ihn nicht anzurufen.

Ein Teil von mir fühlte sich schuldig, weil ich ihn hatte stehen lassen, nachdem er gerade eine Frau zu Grabe getragen hatte, die ihm so sehr am Herzen lag. Seit dem Tod meines Vaters waren zwei Jahre vergangen, und der Schmerz fühlte sich noch immer so frisch an wie am ersten Tag. Aber dann fiel mir ein, dass Brody ja nicht allein war. Er hatte *Willow*, die ihn tröstete. Das musste ich mir immer wieder vor Augen halten, wenn mich der Drang überkam, ihn anzurufen. Und was, wenn ich anrief und sie ans Telefon ging?

»Bist du bereit, Thelma?« Indie steckte den Kopf durch die Tür.

»Und ob, Louise!«

Die Fahrt nach Maryland dauerte fünf Stunden, doch die Zeit verging schneller als gedacht. Indie war die ideale Roadtrip-Begleiterin. Nicht nur hatte sie für uns Knabberkram eingepackt – Chips, Studentenfutter, Käsestangen –, sondern schaffte es auch, mich von Brody Easton abzulenken, zumindest für die Dauer der Fahrt.

Unser Hotel befand sich in der Nähe des Stadions. Die Reiseabteilung des Senders hatte für uns einen Zimmerblock reserviert, da sie wussten, dass der Andrang in den Tagen vor den ersten Play-off-Spielen riesig sein würde. Ich hätte zwar lieber ein Hotel gewählt, in dem die Steel nicht übernachteten, aber da war nichts zu machen. Die Stadt war komplett ausgebucht. Als wir uns dem Stadion näherten, brachte Indie das Thema auf.

»Es wird unmöglich sein, ihm aus dem Weg zu gehen, also hab ich mal Eisdielen in nächster Nähe herausgesucht. Es gibt ein *Baskin Robbins* eine Straße weiter Richtung Osten und ein *Scoops* ungefähr vier Straßen westlich.«

»Danke.« Ich grinste.

»Darf ich dich was fragen?«

»Klar.«

»Aber du darfst nicht sauer werden.«

Das gefiel mir gar nicht. »Okay …«

»Du hast Brody geglaubt, dass er dich nicht mit Willow betrogen hat, aber du hast ihm nicht abgenommen, dass er über sie hinweg ist?«

Es klang absurd, aber aus irgendeinem Grund war es genau das, was ich glaubte. »Ja.«

»Hast du dich mal gefragt, wieso du ihm in einer Sache glaubst und in der anderen nicht?«

Zwar hatte ich in den letzten Tagen an kaum etwas anderes gedacht, doch darauf war ich, wenn ich ehrlich war, bisher noch nicht gekommen. »Wahrscheinlich, weil ich das Gefühl habe, dass er zwar seine Lust kontrollieren kann, aber nicht sein Herz.«

»Und woher weißt du, dass sein Herz noch immer für sie schlägt?«

Die Frage erschien mir lächerlich. »Er hat sie geliebt und sie verloren. Natürlich liebt er sie noch.«

Indie griff nach meiner Hand. »Süße. Redest du von Brody und Willow oder von dir und Drew?«

* * *

Zum Abendessen trafen wir uns mit vier Kollegen von *WMBC* im Steakhouse des Hotels. Über Geschäftliches wurde allerdings kaum geredet. Michael und Indie plauderten angeregt miteinander, während ich mir größte Mühe gab, den Abend zu genießen. Aber meine düsteren Gedanken folgten mir unablässig wie ein dunkler Schatten, dem ich nicht entfliehen konnte.

»Was halten Sie davon, Delilah?« Marvin Clapman war der Leiter der Technikabteilung des Senders. Er gehörte zu den wenigen Mitarbeitern, die seit Gründung des Senders vor vierzig Jahren dabei waren. Früher ein einfacher Handwerker, war er heute für die komplette Technik verantwortlich, von den Mikros bis zur Übertragung auf den heimischen Fernseher. Und nun blickte er mich erwartungsvoll an.

»Ähm, tut mir leid, könnten Sie die Frage wiederholen?«

Er verengte die Augen. »Der Pro Bowl. Finden Sie, dass er weiterhin zwischen Play-offs und Superbowl stattfinden sollte? Oder besser danach, damit auch die gewählten Spieler der zwei Superbowl-Teams auflaufen können?«

»Ah, na ja, ich denke, für den Sender ist es von Vorteil, wenn er in der Spielpause stattfindet. Die Zuschauer wollen an dem spielfreien Wochenende trotzdem gern unterhalten werden, das heißt, die Werbeblocks rentieren sich enorm. Aber für die Spieler wäre es anschließend besser.«

Glücklicherweise schaltete sich Aileen Fisher aus Marvins Abteilung ein, sodass ich fein raus war. Ich legte den Kopf in den Nacken, als ich den Rest von meinem Wein hinunterkippte, und blickte durch den Boden meines Glases. Am Eingang des Restaurants herrschte Tumult. Mir rutschte das Herz in die Hose, als ich vertraute Gesichter erblickte. Vertraute *Spieler*-Gesichter.

Das gesamte Restaurant hielt inne und beobachtete, wie die Kellnerin ihnen die Plätze zuwies. Selbst wenn es keine berühmten Footballspieler gewesen wären, hätte dieser Anblick Aufsehen erregt. Sechs ungewöhnlich große Männer in Anzügen, einer lauter als der andere. Ich stieß einen tiefen Seufzer der Erleichterung aus, als ich Brody nicht darunter entdeckte. Bis ich sah, dass sich die sechs Herren an einen Achtertisch gesetzt hatten, an dem sie zwei Plätze frei hielten.

War ich zuvor bereits geistesabwesend gewesen, so war ich nun völlig raus aus dem Gespräch, starrte auf die Tür und wartete darauf, wer die beiden leeren Plätze einnehmen würde. Indie saß mir schräg gegenüber, und ihre Augen spiegelten meine eigene Panik wider.

Ich spürte seine Anwesenheit in der Sekunde, da er hereinkam. Ich starrte gerade auf das Handy in meinem Schoß, in dem verzweifelten Versuch, mich irgendwie abzulenken, als ein schwaches Murmeln ertönte. Das Geräusch wuchs an, als die beiden Männer das Restaurant betraten. Brody in Begleitung des Offensive-Line-Trainers.

Zunächst sah er mich nicht, doch ich konnte den Blick nicht von ihm abwenden. Er sah traurig aus, müde, und sein übliches freches Lächeln war völlig verschwunden. Dieser Anblick ließ etwas in mir aufreißen, und plötzlich hatte ich Angst, meine Gefühle nicht mehr im Zaum halten zu können, solange ich hier in diesem Restaurant saß.

Auf halbem Weg zu seinem Tisch blieb er abrupt stehen. Ich beobachtete, wie er den Raum mit den Augen nach etwas absuchte. Seit dem Tag, an dem ich Brody das erste Mal traf, hatte ich seine Anwesenheit immer schon gespürt, bevor ich ihn sah. Ich hatte es stets darauf geschoben, dass mir mein romantisch verklärtes Hirn einen Streich spielte. Aber als sich unsere Blicke jetzt trafen, wusste ich, dass ich es mir nicht nur eingebildet hatte. Er suchte nach mir.

Wir starrten einander an. Als ich den Schmerz in seinen dumpfen grünen Augen sah, war mir, als würde mir jemand das Herz aus der Brust reißen.

So verharrten wir, nur einige Sekunden, obwohl es sich viel länger anfühlte. Dann wanderte sein Blick weiter über die Runde am Tisch. Sein Kiefer spannte sich an, als er Michael Langley neben mir entdeckte. Sein Gesicht verschloss sich, er wandte den Kopf ab und setzte sich zu den anderen an den Tisch.

»Was war das denn eben?«, fragte Marvin. Der gesamte Tisch hatte unseren Blickwechsel beobachtet. Marvin, der sich den ganzen Tag zwischen Kabeln und Anlagen verkroch, war womöglich der Einzige im Sender, der nichts von meiner Beziehung mit Brody wusste.

Indie trat ihm unter dem Tisch gegen das Schienbein und antwortete an meiner Stelle: »Nur ein wichtigtuerischer Spieler, der einem hübschen Mädel schöne Augen macht.«

Die Kellnerin tauchte aus dem Nichts auf. »Möchten Sie schon etwas zu essen bestellen?«

»Einen Apple Martini.«

»Okay. Und zu essen?«

»Nichts, ich habe keinen Hunger.«

Indie murmelte ein »Scheiße« vor sich hin. Zu Recht. Ich war nicht besonders trinkfest. Und das letzte Mal, als ich Martinis getrunken hatte, lag ich danach zwei Tage flach. An die Hälfte des Abends konnte ich mich nicht einmal erinnern. Diese Erfahrung hatte mir solche Angst eingejagt, dass ich mir geschworen hatte, mich nie wieder derart zu betrinken. Aber in diesem Augenblick wollte ich nur vergessen. Und zwar so schnell wie möglich.

Bei meinem ersten Martini warf ich Brody verstohlene Blicke zu.

Beim zweiten sah ich ihn an, als hätte er gerade meinen Hund getreten.

Nach meinem dritten konnte ich die Tränen kaum noch zurückhalten.

Er dagegen blickte den ganzen Abend nicht ein einziges Mal in meine Richtung.

Indie sah mein Gesicht und brachte das Abendessen so schnell wie möglich zu einem Ende.

Als wir aufstanden, um zu gehen, fingen die Tränen schließlich doch an zu laufen, so schnell, dass sie mir die Sicht nahmen. Als ich sie wegwischte, war das Einzige, was ich klar erkennen konnte, Brody, der mich von der anderen Seite des Restaurants aus anstarrte.

* * *

Ich fiel der Länge nach ins Bett. Indie versuchte mich auszuziehen, aber ich lag da wie tot. Immerhin schaffte sie es, mich herumzurollen, mir die Jacke und die Schuhe abzustreifen. »Alles okay mit dir?«

Ich nickte, zog die Knie heran und schlang die Arme darum. Immerhin hatte ich aufgehört zu weinen.

»Ich geh mir mal das Gesicht waschen und die Zähne putzen. Brauchst du irgendetwas?«

Ich schüttelte den Kopf. Der Alkohol hatte mich stumm gemacht.

Sie band sich die Haare zu einem Dutt hoch, als es leise klopfte. Sie lief zur Tür, seufzte laut und kam zurück zu mir. »Es ist Brody. Ich versuche ihn loszuwerden. Bleib du hier.«

Ich nickte. Ehrlich gesagt, bezweifelte ich, dass ich hätte aufstehen können, selbst wenn ich gewollt hätte.

»Ist alles okay mit ihr?«, fragte Brody leise.

»Ihr geht's gut. Sie braucht nur eine Mütze Schlaf.«

»Ich möchte sie sehen.«

»Ich glaube nicht, dass das eine gute Idee ist.«

»Du scheinst eine gute Freundin von ihr zu sein. Aber nur, damit du Bescheid weißt: Wenn du mir nicht aus dem Weg gehst, hebe ich dich hoch und stelle dich vor die Tür.«

»Brody …«, warnte ihn Indie.

Schwankend kletterte ich vom Bett herunter. »Lass ihn rein. Ist schon gut. Ich bin nicht so betrunken.«

Indie schüttelte den Kopf. »Nicht so betrunken, mmh?«

Ich winkte ab. »Er ist das gewohnt. Mit besoffenen Frauen umzugehen. Richtig, Beaston?« (Mein Versuch, Brody Easton auszusprechen, war offensichtlich gescheitert.) »Vielleicht hätte ich das auch machen sollen. Vielleicht hätte ich Heroin rauchen sollen, dann hätte er sich unsterblich in mich verliebt.«

Brodys Kiefer spannte sich an.

Ich drehte mich zu Indie und rümpfte die Nase. »Raucht man Heroin überhaupt?«

Indie zuckte die Achseln. Es war ihr anzusehen, wie unwohl sie sich fühlte. Sie drehte sich zu mir, nahm mein Gesicht in beide Hände und sah mir in die Augen. »Möchtest du, dass ich bleibe?«

Ich legte meine Hände auf ihre. »Danke, es geht schon.«

Sie studierte mein Gesicht und nickte. Dann ging sie geradewegs auf den riesigen, finster dreinblickenden Mann an der Tür zu und rammte ihm den Finger in die Brust. »Ich bin in einer Viertelstunde wieder da. Und falls du ihr noch mehr wehtust … dann gnade dir Gott. Ich blas einfach dem erstbesten Typen mit Zugang zu den Hotelschlüsseln einen, schleiche mich in dein Zimmer und schneide dir deinen Pimmel ab, während du schläfst.«

Sie griff sich ihre Laufschuhe aus dem Schrank und verschwand nach einem weiteren drohenden Blick.

Dann waren mein leicht angetrunkenes Ich und Brody allein.

»Können wir uns hinsetzen?«

»Warum? Du bleibst sowieso nicht lange.«

Brody biss so fest die Zähne aufeinander, dass ich Angst bekam, sie könnten brechen. »Weil du hin und her schwankst. Ich dachte, da wäre es besser, wenn du auf deinem Arsch sitzt.«

Ich setzte mich auf die Bettkante. *Nicht*, weil er wollte, dass ich mich hinsetzte, sondern weil der Raum sich zu drehen begann. Brody baute sich vor mir auf.

Ich sah hoch. Selbst in alkoholisiertem Zustand reichte ein Blick in seine grünen Augen, und ich wusste, was passieren würde. Plötzlich bekam ich Angst und sah zur Kommode, zum Fernseher, zum anderen Bett … überallhin, nur nicht zu dem Mann, der vor mir stand.

Er kniete sich hin. »Delilah.«

»Du solltest gehen. Es gibt nichts mehr zu bereden.«

»Schwachsinn«, entgegnete er. »Es ist nichts passiert.«

Ich starrte auf meine Hände. »Das spielt keine Rolle.«

»Und ob, verdammt!«

Ich wartete und zwang mich, ihn anzusehen. »Liebst du sie?«

Er schloss die Augen und holte tief Luft, ehe er sie wieder öffnete. »Ja. Aber nicht, wie du denkst. Wir haben viel durchgemacht. Ich will einfach nur nicht, dass sie sich weiter selbst schadet.«

Als ich wieder wegschaute, legte er zwei Finger unter mein Kinn und zog es hoch, sodass sich unsere Augen begegneten. »Ich liebe dich, Delilah.«

»Man kann nicht zwei Frauen auf einmal lieben.«

»Doch. Aber man liebt sie nicht auf dieselbe Weise. Wenn du dich in jemand anderen verliebst, dann war der Mensch, den du immer noch liebst, nie dafür bestimmt, für immer mit dir zusammen zu sein.«

Seine Worte zerrissen mir das Herz.

Das konnte ich Drew nicht antun. Ich konnte es einfach nicht.

Brody legte seine Hände auf meine. »Liebst du mich?«

Ich antwortete nicht.

»Delilah?«

Ich konnte ihn nicht lieben. Schließlich liebte ich noch immer Drew.

Als ich ihm in die Augen sah, fürchtete ich, dass er meine Lüge durchschauen würde. »Nein, ich liebe dich nicht.«

Delilah
KAPITEL 38

»Du siehst ganz schön scheiße aus.«

Jedes Mal, wenn ich die Augen öffnete, pochte es heftiger in meinem Kopf. Ich versuchte, meinen schmerzenden Schädel vom Kissen zu heben, vergeblich. Es war fast vier Uhr morgens gewesen, als wir endlich schlafen gegangen waren. Ich hatte so viel geweint, dass der Kopfschmerz wohl nicht zuletzt von der Dehydrierung kam.

»Wie spät ist es?«, krächzte ich.

»Zeit, dass du deinen armseligen Arsch aus dem Bett bewegst.«

Ich zog mir die Decke über den Kopf. »Du hast mir besser gefallen, als du Mitleid mit mir hattest und mir Taschentücher gereicht hast.« Nachdem Brody gegangen war, hatte mich Indie stundenlang im Arm gehalten. Ich hatte so lange geheult, bis aus dem Rausch ein Kater geworden war.

»Du musst um eins zur Vorberichterstattung da sein, und du brauchst mindestens eine Stunde, um deine geschwollenen Augen runterzukühlen. Ich hab dir Frühstück bestellt. Trockenen Toast, eine Tasse Kaffee, Orangensaft und eine Packung Eis für dein Gesicht.«

Ich zog die Decke weit genug herunter, um mit einem Auge hervorzuspähen. »Wohin gehst du?« Sie band sich die Schnürsenkel.

»Ich geh eine Runde laufen.«

»Arrgh.« Ich zog die Decke wieder über den Kopf.

»Auf dem Tisch neben dir findest du Wasser und zwei Motrin. Nimm die und bleib im Bett, bis der Zimmerservice kommt.«

»In Ordnung, Mami.«

Sie lachte kurz auf. »Ich bin in einer Stunde zurück. Schlaf bloß nicht wieder ein.«

* * *

Immerhin sehe ich besser aus, als ich mich fühle. Ich begutachtete mein Spiegelbild in der Glastür des Kabinengangs. Die Steel hatten 21:14 gewonnen. Brody war in den letzten dreißig Sekunden des Spiels zum entscheidenden Touchdown gelaufen. Er hatte es verdient, zumal nach dieser furchtbaren Woche. Viele andere Spieler hätten sich in seiner Situation vermutlich nicht aufs Spiel konzentrieren und nicht diese Leistung abrufen können. Ich war stolz auf ihn, aber gleichzeitig hatte ich auch furchtbare Angst, die Kabine zu betreten.

Für die Play-off-Spiele war ein Dreifaches an Reportern angerückt. Jeder brauchte einen O-Ton für die Abendnachrichten, und viele hofften auf ausführlichere Statements, sodass die Schlangen bestimmt lang sein würden. Auch wir waren heute zu dritt unterwegs, nicht nur ich allein. Nick kam in Begleitung von Michael Langley auf mich zu. »Bist du bereit?« Nick war heute Morgen eingeflogen, sodass er vermutlich noch nicht wusste, dass es aus war zwischen Brody und mir.

»Ja.« Ich nahm meine Tasche hoch und wollte ihm folgen, doch Michael hielt mich am Arm zurück.

»Alles okay?«

Ich rang mir ein Lächeln ab. »Ich bin bereit. Keine Sorge.«

»Danach habe ich nicht gefragt. Ist *mit Ihnen* alles okay?«

Ich holte Luft. »Das wird schon. Danke.«

Er nickte.

Während wir eine gefühlte Ewigkeit in der Schlange standen, gingen wir unseren Schlachtplan für die Spieler-Interviews durch. Michael würde Brody und einen Verteidiger übernehmen, der den Ball nach einem Fumble gerettet hatte. Wahrscheinlich hatte ich das Indie zu verdanken, die Michael heute früh im Fitnessstudio begegnet war. Dankbar dafür, dass man mich verschonte, übernahm ich zwei weniger spannende Spieler und verzichtete bewusst auf Colin, obwohl der gerade das beste Spiel seiner Karriere abgeliefert hatte. Mit anderen Worten, die Schlangen bei meinen beiden Interviewpartnern dürften die kürzesten im Raum sein.

Ich bemühte mich, nicht verstohlen zu Brody hinüberzuschauen, aber meine Augen schienen die Anweisungen meines Hirns nicht befolgen zu wollen. Er hatte wie üblich sein Handtuch um die Hüfte geschlungen, aber sein freches Grinsen war ihm abhandengekommen. Irgendwann standen Nick, Michael und ich in der Raummitte, und meine Augen begegneten Brodys. Er wartete darauf, dass Angie Snow und ihr Kameramann die Technik aufgebaut hatten. Ein Anflug von Eifersucht befiel mich. Angie war eine echte Erscheinung – jung, blond, kurvig –, die gern auf Tuchfühlung ging. Ich musste wegschauen, als sie irgendetwas zu ihm sagte und dabei seinen Arm berührte. Aber es war wie bei einem Autounfall, ich musste einfach immer wieder hinsehen.

Brodys Augen schnellten zwischen Angie und mir hin und her, während er mit ihr sprach und ihr Kameramann sich an seiner Ausrüstung zu schaffen machte. Ich war so abgelenkt, dass ich nicht hörte, wie Michael mir eine Frage stellte und auf Antwort wartete.

»Delilah?«

»Mmh?« Ich drehte mich zu Michael.

Er zog die Stirn kraus, beugte sich zu mir und flüsterte: »Wir können allein weitermachen, wenn Sie eine Pause brauchen.«

Ich versicherte ihm, dass es mir gut ginge und ich nur beeindruckt sei von dem enormen Auflauf hier bei meinem ersten Interview der Play-offs. Als Michael sich zu mir vorbeugte, hatte er die Hand auf mein Kreuz gelegt. Ich hatte nicht einmal bemerkt, dass sie immer noch dort lag, bis ich den Blick in Brodys Gesicht sah. Er sah fuchsteufelswild aus, als würde er gleich explodieren. Als er zu mir herüberschaute, erstarrte ich wie ein Reh im Scheinwerferlicht.

Angies Kameramann sagte etwas, und Brody wandte sich ihm zu. Gerade als das Licht anging und der Kameramann seine Kamera in Position brachte, blickte Brody noch einmal in meine Richtung. In genau der Sekunde, als Michael sich erneut zu mir lehnte, um mir etwas zuzuflüstern. Ich schnitt eine Grimasse, als sich Brodys wütender Gesichtsausdruck in ein böses Lächeln verwandelte.

Angie stellte ihm die erste Frage. Was dann geschah, spielte sich wie in Zeitlupe vor meinem Auge ab. Er grinste breit, dann wanderte seine Hand zum Knoten seines Handtuchs, an dem er leicht zog. Es fiel zu Boden. Ich verließ den Raum. Den Rest musste ich mir gar nicht anschauen – ich wusste, was als Nächstes kam. Und meine Vermutung war, dass Angie sich nicht halb so sehr sträuben würde wie ich.

Delilah
KAPITEL 39

15. Januar – heute wäre Drew sechsundzwanzig Jahre alt. Zum ersten Mal verbrachte ich seinen Geburtstag nicht mit seiner Familie. Mr Martin war vor einigen Monaten in den Ruhestand gegangen und hatte seine Frau überreden können, nach Atlanta zu ziehen, wo ihre Tochter lebte. Ich freute mich sehr für sie, aber als sie packten, hieß das auch, dass sie Drews Sachen mitnahmen. Das letzte Mal, als ich sie zu seinem Geburtstag besuchte, war Drews Zimmer noch unverändert gewesen, sechs Jahre nach seinem Tod.

Die Fahrt mit dem Auto raus zum Friedhof war lang. Allein mit meinen Gedanken, versuchte ich mir die schönen Erlebnisse mit Drew in Erinnerung zu rufen. Das Ehemaligentreffen im letzten Jahr in der Highschool. Ich lächelte. Nach dem Spiel waren wir alle ins Hotel gegangen, in dem einige Jungs aus dem Team Zimmer gebucht hatten.

Als mich Brody das erste Mal in seinem Hotelzimmer küsste, hat es mich so umgehauen, dass ich den Boden unter den Füßen verloren hätte, wenn er mich nicht festgehalten hätte.

Ich versuchte Brody aus meinen Gedanken zu verdrängen. Damit war ich in letzter Zeit ständig beschäftigt. Vor mir sah ich in niedriger Höhe eine Maschine vom nahe gelegenen Flughafen. Ich erinnerte mich daran, wie Drew und ich nach Alabama flogen, um den Footballtrainer der Universität zu treffen, auf die er gehen wollte. Es war mein erster Flug gewesen, und meine Nerven lagen blank. Drew hatte meine Hand gehalten und mich beruhigt, indem er mir dreckige Witze erzählte.

Brody hatte mich im Flugzeug geküsst, dass mir die Luft wegblieb, und dann versucht, unter der Decke seine Hand unter meinen Rock zu schieben.

Ich schaltete das Radio ein. Doch das machte mich nur noch konfuser.

Als ich am Friedhof vorfuhr, brummte mein Handy. Ich stellte es auf Lautsprecher und blieb im Auto sitzen.

»Hallo, Mrs Martin.«

»Wie oft muss ich dir noch sagen, dass du mich Jana nennen sollst?«

Ich lächelte. »Hallo, Jana.«

»Das klingt schon besser. Wie geht es dir, Liebes?«

»Mir geht's gut. Wie ist es in Atlanta?«

»Heiß.«

Ich blickte auf die Temperaturanzeige am Armaturenbrett. *2 °C*. »Ich wünschte, ich könnte dasselbe sagen.«

Wir redeten noch eine Weile über den Umzug und wie sie sich in Atlanta langsam eingewöhnten, bis sie unvermittelt fragte: »Wie läuft es denn zwischen diesem Quarterback und dir?«

Durch den Streit zwischen Brody und Colin war unsere Beziehung in den Nachrichten gelandet. Allerdings hätte ich nicht gedacht, dass es sich bis Atlanta herumgesprochen hatte. »Ähm … wir sind nicht …«

»Oh, das tut mir leid, Liebes. Ich dachte nur … na ja, ich habe ein paar Bilder von euch zweien gesehen – und wie du ihn angesehen hast, da … da dachte ich, vielleicht hättest du jemanden gefunden.«

»Wie ich ihn angesehen habe?«

»Du sahst glücklich aus. Ich dachte, ich hätte den gleichen

Ausdruck gesehen wie bei Drew. Das hat mir Hoffnung gemacht.«

Ich wusste nicht, was ich sagen sollte. »Es hat nicht funktioniert.«

Sie schwieg so lange, dass ich dachte, die Verbindung sei abgebrochen. »Mrs Martin? Jana?«

»Ich bin noch dran.«

»Ach so. Gut.«

»Liebes, womöglich lehne ich mich etwas weit aus dem Fenster, aber ich muss es dir trotzdem sagen. Erinnerst du dich noch, wie du ein paar Wochen vor dem Draft mit Drew Schluss gemacht hast? Weil du wolltest, dass er sich auf die Schule und den Sport konzentrieren kann, und er dich nicht allein zurücklassen wollte?«

»Ja.«

»Er lag dir so sehr am Herzen, dass du sogar bereit warst, die Beziehung zu ihm zu opfern, damit er es zu etwas bringen konnte und glücklich wurde.«

»Ich erinnere mich. Ich habe ihm gesagt, dass ich nicht mehr mit ihm zusammen sein will. Er war zehn Minuten lang sauer, doch dann begriff er, was ich beabsichtigte, und kam zurück. Er hat mich immer schon durchschaut.«

»Und er hat das Gleiche für dich empfunden, das weißt du doch.«

»Ich weiß.« Ich hatte nie den leisesten Zweifel, dass Drew mich liebte.

»Aber begreifst du, was ich sagen möchte? Drew hätte gewollt, dass du jemanden kennenlernst. Dass du weiterlebst. Glücklich bist. Dich verliebst. Irgendwann eine Familie gründest.«

»Klar hätte er das. Aber ich habe einfach noch niemanden gefunden, der Drew ersetzen könnte.«

»Genau darum mache ich mir Sorgen, Delilah. Niemand muss Drew ersetzen. Er wird immer einen Platz in deinem Herzen haben. Aber du kannst zwei Männer gleichzeitig lieben. Nur dass du sie auf unterschiedliche Art und Weise liebst.«

Brody hatte mir ziemlich genau das Gleiche gesagt.

»Danke, Jana.«

»Du musst keine Angst davor haben, dich neu zu verlieben.«

An diesem Nachmittag blieb ich lange Zeit vor Drews Grab sitzen. Doch dieses Mal weinte ich nicht. Stattdessen dachte ich über Janas Worte nach. Hatte ich tatsächlich Angst, mich neu zu verlieben? Kurz bevor ich ging, setzte leichter Schneefall ein. Anders als die meisten New Yorker liebte ich den Winter. Winter hieß heiße Schokolade, Lichterketten, warme Pullover, Schnee und Football.

Ich legte den Kopf in den Nacken, öffnete den Mund und streckte die Arme weit aus, um die Schneeflocken zu fangen, die herunterrieselten. Dann wünschte ich Drew alles Gute zum Geburtstag und ging zurück zu meinem Wagen. Nur ein paar Hundert Meter vom warmen Inneren meines Jettas entfernt glitt ich auf dem hübschen weißen Schnee aus, den ich eben noch so gepriesen hatte. Mit den Armen rudernd landete ich auf dem Hintern, beide Beine in die Luft gestreckt, und brach in hysterisches Gelächter aus. Ein älterer Mann, der mit seiner Frau spazieren ging, hielt an, um mir aufzuhelfen, doch ich winkte ab, unfähig vor lauter Lachen, etwas zu sagen.

Dann saß ich allein auf dem Gehweg, der Schnee überzog mein Haar mit einer weißen Schicht, und kicherte, bis mir die Tränen liefen. Das Weinen ging in ein Schluchzen über, bevor ich schließlich aufstand. Meine Zähne klapperten, meine Lippen waren von der beißenden Kälte geschwollen, und mein Körper zitterte. Ich war fix und fertig ... aber irgendwie schien mir plötzlich alles völlig klar zu sein. Es war nicht so, dass ich

Angst hatte, mich neu zu verlieben. Denn mit ziemlicher Sicherheit hatte ich das bereits getan. Ich hatte vielmehr Angst, dass ich mich, falls wieder etwas Unvorhergesehenes passierte, nicht wieder würde aufrappeln können.

KAPITEL 40 *Brody*

»Na, bereit, Lahmarsch?« Grouper kam nur langsam und mit knackenden Knochen von seinem Stuhl im Speisesaal hoch.

Er fuchtelte mit einem knochigen Finger vor mir herum. »Du kannst dich glücklich schätzen, wenn du irgendwann im reifen Alter von sechzig noch so gut in Form bist wie ich!«

»Sechzig? Willst du mich verarschen? Du hast Altersflecken, die schon älter als sechzig sind.«

Grouper murmelte etwas vor sich hin und nahm eine Schachtel vom Tisch. »Das ist der Rest von Marlenes Sachen. Da ist eine hübsche kleine Goldkette mit einem Kreuz drin und ein paar alte Münzen – keine Ahnung, ob die was wert sind. Der Rest ist größtenteils Papierkram. Wir haben alles dem *Phoenix House* gespendet, wie du es angeordnet hast. Die haben sich riesig über die Kleiderspende gefreut. Bei über der Hälfte waren die Preisschilder noch dran. Du hast sie ganz schön verwöhnt, mein Junge.«

»Sie hat es verdient.« Ich nahm Grouper die Schachtel ab und winkte Shannon in der Krankenschwesterstation zum Abschied zu, als wir gemeinsam zum Haupteingang gingen.

»Ich wusste gar nicht, dass heutzutage viele ihrer Patienten gar keine Jugendlichen mehr sind. Mehr als dreißig Prozent im Drogen- und Alkoholentzug sind Frauen über fünfzig.« Er schüttelte den Kopf. »Hätte ich nie gedacht.«

Ich kannte zwar die Statistiken nicht, aber ich wusste, dass Marlene bestimmt gewollt hätte, dass ihre Sachen einer gemeinnützigen Einrichtung gespendet werden. »Danke, dass du dich für mich darum gekümmert hast.«

»Bringst du das Kreuz Willow?«

»Ich schicke es ihr zu. Sie ist gestern nach Upstate gezogen. Ihre Zimmernachbarin aus der Entzugsklinik hat ein Haus in der Nähe von Saratoga gekauft. Willow musste dringend raus aus der Stadt. Die Gegend, in der sie lebte, bot zu viel Versuchung für eine ehemalige Drogensüchtige. Da kann man einfacher Drogen kaufen als Milch. Marlene hat ihr eine hübsche Summe hinterlassen, ich hoffe, sie kann damit ein neues Leben beginnen.«

Er nickte. »Gut so. Marlene wäre glücklich darüber.«

Auf dem Weg zum Medientag holten wir Grouper III und einen seiner Kumpel ab. Beide trugen Easton-Trikots und veranstalteten den ganzen Weg über bis zum Stadion auf der Rückbank meines Wagens einen Heidenlärm.

»Sind die immer so laut?« Ich schielte zu Grouper rüber.

Er nickte. »Der liebe Gott hat es nicht umsonst so eingerichtet, dass alte Menschen taub werden.«

Obwohl wir bereits vier Stunden vor Beginn der Veranstaltung eintrafen, wimmelte es nur so vor Menschen. Mehr als zweitausend Pressevertreter aus aller Welt und viertausend Fans wurden zu diesem inoffiziellen Auftakt des Superbowl erwartet. Wenn uns das Gleiche wie in den Vorjahren blühte – Fans verkleidet als Superhelden, Frauen mit bunter Körperbemalung und oftmals absurde Fragen –, versprach die ganze Sache eher ein Zirkus denn ein Presseevent zu werden.

Die *National Football League* hatte extra Wachschutz und einen Parkservice abgestellt. Für jedes Team stand ein eigens abgesperrter Parkbereich zur Verfügung, und so folgte ich jetzt den Schildern zum Eingang.

»Hab ein Auge auf die beiden, sobald wir drin sind. Die Fans können manchmal ganz schön rabiat sein.«

Grouper lächelte. »Harte Schale, weicher Kern. Wissen deine Teamkollegen eigentlich, was du für ein Waschlappen bist?«

»Leck mich, Groupie.«

Der Parkdienstmitarbeiter drückte das Gaspedal durch und rauschte mit meinem Wagen davon, während wir zu viert durch die hölzernen Polizeiabsperrungen zum Eingang liefen. Zu beiden Seiten standen Fans, dicht gedrängt in drei Reihen, die vermutlich die ganze Nacht über hier campiert hatten. Ich hob mir Grouper, den Dritten, auf die Schultern und ging zu ihnen, um Autogramme zu geben.

Ein Junge von etwa vierzehn oder fünfzehn hatte sich halb über die Absperrung gelehnt. Auf ihn ging ich als Erstes zu, kritzelte meine Unterschrift und reichte dann Stift und Block meinem kleinen Passagier. »Du willst doch bestimmt von uns beiden ein Autogramm, oder?«

Der Teenager nickte, obwohl er keine Ahnung hatte, wer der Junge war, der auf meinen Schultern saß.

»Hier, du unterschreibst auch, kleines Fischlein.«

»Ich weiß aber nicht, wie man meinen Namen in Schreibschrift schreibt.«

»Dann tu einfach so. Das mach ich auch. Kritzel einfach ganz viele Schnörkel.«

Den Block auf meinem Kopf balancierend, befolgte Guppy meinen Rat. Offenbar hatte die Menge ihre helle Freude. Die nächste Viertelstunde verteilten wir beide emsig Autogramme, bis es Zeit wurde, hineinzugehen, damit ich keine Geldstrafe wegen Zuspätkommens aufgebrummt bekam.

Ich händigte Grouper und den beiden Guppys ihre Fan-Eintrittskarten und VIP-Pässe aus, die sie sich um den Hals hängten. »Treffen wir uns um sechs wieder hier?«

»Geht klar, Chef.«

»Chef? Na endlich.« Ich grinste Grouper an. »So gefällt mir das.«

* * *

Fünfzehn Minuten vor Beginn des Events stand ich allein in einer Luxusloge, hoch über der Menge. An einer Wasserflasche nippend blickte ich durch die Fensterscheiben hinunter. Zu beiden Seiten entlang des Spielfeldes standen Ein-Mann-Kabinen für die Spieler, die nächste Woche beim Superbowl antraten, darüber baumelten Mikrofone an Drähten hoch oben von der Decke. Schon bald würden uns die Reporter in diesen Kabinen umringen und uns noch mehr Mikrofone unter die Nase halten.

Diese Woche war für jeden Spieler der Höhepunkt nach all der harten Arbeit in der Saison – endlich hatten wir es zum Superbowl geschafft. Dennoch war mir nicht danach zumute, nach der Teambesprechung mit den anderen zu feiern. Stattdessen hatte ich mich in den erstbesten ruhigen Bereich zurückgezogen, um nach ihr Ausschau zu halten. Seit unserer letzten Begegnung waren zehn lange Tage vergangen, und ich wäre schon zufrieden gewesen, nur einen winzigen Blick auf sie zu erhaschen. So musste sich ein Fan fühlen, der sein großes Idol stalkte.

Einerseits war ich immer noch verletzt, weil sie gesagt hatte, sie liebe mich nicht. Andererseits wusste ich, dass das nicht die Wahrheit war. Ihre Augen hatten eine ganz andere Sprache gesprochen. Nachdem sich meine anfängliche Wut gelegt hatte, spielte ich die letzten Monate noch einmal gedanklich durch. Immer und immer wieder. Jedes Teenie-Mädchen mit Liebeskummer, das das Mixtape ihres Ex wochenlang heulend abspielte, war nichts dagegen. Das einzig Gute daran war: Wenn ich beim Training müde wurde, musste ich nur an diesen Wichser Langley denken, wie er seine Hand auf ihren Rücken gelegt hatte, und schon strotzte ich nur so vor Energie. Zorniger Energie, aber das war bei meinem Job gar nicht so verkehrt.

In weniger als einer Minute hatte ich sie inmitten von Tausenden Menschen ausfindig gemacht. Ich kippte den Rest des Wassers in mich hinein und folgte ihr mit den Augen. Sie Trug ein schwarzes Kleid, einen engen roten Blazer und darunter hochhackige Lederstiefel, die ihr bis an den Kleidersaum reichten. Sexy wie immer, und das ohne kaum Haut zu zeigen.

Plötzlich blieb sie stehen, hob den Kopf und sah sich um, als würde sie etwas suchen, bis schließlich ihr Blick quer durch das halbe Stadion meinem begegnete. Das war für mich Zeichen genug. Das zwischen uns war *noch längst nicht vorbei*. Und ich würde endlich herausfinden, wieso sie sich so sehr dagegen wehrte.

Delilah
KAPITEL 41

In der vergangenen Woche hatte ich zigmal darüber nachgedacht, Brody anzurufen. Ich hatte sogar seine Kontaktdaten auf meinem Handy aufgerufen, aber dann jedes Mal nur seinen Namen angestarrt. Was sollte ich sagen? Ich wusste nicht mehr viel von jener letzten Nacht im Hotelzimmer, aber sein Gesichtsausdruck, als ich ihm sagte, dass ich seine Liebe nicht erwiderte, hatte sich mir ins Gedächtnis eingebrannt. Dieses Bild konnte ich einfach nicht vergessen.

Auf einmal hatte ich das Gefühl, beobachtet zu werden. Nur sehr viel stärker. Es fuhr mir in die Glieder, mein Herzschlag begann zu rasen, mir brach der Schweiß aus. Brody. Das wusste ich sofort. Aber wo war er? Es dauerte nicht lange, und ich hatte ihn gefunden. Unsere Blicke trafen sich, und als er sich schließlich abwandte, war es, als hätte man mir Salz in eine offene Wunde gestreut.

Den Blick weiter starr nach oben zur leeren Loge gerichtet, lief ich durch die Menschenmenge, ohne auch nur darauf zu achten, wohin ich trat, und prallte prompt gegen einen der anderen Reporter. Natürlich musste es ausgerechnet Angie Snow sein.

»Delilah Maddox.« Ihr Lächeln war zuckersüß, aber ihr Tonfall falsch.

»Angie. Wie geht's?« In der Welt des Herren-Profisports arbeiteten nur sehr wenige Frauen. Wir kannten uns untereinander. Angie hatte ich einmal vor ein paar Jahren auf einem Event getroffen, als wir beide noch über die College-Spiele berichteten.

»Ganz gut. Ein bisschen enttäuscht bin ich allerdings.«

»Enttäuscht?«

»Easton. Du kannst dich wirklich glücklich schätzen. Ich dachte, ihr hättet Schluss gemacht und er sei wieder zu haben. Ich wusste nicht, dass ihr noch zusammen seid.«

Heute Morgen erst hatte ich meine Nägel gemacht. Aber ich nahm mir vor, sie das nächste Mal spitz zu feilen. »Wir sind nicht mehr zusammen.«

»Ach so? Gut zu wissen.« Sie lächelte, und ich bog die Finger und grub mir die Nägel tief ins Fleisch. »Na dann, viel Glück heute.« Die blonde Sexbombe warf das Haar zurück und schickte sich an, zu gehen.

»Warte mal. Angie. Warum glaubst du, wir wären noch zusammen?«

»Na ja, wenn mir ein Cowboy seinen Hengst zeigt, lässt er mich normalerweise auch darauf reiten.«

Ich wand mich innerlich. »Und das hat er nicht?«

»Hat sich sein Handtuch einfach wieder umgeschlungen, nachdem er es absichtlich hat fallen lassen. Und als ich ihm nach dem Interview vorschlug, abends bei mir zu Hause noch mal eine private Vorführung von seinem Handtuchtrick zu geben, hat er mich abblitzen lassen.«

Ich atmete auf. »Ich bin mir sicher, das passiert nicht allzu oft.«

Eine ihrer perfekt gezupften und gefärbten Augenbrauen zog sich hoch. »Oft? Das passiert *nie*.«

Ich spürte, wie sich Brody von hinten näherte, noch ehe ich seine Stimme vernahm. Angie blickte über meinen Kopf hinweg, als er mich von hinten am Ellenbogen griff. »Würdest du uns kurz entschuldigen, Andy?«

»Ich heiße Angie.«

Ehe ich mich versah, schob er mich am Arm aus der Arena und in den Gang. Dabei hielt er mich die ganze Zeit fest an seiner Seite, als hätte er Angst, ich könnte die Flucht ergreifen. Als wir am Eingang zu den Herrenumkleiden angelangten, wurde die Tür von Henry Inez bewacht.

»Hi.« Meine Begrüßung klang so nervös wie bei unserer allerersten Begegnung, vielleicht sogar noch nervöser.

Er nickte. »Delilah *Anne* Maddox. Mr Easton.«

Brody runzelte die Stirn. »Ich muss kurz in die Kabine.«

»Ich darf niemanden reinlassen. Nicht einmal Spieler.«

Ich spürte Brodys Anspannung. »Wir brauchen wirklich nicht lange. Es ist nur so schwierig, den Reportern mal ein paar Minuten lang zu entkommen. Die können ganz schön penetrant sein«, witzelte ich.

Henry trat kopfschüttelnd beiseite. »Nur ein paar Minuten. Mehr nicht. Die Ablöse kommt, wenn drinnen die Interviews beginnen.«

»Danke, Henry.« Brody verlor keine Zeit und wollte schon durch die Tür. Doch ich hielt an. »Was macht Larissas Arm?«

Der Wachmann lächelte. »Morgen kommt der Gips ab. Das ist auch gut so. Sie hat schon angedroht, ihn selbst aufzusägen, um wieder spielen zu können.«

»Das freut mich.«

Brody zog mich am Arm weiter, in die Kabine hinein. Drinnen starrte ich ihn zornig an. »Das war unhöflich. Ich war mitten im Gespräch.«

»Uns bleiben nur ein paar Minuten.«

Ich verschränkte die Arme vor der Brust.

Er grinste. »Aber so lange brauche ich nicht.«

»Brody …«

Seine Augen verdunkelten sich, als er auf mich zukam. Mit

jedem Schritt, den er nach vorn machte, wich ich zurück, bis mein Rücken an die Kachelwand stieß. Sein Gesicht kam so dicht an meins heran, dass unsere Lippen sich fast berührten. »Ich glaube, du hast gelogen.«

»Inwiefern?« Ich hatte das überwältigende Bedürfnis, mich vorzubeugen und ihn zu küssen.

Er neigte den Kopf zu meinem Hals hinunter und strich mit der Nase über den Puls, der dort pochte. Mein Herz raste, und mein Atem ging schneller. »Was deine Gefühle für mich betrifft. Ich glaube, das war gelogen.« Sein Mund kam dicht an mein Ohr und flüsterte mit rauer Stimme. »Ich glaube, du fühlst dasselbe wie ich.«

Ich sagte nichts, verriet mich aber, als mir kurz die Luft wegblieb.

»Ich wette, wenn ich jetzt meine Hand in deinen Slip stecke, bist du genauso feucht, wie ich hart bin.«

»Brody …«

Er wich leicht zurück und nahm mein Gesicht in beide Hände. »Und es ist nicht nur die Tatsache, dass dein Körper auf mich reagiert. Ich glaube, du fühlst es auch …« Eine Hand glitt von meiner Wange über meinen Hals nach unten und hielt an, als sie mein Herz bedeckte. »Hier. Ich glaube, hier fühlst du es auch.«

Mein Herz hämmerte unter seiner Hand.

»Wovor hast du Angst, Delilah?«

Er sah mich an, so offen, so verletzlich. Doch ich schloss feige die Augen. Lange Zeit verharrten wir so.

Da ging quietschend die Tür auf. »Easton! Die Interviews beginnen. Gleich werde ich abgelöst. Die Zeit ist um«, rief Henry und schloss die Tür wieder.

Ich öffnete die Augen und flüsterte, kaum hörbar: »Tut mir leid.«

Er strich mir das Haar zurück, und sein Daumen streichelte meine Wange. Sein Lächeln war aufrichtig, aber traurig. »Es gibt nichts, was dir leidtun müsste. Du findest es schon heraus.«

Er ließ mich los und entfernte sich ein paar Schritte, ehe er sich umdrehte. Das freche Grinsen, das ich so liebte, war endlich wieder da. »Ach, und Delilah? Jetzt bist du dran. Diesmal kommst du auf *mich* zu. Aber wenn es so weit ist, wirst du mich anbetteln müssen, dir eine zweite Chance zu geben.«

Brody
KAPITEL 42

Ich fühlte mich auf einmal wieder wie ein zwölfjähriger Junge. In zwei Tagen würde ich beim verdammten Superbowl mitspielen, in einem Stadion, in dem die Hälfte aller Frauen meinen Namen auf dem Rücken trug, und da stand ich nun und holte mir in der Dusche einen runter. Zu sagen, ich wäre frustriert, wäre eine glatte Untertreibung.

Als ich Delilah letzte Woche sagte, dass es nun an ihr sei, den ersten Schritt zu machen, hatte ich nicht daran gedacht, wie oft ich ihr in nächster Zeit über den Weg laufen würde. Immerhin war der Superbowl ein einziges Medienspektakel, sodass ich ihr wunderschönes Gesicht jeden Tag zu sehen bekam. Nach unserem klärenden Gespräch in der Kabine hatte sich etwas verändert, all die Wut und stillen Vorwürfe waren verschwunden. Wir waren sogar freundlich zueinander. Was es noch schwieriger machte, meine Hände bei mir zu behalten.

Als sie gestern Abend auf dem Trainingsgelände gewesen war, um den Coach zu interviewen, hatte ich wie ein braves Hündchen auf sie gewartet, um sie zum Auto zu begleiten, als sie fertig war. Bei ihrem VW angekommen, hatte sie sich mit dem Rücken gegen die Tür gelehnt, und ich wusste, wenn ich mich vorgebeugt und sie geküsst hätte, hätte sie sich nicht gewehrt. Ich war mir sicher, dass sie mich wollte; jetzt musste sie nur noch ehrlich zu sich selbst sein. Das überwinden, was sie zurückhielt, und sich für mich entscheiden. Also hatte ich ihr von Marlenes Hinterlassenschaften erzählt und dass ich die

Kette mit dem Kreuz per Post an Willow geschickt hatte, die jetzt außerhalb von New York wohnte. Delilah hatte zwar gesagt, dass sie mir glaube, dass nichts zwischen Willow und mir passiert war, aber ich wollte, dass sie wusste, dass Willow fortan nicht mehr Teil unseres Lebens war.

In jener Nacht im Hotel, nach der Trauerfeier, hatten Willow und ich uns lange unterhalten. Sie hatte zugegeben, dass sie mit der Hoffnung in meine Suite gekommen war, mich wieder zurückzugewinnen. Deshalb war diese Aussprache dringend nötig gewesen. Ich musste ein für alle Mal einen Schlussstrich ziehen, und sie musste es aus meinem Munde hören, um endlich mit uns abschließen zu können. Wir beide hatten lange gebraucht, um an diesen Punkt zu gelangen. Als ich ihr schließlich alles Gute wünschte, gab es nichts mehr, was uns verband. Und das war okay für mich. Damit war auch der letzte Türspalt, den ich für Willow offen gelassen hatte, ein für alle Mal zu.

Ich hatte Delilah angeboten, sie abzuholen und zum Stadion zu fahren, wo wir beide an der abschließenden Pressekonferenz teilnahmen, und war selbst am meisten überrascht, als sie mein Angebot annahm. Sie hatte gesagt, ich solle ihr einfach schreiben, wenn ich da war, sodass ich nicht extra parken müsse, aber ich wollte mehr Zeit mit ihr verbringen als nur auf der Fahrt zum Stadion. Also traf ich schon eine Stunde vor der verabredeten Uhrzeit bei ihr ein und tat so, als habe sie etwas durcheinandergebracht.

»Tut mir leid. Ich dachte, du hättest elf gesagt.«

Hatte ich auch. »Nein, zehn.«

Offensichtlich kam sie gerade aus der Dusche. Ihr Haar war feucht, und sie trug eine Jogginghose mit Steel-Logo und ein geripptes rosa Tanktop – und keinen BH darunter.

»Nette Hose.« *Nette Titten.* Die verdammten Dinger sprangen mir geradezu ins Gesicht.

Sie trat beiseite, um mich hereinzulassen. »Ich bin noch nicht fertig, aber ich beeil mich. Gib mir eine Minute, dann komme ich.«

Ich zog eine Augenbraue hoch. *Gott sei Dank habe ich mir erst vor einer Stunde einen runtergeholt.*

Delilah gluckste. »Perversling.« Sie winkte Richtung Wohnzimmer. »Mach's dir bequem.«

Ich beobachtete ihre wogenden Hüften, bis sie außer Sichtweite war. Die ganze Wohnung roch nach ihrem Parfüm. Ich ließ mich mit der Fernbedienung in der Hand auf der Couch nieder und schaltete den Fernseher ein. Auf allen Sendern gab es nur ein Thema: den bevorstehenden Superbowl. Profispieler sind abergläubisch, deshalb sah ich mir die statistischen Prognosen vor dem Spiel lieber nicht an, sondern drückte schnell den Aus-Knopf und sah mich um. Auf dem Beistelltisch lag ein Fotoalbum, das ich noch nie gesehen hatte. Ohne darüber nachzudenken, griff ich danach und blätterte es durch.

Seite um Seite waren Fotos von Delilah und einem Typen zu sehen – Drew, nahm ich an. Auf vielen Bildern steckte er in seiner Footballkleidung. Delilah gehörte offenbar nicht zu den Frauen, die erst mit den Jahren zu voller Schönheit erblühen – sie war schon immer ein heißer Feger gewesen. Die meisten Fotos stammten aus Highschool-Zeiten, auf anderen waren sie vermutlich schon auf der Uni gewesen. Arm in Arm. Lächelnd. Lachend. Ein Anflug von Eifersucht flammte in mir auf, als ich beim Umblättern eines entdeckte, auf dem sie sich küssten. Das Foto war bestimmt acht Jahre alt, und der arme Kerl war fast genauso lang bereits unter der Erde. Gott, was war ich doch für ein Arschloch!

Ich legte das Album zurück auf den Tisch und schloss ein paar Minuten lang die Augen, um den Kopf frei zu kriegen. Dann stieg mir ihr Duft in die Nase, als sie zurückkam.

»Möchtest du etwas trinken?« Sie lächelte, doch plötzlich verfinsterte sich ihre Miene. Ich folgte ihrem Blick zum Fotoalbum. Hastig lief sie auf den Beistelltisch zu, packte das Album und verstaute es im Fernsehschränkchen.

»Nein danke.«

Sie schaute mich verständnislos an.

»Du hast mich gefragt, ob ich etwas trinken möchte, aber ich möchte nichts, danke.«

»Ah. Ach so. Richtig.« Sie sah sich im Raum um. »Ich bin gleich so weit. Nur ein paar Minuten.«

Als sie wieder verschwand, starrte ich auf das Schränkchen, in dem Delilah soeben das Album versteckt hatte. *Erste Liebe. Verlust. Football.* Es war, als ginge mir zum ersten Mal ein Licht auf. Mein Kopf fiel nach hinten gegen die Couch. Wieso war ich nicht gleich darauf gekommen? Hatte ich vielleicht beim Training doch einmal zu oft einen über die Rübe gezogen bekommen? Ich schlug mir mit der Hand vor die Stirn. *Oh Mann, Brody. Das war so was von offensichtlich.*

Ich stand auf und lief auf und ab, um meine Gedanken zu sortieren, ehe ich ins Schlafzimmer ging.

»Hey.« Ich lehnte mich gegen den Türrahmen.

Als sie aus dem begehbaren Kleiderschrank trat, trug sie einen marineblauen Rock, eine weiße Bluse und darüber eine lange Perlenkette, die sich um eine Brust gelegt hatte und ihr bis zur Taille herunterhing. Stilvoll und dennoch sexy. Obwohl ich persönlich das rosa Unterhemd ohne BH darunter bevorzugte, solange wir allein waren. »Brauche ich zu lange?« Sie hatte ein Paar marineblaue Pumps in der Hand.

»Nein. Aber können wir uns hinsetzen?«

»Hier?«

»Ich würde gern kurz etwas mit dir besprechen.«

Sie zögerte, ließ sich dann aber auf der Bettkante nieder. Ich ging auf ein Knie hinunter, nahm ihr die Schuhe aus der Hand und half ihr, hineinzuschlüpfen. Verdutzt sah sie zu mir hinunter. »Danke.«

»Jederzeit.« Es gab so vieles, das ich ihr sagen wollte, fand aber nicht die rechten Worte dafür.

»Ist alles okay?«, fragte sie.

»Bis auf die Tatsache, dass ich ein Vollidiot bin? Ja, sonst ist so weit alles okay.«

»Ich verstehe nicht, was du meinst.«

»Darf ich dich etwas fragen?«

»Klar.«

»Und du wirst mir darauf antworten?«

»Ich versuche es.«

»Wieso sind wir nicht mehr zusammen?«

Sie senkte die Lider. Als sie die Augen wieder öffnete, sprach aus ihnen unendliche Traurigkeit. »Ich weiß nicht, wie ich es erklären soll.«

»Dann versuch es. Ich höre dir zu.«

»Na ja. An dem Abend, als ich dich mit Willow überrascht habe, war ich stinksauer. Und eifersüchtig, zugegebenermaßen. Ich konnte den Gedanken nicht ertragen, dass eine andere Frau bei dir war. Aber als du mir sagtest, dass nichts zwischen euch gelaufen ist, habe ich dir geglaubt. Ich habe nie daran gezweifelt, dass du Wort hältst und mir treu bist.«

»Und trotzdem denkst du immer noch, ich hätte Gefühle für sie. Die gleichen Gefühle, die ich für dich hege.«

Sie sah weg. »Ich weiß selbst nicht, was ich denke.«

»Sieh mich an, Delilah.«

Tränen schossen ihr in die Augen.

»Soll ich dir sagen, was ich denke? Ich denke, du hast Drew so geliebt, wie ich Willow geliebt habe. Und als du ihn verloren hast, hat es sehr lange wehgetan. So sehr, dass du Angst hattest, dich noch einmal zu verlieben.« Ich wischte ihr eine einzelne Träne von der Wange. »Die ganze Zeit über dachte ich, du hättest Angst davor, dich in *mich* zu verlieben, dass ich das Problem sei.«

»Das stimmt nicht.«

»Ich weiß, das habe ich jetzt verstanden. Du hast einfach Angst, dich fallen zu lassen.«

»Es tut mir leid.«

»Das muss es nicht. Das macht mir die Sache nur leichter.«

»Leichter? Inwiefern?«

»Hätte ich mich ändern müssen, wäre das ziemlich schwierig geworden. Aber dir zu beweisen, dass ich dich auffange, wenn du dich auf mich einlässt, ist nicht halb so schwer. Seien wir mal ehrlich, ich bin ein Arschloch. So ein Arschloch ändert man nicht so leicht.«

Trotz der Tränen musste sie lachen. »Ich glaube, ich brauche einfach Zeit.«

»Ich bin da und warte auf dich.«

Sie schlang ihre Arme um meinen Hals und umarmte mich lange. Das war zwar nicht das Ergebnis, das ich mir erhofft hatte, aber immerhin wusste ich, dass wir auf dem richtigen Weg waren.

Delilah

KAPITEL 43

Zwei Wochen, nachdem die Steel den Superbowl gewonnen hatten, kehrte allmählich wieder Ruhe ein. Brody hatte sein Versprechen gehalten – er war immer für mich da und ließ mir Zeit. Das einzige Mal, dass er überhaupt versuchte, mir näherzukommen, war direkt nach dem Spiel gewesen, als das gesamte Team auf dem Spielfeld ausgelassen den Sieg feierte. Brody hatte mich in der Menge gesichtet, war zu mir gerannt, hatte mich hochgehoben, in der Luft herumgewirbelt und mir einen dicken Kuss auf die Lippen gedrückt. Die nächsten sieben Tage ging es für uns beide drunter und drüber. Dass er zwischen all den Presseberichten, der Teamparade und Dutzenden Interviews überhaupt Zeit für mich fand, überraschte mich. Doch das tat er. Jeden Tag, wie selbstverständlich. Ganz ohne große Gesten oder irgendwelche Versuche seinerseits, die Dinge voranzutreiben – er zeigte mir einfach, dass er für mich da war. Dass er mich wie versprochen auffing, wenn ich den nächsten Schritt wagte. Welche Frau würde sich nicht in einen solchen Mann verlieben?

Punkt drei Uhr klingelte es an der Tür. Ich hatte Brody gebeten, mir heute Nachmittag ein kurzes Interview im Sender zu geben. Er hatte ohne zu zögern zugesagt, obwohl ich wusste, dass er die vielen Kameras mittlerweile leid war. Und ich wusste auch, dass es sinnlos war, ihm zu sagen, er solle mir einfach eine SMS schicken, wenn er da war. Er kam trotzdem jedes Mal hoch. Keine Ahnung, ob er einfach ein Gentleman war oder ob er hoffte, dass ich doch schwach wurde. So wie ich Brody kannte, traf wohl beides zu.

Ich öffnete die Tür, und vor mir stand der atemberaubendste Mann, den ich je gesehen habe. Er trug eine dunkelblaue Cabanjacke mit einem blau-grün karierten Schal, der die goldenen Einsprengsel in seinen grünen Augen besonders zur Geltung brachte. Am Morgen nach dem Superbowl hatte er mich angerufen und mir erzählt, dass er sich gerade mit Ach und Krach aus dem Bett gequält hätte, um sich zu rasieren, da er den ganzen Tag Interviews hatte geben müssen. Daraufhin hatte ich erwähnt, dass er mir mit einem Dreitagebart sowieso besser gefiel. Wie ich bemerkt hatte, trug er seither immer Bartstoppeln.

»Du bist wohl spät dran?«

»Nein. Du bist zu früh dran.« Ich hatte mich in einen Plüschbademantel gehüllt und mein Haar zu einem Pferdeschwanz hochgebunden.

Er sah auf seine Armbanduhr. »Du hast drei Uhr gesagt.«

»Nein, ich habe vier gesagt.« Glaubte er wirklich, ich würde jedes Mal darauf reinfallen? Offenbar dachte er, er müsse eine List anwenden, um mehr Zeit mit mir verbringen zu können. Aber heute würde ich den Spieß umdrehen.

Ich rollte mit den Augen und trat beiseite. »Du kannst dir echt keine Uhrzeiten merken.«

»Ich könnte schwören, du hast drei gesagt.« *Das lag daran, dass ich tatsächlich drei gesagt hatte.*

»Na ja, du kennst das Spiel ja schon. Mach's dir bequem. Ich geh nur mal schnell duschen.« Ich verschwand ins Bad, und aus der schnellen Dusche wurde ausgiebige Körperpflege. Ich rasierte alles von der Taille abwärts, außer einem schmalen Streifen zwischen meinen Beinen, rieb meinen ganzen Körper mit Feuchtigkeitscreme ein und bürstete mir die nassen Haare durch. Meine erste Idee, splitterfasernackt ins Wohnzimmer zu stolzieren und ihm alles Weitere zu überlassen, ließ ich wieder fallen und entschied stattdessen, ganz in Brody-Manier vorzugehen. Ich wickelte mir ein trockenes Handtuch um und wappnete mich innerlich. Denn ich wusste, danach gab es kein Zurück mehr.

»Kleine Planänderung«, rief ich aus dem Badezimmer und warf einen letzten Blick in den Spiegel. »Hättest du etwas dagegen, wenn wir das Interview hier machen?«

»Klar, ganz, wie du willst.«

Als ich das Wohnzimmer betrat, lümmelte sich Brody vor dem Fernseher, mit dem Rücken zu mir. Ich holte tief Luft, umrundete die Couch und stellte mich vor ihn hin. Sobald er mich nur mit einem Handtuch bekleidet erblickte, wurde er munter.

»Dürfte ich Ihnen ein paar Fragen stellen, Mr Easton?« Ich sprach in meine Haarbürste.

Er zog die Stirn kraus, spielte aber mit.

»Wie fühlt es sich an, zum zweiten Mal zum wertvollsten Spieler des Superbowl gewählt worden zu sein?«

»Es fühlt sich verdammt gut an. Aber die Frage hat man mir schon tausend Mal gestellt, Mrs Maddox. Haben Sie nicht etwas Originelleres auf Lager?«

Das erste Mal, als er mich derart hatte auflaufen lassen, wäre ich ihm am liebsten an die Gurgel gegangen. Diesmal jedoch war ich gerührt, dass er sich noch an unsere Begegnung damals erinnerte.

Ich hob eine Augenbraue. »Ich habe tatsächlich eine originelle Frage für Sie.«

Ganz lässig griff ich nach oben und zog an dem Knoten, der mein Handtuch zusammenhielt. Es fiel zu Boden. »Wenn ich dir sagen würde, dass ich dich mehr als alles andere auf der Welt liebe, würdest du mir noch mal eine Chance geben?«

Brody stand auf. Als er antwortete, sah er mir ernst in die Augen. »Ich würde dir alle Chancen der Welt geben.«

Im Bruchteil einer Sekunde hatten wir die Distanz zwischen uns überwunden und prallten aufeinander. Brody hielt mich so fest in seinen muskulösen Armen und küsste mich so lange und leidenschaftlich, dass ich kaum Luft bekam. Und dennoch hatte ich mich nie besser gefühlt als in diesem Moment. Er hob mich hoch, und ehe ich mich versah, trug er mich ins Schlafzimmer. »Ich hoffe, dass ist das einzige Interview für heute. Bitte sag mir, dass ich nicht noch mal in den Sender muss.«

»Keine Sorge, in nächster Zeit musst du dich nur um mich kümmern.«

Er setzte mich neben dem Bett auf dem Boden ab und begann, sich auszuziehen. Als seine Augen über meinen Körper glitten, schüttelte er den Kopf. »Es geht nicht, tut mir leid.«

»Was geht nicht?«, fragte ich verwirrt.

Er hob mich hoch, dirigierte meine Beine so, dass ich seine Hüfte umklammerte, und trug mich zur Wand.

»Ich habe so lange auf dich gewartet. Nachher im Bett, da lassen wir uns Zeit, versprochen, aber jetzt brauche ich es hart und schnell.«

»Oh Gott, das will ich auch. Und wie ich das will!«

Er küsste mich so lange, bis meine Lippen brannten und ich nach Atem rang. Die Zurückhaltung, die er sich selbst auferlegt hatte, fiel mit einem Mal weg, und die Art, wie er mich ansah, als wollte er mich mit Haut und Haaren verschlingen, war der erotischste und erregendste Anblick, den ich je in meinem Leben gesehen hatte. Er drückte mich mit dem Rücken fest gegen die Wand, ließ die Hand von meinem Hintern zu meiner Öffnung gleiten und schob zwei Finger in mich. »Gott, du bist schon so feucht.«

Dann packte er mich an den Hüften und stieß in mich hinein. Meine Lider senkten sich flatternd. Es war so gut, ihn in mir zu spüren, so richtig.

»Delilah, öffne die Augen.«

Während er meinen Blick festhielt, wurde sein Rhythmus schneller, und seine Stöße tiefer. »Sag es. Sag es noch mal.«

»Ich liebe dich.«

Die Lippen an meinen flüsterte er: »Noch mal.«

Mein Körper kam dem Höhepunkt immer näher. Mein Atem wurde schwerer und meine Stimme heiser. »Ich liebe dich, Brody Easton.«

Während er sich fester und fester in mir versenkte, sagte er mir immer wieder, dass er mich liebte. »Ich liebe dich, verdammt«, schrie er, als er schließlich kam.

Danach blieben wir noch lange an der Wand stehen, die Stirn aneinandergelegt. Als wir einander in die Augen blickten und sich unsere Oberkörper im Einklang hoben und senkten, hatte ich mit einem Mal einen Moment der Erleuchtung. Die letzten sieben Jahre hatte ich stets nach einem Gefühl von innerem Frieden gesucht. Ich hatte geglaubt, Frieden sei ein Zustand frei von Turbulenzen, frei von Angst, ohne Höhen und ohne Tiefen. Aber in diesem Augenblick wurde mir klar, dass man diesen Frieden nicht fand, indem man Nein sagte. Sondern Ja. Zum Leben – mit all seinen Unwägbarkeiten. Und die Ruhe in seinem Herzen trug.

Und nun hatte ausgerechnet Brody Easton, der mein Leben wie ein Sturm durcheinandergewirbelt hatte, mir diese Ruhe gebracht. Welche Ironie des Schicksals!

Delilah
EPILOG

Ich hatte mich leise aus dem Haus geschlichen, während Brody noch schlief, damit er nicht mitbekam, dass ich vor der Arbeit einen Arzttermin hatte.

Da mein Blutzuckerspiegel bei der ersten Schwangerschaft etwas hoch gewesen war, bat mich der Frauenarzt regelmäßig zur Kontrolle, aber ich hatte nicht damit gerechnet, dass auch ein Ultraschall gemacht wurde. Brody machte sich immer solche Sorgen um mich und das Baby, dass ich heute lieber allein zum Urintest hergekommen war, um ihn nicht unnötig in Aufregung zu versetzen. Immerhin hatten wir heute Hochzeitstag.

»Ihr Blutzucker sieht gut aus, Delilah. Wo Sie schon einmal da sind, können wir eigentlich auch kurz einen Ultraschall machen und Ihre Fruchtwassermenge kontrollieren.«

Das war bei dieser Schwangerschaft neu hinzugekommen. Oligohydramnie – eine zu geringe Fruchtwassermenge. Kein Grund zur Beunruhigung, doch es musste, genau wie die Glukosewerte, überwacht werden. »Klar.« Nun hatte ich doch ein schlechtes Gewissen, weil Brody bei diesem Ultraschall nicht dabei war – er war jedes Mal zu Tränen gerührt, wenn er auf den Bildschirm blickte, schon als der Fötus noch aussah wie eine Kaulquappe.

Ich zog mir das Patientenhemd über und nahm auf dem Stuhl Platz. Nachdem der Arzt mir kaltes Gel auf meinen kugeligen Bauch geschmiert hatte, begann er mit seinem Zauberstab darauf herumzukreisen, um mir kurz darauf mitzuteilen, dass die Fruchtwassermenge zugenommen hätte und alles so weit gut aussah. An einer Stelle blieb er besonders lange. »Möchten Sie, dass ich Ihnen das Geschlecht nenne?«

»Wie? Ich dachte, dafür sei es noch zu früh.«

»Manchmal schon. Aber dieses kleine Wesen hier scheint alles andere als schüchtern zu sein und hält sein Geschlecht geradewegs in die Kamera.«

* * *

Seit der Geburt unseres ersten Kindes arbeitete ich Teilzeit, zwei Tage die Woche. So behielt ich einerseits den Fuß in der Tür und hatte gleichzeitig eine gute Ausrede, um mit meinem Mann zu Auswärtsspielen zu reisen. Ich tätschelte meinen Bauch. Wenn Nummer zwei erst einmal da war, würde das schon schwieriger werden.

»Hör auf, dich selbst zu befummeln.« Indie pflanzte sich auf einen der Besucherstühle in meinem Büro und drehte den Klebestreifenspender zu sich. Dann riss sie ein langes Stück ab und klebte es sich quer übers Gesicht, von Ohr zu Ohr, sodass ihre Nase nach oben gedrückt wurde und wie die eines Schweins aussah.

»Sehr hübsch.«

Kurz darauf kam Mr CUM herein. Als er Indies Gesicht erblickte, musste er zweimal hinschauen. Aber sie lächelte nur, als ob nichts wäre, was ihn sichtlich nervös machte. »Die Vorbereitungssaison startet nächste Woche. Kann ich darauf zählen, dass Sie Ihren Mann zu einem Interview bewegen können?«

»Ich schaue mal, was er dazu sagt.«

Als Mr CUM wieder weg war, zog Indie eine Augenbraue hoch. »Was er dazu sagt? Dieser Mann würde eher Dreck fressen, als dir einen Wunsch abzuschlagen.«

»Was für ein schöner Vergleich.« Ich begann, meinen Schreibtisch aufzuräumen. »Ich will doch nicht, dass Mr CUM denkt, dass es für mich jetzt ganz einfach ist, an Interviews heranzukommen, richtig?«

Indies Handy brummte, und ihr Gesicht leuchtete auf. Ich wusste, wer es war, ohne fragen zu müssen. Vor ein paar Monaten hatte sie bei einem Barbecue bei uns zu Hause in Larchmont ihren eigenen Footballspieler getroffen. Seither waren die beiden unzertrennlich. Das Schöne war, dass ich dadurch, dass er ebenfalls Profispieler war, mehr Zeit mit Indie verbrachte. Die beiden hatten uns sogar vor zwei Wochen übers Wochenende in der Blockhütte besucht, die nun endlich fertig renoviert war.

Sie sah vom Handy hoch. »Gehst du heute früher?«

»Nicht früher. Sondern ausnahmsweise mal pünktlich.«

»Wie kommt das denn? Liegt es womöglich daran, dass du ein Prachtexemplar von einem Ehemann und ein Kind zu Hause hast und mit dem zweiten schwanger bist?« Sie schnaubte lächelnd. »Du musst echt mal deine Prioritäten überdenken.«

»Ich muss auf dem Heimweg noch etwas für Brody besorgen. Zum Hochzeitstag.«

»Oh Gott, ihr macht den Blödsinn echt mit? Und schenkt euch was?«

Wir hatten genau ein Jahr nach dem Tag geheiratet, an dem wir uns zum ersten Mal getroffen hatten, sodass wir jedes Jahr gleich zwei Anlässe feiern konnten. »Jep. Das erste Jahr ist die papierne, das zweite die baumwollene Hochzeit.«

»Klingt ja furchtbar. Was hat Brody dir geschenkt? Baumwoll-Schwangerschaftsschlüpfer und ein Stofftaschentuch?«

Ich lachte. »Keine Ahnung. Wir haben noch keine Geschenkübergabe gemacht.«

Auf dem Nachhauseweg hielt ich an einem Laden. Ursprünglich hatte ich Brody einen Liebesbrief geschrieben und ihm ein Baumwollshirt gekauft, das seine Augenfarbe bestimmt toll zur Geltung bringen würde. Aber nun hatte ich mich doch noch einmal umentschieden.

Das Haus war ungewöhnlich still, als ich eintraf. Nur Tank, unser riesenhafter Neapolitanischer Mastiff kam zur Tür, um mich zu begrüßen. »Jaaaa, ist ja schon gut, Großer.« Er wedelte so heftig mit dem Schwanz, dass ich den kleinen Tisch neben der Tür festhalten musste. »Ganz ruhig. Wo sind denn der Hausherr und deine Schwester abgeblieben?«

Nachdem ich Laptoptasche und Handtasche auf dem Boden im Eingangsbereich abgestellt hatte, schlüpfte ich aus meinen Schuhen und ging in die Küche. Sie war leer, aber am Kühlschrank hingen drei gelbe Haftzettel, und auf der Kücheninsel stand eine kleine Schachtel.

Wortgruppe stand in großen Lettern auf dem ersten Zettel. Mein Mann hatte es sich zur Gewohnheit gemacht, außerhalb der Saison tagsüber Spielshows zu schauen.

Auf dem zweiten Zettel stand: *Kleiner Tipp (da du echt mies im Raten bist). Was du für mich bist.*

Darunter, auf einem separaten Zettel, hatte er einen Pfeil gezeichnet und darunter vermerkt: *Los, geh schon zur Couch.*

Lächelnd machte ich mich auf den Weg ins Wohnzimmer. Brody hatte alle Dekokissen auf die Ottomane getürmt. Ich nahm eins nach dem anderen herunter und legte sie auf dem Teppich aus.

D – war in Schreibschrift auf ein rotes Dekokissen gestickt. Früher besaß ich das dazu passende M, für Maddox. Aber Brody hatte es schon in der Woche nach unserer Hochzeit durch ein anderes Buchstabenkissen ersetzt: ***E***.

M – Dieses Kissen hatte ich noch nie gesehen. Ein neues Stück in unserer beständig wachsenden Sammlung. Ein blassrosa Kissen, mit einem Bezug aus – wie könnte es anders sein – Baumwolle und der ersten Initiale unserer Tochter bestickt.

A – Ein weiterer Neuzugang. Weich, rosa. Unsere Mütter hatten beide Ashley geheißen, weshalb wir für unsere Tochter diesen zweiten Vornamen gewählt hatten.

♥ – Das rechteckige weiße Kissen mit dem roten Herz, das Drew mir geschenkt hatte, als wir noch Teenager waren. Abgewetzt und mehrfach geflickt. Es erinnerte mich nicht nur an Drew, sondern auch täglich daran, welch unglaublich tollen Mann ich geheiratet hatte. Nachdem Brody und ich zusammengezogen waren, hatte ich das Kissen in den Schrank gepackt, weil es mir seltsam vorkam, das Geschenk meines Exverlobten herumliegen zu haben. Doch als ich eines Tages nach Hause kam, fand ich es auf der Couch. Und Brody hatte mich in die Arme genommen und gesagt, dass Drew immerhin dazu beigetragen habe, mich zu der Frau zu machen, die ich heute war, und dass wir das Kissen deshalb nicht zu verstecken brauchten.

D-E-M-A-♥

Ich stellte die Kissen so lang um, bis ich das Rätsel gelöst hatte.

♥ DAME

Ich hatte wirklich den besten Ehemann der Welt. Das erste Mal, als er mir sagte, ein Mann, der mir Rosen schenke, sei meine Zeit nicht wert, weil ich etwas Besonderes verdiente, dachte ich, er hätte einfach nur große Töne gespuckt. Doch er hatte vom ersten Tag an seinen Worten Taten folgen lassen. Seine Geschenke waren jedes Mal durchdacht und so einzigartig wie er selbst.

Mir schwoll das Herz noch mehr in der Brust, sofern das überhaupt möglich war, als ich nun nach oben ging, um meine Liebsten zu suchen. Vor der Schlafzimmertür angekommen, hörte ich drinnen Brody reden. Er hatte mich nicht heraufkommen hören, und so blieb ich stehen und lauschte, wie er unserer Tochter die Windeln wechselte.

»Du stinkst ganz schön, kleine Dame. Deine Mutter hingegen riecht immer fabelhaft. Das ist übrigens auch der Grund, weshalb du schon bald ein Schwesterchen oder ein Brüderchen bekommst, das kaum ein Jahr jünger sein wird als du, kleiner Hosenscheißer.«

Ich hielt mir die Hand vor den Mund, um nicht loszukichern.

»Was ist denn jetzt schon wieder mit diesem Puder? Oh Mann, da kommt doch nie was raus.« Ich hörte, wie er ein paar Mal gegen die Plastikflasche schlug. »Scheiße.« Sofort stellte ich mir vor, wie er eine Riesenwolke weißen Puders mit der Hand wegfächelte.

Das Geräusch des Plastikklebestreifens ertönte, einmal, zweimal. Marlene kicherte.

»Was gibt's da zu lachen, hä? Du hast ja noch nicht mal Zähne.« Der Schaukelstuhl knarzte, als er sich mit ihr auf dem Schoß darauf niederließ. Darauf saßen sie gern. Immer wenn er sich allein glaubte, dachte sich Brody die wildesten Geschichten für sie aus. »Weißt du was? Du siehst der Dame, nach der du benannt bist, ziemlich ähnlich mit deiner rosa Zahnleiste.«

»Pa. Pa. Pa.« Ma Ma konnte sie noch nicht. Natürlich nicht, meine Tochter war ein echtes Papakind.

Brody begann mit der Geschichte, wie ihre Namensvetterin einmal aus Versehen ihr Gebiss in den Abfallzerkleinerer hatte fallen lassen. Da ich die beiden nicht stören wollte, schlich ich mich leise wieder nach unten. Kurze Zeit später stieß Brody zu mir, mit einem großen weißen Puderfleck auf seinem schwarzen Shirt. Er zog mich zu einem Kuss heran und beugte sich nach unten, um meinen Bauch zu küssen. »Marlene ist gerade eingeschlafen. Wie lange bist du schon zu Hause?«

Ich schlang die Arme um seinen Hals. »Lang genug, um mein Glücksradrätsel zu lösen. Ich hab mich riesig gefreut. Danke. Bekomme ich jetzt eigentlich einen Preis?«

»Und was für einen! Aber den gebe ich dir später.« Er winkte ab. »Hast du die Schachtel geöffnet?«

»Nein, noch nicht. Ich wollte dir erst dein Geschenk geben.« Ich ging hinüber zu der Tasche, die ich im Gang abgestellt hatte, und zog einen schlichten weißen Karton mit einer roten Schleife heraus.

»Ich bin mit der Kleinen übrigens den halben Tag im Park spazieren gewesen, damit sie früh müde wird.« Er schüttelte den Karton. »Ich hoffe, da ist ein sexy Body für dich drin.«

»Wenn, müsste es mittlerweile eher ein Umstands-Body sein.« Diesmal war mein Bauch noch größer als beim letzten Mal. Ich rieb mir über meine Murmel. »Ich glaube nicht, dass ein sexy Body sich gut bei so einer Riesenwampe macht.«

»Spinnst du? Du siehst verdammt heiß aus. Mehr Kurven.« Er formte mit den Händen große Brüste in die Luft. »Dickere Titten. Vielleicht sollte ich dich noch ein paar Jahre dauerschwängern.«

Ich boxte ihm in den Bauch. Hart wie Stahl. Ich war wirklich zu beneiden. »Mach schon auf, du Perversling.«

Brody zog die Schleife herunter und öffnete den Karton. Er kratzte sich am Kinn und nahm den ledernen Handschuh heraus. »Du weißt schon, dass das ein Baseballhandschuh ist, oder? Ich spiele Football.«

»Klugscheißer.« Ich holte auch den Ball heraus und überreichte ihn ihm. »Der Kern ist aus Baumwolle. Für unser Zweijähriges.«

»Cool, danke, Babe.« Er beugte sich vor, um mich zu küssen, doch ich drückte ihn mit der Hand an der Brust zurück.

»Probier ihn an.«

Er zog einen Schmollmund, kam aber meiner Aufforderung nach. Als er seine Finger hineinsteckte, fand er mein zweites Geschenk. Nachdem er die zusammengerollten Papiere herausgezogen hatte, wollte er sie schon auf den Tisch werfen.

»Das ist kein Füllmaterial. Das ist dein Papiergeschenk zum Einjährigen.«

Brody runzelte die Stirn, als er die ersten Ultraschallbilder aufrollte. Er sah hinab auf die Bilder und dann wieder hoch zu mir.

»Was ist das?«

»Ich musste heute kurz für einen Urintest beim Gynäkologen vorbei. Nur zur Blutzuckerkontrolle. Meine Werte sind in Ordnung, aber dann wollte er noch einen Ultraschall machen, um das Fruchtwasser zu kontrollieren.«

»Alles okay?«

»Jep. Aber schau mal genauer hin.«

Er hielt sich die Bilder dicht vors Gesicht. »Ist das etwa …?«

»Ein Penis.«

Brodys Augen leuchteten auf. Er hätte nie zugegeben, dass er sich insgeheim einen Sohn wünschte. Und ich wusste, er hätte sich über ein gesundes Mädchen genauso gefreut. Aber wenn er es sich aussuchen könnte …

Plötzlich hob er mich hoch und wirbelte mich herum. »Ein Schwanz! Mein Kind hat einen Schwanz!«

Ich lachte. »So kann man das auch sehen.«

Als er mich wieder absetzte, sprach er zu meinem Bauch. »Hast du das gehört, Kind? Du wirst mal ein Mann.«

»Ähm … na ja, ich glaube, zunächst mal wird er ein Junge.«

Mein völlig durchgeknallter Ehemann hob mich erneut

hoch und wirbelte mich durch die Luft. »Ein Junge, wir kriegen einen Jungen!«

Ich lachte. Als er mich absetzte, öffnete er die Schiebetüren zum Garten und schrie hinaus: »Ein Junge. Leute, wir kriegen einen Jungen!«, so laut, dass es nun bestimmt die ganze Nachbarschaft wusste.

Es freute mich riesig, dass ich ihm dieses Geschenk machen konnte. Wir durften uns wirklich glücklich schätzen. Ich meine, was will man mehr vom Leben? Wir hatten die wahre Liebe gefunden, ein gesundes Mädchen und bald schon einen Jungen, die besten Freunde, die man sich wünschen konnte, und einen Job, der uns erfüllte. Das war mehr, als wir uns selbst in unseren kühnsten Träumen erhofft hatten. Träume, von denen wir noch vor fünf Jahren niemals gedacht hätten, dass sie sich jemals erfüllen würden.

Brody kam zu mir, nahm mein Gesicht in beide Hände und sagte ganz leise: »Ich liebe dich, Delilah Easton.«

»Wieso flüsterst du plötzlich?« Ich lächelte. »Soll nicht die ganze Welt hören, dass du mich liebst?«

Er küsste mich auf die Lippen. »Hast du es denn nicht gehört? Ich habe es gerade in die Welt hinausgeschrien.«

DANKSAGUNG

Zunächst möchte ich all den wunderbaren Bloggern danken, die sich die Zeit nehmen, meine Bücher zu lesen. Eure grandiose Arbeit trägt dazu bei, dass neue Leser zu mir finden. Eure Rezensionen und Kommentare sind von unschätzbarem Wert und bedeuten mir sehr viel.

Ein ganz besonderer Dank geht an folgende Menschen:

Penelope, weil du mich so tatkräftig unterstützt hast, ob bei Lektorat, Bildersuche, Titel … Eigentlich sollte dein Name neben meinem auf dem Cover stehen, so viel Zeit, wie du hineingesteckt hast!

Julie, weil du immer da warst, wenn ich dich brauchte. (Und das war manchmal sehr oft.)

Cheri, für ein erneut sensationelles Coverdesign!

Luna, für deine wunderschönen Teaser und deine freundliche Unterstützung.

Und natürlich meine Leser. Danke, dass ihr es mir ermöglicht, diese Geschichten zu erzählen. Eure Begeisterung für meine Bücher ist einfach überwältigend. Es ist mir eine Ehre, euch immer wieder aufs Neue ein paar Stunden unterhalten zu dürfen, und ich freue mich riesig über jede eurer E-Mails und Rezensionen.

Alles Liebe,
Vi

Triggerwarnung

Dieses Buch enthält Elemente, die triggern können:

Diese sind:
Trauer und Verlust einer geliebten Person, Drogensucht, (Erwähnung von) Drogenkonsum und sexueller Belästigung, Demenz, Schlaganfall, Abstellen lebenserhaltender Maßnahmen.

Alles beginnt mit einer Wette

Vi Keeland / Penelope Ward
PERFECT PLAYER
Aus dem amerikanischen
Englisch von
Antje Görnig
400 Seiten
ISBN 978-3-7363-1887-8

Single-Mom Presley Sullivan kehrt in ihr Heimatstädtchen zurück, als ihr kleiner Sohn Alex die Hälfte eines Bed & Breakfast von seinem Urgroßvater erbt. Die andere Hälfte geht an Alex' Onkel, den berühmten Quarterback Levi Miller. Doch der Neustart steht unter keinem guten Stern, denn Presley und Levi sind wie Hund und Katz und können sich einfach nicht einigen, wie es mit dem Palm Inn weitergehen soll. Schließlich lassen sich die beiden auf eine Wette ein, die über die Zukunft der Pension entscheiden soll. Aber dabei wird immer deutlicher, dass sie die Anziehung zwischen ihnen nicht mehr ignorieren können.

»Temporeich, romantisch und sexy!« *READ MORE SLEEP LESS*

LYX